死霊の国のアリス

ジーナ・ショウォルター

大美賀 馨 訳

ALICE IN ZOMBIELAND
BY GENA SHOWALTER
TRANSLATION BY KAORU OMIKA

ハーパー
BOOKS

ALICE IN ZOMBIELAND
BY GENA SHOWALTER

Published by K.K. HarperCollins Japan, 2016

死霊の国のアリス

おもな登場人物

アリス・ローズ・ベル——16歳の少女
エマ・リリィ・ベル——アリスの妹
フィリップとミランダ——アリスとエマの両親
キャット——アリスの友人
リーヴ——アリスの友人
レン——アリスの友人
ポピー——アリスの友人
コール・ホーランド——アッシャー・ハイスクールの学生
マッケンジー・ラブ——コールの元ガールフレンド
フロスティ——コールの仲間。キャットのボーイフレンド
ブロンクス——コールの仲間
トリナ(リナ)——コールの仲間
ジャスティン・シルバーストーン——アリスのクラスメイト
ジャクリーン・シルバーストーン——ジャスティンの双子の妹
ライト博士——アッシャー・ハイスクールの校長
アンク——リーヴの父親
タイラー・ホーランド——コールの父親

アリスからの手紙

たった一つ心臓が鼓動する刹那に、人生が変わり果ててしまう……。誰かにそんなことを言われたら、私はきっと笑い飛ばしただろう。幸せな生活から悲劇のどん底へ。満ち足りた人生から破滅へ。そんなのあるわけがないと思っていた。

だが、まさにそうなってしまったのだ。たった鼓動一つ。瞬《まばた》き一つ、呼吸一つの刹那に、私が愛するものは一つ残らず失われてしまった。

私の名前はアリス・ベル。十六歳を迎えた誕生日の夜に、最愛の母さん、大好きな妹、そして父さんを亡くした。あの破滅の瞬間まで、そう、完全に取り返しがつかなくなるまで、私は父さんをわかろうとしなかった。父さんの言うとおりだったのだ。怪物は、私たちのまわりに息づき、跋扈《ばっこ》している。

夜になるとこうした生ける屍《しかばね》、つまり死霊《ゾンビ》は墓から抜け出し、失ったものを探し求める。そう、命だ。奴《やつ》らはあなたを食糧にする。感染させる。そして殺す。すると、あなたも自分の墓から這《は》い出すゾンビになってしまう。こんなことが永遠に繰り返されるのだ。

棘《とげ》のついた回し車の中で血塗《ちまみ》れになり、ひたすら死に向かい続ける鼠《ねずみ》のように。

ゾンビは恐怖も、痛みも感じない。奴らが感じるのは強烈な飢餓だけ。そう、奴らは常に飢えている。止める方法はただ一つだけ。だがその方法を口で伝えることは不可能だ。実際にこの目で見るしかない。私に言えるのは、ゾンビを無力化するには戦うしかないということだけ。たとえ狂ってると思われたとしても。

でも私は真実から目を背けて人生を過ごすくらいなら、世の中から頭のおかしい奴だと思われるほうがいい。ゾンビは実在するのだから。夜にはびこっているのだから。

なぜ、父さんの警告を無視してしまったのだろう。夜は絶対に外に出てはいけない、墓に足を踏み入れてもいけない、どんな事情があっても、その二つをさせようとする人間を信用してはいけない。父さんは何度もそう言ってくれていたのに……。

もし過去に戻れたら……。やり直したいことは無数にある。妹の頼みを断ればよかった。母さんにあんなことを頼まなければよかった。涙をこぼしたりしなければよかった。口をしっかり閉じて、あの嫌な言葉をのみ込めばよかった。あんなことが全部なかったら、妹と両親を最後にもう一度抱きしめられたのに。愛していると言えたのに。

もう何もかも、取り返しがつかない。

1　全ての始まり

半年前

「ねえアリス。ねえってば」

私は裏庭に敷いたブランケットに寝転がり、幼い妹のためにデイジーで花輪を作っていた。明るい太陽の光が降り注ぎ、ふわふわの白い雲が、どこまでも続く淡い水色の空を漂っていた。アラバマの夏のにおい、セイヨウスイカズラとラベンダーの豊かな香りを吸い込むと、生き物たちの姿が目に入ってきた。背の高い、ひょろっとした芋虫。片方の羽が破れた蝶《ちょう》。木のほうへ駆けていく、太った白ウサギ。

八歳のエマが、私のまわりで踊っていた。煌《きら》めくバレリーナの衣装、動くたびに揺れる小さなおさげ髪。母さんをそのまま小さくしたようなエマは、私とはまるで似つかない。

二人ともさらさらの黒髪に、アーモンド形の金色の目をしている。母さんは背が低くて、百六十センチそこそこ、エマなんて百五十五センチまで伸びるかどうかも怪しいものだ。

かたや私は、白っぽいブロンドの巻き毛に、大きな青い目、何キロあるのかというくらいに伸びた足。百七十七センチという身長は、学校のほとんどの男の子より高くて、いつだって目立ってしまう。行く先々で〝キリンみたいな奴《やつ》だな〟という目で見られた。男の子の興味を引いたことなど一度もない。男の人たちの視線を集める母さんとは正反対だ。

「アーリースー」エマが私の気を引こうと、足を踏み鳴らした。「聞いてるの？」

「ねえ、これまでと同じでどうしようもないじゃない。エマの発表会は明るいうちに始まるけれど、終わるのは日が暮れたあとでしょう？　パパが私たちを家から出してくれるはずがないわ。ママだって、あのプログラムに申し込んでもいいって言ってくれたじゃない。あなたが発表会に行けなかったからって泣いたりしないって約束すれば」

エマは私をまたぎ、上品なピンクのスリッパを履いた足を私の肩の横に置いて立った。

「今日はお姉ちゃんの誕生日よ。私がママに教えてあげたの、知ってるでしょ？　それに今また思い出したんだから、嫌じゃなければ聞いてほしいお願いがあるの。だめ？」エマは私の返事を待たずに言葉を続けた。「パパはお姉ちゃんの頼みをなんでも聞かなくちゃいけないんでしょ？　だからお姉ちゃんが出かけたいってお願いしてくれれば……それで……」エマの声に切実な願いがこもる。「それで、エマを観《み》に行かせてってお願いしてくれれば、きっとパパは観に来てくれるわ」

私の誕生日。そう。両親も忘れていたのだ。いつもそう。エマと違って、両親はいつも思い出してくれない。去年も父さんは、ウイスキーを一気飲みして自分にしか見えない怪物のことを話してばかりで、母さんは父さんの散らかしたものを片づけ続けてた。

今年、母さんは忘れないように引き出しの中に何枚もメモ書きを入れていたし（私はそれを見つけてしまったわけだけど）、エマが主張していたように、可愛《かわい》い妹は、それとなく母さんに思い出させようとするどころか〝アリスの誕生日がもうすぐだから、パーティーをしなくちゃいけないと思うの！〟とまで言ってくれた。だが誕生日の朝を迎えても、今年も何も変わっていなかった。

まあ、気にしてはいない。一つ年をとり、ついに華の十六歳になったからって、人生が変わるものでもない。とっくの昔に、私はそんなことを気にするのはやめていた。だけど、エマは違う。妹は、私とはずっと無縁だったものを欲しがってる——一身に浴びる両親の視線と愛情を。

「私の誕生日なんだから、エマが私に何かしてくれる日でしょう？」私はからかうように言った。

腰に手を当て、無邪気にぷりぷり怒っているエマが、私は世界中の何よりも好きだ。

「もう！　私のためにパパにお願いさせてあげることがお姉ちゃんへのプレゼントなの！」

「そんなプレゼント、聞いたことないわよ」私は必死に笑みを噛《か》み殺した。

「でもプレゼントよ。だってお姉ちゃんは私の発表会をすっごく観たいはずだもの。だからきっと、頑張って言い聞かせてくれるでしょ？」

　何か言ってやりたい気分だったが、ステージで踊るエマを観たいのは確かだった。エマが生まれた夜のことは、よく憶《おぼ》えている。恐怖心と高揚感が激しく混じり合って、私の頭に記憶を焼きつけたのだ。私が生まれたときと同じように、両親は、いよいよ出産となっても母さんが家を離れなくてもいいよう、助産師を呼ぶことにしていた。だが、助産師は家に入れなかった。日が落ちたころに母さんの陣痛が始まっても、父さんは怪物が入ってくることを恐れて、誰も家に入れようとしなかったのだ。

　死んでしまうのではないかと心配になるくらい悲鳴をあげる母さんから、エマを取り上げたのは父さんだった。私は毛布の下に隠れ、怖くて泣きながら震えていた。やがて物音が途絶え、みんなが無事か心配になった私は、こっそり両親の寝室に行ってみた。慌ただしく動き回る父さんのそばで、母さんがぐったりとベッドに横たわっていた。恐る恐るベッドに近づいた私は、正直言ってぞっとした。赤ん坊のエマは、全然可愛くなかったのだ。赤くて皺《しわ》だらけで、耳には薄気味悪い黒い毛が生えていて（あとで抜けたから、本当によかったと思う）。母さんは優しく笑いながら手招きしていた。

　枕を背中に当てて、隣に体を落ち着けた私の腕に、母さんはもぞもぞと動く包みを抱かせてくれた。私を見上げる、神様にしか作り得ないすんだ瞳。すぼめた唇。小さな手。

「どんな名前がいいと思う？」母さんが訊《き》いた。

「リリィ」と私は言った。「この子の名前はリリィがいい」私は花についての本を持っていて、百合《リリィ》がいちばんのお気に入りだったから。

母さんの穏やかな笑い声が私を包んだ。「あらいいわね。じゃあ、エマリン・リリィ・ベルにしましょうか。おばあちゃんの本当の名前がエマリンだから。あなたにはパパのお母様の名前をもらったから、今度はママのお母さんの名前をもらうのよ。すてきでしょう？　おうちでは短くエマって呼ぼうね。三人だけの秘密。あなたはアリス・ローズ、この子はエマ・リリィ。二人合わせて、私のかけがえのない花束よ」エマが喉を鳴らしたのが、私には賛成と言ってるように聞こえた。

「アリス・ローズ」エマが言った。「お姉ちゃん、また他のこと考えてたでしょ。もういいもん。頼まないから」

「もう、仕方ないわね」私は溜息《ためいき》をついた。妹の頼みを断ることなど私には無理だ。「でもパパには頼まない。ママに、パパに話してってお願いしてみる」

エマがようやく、ぱっと顔を輝かせた。「ほんと？」

「ええ」

きらきらと笑いながら、エマはまたそこらを飛び跳ねだした。「お願い。お姉ちゃん。すぐママに頼んでみて。遅れたくないし、もしパパがいいって言ってくれたらだけど、早く行かないと、みんなとの練習に間に合わない」

私は起き上がって妹の首にデイジーの花輪をかけた。「うまくいく可能性はものすごく低いんだからね。わかってるでしょ?」

ベル家の家訓。暗くなる前に帰れないなら、外出してはならない。父さんは怪物を一匹も家に入れないよう、いろんな対策をしてきた。日が暮れたら、じっとしていなさい。邪悪な外の世界にいれば、誰もが無防備なまま危険にさらされるのだから。父さんの妄想や思い込みのせいで、私はたくさんの学校行事や、数えきれないほどのスポーツイベントを欠席してきた。デートだってしたことがない。週末ランチデートに行くとか、その手の時代遅れのことならできたかもしれない。でも正直、ボーイフレンドなど欲しいと思わなかった。〝うちのパパは頭がおかしくて、いもしない怪物に私たちがさらわれちゃうのが怖くて特別製の地下室に閉じ込めることもあるの〟そんなこと、説明したくもない。

エマは私にぎゅっと抱きついた。「お姉ちゃんならできる、なんだって!」

こんなに頼られたのでは、無視できるわけがない。「できるだけ頑張ってみる。エマはここにいてね」私は言った。もしかしたら母さんは首を横に振るかもしれない。妹が泣くのを見るのは嫌だ。

「はあい」エマはいかにも無邪気そうにてのひらを上げてみせた。

そうやすやすと私が信じると思っているのだろうか。まず間違いなく、あとをつけて聞き耳を立てるつもりだろう。女の子なんてそんなものだ。「約束してね」

「疑うなんて、ひどいよアリス」小さなてのひらを胸に当てて、エマが言った。

「はいはい、おめでとうエマ。演技がすごく上手になったわね」私は拍手してみせた。

「でも、あなたが約束を破ったら、お姉ちゃんは何もしてあげないからね」

エマはにっこり微笑《ほほえ》んで片足で爪先立ちになると、両腕を広げてゆっくりと回った。このときを待っていたかのように、太陽が琥珀《こはく》色の光を投げかけ、彼女の完璧なピルエットを照らし出す完璧なスポットライトを作り出した。「わかったってば。約束する。これでいいんでしょ？」

まずは母さんを味方につけなくては。そう決心して立ち上がり、家のほうを向いた。二階建ての我が家は、父さんが建築の仕事をしていたころに建てたもので、基礎には茶色のレンガ、屋根には茶色と白の縞々《しましま》に塗られた木材が使われている。四角くて、見事なまでに平均的で、百パーセント人の記憶に残らない。それが狙いなんだと父さんは言う。台所に通じるガラスの扉までやってくると、母さんが、慌ただしくシンクとガス台を行ったり来たりしているのが見えた。私は胸が苦しくなった。

弱気になるな。きっとできる。

扉を開けて中に入った。ニンニクとバター、トマトが混ざったにおい。「ママ」媚《こ》びるような口調になっていなければいいのだが。

もうもうと湯気を立てるパスタのザルから目を上げて、母さんがにっこり笑った。「あらアリス。もう終わり？　それとも休憩しに来ただけ？」

「うん、ちょっと休憩」夜、家に閉じ込められている反動で、私は昼間はできるだけ外で過ごすようになっていた。たとえロブスターみたいに真っ赤に日焼けしようとも。

「ちょうどよかったわ。もう少しでパスタが出来上がるから」

「そっか、よかった」夏のあいだ、うちの家族は五時きっかりに夕食を取っている。冬にはそれが四時になる。そうすれば季節にかかわらず、日暮れ前に安全に家に入ることができるからだ。

　鉄材で補強された壁、絶対に破られない扉と錠前。これらが〝地下室〟という名の我が家の地下牢《ろう》を作り上げている。やりすぎだと思うけれど、言うだけ無駄。

　さあやるのよ。母さんに言わなくちゃ。「ところで……あのねママ」私は別の足に重心をのせ替えた。「今日は私の誕生日なの」

　母さんの口があんぐり開いて、頬から血の気が失《う》せた。「ああ、アリス。本当にごめんなさい。忘れないようにしてたのに……憶えていなくちゃいけなかったのに……メモまで書いたのに。誕生日おめでとう」母さんはぎこちなく言葉を切った。それから、まわりを落ち着きなく見回した。そう念じれば、どこからともなくプレゼントが現れるのではないかと期待するように。「本当にごめんね」

「いいの、気にしないで」

「何か埋め合わせするわ。約束する」さあ、交渉の始まりだ。私は背筋を伸ばした。

「本当に？」

「もちろんよ」

「よかった。じゃあね、今夜エマの発表会に行きたいの」

母さんはみるみる悲しそうな顔になり、私がまだ言い終わらないうちから首を横に振っていた。「パパが許してくれないわ」

「だからパパを説得してほしいの」

「それは無理よ……」母さんの声がかすれる。

母さんのことは本当に大好きだけど、誰よりも苛々《いらいら》させられるのもまた事実だった。

「どうして？」私はつめ寄った。もし母さんが泣いてしまっても、私は諦めない。エマの涙のほうが重いのだ。

母さんは片足でくるりと向きを変えると、深い皿の中にザルの中身をあけた。ふわっと上がった湯気に包まれて、一瞬、母さんは夢の中の人のように見えた。「エマだってうちの決まりは知っているんだもの。きっと聞き分けてくれるはずよ」

今度もまた、諦めていないうちから、聞き分けなくちゃいけないのか。私はかっとした。

「どうしていつもそうなの？　パパが頭のおかしいことを言ってるのわかってるのに、なんでいつもパパの言いなりなの？」

「パパは頭がおかしくなんて……」

「おかしいわよ！」エマがしていたように、私は足を踏み鳴らした。

「静かにして」母さんは諭すように言った。「パパが二階にいるのよ」そうだろう、そしてまた飲んだくれているのだ。

医学データを書き起こす医学記録転写士として在宅で週に七日働いている母さんは、いつだってパソコンに向かってひたすらキーボードを叩《たた》いている。ちょうど今日みたいな土曜日のよく晴れた午後には、父さんの身なりを整えたり、必要なものを取ってきてあげたりと、父さんの子守のようなこともしている。母さんはもっと報われるべきだと思う。母親にしては若くてきれいだし、優しい。もっと自分のために何かしてもいいのに。

「子供は、両親が一緒にいてほしいと願うものよ」少し尖《とが》った声で母さんは言った。

「私は普通の子供とは違うの。パパとママがそうしたのよ」私の声はさらに尖っている。ただ、よその子供たちが持っているものが欲しいだけ。普通の生活が。

母さんの顔から怒りが消え、溜息が漏れた。「アリス。いろいろ我慢させてしまっているわよね。だけどいつか望みどおりになるわ。卒業したら、就職する、ここから出ていく、大学に行く、恋をする、旅行する。好きなことができるようになる。でも今は、ここはパパの家だし、パパが決まりを作るの。パパの言うことを尊重しなくちゃいけないわ。それに、あなたも自分の家族ができたときにきっと気がつくわ。パパがしていたことは家族を守るために必要なことだったんだって。パパは私たちを愛しているから、家族の安全を最優先に考えてるの。そのことでパパを嫌いにならないであげて」

「でもママは怪物を見たことあるの？」私は尋ねた。

母さんは少し黙り込んでから、苛立ったような笑顔を作った。「いくら訊かれても、答えてこなかったでしょう？　今日だって同じよ」

「どうせ欲しいものがもらえないんだもの。遅い誕生日プレゼント代わりに教えてちょうだい」卑怯《ひきょう》な手だと、自分でもわかっていた。それでも、私は謝らなかった。

「そのことはあなたたちと話したくないの。これ以上怖がらせたくないのよ」

「怖がってるのは私たちじゃない」私は声を荒らげた。「ママよ！」落ち着け。深呼吸だ。感情を爆発させてしまったら、部屋に行けと追い返されてしまう。「少なくとも一匹は怪物を見ているはずよ。ママはほとんどの時間をパパと過ごしてるんだから。夜中だって一緒にいるでしょ？　パパが銃を持って家の見回りをしている夜も」

一度だけ、真夜中過ぎに玄関ホールに行ったことがあった。部屋に水を持っていくのを忘れたので、取りに下りたのだ。そこで見た光景に私は、思わず立ちすくんだ。銃を握りしめた父さんが部屋を歩き回り、窓という窓で立ち止まっては外を確認していたのだ。

当時十三歳だった私は、心臓が止まって死ぬかと思った。死なないまでも、あまりに恐ろしくて失禁してしまいそうだった。

「いいわ。知りたいなら教えてあげる。怪物を見たことはないわ」母さんの答えは、思ったとおりだった。「だけど怪物が原因で起きたひどい事故現場なら見たことがある。どうしてそれが怪物の仕業だってわかるのかって訊きたいだろうから言うけれど、あのときの光景は、他に説明のしようがないものだったの」

「どんな光景？」肩越しにちらっと振り返って見ると、ブランコのところに移動していたエマが、ゆらゆらと漕《こ》ぎながら、熱を込めた視線でこちらをじっと見つめていた。

「話すつもりはないわ。なんと言われようと、世の中には知らないほうがいいこともあるの」私の顔を見て、まるで話が終わったかのように、母さんが笑った。これまでにも何度となく私は母さんをがっかりさせてきたけど、そんなことなど一度もなかったかのように。

　私は母さんに向き直った。母さんは背中を向けたまま、またガス台に戻っていた。その些細《ささい》な作業がとても重要な仕事であるかのように、フォークにパスタを巻きつけて固さを確かめている。私たちはこんなことを何度も繰り返してきた。私の話をはぐらかす術にかけては、母さんはもはや達人だ。

「怪物とか、ママが何を見たとか、それはもうどうでもいいの。今日は私の誕生日で、私の望みは普通の家族と同じように妹のバレエの発表会に行くことなの。それだけよ。難しいことは頼んでない。だけどママがそう言うならもういいわ。学校の友達に電話して、パパとママ抜きで、二人で連れていってもらうから」町までは車でも一時間くらい距離があり、歩いていくのは無理なのだ。「それにね、ママたちがだめって言ったらエマは傷つくだろうし、そうなったら私はママを絶対許さない」

母さんは身を強張《こわば》らせて息をのんだ。私の態度にショックを受けたのだろう。私は家族の中では穏やかなほうだった。めったに怒らず、感情的にもならないのだ。

「アリス」母さんが口を開いた。私は奥歯を噛みしめる。

さあ来た。拒絶の言葉が。圧倒的な絶望感で目頭が熱くなり、涙が頬を伝った。私は手の甲で涙を拭う。

「ごめん、でも嫌いになりそう」

母さんは私の顔を見て溜息をついた。参ったというように、肩を落として。「わかった。パパに話してみるわ」


踊っているエマはすごく輝いていた。前評判など何も気にせず、心から楽しそうにステージを支配していた。エマの演技を観て、他の女の子たちは恥ずかしくなってしまったことだろう。これは姉のひいき目ではなく、純粋な事実だ。

くるくると回り、笑い、光り輝くエマは、私を含めて観ている人みんなを虜《とりこ》にした。二時間後に幕が下りるころには、エマのおかげで幸福感に胸がはち切れそうだった。その上、会場は大喝采だ。私は誰よりも大きな拍手を送り、脳出血を起こしそうなほど一生懸命口笛を吹いた。誰もが認めるだろう。これこそ、史上最高の誕生日だったと。ベル家が初めて普通の家族のようにイベントに参加できたのだ。

無論、父さんはもう少しで全てを台無しにするところだった。ひっきりなしに腕時計に目をやり、今にも誰かが水爆の雨でも降らせに来るのではと案じているかのように、後ろの通用口を振り返ってばかりいた。怒濤《どとう》のように鳴り響く満場の拍手に包まれて幸せすぎておかしくなりそうだったが、父さんの姿を見るとあっという間に気持ちもしぼんだ。

それでも、文句を言うつもりは全然なかった。父さんが来てくれたというだけでも、十分奇跡的なことだった。父さんが来てくれたのだ！

「もう行かないと」父さんは後ろの通用口に向かおうとしながら言った。一九五センチもある父さんは、とにかく目立つ。「エマを連れて、うちに帰るぞ」

欠点を挙げればきりがなく、自己治療だと言ってお酒を飲んでばかりだったが、私は父さんが大好きだったし、父さんには自分の妄想をどうすることもできないのだとわかっていた。今までどんな治療を試してみても、全て失敗に終わっていたのだ。セラピーを受ければ悪化した。父さんの見ている怪物は幻なのだから、心配しなくてもいい。いくらそう言われても、信じられないのだ。

ある意味、私は父さんのことを理解してすらいた。一年ほど前のある夜のこと、パジャマパーティーに行けなかったエマが、こんなのひどいと言って大泣きしたことがあった。

代わりに食ってかかった私の剣幕に驚いた母さんが〝パパと悪霊の戦いの始まり〟と呼んでいる話をしてくれたのだ。

父さんは子供のころ、自分の父親が無残に殺されるところを見てしまったのだ。殺人は、父さんのお母さんであるアリスの墓参りをしている夜に起きた。この出来事が父さんのトラウマになった。だからある程度の理解はしているつもりだった。

しかし、納得できるかといえばそれは別の話だ。父さんはもう大人なのだ。知識と経験で自分の問題に対処すべきじゃないだろうか。私はいつだって〝大人らしく振舞いなさい〟とか〝そんなことをするのは子供だけだぞ〟とか言われ続けてきた。

人に諭す前にまずは自分が実行して、と言いたかった。大人らしく振る舞いなさいと言われても、大人がどんなものかなんて知らなかったのだ。それに、ベル家の家系図のすてきなことと言ったらどこを辿《たど》っても殺人や傷害の印。どうしてうちだけこうなのだろう。

「さあ早く」嚙みつくように父さんが言った。母さんがさっとそばに行って、優しく背中をさすってあげている。「あなた落ち着いて。大丈夫、きっとみんなうまくいくから」

「ここにいてはいけないんだ。早く安全な家に帰らなければ」

「エマを連れてくる」と私は言った。初めて覚えた罪の意識が、胸を刺した。父さんに多くのことを望みすぎた。母さんにも。怪物対策万全の我が家に辿り着き、怖がる父さんを車から降ろさなくてはならないのは母さんなのに。「心配しないで」

私は人込みをかき分けて、ステージの袖へと急いだ。そこかしこに小さな女の子たちがいた。派手な化粧に、リボンをつけ、きらきら輝いている。親たちは娘に群がり、褒めちぎり、花束を渡し、お祝いの言葉をかけている。そんな中、私一人だけ妹を掴《つか》んでその場から逃げ出し、引きずるように連れ出さなくてはならないのだ。

「パパね？」エマは驚いた様子もなく尋ねた。

私は振り返って妹を見た。白い天使のような顔をしているのに、金色のその目はあまりに大人びて、物わかりがよすぎた。「そういうこと」私は溜息をついた。

ロビーはごった返しており、人々の話し声で騒々しかった。父さんはそこにいた。窓の前で立ち止まり、駐車場のほうを見つめている。ずらりと並んだ外灯が、うちのシボレー・タホまでの道のりを照らしていた。本当はいけないのだろうが、母さんはいちばん近い場所にある身体障害者用の駐車スペースに車を停《と》めていた。父さんの顔色がよくない。髪の毛は何度もかきむしったみたいに逆立っている。

母さんはまだ、父さんを落ち着かせようとしている。ありがたいことに家を出る前、母さんは父さんをなだめすかし、どうにか武器を取り上げることに成功していた。どうしても外出しなくてはならないとき、父さんはいつも銃やナイフや手裏剣を身につけようとするのだ。

声をかけると父さんは振り返り、私の腕を掴んで揺さぶった。「物陰に何かが見えたらな、それがなんであってもエマを連れて逃げろ。いいな？　エマを連れて建物の中に戻れ。扉に鍵をかけて、見つからないようにして、助けを呼ぶんだぞ」父さんの青い目は強い光を帯びて、瞳孔が虹彩《こうさい》の上でぴくぴくと動いていた。

私のせいだ。揺らいでいたその罪の意識は、やがて燃え盛る炎となって心を舐《な》め尽くした。「わかった」そう言って、父さんの両手を軽く叩いた。「心配しないで。身の守り方は父さんが教えてくれたわ。そうでしょ？　私はエマを守る。何があっても」

「よし」父さんはそう言ったけど、とても満足したようには見えなかった。

私が言ったのは本当のことだ。敵から身を守る訓練に、父さんと裏庭でどれだけの時間を費やしたかわからない。もちろん、私の臓器を非情な怪物の夕食にさせないための訓練だ。母さんに促されて私を放した父さんは、恐ろしい外の世界へ向かって歩きだした。家族みんなで足早にロビーを抜ける。薄気味悪いコオロギの声が鳴り響く中、母さんと父さんから少し遅れて、私とエマは手を繋《つな》いで歩いた。

父さんが見ているはずの世界を見ようと、あたりを見回してみる。長く伸びたタールの跡。これは何かのカモフラージュかもしれない。駐車場に停められたたくさんの車は隠れ場所として使われるのだろうか。向こうの丘に生い茂る木々は、悪夢を育む温床だろうか。

頭上の空高く、美しい満月が雲に透けていた。昼間と同じように漂っていた雲は、今ではオレンジ色をしていて、どうにも不気味だった。そしてあれは……気のせいかとも思ったが、瞬《まばた》きをして歩調を緩めてみた。間違いない。ウサギのような形をした雲が私のあとをついてきている。不思議なこともあるものだ。「見て、あの雲。何に見える？」私はエマに言った。

一瞬の間。「ウサギ？」

「そうよ。私、昼間もあのウサギを見たの。きっと私たち家族のこと、すてきな家族だと思ってるんだわ」

「だってそのとおりだもんね」

私たちが遅れているのに気づいた父さんが、すっ飛んできて腕を掴み、早くしなさいとばかりに引っ張った。エマと手を繋いだままだったので、エマもつられて引きずられた。父さんは家族を愛してくれていたけれど、私はどこかで、父さんは必要とあらば私たちを残して車で走り去るようなこともするのではないかと恐れていた。

父さんは車のドアを開けて、まずは私を、次にエマを文字どおり車内に放り込んだ。座席に落ち着くと、私とエマは声を出さずに会話した。

楽しかったね、と私。

誕生日おめでとう、とエマ。

助手席に乗り込むとすぐ、父さんは車をロックした。ひどく震えていて、うまくシートベルトをはめられず、しまいに諦めた。「墓地の横は通るな」と父さんは母さんに言った。

「でもできるだけ家まで飛ばしてくれ」

「わかった。任せて」車のエンジンをかけて、母さんはギアをバックに入れた。

「パパ」できるだけ落ち着いた声で、私は言った。「遠回りしたら、渋滞に捕まっちゃうわ」私たちが住むバーミングハムの渋滞は、それこそ怪物級だ。あれに捕まって車に閉じ込められでもしたら、父さんはパニックを起こすだろうし、私たちはもう逃げ出したいと思いながらドアにしがみつくことになる。

「あなた？」母さんが訊いた。車は駐車場の出口に差しかかっていた。もしも左に曲がれば、私たちは家に辿り着けないだろう。真面目な話、あと三十分も余計に父さんの言うことを聞いていなくちゃならないのなら、私はエマのために一緒に窓から逃げ出してやる。もしも右に曲がれば、ドライブは短くてすむ。墓の横を通るのは恐ろしいけれど、通り過ぎるのなんて一瞬だ。「お墓なんて見る暇もないくらいのスピードで運転するわ」

「だめだ。危険すぎる」

「お願いパパ」私はためらいなく言った。これから言うことに効果があることは、既に実証ずみだった。「今日は私の誕生日なの。忘れてたでしょ。プレゼントをもらったことだって今まで一度もないけど、他に何も欲しがらないって約束するから」

「俺は……」父さんは、きょろきょろと近くの木立に視線を走らせている。

「お願い。早くエマをベッドで寝かせてあげたいの。じゃないと眠り姫に変身しちゃう」

眠り姫というのは、ずっと前にエマについたあだ名だった。疲れているのに眠れないと、ものすごく不機嫌になるのだ。唇を尖らせて、エマが私の腕をひっぱたいた。私は肩をすくめる。だって本当のことだもの、という世界共通のサイン。

父さんは大きく息をついた。「わかった、いいだろう。音速の壁を破ってくれよ」そう言って母さんの手にキスをした。

「そうするわ。期待してて」

父さんと母さんは優しく笑い合った。そういえば、以前はこんなふうに両親が笑い合う瞬間がよくあったけれど、時が経《た》つにつれてだんだん見なくなった。

「ようし、じゃあ行きましょうか」母さんは右にハンドルを切ると、驚いたことに、本当に音速の壁に挑戦するみたいに車線変更を繰り返し、のろのろ走っている車にはクラクションを鳴らし、追突しそうなくらいあおった。

私は感動した。普段の母さんはハンドルを握ると緊張し、私までへとへとになってしまうほどなのだ。遠くへ行くこともなければ、時速四十キロ以上のスピードを出すことも、うちの近所を離れたこともない。

車はがたがたと揺れながらすごいスピードで走り続けた。私は携帯電話で時間を確認した。一つの事件にも出くわすことなく、十分が経過していた。家まであと二十分。

「ところでさ、私どうだった?」エマがこっちを向いてささやいた。

私はエマの手を握った。「すっごくよかった」

濃い色の眉がぎゅっと寄せられた。妹が次に何を言おうとしているか、私にはわかる。疑いの言葉。「本当にそう思う?」

「ほんとよ。会場にいた人みんなが夢中になるくらい。比べられちゃって、他の女の子たちはさぞかししょんぼりしたでしょうね」

エマは口元を押さえて、くすくす笑いを止めようとした。

私はこう言わずにはいられなかった。「エマとペアで踊っていた男の子いたでしょ? あの子はたぶん、エマのことステージから落としてやりたいって思ってたわよ。そうでもしないと観客に見てもらえないからね。ほんと、みんながあなたに釘《くぎ》づけだったから」

「あなた」母さんが緊張を滲《にじ》ませた声で言った。「何か音楽をかけてくれない?」たぶん母さんは父さんの気を紛らわそうとしていたのだ。

私は前のめりになって、フロントガラスの向こうを見た。やっぱり。墓地に近づいている。周囲には一台の車も走っていないから、これから起きる父さんの狂気を誰かが目撃することもない。父さんが騒ぎだすのは時間の問題だ。空気が張りつめていくのが感じられた。

「音楽はだめだ」父さんは言った。「集中してまわりを見ていないと……」

父さんは体を硬くして、指の関節が白くなるほどシートの肘掛けを握りしめた。

沈黙の瞬間が訪れた。ひどく重い、完全な沈黙だった。

父さんの喘《あえ》ぐような呼吸が次第に速くなっていく……。と、突然父さんが鋭い声で叫び、私は縮み上がった。「奴らが外にいる！　俺たちを狙っている！」父さんはハンドルを掴み、ぐいっと引っ張った。「見えないのか？　奴らのほうに向かってるぞ。向きを変えろ！」

車は急カーブし、エマが悲鳴をあげた。私は妹の手を強く握りしめた。心臓が早鐘を打ち、冷や汗が肌を伝う。エマを守ると決めたのだ。やり遂げなくては。

「きっと大丈夫」エマに言った。エマの激しい震えが伝わってくる。

「あなた、聞いて」母さんがなだめている。「車の中にいれば大丈夫よ。襲ってこないわ。やらなきゃいけないのは――」

「だめだ！　引き返さないと、家まで追ってくるぞ！」父さんは完全に錯乱状態で、聞く耳を持たない。「戻るんだ！」父さんはまたハンドルを掴み、大きく切った。今度は急カーブだけですまず、車はスピンし始めた。エマの手を強く握りしめる。

「アリス！」妹は泣いていた。

「大丈夫、大丈夫」私は呪文のように繰り返した。低い唸《うな》り声をあげながら、徐々に薄れていく世界……横転寸前の車……悪態をついているパパ……恐怖に息をのむママ……次第に車体が傾いていく……。

突然車体が宙に浮いたかと思うと、ひっくり返って逆さまに地面に叩きつけられ、また反転した。金属が強い力でつぶされる音、ガラスの砕け散る音、悲鳴。シートの上で前後に激しく揺さぶられ、体のあちこちを強く打ち、脳はミキサーにかけられたようで、息ができない。

やっと車が動かなくなったときには、意識が朦朧《もうろう》とし、頭に霞《かすみ》がかかったようだった。まだ揺れているような気がした。だが少なくとも、もう悲鳴は聞こえなかった。

かすかな残響だけが耳に響いていた。

「ママ？　パパ？」返事はない。「エマ？」何も聞こえない。

私は顔をしかめ、まわりを見渡した。何か温かいものがまつげを濡《ぬ》らしていて視界がはっきりしないが、とにかく目は見えている。そこで目にしたものは、絶望的な光景だった。

私は悲鳴をあげた。ずたずたに切り裂かれた血塗《ちまみ》れの母さん。首が奇妙な方向に曲がり、頬が裂け、シートにくずおれたエマ。嫌だ、嫌だ、嫌だ。「パパ来て！　二人を車から出さなきゃ！」

だが、答えは聞こえなかった。

「パパ？」捜してみたが、車内に父さんの姿がない。フロントガラスがなくなっていて、数ヤード先の破片の上に、ぴくりとも動かない父さんが横たわっていた。父さんのそばに三人の男が立っていて、ヘッドライトに照らされていた。

私は目を瞠《みは》った。あれは人間じゃない。絶対にあり得ない。たるんだ皮膚は醜い凹凸だらけで、着ている服はぼろぼろに破れて薄汚かった。染みの浮いた頭皮からもつれた髪が垂れ下がり、その歯の鋭いことといったら……。奴らは父さんの中に入り込み、また抜け出してきた……。奴らは父さんを食べていたのだ。

怪物――。

私は体の自由を求めて必死にもがいた。エマを安全なところに引っ張っていかなくてはでも妹は既に動くことも泣くこともしなくなっていた、父さんを助けに行かなければ。そうして動いているうちに、何か固くて尖ったものに強《したた》か頭をぶつけてしまった。激痛に気が遠くなりながらも、もがき続けた……次第に力が失われ、視界が薄れていく……。

この夜、アリスは眠りについた。わかったことはそれだけだった。

少なくとも、しばらくのあいだは……。

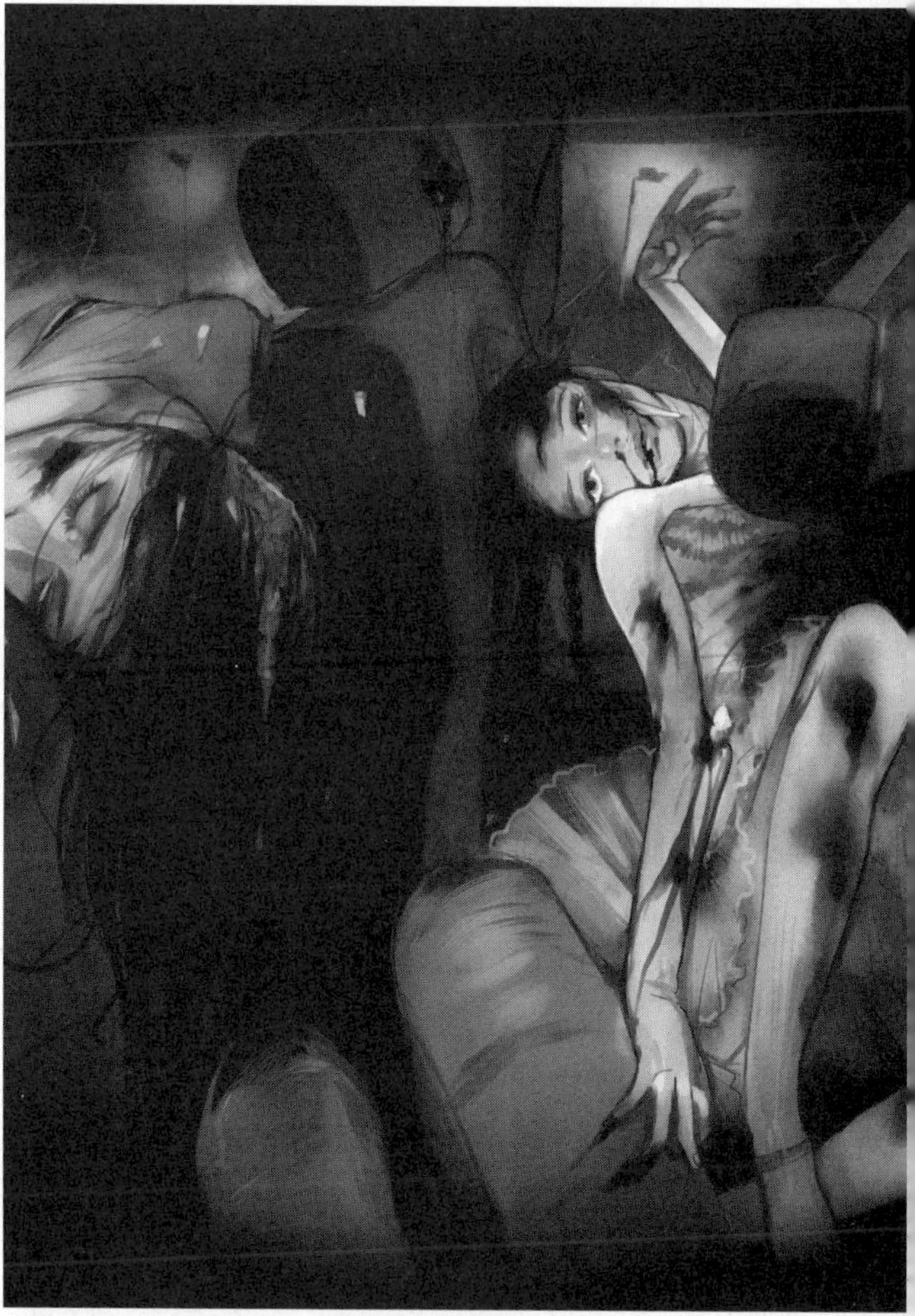

2　血と涙の海

みんな死んでしまったのだ。私の家族はもういないのだ。病院のベッドで目を覚ました私は、私と目を合わそうとも、口をきこうともしない看護師を見てそう悟った。医者に事実を告げられたときは、ただ横を向いて目を閉じていた。これは夢だ。ひどい悪夢だけど、きっと覚める。目が覚めれば、全て元どおりなんだ。

だが目が覚めることはなかった。

わかったこと。交通事故で、両親を失ったこと、それから私の……。だめだ、あの子のことなんて考えられない。とてもできない。そう、だから言い方を変えよう。家族全員を奪ったあの事故で、私のした怪我《けが》はごく軽いものだった。脳震盪《のうしんとう》に、あばら骨が何本か折れた程度で、私だけが助かったのだ。

何度かお見舞いに来てくれた母方の祖父母は、家族を失った悲しみに打ちひしがれていた。二人とも私のことを可愛《かわい》がってくれてはいたけれど、お気に入りの孫というわけでもない。大切な一人娘の夫としては好きになれなかった、父さん似だからだろう。それでも見捨てたりはしないと言ってくれた。うちに来なさいと。

そんなわけで私は、これまで住んでいた家とそう変わらない二階建てではあるが、慣れない家で暮らすことになった。父さんが建てたのではない、敵から身を守るための補強もされていない家で。いろいろ感じてもいいはずだったけれど、全てを奪われて抜け殻となった私の心は固く閉ざされたまま、何も感じることができなかった。

医者や看護師には、何度も何度も、気の毒に、とか、元気出してね、という言葉をかけられた。なんて無意味な言葉だろう。気の毒に？　だからどうしたというのだろう。そんなことを言われても家族は戻ってこない。元気出して？　ふざけないでほしい。私はこの先、絶対に元気になんてなれない。かけがえのない、愛する人を失う気持ちがあの人たちにわかるものか。一人ぼっちになった気持ちがわかるものか。あの人たちは仕事が終われば家に帰る。子供を抱き上げ、ご飯を食べながら一日の話をするのだ。それに引きかえ私は、そんなささやかなことを楽しむことさえもう叶《かな》わない。

その上正気まで失ってしまったのだろうか。あの怪物の姿……。

警察官やソーシャルワーカー、セラピストがやってきた。みんなが何があったのかを聞きたがった。特に警察官は、両親が野犬にでも襲われたのではないかと考えていた。野犬なんて見たこともないが、私が目撃したものよりは遥《はる》かに現実的だ。だが私は口を閉ざしていた。〝車がひっくり返って、ぺしゃんこになっちゃったんです〟そんなこと警察は百も承知だったろうが、それ以上のことを話せるわけもない。怪物のことは黙っていた。きっとあんなリアルな幻覚を見たのは、脳震盪のせいなのだ。

気を失ってから最初に目を開けたとき、母さんがまだ私と一緒に車の中にいた。だが次に目を開けたとき、母さんの体は外に連れ出され、父さんと同じようにヘッドライトに照らされていた。体内で何かがもぞもぞ蠢《うごめ》き、永遠とも思えるほどに長い時間のあと、それはようやく体の外に出てきた。母さんの肌は火傷《やけど》したように水泡に覆われて黒ずみ、ついには割けて血が溢《あふ》れだした。この話は誰にもしたくない。

全力でもがいたけれど、私はシートベルトが食い込んでどうしても動けず、母さんを助けることができなかった。やがて怪物は次の標的を私に定め、邪悪な鋭い視線で見据えると、一歩、また一歩と車に近づいてきた。私はパニックに襲われながらも、もう一人の家族を守らなくてはと覚悟を決めた。

だがすんでのところで一台の車が通りかかり、私たちを見つけてくれて、野犬ども（頭の中ではそう思うことにした）は走り去っていった。走って、というのは正確な表現じゃない。あるものは跳ねるように、あるものはするすると滑っているように見えたからだ。それからのことはよく憶《おぼ》えていない。ただ、光だけがあった。強い光が、私の目を照らしていた。金属同士がぶつかり合う音、大声で話し合う男たちの声。太い腕に抱えられ、何か鋭いものを腕に刺され、鼻に何かをかぶせられた。記憶はそこで途切れている。

「ねえ、あなたがアリス？」

忌まわしい記憶を彷徨《さまよ》っていた私は、はっとして、病室の入り口を見た。私と同い年くらいの、きれいな少女が入ってくるところだった。黒髪に、すっと伸びた黒いまつげ、大きなハシバミ色の目、きれいに日焼けした肌。〝私は天才です〟というロゴと上向き矢印のイラストが入った長袖Tシャツに、腰のまわりをどうにか隠しているだけのマイクロミニのショートパンツ。まるで部屋着だ。

「私はアリ――」永遠のような沈黙のあとでは、かすれ声しか出なかった。アリスという名前で再び呼ばれるのは嫌だった。だって最後にその名を呼んだのは……もういい。ただ、アリスと呼ばせるわけにはいかないのだ。「アリよ」私はあらためて答えた。

「私はキャスリンよ。みんなはキャットって呼ぶけどね。猫みたいだとか言いたいなら、怪我を覚悟してちょうだい。私の爪でね」長くて先の丸い指先をひらひらさせる。

「じゃあキティちゃんはどう？　あとマッド・ドッグとか」私は失礼を承知で言った。

少女は唇の端を歪《ゆが》めて笑った。「ふふふ。いいわね、マッド・ドッグ。気に入ったかも」彼女は悠々と背筋を伸ばして立った。「そうそう、私がなんでここに来たかだけど。まずは情報交換ね。うちのママがここで働いてて、今日はママについてきたの。あなたには友達がいたほうがいいからって。大変な事故だったんだってね」

「私は大丈夫」間髪をいれずにそう言った。まただ。この馬鹿げた言葉。大丈夫。

「うん、そうだよね。だからママにもそう言ったの」キャットはぶらぶら歩いてきて、部屋に一つだけあった椅子を引きずってくると、私の隣に腰かけた。「それに、知らない人に心を開く人なんていないでしょ。それが普通だよ。でもママの言うことだしね、あなただって、誰かついててくれたほうが気が楽でしょう？　私、意外と優しいの」

　そんな憐《あわ》れみを受けると思うと、苦しかった。「乱暴に追い出されたってお母さんに伝えておいて」

「それに」キャットは私の言葉など聞こえていないような顔で続けた。「短い人生なんだから、嘆き悲しんで過ごすにはもったいないでしょ。ところで、今私がトップやってる五人サークルに、一人あきができちゃってるのよね。だからこれは、あなたが五人に入れるかどうかの面接だと思ってね」

　不思議なことに彼女の話しぶりには、私を楽しい気持ちにさせて人生に引き戻してくれるものがあった。「トップなんて、みんなに好かれてるのね」

「当然よ」そう言ってキャットは髪を後ろになびかせた。「自慢するわけじゃないけど、私はすっごく手間のかかる女なの」

「へえ。手間がかからないほうが好かれるんだと思ってた」

「楽な女なんて、すぐに忘れられるのがオチよ。これ、書きとめて、アンダーライン引いて、ぐるぐる丸で囲んで、星印もつけといて。大事なことだから」それからほとんど息もつかずに続けた。「さあ、じゃあうまくやれるか試しに話してみましょう?」

「わかったわ」少し、彼女に興味が湧いていた。

「それで……あなたは家族全員を亡くしたのね?」キャットが訊《き》いた。

単刀直入もいいところだった。核心を避けようとも、遠回しに言おうともしない。「ええ」かすれた声でそう言うのが精一杯だったが、答える気になれたのはキャットの訊き方のおかげだったと思う。

「すごく落ち込んでいるのね」

「そうよ」

「これ食べる予定ある?」キャットは誰かが持ってきてくれたバニラプリンを指さした。

「いらない」

「やった。じゃあ私がもらうね」にかっと笑うと、彼女はプリンとスプーンを持って椅子に戻ってきた。ひと口食べて、満足げに唸《うな》る。「あとで食べてみてよ。最高なんだから」

「え……。うん」私は彼女に圧倒されていた。座っているだけなのに、彼女の中にはエネルギーが渦巻いているようだ。どうやったらこんなのを体にとどめておけるんだろう。

もうひと口食べたあとで、キャットは言った。「さてと。次に行くわよ。私はボーイフレンドと、夏のあいだ一緒に過ごそうって約束をしてたんだけど、彼はどこだったか、とある地方のなんとかさんの家に行かなきゃいけなくなったわけ。少なくとも彼の説明ではね。最初はうまくいってたのよ。毎晩電話してたし。けど、急に彼が電話してこなくなって。だからいい彼女でいようと思って、私から電話をかけたし、メールもしたの。言っとくけどストーカーっぽいことはしてないわよ。三十回くらいかけたところでやめたもの。一週間くらい経《た》って、やっと彼からかけてきたと思ったら、ものすごく酔っ払ってた上に、何事もなかったみたいに、やあ、会えなくて寂しいよ、今日はどんな服着てるの、なんて言うのよ。だからあんたにそんなこと教える義理ないわって言っちゃった」

沈黙。

キャットはプリンを食べながら私を見て、じっと待っている。一気にいろいろ言われすぎ、私は整理がつかずにいた。無論、友達とも日常の出来事や恋人の話はするけれど、こんなに短時間で事細かに聞かされたのは初めてだ。

「どう思う?」とキャットは催促した。

なるほど。私に評決を下せと彼女は言っているのだ。賛成か、反対か。「それでよかったんじゃ……ないかな」

「そうなの! だって聞いてよ。あいつ私の名前を間違えたのよ。セックスの最中じゃないだけましだったけど、電話で間違えたのよ」

私にどんなことを言ってほしいのだろう? 必死で頭を巡らせた。「最悪、だね?」言い切るつもりが、また語尾が疑問形になってしまった。

「あなたならわかってくれると思った！　もしかして私たちって双子なんじゃない？　それで電話を切ったの。そしたらまた電話が来て、おいリナ、だって。リナって誰よ？　あいつ浮気してたのよ。だから別れたの」

「それで正解よ。浮気なんて人間の屑《くず》がすることだもの」必死に答える。

「屑なんてもんじゃないわ。学校が始まったら仕返ししてやりたい。私だけをずっと愛してくれるって言ってたのに。嘘をついた代償を払ってもらうわ。リナなんて性病にかかって死ねばいいのよ」あんな奴《やつ》のために私の貴重な時間を使うのはもったいないわ」

学校……。それも私の人生で変わってしまったことの一つだった。

「どこに通ってるの？」私は尋ねた。

「アッシャー・ハイスクール。最高の学校だよ」

「そこ、パパとママが行ってたとこだ」両親のことを持ち出してしまった。口にしたばかりの言葉を引っ込めたいと思いながら、私はシーツを握りしめた。

「あなたは？」恐れていた話題には触れず、キャットは訊き返した。

私は安堵《あんど》した。「カーヴァー・アカデミーよ」それ以上は言わなかった。祖父と祖母が住んでいるのは、アッシャー・ハイスクールの学区内だ。ということは、夏休みが明けたらキャットと同じ学校になるわけだ。それを言おうかと口を開きかけて、やめた。

「アストロ・ジェットか！」彼女は言った。「去年はアメフトでもバスケでも、うちの学校が勝ったわね。行け、タイガーズ！　去年そっちはさぞかし悔しかったことでしょうね。今年も警告しとくわ。また負けて泣くことになるんだから。悪いことは早めに知っておいたほうが、ショックも少なくてすむからね」プリンを食べ終えたキャットは、水もちょうだいと言って、差してあったストローをぽいと抜いてコップの縁から直接飲んだ。「ところで、あなたボーイフレンドはいる？」

「いないけど」私は、突然変わった話題にどぎまぎして答えた。

彼女は濃い眉の片方を上げて、きらきら光る透明のグロスが塗られた唇をすぼめた。

「じゃあガールフレンドは？」

「それもいない」

「それは残念。あ、ガールフレンドがいないことがじゃなくてね。まあ、もしそうだったら初めてのレズビアンの友達ができて嬉《うれ》しいし、あのリナみたいに私の男を寝取る心配もないからいいんだけどね。残念なのはボーイフレンドのこと。もしいたらあなたのボーイフレンドの友達を紹介してもらいたかったのに。そうだ、車椅子を持ってきて乗せてあげようか？　下でハンバーガーでも食べようよ。別に美味《おい》しくないんだけど、プリンを食べたら本格的にお腹《なか》が空《す》いてきちゃって。あと、先々のために伝えておくけど、私、お腹が空くと機嫌悪くなるから」

「ごめん。やめとく。ちょっと疲れちゃって」私は深く枕に沈み込み、あくびをしてみせた。外に出ていくような気分には、とてもなれなかったのだ。

キャットはわかったというように無邪気に両のてのひらを上げて（その仕草で私が思い出したのは……いや、誰でもない）立ち上がった。「何も言わなくていいわ。わかった。もう行くわ。休ませてあげなくちゃね」そう言ってほんの数歩で出口まで歩きかけ、こちらを振り返る。「ねえ、私あなたのこと気に入りそうよ。アリ・ベル。きっと仲よくなれるし、あなたは私のトップ5の一位になると思うわ」

その二日後に、私は退院した。夏休みのあいだはあれっきりキャットに会わなかったが、たぶんそれでよかったのだ。キャットはいい子だし、私は友達にふさわしい人間じゃない。あれ以上一緒にいたら、気が変わって私を拒絶するかもしれない。彼女のトップ50に入るかどうかすら微妙なところだろう。

私はきっと鬱病か、神経症か何かにかかっているのだ。

祖父も祖母も、四六時中私を元気づけようとしてくれた。二人はすごくいい人たちだったけど、私を扱いかねているのはよくわかった。

楽になるから泣きなさい、と二人は言ってくれた。だが、心の奥底に囚《とら》われてしまった涙はどうしても出てこなかった。目の奥に熱い涙を感じても、雫《しずく》になって流れ落ちてこないのだ。正直、涙が出ないことはどうでもよかった。泣きたくなんてなかった。私は心のこの苦しみと、沸き立つような怒りは自分のせいなのだと受け入れていた。

だが、私はさらなる苦しみを背負わなくてはいけなかった。

葬儀の日、私は参列したくないと口にしてしまい、みんなを驚かせた。自分でも驚いた。しかし、家族がこの先永遠に眠ることになる場所を——何年もかけて腐っていき、ついに消えることになるその場所を——目にするなんて、とても耐えられないと思ったのだ。それがさらなる苦しみになるとしても、記憶の中にある家族の姿は消してしまいたくなかった。生き生きとした姿を。無論、祖父母は欠席など許してはくれなかった。

私はセダンの後部座席に座って葬儀に向かった。二人も私も、全身黒い服を着ていた。二人が私に買ってくれた新しいドレスは、妙に凝ったものだった。二人に迷惑をかけたり、お金をかけさせたりしたくなかった。それならジャガイモ袋でもかぶっていたほうがいい。こんな絶望的な日には、そのくらいがお似合いなのだ。

とにかく、今は自分のことを考えたくなかった。祖母は肩くらいまで伸ばした黒髪で、青白い頬を隠していた。震える手でティッシュを持ち、涙に濡《ぬ》れた目を押さえている。そうだ。祖母も家族を亡くしたのだ。悲しいのは私一人ではない。祖母の支えになるよう努め、いい子にするべきなのだ。わかっているのに、私にはできなかった。

「葬儀のとき、家族に何か言いたいことはあるかい」祖父は咳払《せきばら》いをした。薄くなった灰色の髪の生え際が、きれいなM字形を描いている。残りの髪は丁寧に櫛《くし》で撫《な》でつけてある。

母さんはそんな祖父の髪型をからかうのが好きだった。

「いいえ何も」私は、ろくに考えもせずに答えた。

祖母がこっちを向いた。腫れぼったい瞼《まぶた》。目尻は赤くなって、化粧が崩れてしまっている。私は思わず目を逸《そ》らした。その金色の目はあまりに懐かしく、そこに映し出される悲しみはあまりに深すぎた。

「本当にいいのかい？」祖母が訊いた。「ママはきっと……」

「うん、いいの」私は急いで言った。大勢の前に立って大切な思い出を語るなんて、考えただけで耐えられない。絶対に嫌だ。

祖母が優しい声で言った。「さよならを言わなくちゃ、アリス……」

気分が悪くなりそうだった。「アリって呼んで。お願いだから。それと、さよならは言わないわ」お別れの言葉など、言いたくはなかった。それからは誰も口を開かず車は進んでいった。ときおり、鼻をすする音だけが車内に響いた。

やがて目的地に着き、私たちはお墓のある区画まで歩いた。ここに教会はなく、全ては墓地で執り行われることになっていた。こんなのは間違ってる。母さんは教会に行くのが好きだったし、父さんは墓地が嫌いだった。その上家族が亡くなったのは、まさにこの場所なのだ。こんなところに父さんを埋葬するのは、我慢できないことに思えた。父さんは火葬にするべきだったのだ。だが私にそんなことを言う資格などなかった。父親の死の原因を作った、私は張本人なのだから。

私の人生を破壊した場所に目をやった。空はどんよりと陰鬱で、失われた者のために世界が泣いているかのように、霧雨が降っていた。私もその世界の一員に違いなかったが、父さんはきっと嫌がっただろう。太陽が好きな人だったから。

丘のようになだらかな傾斜を見せる広い敷地にはたくさんの木が立っていて、墓標のまわりには下生えが生い茂り、様々な色の花があちこちに咲いていた。

いつか私の家族の墓のまわりにも、花や草が生えるのだろう。今はただ、大きな空っぽの穴が三つ、蓋をされた棺《ひつぎ》が納められるのをじっと待っている。

気がつくとまた、〝気の毒に〟と〝きっと大丈夫〟の嵐にのみ込まれていた。聞きたくなんかないのに。私は慰めの言葉を全て無視して、ただまわりをぼんやりと見ていた。人々はティッシュに顔を埋《うず》めて泣いていた。以前近所に住んでいた、フラナガン夫妻とその息子、ケアリーもいた。可愛らしい顔立ちの男の子で、私より少し年上だった。窓辺に座って彼の家をじっと見つめては、もしも自分が普通の女の子で、普通の生活をしていたら、彼と仲よくなって、デートに誘われたりしたらすてきだろうなと、幾度となく想像したものだ。

実現することはなかったが。

ケアリーは悲しげに笑ってみせ、私は目を逸らした。

牧師が役目を終えて祖父の挨拶がすむと、参列者は立ち上がって集まり、お喋《しゃべ》りを始めた。私のところに次から次へと人がやってきては、肩を叩《たた》き、抱きしめた。ありがたくもなかったし、その気持ちに応えようという気にもなれなかった。他人の気持ちを傷つけないために茶番を演じられるほど、私は強くない。

「本当に可愛らしい子だったわね」そばにいた誰かが言った。誰かわからないが顔は見たことのある女性が、いちばん小さな棺を覗《のぞ》き込んでいた。赤くなったその頬には涙が伝っている。

「本当に残念だわ。そういえば、こんなことがあってね……」

女性は延々と話し続けた。その場に立っていた私は、急に息ができなくなった。口を開いて黙れと言いたいのに、言葉が出てこない。

「それからね、教室であの子が……」

耳鳴りが大きくなっていき、言葉の一つ一つを聞き取ることができなくなった。そのこと自体は問題ではなかった。私は、女性が誰のことを話しているのか知っている。けれどこの人が今すぐ目の前から消えてくれなければ、忘れてしまいそうな気がした。私は声にならない叫びをあげながら、絶望の深淵《しんえん》へと落ちていった。

「……あの子はみんなの憧れだった」

私は螺旋《らせん》状に落ちていく……。止めることができない……。

自業自得だ。そう自分に言い聞かせる。これも私の〝さらなる苦しみ〟の一部なのだ。

私の言葉が、強情さが、家族を殺したのだ。たった一つでも違った行動を取っていたら、みんなまだ生きていられたのに。

「……あんなに才能があって、心《しん》の強い子はいなかった……」

お願いだから黙って。黙れ！　黙れ！　黙れ！　だけど女性は私に向かって喋り続けた。

私の……私の妹のことを……。

エマのことを……。

エマは、死んだ。私のリリィ……。守ると誓ったのに、守ってあげられなかった。

喉から悲鳴が絞り出された。まわりの景色が見えなくなり、自分の恐ろしい悲鳴を聞きたくなくて耳を塞ぎ、私はその場に膝を突いた。いや、膝を突いただけではなかった。深い、深い、終わることのない絶望の底へ、苦悩に身を食われ、押し寄せる悲嘆に溺れ、悲鳴をあげながら墜落していったのだった。

そのあと何が起きたのかわからない。私は気を失っていた。これで三度目だ。もう、目を覚ますまいと思った。

やがて、私は目を覚ました。そのときから私は、これ以上ひどいことなど人生には起こらないのだと思い、心を静めようとした。なんの役にも立たなかったが。だがようやく、これが悪夢などではないと受け入れることができた。これが私の新しい現実であり、それに対処していく道を学ぶべきなのだ。そうでなければ永遠に涙が止まることはない。

毎日夜になると、私は窓辺のベンチに腰かけて、新しい家の裏庭を見下ろした。何百メートルかの土地に、森や丘や花、所有地の境界線を示すフェンスなどがある。フェンスの向こうには、銀色の月影に照らされた丘が広がっていたけれど、ささくれ立った心の私には、ただ高い木々が連なっているようにしか見えなかった。

疲れていたが、眠りたくなかった。まどろむたびに事故の夢を見た。それならいつも父さんがしていたように、怪物を捜して夜をやり過ごすほうがいい。怪物の存在を証明したいのかどうか、それは自分でもわからなかったのだが。

父さんはいつも銃を持っていたけれど、銃声を聞いたことはなかった。ということは、銃は通用しないのだろうか。あの怪物たちは幽霊か悪魔のように人間の皮膚にするりと入っていったように見えたが、本当のところはどうだったのだろう。

馬鹿馬鹿しい。怪物なんて存在しない。

そう思っているのに、事故があってからというもの、こうして怪物が出ないか見張っているのだ。

何かの予兆のように、茂みが揺れた。私は窓に鼻がくっつくほど身を乗り出した。たぶん風のせいだ。私は自分にそう言い聞かせた。あれは断じて腕なんかじゃない、枝だ。そして手のように見えるあれは、葉っぱだ。

白いものが翻り、私は息をのんだ。木々のあいだを進んでくるのは、猫背の女性ではなく、きっと鹿だ。鹿であるはずだ。でも……。鹿はウエディングドレスを着たりしない。私が拳で窓枠を叩いて揺らすと、女性は逃げるように去っていき、木々に隠れて見えなくなった。しばらく待ってみたが、もうその姿が視界に現れることはなかった。

夜が明けるころには、目を開いているだけでもやっとだった。こんなことはやめなくては。自分を苦しめるようなことはやめるべきなのだ。さもないと、父さんに取り憑《つ》いていた狂気に、私まで取り憑かれてしまう。それこそ皮肉だ。

そんなことを思いながらも、私は苦笑いすることも、泣くことも、ベッドに戻ることもしなかった。そして、次の夜の見張りはどうしようかと考えていた。

3　気になる少年と、奇妙な幻覚

夏休みは飛ぶように過ぎて、三年生の初日がやってきた。バーミングハムの外れにあるアッシャー・ハイスクールは、祖父の家からは車で十分の距離だ。行け、タイガーズ。車で十分の道のりは、スクールバスだと四十分かかる。だけどそんな余計な時間が今は嬉《うれ》しかった。病院でキャットに言ったように両親もアッシャーに通っていたから、もしかしたら学校には二人の写真も飾ってあるかもしれない。

もしあっても見たくなかった。葬儀の日のような発作が起きるかもしれない。あのときより少しは強くなったと思いたかったが、危険をおかすわけにはいかなかった。

私はバスの運転手のすぐ後ろの席に陣取り、ずっと下を向いていた。誰とも口をきかず、誰よりも先に、リュックを揺らしながら足早にステップを下りた。

建物の前で私は、思わず目を丸くして立ちすくんだ。ものすごい数の生徒たち。背の高い人、低い人。男の子、女の子。お金持ちそうな人、貧乏そうな人。可愛《かわい》らしい顔立ち、無表情。がりがりな人、そうでもない人。誰も彼もが再会に興奮し、友達とお喋《しゃべ》りをしながら笑い合っていた。

校舎は大きくて、見た目からして落ち着かなかった。というのもタイガーズというチーム名は、学校のカラーをそのまま反映した名前だったからだ。黒いレンガが黄色のレンガのあいだを埋める、虎模様の見たこともないような校舎。たくさんの植木も、幹は黒、葉は金色に塗られていた。舗道の上には金と黒で描かれた虎の足跡が並び、入り口の金属探知機へと続いている。誰がつけたのか、金属探知機には虎の耳と髭《ひげ》までついている。ここで虎の悪口でも言おうものなら、トイレに頭から突っ込まれそうだ。

事務室に寄って校内地図が欲しいと頼んだら、事務員は面倒臭そうにカウンターの上に置かれた束を指した。一枚取って「ありがとう」とつぶやく。時間割はもうもらっていたが、私は方向音痴なのだ。地図もなしに教室に辿《たど》り着《つ》く自信はない。

そのとき、一人の女性が急ぎ足で部屋から出てくると私に気づき、まっすぐこちらにやってきた。きれいにマニキュアが塗られている。「アリス・ベルね」

「アリです」私たちは握手をした。女性はいささか強すぎるくらいに、私の手を握った。

「私は校長のライト博士です。〝ライトさん〟、〝ライト〟、〝おい〟、なんて呼んだら無事じゃすまないわよ。私がこの手で獲得した博士の称号で呼んでちょうだい。いいわね？」

「はい」校長の顔をそっと観察してみる。ダークブラウンの髪に、美しい顔立ち。黄味がかった肌に、真面目そうに光る黒い目、キューピッドの弓の形をした口元。

「何か必要なものがあれば遠慮なく私のアシスタントたちに伝えてね」そう言いながら、校長はさっさと歩きだしていた。

「ありがとうございます。そうします」

そう答えたが、聞こえていなかっただろう。校長は既に歩き去ったあとだった。

タイガーズの校則がべたべた貼られた廊下に辿り着くと、生徒たちでひどく混雑していた。楽しげな笑い声が溢《あふ》れ、ビーチボール（これも黒と金だ）を打ち合っている子たちもいた。私が歩くのが遅いのか、何度か人にぶつかられて倒れかけた。

私は壁際のロッカーに張りついた。少し経《た》てば人の流れも収まって、ぶつからずに歩けるようになるだろう。待っているあいだ、蘇《よみがえ》りそうになる記憶から目を逸《そ》らし続けていた。前の学校のことや、授業が終わったあとに近くの小学校に……迎えに行ったことを。

「アリ？」

床に落とした視線をはっと上げた先に、少女たちの集団の真ん中に美しい黒髪の少女が立っていた。「キャット！　じゃなかった、マッド・ドッグ」知った顔に会えたのがすごく嬉しくて、私は思わず夏のあいだ中ずっと忘れていたことをした。笑ったのだ。

キャットも笑い返し、また会えたことを心から喜んでいるように、手を振ってくれた。

私が近づいていくと、長年の友達のように腕を差し出した。「うわあ。ここで会えるなんて嬉しい！」私の格好を上から下まで見て、キャットはにやっと笑った。「その格好、いいじゃん。私好きよ」

嘘に決まってる。よれよれのスニーカーに、破れかけたジーンズ、手持ちでいちばん古いTシャツ。生地がほつれて、フリンジがついたようになっている。何かいいことがあったときのように浮かれて着飾るなんて、今の私にはとてもできなかった。

祖父母が私を診せたセラピストは、家族が全員亡くなったのに一人だけ生き残ってしまったことで、私が自分を罰しているのだと言った（同じことをもう一度でも言われたら、両耳を切り落としてその女性セラピストのところへ置いてきただろう）。そんなこと言われなくてもわかっている。他人に指摘されたところで救われるわけでもないのだ。

「で？」キャットが促した。「私はどう？」

彼女の上から下まで眺めてみた。

「言うまでもないでしょ。まぶしいくらいすてきよ」人目を引く派手な靴に、ＭｉｓｓＭｅの股上の浅いジーンズ、トップスはタイトな黒だった。緩やかにウェーブのかかった黒髪を片方の肩に流している。

「最高の褒め言葉ね！」キャットは言った。「そうだ。紹介するわね。みんな、この子は私の特別な友達、アリよ」

私たちの出会いの話が出るのではないかと思って身を強張《こわば》らせたが、キャットは何も言わなかった。彼女に抱きつきたいほど嬉しかった。

「アリ、この子たちはリーヴ、ポピー、レン」

　この学校には、ジェーンとかベスとかケリーといった普通の名前はいないらしい。

「初めまして」いつもどおりのぎこちない挨拶。みんなキャットに劣らず非の打ちどころがなくて、雑誌の中でしかお目にかかれないような美人ばかりだった。

　そう、雑誌。それがふさわしい表現だった。どの子もファッション雑誌から抜け出てきたみたいだ。それに引きかえ私ときたら、一人だけ〝週刊・迷い犬〟的な雑誌から出てきたように、惨めで、憐《あわ》れで、場違いだった。

「よろしくね」レンが言った。美しいキャラメル色の目をしたゴージャスなアフリカ系アメリカ人の子。

「キャットの友達なら大歓迎よ」どこかの王子様と結ばれることを運命づけられたような、そばかすに赤毛のポピー。

「今週末、パーティーをするの」リーヴが黒髪を肩にかけて言った。はっきりした顔立ちで、日に焼けた肌はこれ以上ないほどきれいなブロンズ色だった。「休み明けの一週間を無事にやり過ごせたお祝い。というか、三日間だけどね」

　どうして学校というものはいつも週の真ん中から始まるのだろう。

「来てくれるよね？」リーヴが私の顔を覗《のぞ》き込んだ。

「ええと……どうだろう……」パーティーに行ったことはなかったが、友達からよく話を聞かされていた。それによれば、パーティーとは次のようなものだ。
一、よく知らない人と、たくさんの人でごった返す家につめ込まれる。
二、よく知らない酔っ払いと、たくさんの人でごった返す家につめ込まれる。なぜならお酒が出されるから。この点については友達から聞いていただけじゃなく、脳細胞が焼けてしまいそうなくらい母さんに教育番組を見せられたから知っていた。
三、たいてい夜に開かれる。
かつての私の願いは、夜に外出することだった。たった一度の月夜の散歩のために、なんだって差し出しただろう。だが今となっては、夜間の外出など考えたくもなかった。

「アリは来てくれるわよ。私が保証する。さ、私はアリと話すことがあるから、先行ってて」キャットは一人一人の頬にキスをして、みんなを見送ってから、私のほうを向いた。

「時間割はもうもらったよね？」

パーティーへの出席を勝手に決めてしまったことには目をつぶることにした。絶対に行きたくないなどと言って、わざわざ気を悪くさせることはない。

「ええ」

授業の名前を思い出しながら、一つでもキャットと同じだったらいいと願った。

「そうだ！　一緒にランチしながら、この学校を乗っ取る計画を考えようよ。これは決定事項だから。私とあなたとあの子たちで、学校を思いどおりにするのよ。最初の授業の教室まで一緒に行ってあげる。二つ先の建物だから、ちょっと歩くよ」

「キャットもそこで授業なの？」

「ううん、私はここ」キャットは目の前の教室を親指で指した。

廊下の奥にかかっていた時計に目をやった。始業のベルが鳴るまであと六分しかない。

「自分の授業に遅れちゃうよ」

「ええ、でも気にしないで」にっと笑って、キャットは私に腕を絡ませた。「一日一善って言うでしょ。これであなたに貸しができるしね。私はいつだって正しいの。誰かに訊《き》いてみるといいよ、この学校で私に協力しない人なんていないんだから。まじな話」

キャットは小柄なのに、人込みをなんの苦もなく進んでいった。〝ここで生き抜くために知っておくべきこと〟をずっと教えてくれながら。

「あの女は最低。あいつは遊び人。彼は顔はいいけど去年クスリのやりすぎで瀕死《ひんし》状態だったからおすすめしないわ。あの子は二重人格で、嘘つきの魔女。ええそうよ。あなたのことよトリナ」キャットは大声で言った。

「トリナは人の悪口を言うのが好きなの。ってことは悪口なんてダサい奴《やつ》のやること。だから私は人の悪口は絶対言わないって決めてるんだ。私には品があるもの。トリナみたいな、バーミングハムの馬鹿女と違ってね」もちろん最後の言葉は大声だった。

美人で少し筋肉質のトリナがすっ飛んできた。キャットに殴りかかるのではないかと半ば本気で心配したが、彼女はキャットを睨《にら》みつけただけで、立ち去ってしまった。

なるほど。憶《おぼ》えておかなくては。〝トリナとかかわらないほうがいい〟トリナの標準サイズのタンクトップから見える、引き締まった二の腕とタトゥー。耳の下くらいでばっさり切った髪に、首の後ろには長い傷痕があった。まるで歯形のような。

「それからあの彼はゲイだけど、認めようとしないの」キャットは続けた。「勇気がなくて、ゲイであることを利用することもできない意気地なしよ。あっちの彼はその友達で、金持ちだけど嫌な奴。それからあの子、彼女はいつも鼻をぐずぐず言わせてる。話すときはティッシュが必需品だから気をつけて。あの子のいるグループはどうもみんな辛気臭いんだよね。彼女は悪い子じゃないんだけど。それからあいつ……げっ！」キャットは急に立ち止まると私のことも引きとめ「何か面白いことを言われたみたいにげらげら笑ってて」と言った。

笑い方なんて忘れてしまった気がしていたが、仕方なく無理やり声を出して笑ってみた。ひどい笑い声。キャットは唖然《あぜん》として、扁桃腺《へんとうせん》が丸見えになるくらいに口をあんぐり開けている。しかしキャットはすぐに気を取り直すと、髪を片方の肩に払って魔法の笑い声をあげた。虹の上で天使がハープを弾いているようだ。まったく不公平だ。

「何かあったの？」私はそっと訊いてみた。

「今振り向いちゃだめだよ、そこに元カレがいるの」

そんなことを言われたら、振り返りたくなってしまう。

「こら、アリ！」キャットがぴしゃりと腕を叩《たた》く。「もうアリったら！　自制心ってものがないわけ？」

「ごめん」私はひりひりする腕をさすった。しかしそれくらいで諦められるわけがない。

私たちの右手に、八人の男の子たちがいた。〝犯罪者〟に見た目の定義があるとすれば、この人たちがまさにそうだった。全員背が高く、筋肉質。て、顔にピアスをあけている。ベルトみたいにチェーンを腰に巻いている人もいたが、彼らが着けるとファッションというより武器にしか見えなかった。

「前はもう少し人数が多かったの」キャットが言った。「去年病気で二人死んじゃったの。血が毒におかされてどろどろになって、体が内側から腐っていく病気。触って感染するようなものじゃなかったんだけど、恐ろしい病気なんだって噂《うわさ》が立っちゃってね。大騒ぎになったから、生徒全員にパンフレットが配られたの。だけどそんな珍しい病気に二人が同時にかかるなんて、ちょっとおかしいと思った」

そう話すキャットの声には、何か引っかかるところがあった。

「知り合いだったの？」

「うん。永遠に泣き続けるかと思うくらい泣いたわ。こんな言い方はひどいかもしれないけど、二人一緒でよかったと思うの。二人はすごく仲がよくて、いつも一緒だったから。

ごめん、なんか気のめいる話になっちゃったね」

「ううん、気にしてない」心は深く沈んでいたが、そう答えた。「で、どれがあなたの元カレ？」生きている男の子たちに話題を戻して、私は訊いた。

忌々《いまいま》しそうに、キャットはふんと言った。「あのブロンド。もう別れたし、よりを戻すつもりもないわ」

隣の集団を観察してみる。アフリカ系アメリカ人が二人、スキンヘッドが一人、ダークブラウンの髪が二人、黒髪が一人。ブロンドは二人いる。その二人をもっとよく見ようとしたそのとき。視界をよぎった、青に近い漆黒の髪の人物に、私の目は釘《くぎ》づけになった。

真っ赤なベースボール・キャップ。真ん中に何か文字が書いてあるが、ここからは読むことができない。馬鹿騒ぎには交ざらずに、一人腕を組んでロッカーに寄りかかり、暇つぶしの娯楽でも見るように仲間たちを眺めている。

息をのむようなその美しい顔立ちに、私は一瞬で心を奪われた。素早く、気づかれないように（残念ながらばれていたわけだけど）盗み見てしまうと、瞳の色は何色だろうと気になって仕方がなくなった。ブラウンでもハシバミ色でも、すばらしく似合うだろう。

「よう。キティ・キャット」

誰かが呼んだ。私は赤い帽子の少年から目を離し、ブロンドの一人に目をやった。

「こっち来て挨拶しろよ。そうしたいくせに」

「私の望みはあんたに地獄に落ちてもらうことよ」キャットが言い返した。

「おいおい。冷てえな」

キャットに声をかけたのは、ブロンド二人のうち、背の高いほうだった。茶色の冷たい目に、薄暗い物陰で、親指をしゃぶりながら母親を求めて泣いている悪魔のような顔。彼みたいな人がキャットとつき合っていたなんて想像できないが、確かに浮気しそうな雰囲気はある。たぶんこの人がキャットの元カレだ。

「どうせ俺のことが忘れられないんだろう？」

「あんたなんかリナに性病をうつされればいいのよ」

「手厳しいね。リナって呼んだのは、ふざけてただけだって」彼は笑っている。

「二回とも？」

そうか。彼と夏のあいだいちゃついていたリナというのは、〝二重人格の嘘つき魔女〟トリナのことだったのか。信じられない。キャットは私が出会った中でも最高の美人だし、女の子らしい。それに比べるとトリナは、少々マニアックだ。

だが間違いなく、これがキャットの元恋人だ。いかにも犯罪者っぽい顔に、手首に入れた手錠を連想させる黒いタトゥー、指関節にはメリケンサックのタトゥーを入れている。

「別に怒ってないわ」キャットが言った。「あんたは嘘をついたけど、私も嘘をついたから、おあいこだもの」

ついに彼の顔から笑みが消えた。「嘘ついたって、いつだよ？」

キャットはいかにも作り物の甘い笑みを浮かべた。彼の反応を楽しむように。

「あんたとするとき、いつもよ。私は全然楽しめなかった。意味わかるでしょ？」

「うわぁ」仲間の一人が言った。

「ふざけるなよ」キャットの元恋人が、それを押しのけた。もう先刻見せたような余裕は失われていた。暗い色の瞳がぎらぎら光っている。

「私に命令しないで。それにこんなこと冗談でやらないわよ」そう言ってキャットが彼に中指を立てると、仲間たちがまたどっと笑った。

自信ありげな態度が徐々に崩れてきていたが、なおも彼は言った。

「ま、そんなこと言ってるのも今のうちさ。お前はまた俺のものになる。時間の問題だ」

「あっそ。じゃああんたの金玉を犬の餌にするのも時間の問題ね」それから私を見てこうつけ足した。「犬を買いに行くこと、私が忘れてたら教えてね」

あの黒髪の少年がついにこちらをちらっと見た――私も彼を見つめ返した――そのとき、私はキャットのことも、キャットの問題も忘れた。バイオレット――彼の目は驚くほどきれいなバイオレットだった。なんと美しい色だろう。きっとコンタクトレンズに違いない。

彼がキャットに笑いかけた。ずっと前に苦労してやめた爪を噛《か》む癖と、頬が緊張で小刻みに痙攣《けいれん》する癖が再発しそうだったが、必死にこらえた。彼が私のほうを向く。彼と目が合った瞬間、口の中がからからに乾き、まわりの景色が薄れていった。もう、彼の姿しか見えない。ほんの一瞬で、私たちのあいだにあったはずの距離が失われ、私たちはぴったりと体を寄せ合っていた。抱き合い、キスをしていた。彼は私よりも十センチ以上背が高くて、背の高い私が小さく見える。私は夢中になった。ああ、これはなんてすてきなことなんだろう――。

キスなんて初めてだった。彼の舌が私の唇を割って入ってきて、私の舌も彼の口に吸い込まれる。お互いの顔を食べるような、激しいキス……。

〝アリ〟私の体を引き寄せて強く抱きしめると、彼はそっとささやいた。

〝コール〟私もささやいた。どんなに求めても足りず、永遠に離れたくなかった。温かい。どんなに毛布をかぶっても冷えきっていた私に、その温《ぬく》もりが沁《し》み渡った。指で彼の髪をかき分けると、帽子が落ちた。彼は顔を傾けて、私の唇をさらに貪った。

〝君は美味《おい》しいな〟かすれた声。彼の体からは、サンダルウッドと、包みから出したばかりのストロベリーキャンディのようなフルーツの香りが漂っていた。

〝話はあとにして。今はキスを――〟

「――アリ。アリ！」キャットが目の前に立ちはだかり、顔をしかめて手を振っていた。

「ねえ聞こえてる？」

はっと気がつくと、私はさっきまで立っていたのと同じ場所にいた。廊下の向こう側に立つ帽子の少年――コール。確か私は彼をそう呼んでいた――のところへ行ってもいなければ、髪を触っても、キスしてもいなかったのだ。なのに舌がひりひりして、なんだか息もうまくできなかった。

「大丈夫?」キャットが心配そうに言った。

キャットは背が低かったから、その背後にいる少年たちの姿がよく見えた。廊下には、私たち以外にはほとんど人がいない。恐らく始業のベルが鳴っていたからだろう――今はその残響も消えかけている。信じられなかった。私はどれくらいのあいだ、あの男の子を見つめていたのだろうか。

彼もこっちを見つめていた。だが、優しい目つきなんかじゃない。睨みつけるような、鋭い目つきだ。仲間の一人が彼の腕を引っ張って、注意を引こうとしている。赤い帽子の彼は冷たい顔で鼻を鳴らすと、背を向けて廊下を歩き去った。残りの少年たちも彼のあとを追う。そのうちの一人が「いったいなんだったんだよ?」と言っている。

とても立っていられず、私はロッカーに寄りかかった。彼の視線から解放されて、ようやくまともに息がつけるようになった。

「あの帽子の子、誰?」私はキャットに尋ねた。

まずはキャットの心配を解消してあげるのが筋なのだろうが、どうしても彼のことが知りたかった。それに、大丈夫かどうかなんて、自分でもわからない。

キャットは急に様子を変えると、がっくりうなだれた。だが、その目だけは私を見つめ続けていた。「なんで？　あいつが気になるの？」

私は口を開きかけ、また閉じた。私が気になるのは、いったい何が起きたのかだ。なぜ彼とキスをしている幻覚なんて見たのだろう。なぜあの幻覚は、彼の体温や強さまで感じられるほどリアルだったのだろう。思わず体が反応してしまうくらいに。

「ちょっと知りたいだけ」無関心を装ってそう答えた。その言葉に偽りはなかった。

キャットは信じていないようだった。「コール・ホーランドよ。でも、あいつとデートしたいとか思わないほうがいいよ。信じて」

体に衝撃が走った。彼の名前は本当にコールだったのだ。でも、私はなぜそのことを知っていたんだろう。

どこかで彼がコールと呼ばれるのを聞いたのだろう。無意識のうちに。きっとそうだ。

「どうして？」

「私は信用できる人間だからよ。あなただって知ってるじゃない」

「そうじゃなくて、デートしたいって思っちゃいけない理由を訊いたの」

「ああ、なるほど。まずね、あなたがあいつのことを怖いと思っているからよ」

「そんなことないわ」

キャットは爪先立ちになって私の頭をぽんぽん叩いた。「事実を認めないならもっと言ってあげるね。彼はあの野獣どものリーダーで、めちゃくちゃ危険な男なの」

危険――確かにそうかもしれない。

「でも、あなたはあの中の一人とつき合ってたじゃない」

キャットは、私が言いたいのはそれよ、といった感じで手を広げた。「で結局どうなったか見てよ。浮気されて傷つけられて……」静かにドアの閉まる音がして、キャットはまわりを見た。「そろそろ教室に行かないとね」

廊下にはもう人がおらず、自由に歩くことができた。解放感を感じてもいいはずなのに、何かに繋《つな》がれているような妙な気分がした。

「コールは最悪よ」キャットは言った。「あいつが何か言えば、仲間は喜んで従うの。しょっちゅう授業をサボるし、それに……。うん、今あなたの考えてることでだいたい合ってるよ。いや、合ってはいないけど近いよ。悔しいけど、私も確かなことは知らないの。フロスティは秘密を守る奴だから。まあとにかく、あいつらはいつも怪我《けが》をしてるから、きっと危ない喧嘩《けんか》をするのが好きなのよ。しかも秘密主義だっていったっけ？　中でも最悪なのがコールで、二番目がフロスティ。まじで保証するよ」

「凍るように《フロスティ》寒い？」

「私の元カレ」

「え……でも名前は……」

「うん、フロスティっていうのはあだ名。冬の日に、鍵を忘れたか何かして、家に入れなくなっちゃったことがあったらしいの。発見されたときには体中氷に覆われてて、霜焼けがひどかったそうよ。もう少しで手足を切断しなくちゃいけなくなるところだったんだって。実際にあった話らしいよ」

「本当かな？」

「まあ、片方の爪先がないのは確かだけど、凍傷でなくなったっていうのは怪しいかも。とにかくね、あいつらとつき合いのある女の子といえば、コールの元カノのマッケンジー・ラブと、さっき会っちゃったあいつ、トリナだけよ」

コールは昔の恋人と今も仲がいいのか。これを悪い報《しら》せと取ることもできたが、それはどうでもよかった。ただ、彼のことが気になった。

「忠告しとく。あのグループと仲よくしようものなら、マッケンジーがあなたを追いつめて、脅しをかけてくるわ。友達も離れていくし、まわりから問題児だと思われるわよ」

「フロスティとつき合ってたとき、あなたも友達をなくしたの？」

刹那、キャットの目に悲しみの色が滲《にじ》んだ。しかし髪を片方の肩に払うと、にっこり笑って言った。

「私はいつだって超問題児だからね。さっき別れたってみんなの前でばらしちゃったから、わよね？」

もっと面倒なことになりそう。けど、アリだったら私のそんなところも受け入れてくれる

「当たり前」私は心から言った。

「それでこそあなたよ」キャットは赤いドアの前に立ち止まり、親指を立てた。

ドアについていた小さな窓から教室の中を覗き込んで、私は逃げ出したくなった。吐き気を覚えた。教室は生徒で埋め尽くされて、空席はない。前のほうに教師がいて、もう授業を始めていた。私が入っていったら、みんなが静まり返ってこっちを見るのだ。

私は青くなって震えていたのだろう。キャットが「緊張してるの？」と尋ねた。

「うん。少し……いやかなり」私は嘘をつくのが下手だ。「サボっちゃわない？」

期待を込めて訊いてみた。新学期は二時間目の授業から始めればいい。

「だめよ。そんなことしたってあんまりいいことないわよ。私も自分の教室に行かなくちゃ。それにさ、注目を集められるなんて最高じゃない」

嫌だ、嫌だ。私はあとずさりした。「じゃあ外であなたを待ってるわ」

「大丈夫だって」キャットは無慈悲に言った。「きっとみんなから好かれるわよ。つまんないこと言う奴がいたら、私に教えて。そういうの、私得意だから」キャットは私のお尻をぽんと叩いた。「さ、じゃあまたあとでね」

「キャット、待って。私――」

「何カ月か経てば、アリも立派な雌虎になるわよ。でもそれまでは……」キャットはドアを開けて私を教室に押し込んだ。「苦痛に耐えないとね」

これ以上ないほどの恥辱のうちに、私は最初の授業を終えた。先生は私を教室の前に立たせ、簡単な自己紹介と、遅刻の理由を説明させた。新入生だろうが、容赦ない。バトル先生というこの教師は――これからずっと尻の穴《バットホール》先生と呼ぶことになる――威張り腐った男だったが、あまり気にならなかった。愛らしい顔立ちの、子犬のような褐色の目をした少年が私を励ますように笑いかけてくれ、バットホール先生が後ろを向いた隙にマスターベーションの真似《まね》でみんなを笑わせ、私から注意を逸らしてくれたからだ。彼のおかげで私は傷つかずにすんだ。

二時間目の授業は同じ教室で、三時間目の授業は別の建物で行われた。今度は時間どおりに教室に行くことができたし、授業も難しくなかった。誰も私に話しかけてこなかった。背の低い、ころころと太ったメイヤーズ先生を除いては。メイヤーズ先生は白髪交じりの髪をおだんごにまとめていて、顔の割に大きすぎる眼鏡がしょっちゅう鼻からずり落ちていた。「新学期をあなたと始めることができて嬉しいわ」先生は手を叩いて言った。「私の授業計画を聞いたら、あなたも共感してくれると思うわ！　さあ、これはクリエイティブ・ライティングの授業です。間違ってこの教室に来ちゃった人は？　いない？　結構。

さあ授業を始めましょう」

片手に頭を預けて授業に集中しようとしたが、気がつけば別のことを考えてしまっていた。将来のこと、心を落ち着かせる方法、何か役に立つことをじっくり考えたいのに、どうしてもできない。コール・ホーランド村行きの特急列車に飛び乗ってしまった私の思考は、途中下車を許してくれなかった。

しばらくすると、ある疑問が湧いてきた。あの廊下で、何が起きたのだろう？ コールも私と同じような幻覚を見たのだろうか？ あの冷たい顔はまるで、私が断りもなしに彼を当惑させるようなことをしたみたいだった。だがよく思い出してみると、あれは苛立《いらだ》ちのジェスチャーだったのかもしれない。私が彼のことをじっと見つめすぎたから。次に会ったとき、もしまたあの幻覚が起きたらどうすればいいのだろう。

その答えが知りたくて、私は一時間目と二時間目は授業が終わるたびに、彼の姿を捜した。いくつもの廊下や階段を覗き、男子トイレの前を通るときは歩くスピードを緩めさえした。しかし彼の気配すら見つけることはできなかった。それでよかったのかもしれない。私は彼に怯《おび》えていたのだから。

そう、認めよう。コールは体格がよく、不良で、間違いなく暴力的なものとかかわりがある。私の人生は既に十分すぎるほどの暴力を経験していた。もしも私たち二人が話をしたら、起こり得る結果は次の三つ。

一、放送禁止用語になるような汚い言葉で罵られる。
二、放送禁止用語でしか表現できないくらいいかれた奴だと、噂を立てられる。
三、自分のことを誰だと思っているのかと、放送禁止用語を駆使して訊かれる。なぜなら彼のほうでも私のことなどまったく知らないはずだからだ。
「……彼女の作品が象徴しているのは……」

ときおりメイヤーズ先生の声が聞こえたが、私はすぐに引き戻された。コールのことを、廊下での出来事を、母さんに話したくてたまらなかった。父さんと一緒にいるおかげで、母さんは奇妙な出来事を様々な角度から理解できた。きっと笑い飛ばしたりせず、セラピーに連れていったりもせず、私を座らせて、納得のいく結論が出せるまで励ましてくれる。会いたくてたまらなかった。最後の日、母さんにもっと優しくしていればよかったと、激しい自責の念に襲われた。

どうしてコール・ホーランドのことばかり考えてしまうのだろうか。

こんな話、祖父たちには絶対に言えない。二人は私の前ではいつも笑顔で、全て順調であるかのように振る舞っていた。寝室でのひそひそ話を私に聞かれているなど、夢にも思わずに。

〝かわいそうに。セラピーは効果がないみたいだ。あの子はこの先治らないかもしれないな。お前どう思うね？〟

〝どうかしらね。私が悲しいのはね、あの子は深く傷ついているのに、私にできることがないってことよ。あの子がそうさせてくれないのよ〟

〝そうだな。本当に、どうしたらいいのやら〟

祖父たちは、映画やスケート、ショッピングなど、私くらいの年代の子が喜びそうなところへ連れ出そうとしてくれたが、私はいつも断っていた。そうすると、いつも二人は私の額にキスをして、「そうか、じゃあまた今度」と言うのだった。

今度なんてないわ、と言いたかったが、これ以上心配をかけたくなくて、ぐっとこらえていた。いつも自分の部屋に閉じこもって過ごしていたが、それがいちばん楽だった。

私は惰性で生きていた。朝はジュリー・カガワの『フェアリー・プリンセス』シリーズを読む。午後は、父さんが母さんのために作ったテープを聴いて過ごした（私がいたのは、母さんが昔使っていた部屋で、そこでカセットプレイヤーを見つけたのだ）。夜は怪物を捜した。外出といえば、平日は学校、休日は教会へ行くだけだった。

鳴り響くベルが、鏡を叩き割るように夢想を砕き、私ははっと立ち上がった。メイヤーズ先生は机の上の本をまとめているところだった。生徒たちは教室を出ていこうとしている。荷物をかき集めて、私もそれに続こうとした。

「アリス・ベル」

教室を出ようとしたとき、メイヤーズ先生に呼び止められて、目が合った。

「アリって呼んでください」

　先生はうなずいて、私に温かい笑顔を向けた。

「カーヴァー・アカデミーのときの成績表を見たわ。すごいわね。みんなAばかり。だから、前の学校では授業中に居眠りなんてしていなかったと思うけれど」

「居眠りはしていません。誓って」

　先生は笑みを大きくして、怒っているのではないことを示した。

「読んだり書いたりすることは、みんながみんな楽しいと思うことではないわ。だけど、明日もう一度チャンスをくれない？　私の授業がつまらなくてやる気が出なかったら、それはもう仕方がない。居眠りでも、空想でも、好きにしてくれていいわ」

　公平な取引だ。「約束します」

「結構」先生はドアのほうを顔で指した。「さ、もう行っていいわ。行くところがあるんでしょう」

　廊下に出た瞬間、今ここで世界が終わればいいのにと祈った。フロスティが、彼よりさらに野蛮そうな仲間の一人を連れて、私を待っていたからだ。私を見つけると、さっと動きだして距離をつめてきた。コールに近づくなと、そう警告しに来たに違いない。歩き続ける私の横を、二人はぴったりついてくる。

「待ってくれ。俺はフロスティっていうんだ」

タフな外見のブロンドが言った。近くで見ると、彼の目は茶色一色ではなくて、チョコレート色がちりばめられたきれいなブルーベリー色だった。

お腹《なか》が鳴った。彼の目から食べ物を連想してしまうほどに、私は空腹だったのだ。けれど食欲が戻ってきたのは歓迎すべきことだった。夏のあいだ、私は空腹というものをほとんど感じなかったから。

「こっちはブロンクス」返事につまっていた私に、彼はそうつけ加えた。

「私はアリ」さっきはブロンクスを見かけなかったから、遅刻したのかもしれない。

「ブロンクス出身なの？」

「いいや」フロスティが代わりに返事をした。

ブロンクスは何も言わず、ただ私をじっと見ていた。眉にあいたピアス、髪は鮮やかなブルー。その目つきは邪悪を通り越して、悪魔の呪いの域に達していた。

「そう」私は言った。他に言葉など見つからなかった。

運動部の集団が、横を通った。驚いたのは、彼らが私を挟んでいる筋骨隆々の二人を避けるようにして通っていったことだ。彼らの感じている恐怖のにおいが私の鼻を刺した。

おかしい。

私のいた学校では、運動部こそが学校の支配者であり、絶対だった。彼らの心配事は次の試合のことだけだった。学校が違えば、世界はこうも違うのか。

「あなたたち」

ライト博士の声がした。廊下の向こうからやってくる姿を見つける前に、カツカツ靴音が聞こえた。「ミス・ベルをいじめているんじゃないでしょうね？」

そう言いながら近づいてきて、フロスティを見据える。

「指導室に閉じ込められて一日を台無しにするのは、もったいないわよ」

「台無しにする理由なんてありません、ライト博士」

「大丈夫です」私が同時に言った。先生は納得がいかないようだった。

「話がしたくて。それだけです」フロスティは無邪気に笑った。

「どうして？」校長というものは、みんなこんなにお節介なんだろうか。

「ええと、彼女が可愛いから？」断言というより疑問形で、フロスティは答えた。

それを聞いてなんとも情けない気分になったが、緊張が少しだけほぐれた。ライト博士は納得してない様子だったが「軽はずみな言動は慎むように。でないと保護者を呼ばざるを得ないわよ」と言って、きびきびと歩き去っていった。

フロスティは肩をすくめた。ブロンクスはふざけた調子で敬礼した。

「それで、君はキャットとどうやって知り合ったの？」唐突にフロスティが話を元に戻した。動じてないふりをしているが、内心は落ち着きを失っているようだ。

私はリラックスした。二人がここにいるのはコールのためでも、私に魅力を感じたからでもないのだ。「夏休みに偶然会ったの」迷いながら、私は答えた。友達の元恋人との正しい接し方なんて知るわけない。

「どこで?」フロスティは、なんでもないふりを装って言った。

「ええと……」どうにかして、私自身のことを話さずに答える方法はないものか。

二人は私に肩を押しつけたまま角を曲がらせた。私が行きたいのは別の方向、ロッカーのあるほうだ。やろうと思えば、行きたいほうに行くこともできた。暴力は嫌いだが、こんな大きな二人相手でも私は立ち向かえる。それは、父さんのおかげだった。

実際、十二回に一回は父さんからダウンを取れるようになっていた。仰向《あおむ》けにひっくり返したり、目を突いたり、父さんの鼻を折ってしまったこともある。私に負けると、父さんはいつも顔をくしゃくしゃにして笑い、ものすごく褒めてくれた。

目頭が熱くなり、頬が震える。だめだ。今この状況に集中しなくては。

「どこで会ったか知りたいなら、キャットに直接訊けばいいじゃない」答えになっていない回答。次にキャットに会ったら、適当に言っておいてもらえるよう頼まなければ。

「冷たいなアリ。そりゃねえよ。せめてヒントをくれよ」フロスティは、内臓を刺されたみたいなジェスチャーをしてみせた。

憎めないところのある人だが、この人はキャットを裏切ったのだ。必死で頭を巡らせた結果、私は言った。「じゃあヒント。たくさんの人がいるところよ。悲鳴をあげている人とか、苦しくて暴れている人とかね」

フロスティの顔がさらに獰猛《どうもう》になったように感じた。愛想のよい仮面が剥がれて、暗く鋭い目つきがむき出しになり、唇が怒りで震えている。

「キャットが誰かに触ったのか？　誰かキャットに指一本でも触れたか？」

ひと夏もキャットを放っておいたくせに。

「あなたと話せてよかったわ。でももう本当に行かないと……」私は急いで次の角を曲がろうとして、何かに衝突して後ろに倒れかけた。ブロンクスが私を受け止め立たせてくれたが、すぐに手を離した。「ごめんなさい」そう言って、ぶつかった人を見る。

私より少し背の低い女の子。背中の中央まで伸びた絹のような黒髪、神様がお気に入りの天使の顔を思い浮かべてデザインしたような顔。完璧なメイク。わずかに日に焼けた、完璧な肌。恐らくかなりのお金がかけられている、セクシーかつ気品漂う、完璧な服。ピンク色のカシミアのセーターに、誘うような白いスカート。彼女はたくさんのガラスの中に紛れ込んだ、ひと粒のダイヤモンドだった。

私は女の子には興味はないが……彼女は誰もが振り返らずにはいられない、そういうタイプの子だった。キャットや、そのモデルのような友達ですら、比べ物にならない。

「これが、今あなたが追いかけてる子なの？」彼女がフロスティに言った。あんたは私より下なのよ、と私に言っているような声だった。

「引っ込んでろ、マッケンジー」フロスティが言った。

マッケンジー。これがコールとつき合っていたという、マッケンジー・ラブか。一人納得し、おかしくもないのに笑いそうになった。きれいな男の子はきれいな女の子とつき合う。それが世の中の理《ことわり》というわけだ。その理屈からすると、私がつき合うことになるのは、痩せこけて孤独で、悲劇的な過去を持つ人か。最高。

「コールが捜してたわ」彼女は二人に言った。「だからあんたたちのくだらない布教活動はいったんお預けね」

やっと立ち去るきっかけができた。さよならはさっきすませてあったし、私はマッケンジーの横を抜けて食堂に入った。二人に連れてこられたのは食堂だったのだ。もうあちこちに長い列ができている。私は食堂内を見回して、知っている顔を捜した。

キャットがこちらに手を振っている。背後から、フロスティが私に向かって何か言っているような声が聞こえた。その横でマッケンジーが彼を罵っているようだ。聞こえないふりをして、私は進んでいった。

「フロスティと何をしてたの?」私がどさっと腰を下ろすなり、キャットが訊いた。怒ってはいないようだ。よかった。

「フロスティと、もう一人、ブロンクスだっけ。二人が授業のあとで私を待ってたの。あなたとどうやって知り合ったのかって訊かれたわ」

キャットの頬から血の気が失《う》せた。「それでなんて答えたの？」

フロスティとの会話をざっと話した。さっきの対応で正しかったことを祈って。キャットはほっとしたような顔になり、顔色も元どおりになった。

「すごい！　私でもまったく同じことするわ」彼女の言葉に、私は胸を撫《な》で下ろした。

「よかった」

「どこで会ったか、誰にも言っちゃだめ。いい？」彼女は懇願するような目で言った。

もちろん問題ない。だけどどうして、会った場所を知られたくないんだろう？　訊いてみたかったが、そのとき他の友人たちがやってきた。

私にはわからない彼女たちの話を聞いているとき、ふと首の後ろの毛が逆立つような感じがした。数分間はその感覚に耐えていたが、ついに我慢できなくなって、座ったまま振り返ってみた。

コールとその仲間たちが、テーブルをいくつか隔てたところに座っていた。コールは私を見つめていた。いや、見つめていたなんて生易しい言葉は、あの刺すような視線には当てはまらない。もし目から短剣が飛ばせるなら、間違いなく私の胸には数本刺さっていただろう（コールが見つめていたのは胸ではないけれど）。

勇気を振り絞って私もコールを見返し、何かが起きることを期待して待った。だけど、今度はなんの幻覚も見えなかった。心をさらけ出したキスは始まらなかった。私はほっと胸を撫で下ろした。落胆はしていない。これでよかったのだ。天使のようなマッケンジーが、コールの肩にしがみつき、私のものよと主張しながらこちらを威嚇しているのだから。彼女もコール同様、私を睨みつけたまま彼に何かささやきかけている。好きにしたらいい。自分の評判など私は気にしない。

何よ？　私はマッケンジーに向かって、そう口を動かした。当然の疑問だ。私は何もしていない。彼女は舌で歯をなぞり、コールに「あいつに思い知らせてやりたいの」と言ったようだった。「ほんのささやかな教訓をね。いいでしょ」コールがなんと答えたのかはわからなかった。

キャットが私の手を叩いた。「話聞いてた？　私が今言ったことは超重要なんだから。つまりね、力を得るには、現女王を玉座から引きずり下ろさなきゃいけないのよ」

「ごめん、聞いてなかった」顔を赤くして、私はキャットのほうに向き直った。「それで、現女王は誰なの？」

「あなたが夢中になってる男の元カノよ」リーヴが言った。

「私、マッケンジー・ラブ対、アリ……ほにゃららの対戦のゴングを確かに聞いたわよ」

「アリ・ベル」私がそう名乗ると、キャットが言った。「アリの圧勝に決まってるわ。だけど、アリが玉座に望むのはこの私。そうでしょ」

「私はいちばんになんてなりたくない」私は言った。玉座にふさわしいわけなどない。

「ほらね？」キャットは顔をほころばせた。

「コールは絶対、あなたが自分に気があると思ってるよ。さっきだって追いかけようとしてたもの。今だってそうよ」レンが言った。

「マッケンジーは週末までにあなたを殺してやりたいと思ってるだろうね。でもさ、あんな男取り合う価値ないよ。振り回されて、人生台無しにされちゃうだけだもの」ポピーは、指先にきれいな赤毛を巻きつけながら言った。

「以前コールに気に入られた女の子なんて、一年間全身ギプスで過ごす羽目になったわ」

「どんな女の子？」思わずそう訊いてしまった。

「嘘つかないで」キャットが顔をしかめて言った。「そんなことがあったら憶えているはずだもの」

「キャットの言うとおり。そんな女の子いないよ。反応が見たくてさ。でも失敗」レンは溜息《ためいき》をつくと、キャットに向き直った。

「フロスティとのこと、もう話したの？　あいつのせいで退学寸前になったって」

誰かが私の肩を叩いた。顔を上げると、黒髪の少年と目が合った。バットホール先生の授業で一緒だった、みんなを笑わせて私から注意を逸らせてくれた、あの少年だ。テーブルがしんとなった。

「マッケンジーなんかを恐れちゃだめだ」

彼に言われて気づいた。先ほどのマッケンジーの〝アリ・ベル抹殺計画〟の静かな宣誓が、既に食堂中に知れ渡っているのだということに。

「彼女のパンチは強烈だけど、それは立っているときの話だ。地面に倒してしまえば、君の勝ちだよ」それだけ言うと、彼はすっと背筋を伸ばして歩き去った。

私はびっくりして、女の子たちの顔を見た。全員呆気《あつけ》に取られた様子で私を見ている。キャット、ポピー、リーヴ。それからレン……彼女の鋭い視線に私は戸惑いを覚えた。

私は腕を広げた。「今の何？」

キャットはにやにやしながら言った。

「ライバルが現れちゃって、コールは面白くないでしょうね。あれはジャスティン・シルバーストーン。妹としか話をしないの。あなたは妹じゃないのにね」

ポピーは力強くうなずいた。「実はゲイだと思ってたくらいよ」

レンがポピーをひっぱたいた。「彼はゲイじゃない！」

「それで、どうするのよ、アリ？」リーヴは、テーブルに肘を突いて身を乗り出した。

「どうするって何を？」本当にわからなくて、私は訊いた。

「ジャスティンの気を引いたじゃない」レンは言った。その口調は、キャラメル色の目つきと同じくらい尖《とが》っている。

「ジャスティンはすごい優等生で、一日も学校を休んだことがないし、将来を約束された人なんだよ。出世するタイプね。あんたなんかじゃ普通目にとめてもらえないよ。だけど孤独な人だから、きっとあんたのことが珍しかったのね」

「気を引いてなんかいないわ。私が話をしたのはフロスティだけだし、それだって待ち伏せされたからよ」私は椅子に座り直して言った。

「ふうーん」キャットは疑わしそうに、楽しそうに鼻を鳴らした。

「ほら、コールがさっきのサプライズ・ゲストに気づいたかどうか見てみようよ」

私は目を丸くしてキャットの腕を掴《つか》もうとした。「やめなって……」

だけど、遅かった。キャットはもう振り返って見てしまった。そして次の瞬間、口をあんぐり開けた。

誘惑に抗《あらが》えず、私もコールのほうに目をやった。そして衝撃的な光景を目にした。今日、コールから死の呪いの視線を受けたのは、私だけではなかった。コールがジャスティンを見る目つきといったら、彼の皮を剥いで地面に叩きつけ、踏みつけながら〝ダンス・ダンス・レボリューション〟してやりたいと思っているかのようだったのだ。

「あれ、私のせいじゃないよ」どうにかそれだけ絞り出した。

そんなことあってたまるか。

だけど心のどこかで、そうだったらいいのにと思っている自分もいた。

4　謎の花嫁を追って

その夜、窓際のベンチに座って、外の暗闇を眺めていた。意外なことに、あのあとコールもマッケンジーも、私に近づいてこなかった。彼らの仲間たちも、ジャスティンもだ。マッケンジーが何を考えていたのかはともあれ、〝思い知らせる〟ことはやめにしたんだろう。それか、誰かが止めてくれたか。

溜息《ためいき》をついて、こめかみを揉《も》んだ。私にはもっと重要な心配事があった。放課後キャットと別れ、バスに乗り、自分の部屋に閉じこもった。祖父と祖母は、新しい学校の話を聞きたがった。私は生返事でかわすつもりだったけれど、二人があまりに細かく知りたがるものだから、私は一時間目の〝B先生〟の授業に遅刻したことまでうっかり話してしまった。先生の本名はもう忘れてしまっていたし、尻の穴《バットホール》先生なんてあだ名をつけたことを祖父たちには知られたくなかった。

もちろん、二人が次に知りたがったのは、スクールカウンセラーに電話するべきか否かだった。私のことを考えて休学させたいと伝えたほうがいいか、迷っていたのだ。二人らしい気遣いだったけれど、それは絶対にお断りだった。

夕食を終え、食器を洗って片づけてしまうと、祖父たちは部屋で眠りにつき、私はまた一人きりになった。黄金の三日月が、黒いベルベットのような空に美しく飾られていた。雲はなく、空一面に散らばる星々が思い思いに輝いている。そよ吹く風が枝葉を揺らし、心安らぐ光景にほのかな薄気味悪さを与えていた。

越してきてからというもの、私は毎晩張りつめた気持ちで、じっと庭を見つめて待っていた。あの花嫁姿の怪物をひと目見たい一心だった。姿を見せる日もあったが、今夜はまだだった。何時間も座り続けていたせいで退屈し、両肩には疲労感が重くのしかかっていた。

毎日夜遅くまで見張っているうちに、気づいたことがいくつかある。まず、花嫁の怪物は毎晩現れるわけではないということ。その出現頻度は七日から十四日に一度。ある月齢のときだけ出てくるのかもしれないと思って記録をつけてみたが、違った。しかし、彼女の姿が見えないときでも、彼女か他の誰かにじっと見られているように感じることがあった。

もちろん、私の妄想かもしれない。本当に窓の外にいるのが花嫁姿をした怪物なのか、百パーセントの確信などなかった。だが、もしかしたら今夜にでもわかるかもしれない。見張りを続けていさえすれば、いつかはっきりするはずなのだ。

怪物を見た翌朝に裏庭の奥の森を調べてみると、決まって人の足跡のようなものがいくつか見つかった。ほとんどは大きくて、ブーツを履いた男の人の足跡のように見えた。数こそ少なかったが、テニスシューズを履いた女性のものと思われる小さな足跡もあった。

こうした足跡は、私が幻覚を見ていたわけではないことを物語っていた。それでも、この足跡すら幻覚なんじゃないかという恐れは拭い去れなかった。かくれんぼをしていた子供たちが残していった足跡に過ぎなかったとしたら、私はまるで道化だ。

二時近くになって、私は切り上げることにした。これまで花嫁の怪物が二時を過ぎてから現れたのはほんの数回のことだったからだ。落胆し、少し怒りすら感じていたが、正直言って少しだけ安堵《あんど》してもいた。怪物が出なければ、対決しなくてすむ。

そう、怪物と向き合い、対決するのも計画に含まれているのだ。私は最後にもう一度森を見渡した。そのときだ。一本の木の陰から、かすかに白い布が覗《のぞ》いているのが見えた。恐怖という名のひんやりした指先が背中をつと撫《な》でたような気がして、私はごくりと唾をのんだ。血が沸き立つのを感じる。部屋でじっとしているなんて、できるわけがない。

祖父に借りたバットを掴《つか》んだ。もっと前に怪物に立ち向かうべきだった。だが、恐ろしかったのと、事故の光景が頭から離れないのとで、踏み出せずにいたのだ。だけど私は、前より賢く、強くなった。新しい学校での最初の一日を乗りきれたのだ。森に出没した〝あれ〟を捜しに行く勇気だってある。

「パパ、ごめんなさい。パパのルールを破らなくちゃいけないの」

そうつぶやいた。

〝怪物たちは、人の肉や内臓に飢えている〟父さんの声が聞こえたような気がして、私は動けなくなった。〝見つかったら、どこまでも追いかけられる。捕まれば、貪り喰《く》われてしまう〟

〝どうしてそんなことがわかるの？〟私はそう訊《き》いたんだった。父さんの言うことを信じたからじゃない。正気に戻ってほしい、自分がどれだけおかしなことを言っているのかわかってほしい、その一心で。〝追いかけられたことがあるの？〟

〝何度かな。でも捕まらずにすんだ〟

〝そう、でも捕まらなかったなら、なぜ奴《やつ》らが人間を食べたがっているってわかるの？〟

〝奴らの体から、邪悪な意志が滲《にじ》み出ているからさ〟

〝パパ、それはちょっと――〟

〝わかるんだよ。それにな、何年か前に、奴らのことについて書いた本を見つけたんだ〟

〝で、そこに書いてあったことを全部信じたの？　間違いなく作り話だよ〟

父さんは少し考えて、言った。〝いいや、その本には怪物に銃は効かないって書いてあったんだが、銃はなんにだって有効だ。それに、同じ体験をした人と話をしたしな――〟

〝チャットルームで、でしょ〟私は冷めた口調でそう言ったのだった。チャットルームなんて、四十四歳の中年が十七歳の女の子のふりをするような場所だ。

〝そうだ。みんな同じことを言うんだよ。怪物は人間を食べたがっているってな〟

思い出を頭の片隅に――罪悪感や悲しみやその他数限りないものが混沌《こんとん》と混じり合う場所に――無理やり戻して、私は静かに階段を下りていった。裏口から外に出て、暗闇に目を慣らすため、玄関ポーチでしばらく立ち止まる。暖かい空気が、払いのけられない毛布のようにすっぽりと夜を包んでいた。虫が鳴き、そよ風が葉を揺らしていた。

息を吸って、吐く。嗅いだことのないようなおぞましいにおいが鼻をついた。思わず顔をしかめる。腐った卵に犬の屁《へ》を混ぜて、スカンクのガスを加えたようなにおいだった。

バットを握りしめ、庭を見渡してみる。バッタがそこかしこで跳ねている。亜麻色の月光に照らされた木々が揺れるたび、落ちた影がタンゴを踊る。大丈夫。私ならやれる。一歩、また一歩と、フェンスの陰に近づいていく。体が震え、足がすくみそうになる。

ようやく森に続く門に辿《たど》り着いた。噴き出た汗が背中を伝う。正直、もう部屋に逃げ帰ってしまいたかった。また耳をすませ、腐敗臭を吸い込んでみる。さっきより強烈に、喉が痛むほどににおいは濃くなっていた。私は咳《せ》き込んだ。

震える手で掛け金を外す。軋《きし》みをたてて門が開くと、私はバットを構えた。永遠とも思える一分間が過ぎたが、何も起こらなかった。誰も襲ってなどこない。

さあアリ、あなたならできる、大丈夫。少しずつフェンスを離れ、生い茂る下生えのあいだを抜け、森に入っていった。右に、左に、視線を走らせる。ウエディングドレスがちらりと見えた。思いきりバットを叩《たた》きつける。手ごたえはない。身動きができなかった。腕が震えている。頭上に厚く生い茂った枝葉が月光を遮っていて、地面に足跡があるかどうかはわからなかった。一気に速度を増した心臓は、いまにも破裂してしまいそうだ。

背後で、小枝の折れる音が聞こえた。

さっと振り返ってバットを振った。手ごたえは再びない。自分を落ち着かせようと、深呼吸をする。ずっと不思議だった。ホラー映画に出てくる頭の弱い女の子たちは、なぜみんな、物音がすると自分一人で見に行くのだろう。そのあとで彼女たちを待っているのは、突然の死だ。警察を呼ぶとか、助けを待つとか、何かしていれば、そんな悲劇は回避できたのに。でも今ならわかる。こんなこと誰にも話せるわけがないのだ。頭がおかしくなったと思われるのが嫌だから。父さんのように。閉じ込められ、治療を施され……そのうち忘れられるのだ。

だから私も口を閉ざし、ホラー映画の女の子のように、森の奥深くまで進んでいった。深く、さらに深くまで……。後ろで、また枝の音がした。身をひねってバットを振ったが、またしても何もいなかった……。そのとき、私はあるものを目にした。思わずよろめきそうになりながら、どうにか声を絞り出す。

「エマ……？」

少し離れたところに、黒い髪をおさげに結び、腰にピンク色のチュチュをつけたエマが佇《たたず》んでいたのだ。事故で傷ついたはずの頬は、きれいなままだった。かすり傷一つ見当たらない。片方の眉が、バラ色の口元のほうへと引き下げられている。

「もう家に戻って」エマの声には恐怖が滲んでいた。振り返り、ちらっと後ろを見た。「アリス、急いで」

エマの姿は驚くほど現実味があった。幼い女の子特有のにおいまでした。その甘い香りで、漂う腐敗臭が消えるほどに。足を踏み出して距離を縮め、エマのそばに行った。

「アリス」エマはもどかしそうに言った。

私の手は、エマの体をすり抜けた。叫びだしたいほどの絶望感。エマはただの幻覚なのだ。でもそれがなんだっていうの？　エマはここに、私と一緒にいる。ずっと会いたかった。私の頭がエマの姿を見せてくれるなら、それに抗《あらが》うつもりなんてない。

「元気だった？」

「アリス、家に戻って。手遅れになっちゃう」

「何が手遅れになるの？」エマをこの腕に強く抱きしめ、二度と離したくない。

「早く！」琥珀《こはく》色の目と視線がぶつかった。涙が光っていた。「アリス、お願いよ。早く……」エマの姿が徐々に薄れ、声も小さくなっていく。

「待って！」私は叫んだ。大好きな妹を二度も失うことになるなんて……これ以上残酷なことがあるだろうか。「行かないで」

あなたが必要なの。本物でも、そうでなくても。しかしエマの姿は既になく、甘い香りも消《き》え失《う》せていた。取り乱した私は、そこら中を歩き回り、エマの痕跡を捜し求めた。

打ちのめされるような絶望を味わったあとで、ある希望が湧いてきた。エマが消えたのは、何かよくないことがあったからだ。きっと何か理由があって、私に部屋に戻るように言ったのだ。部屋に戻れば話ができるかもしれない。私はすぐさま走りだし、門を閉めて家の中に駆け戻った。部屋に飛び込む。

「エマ？」答えはない。部屋の端から端まで、隅々まで捜したが、エマはいなかった。

私は待ってみた。五分、十分。エマは現れない。もう戻ってきてはくれないのだろうか。希望は消え失せ、絶望感が戻ってきた。

「エマ」頬が震えた。天井のシーリングファンが回る、かすかな音がするばかりで、他に物音はしない。ぼうっとした頭で、カーテンを開けたままだったことに気づき、閉めようと近づいた。布に指が触れた瞬間、私は凍りついた。

月の光に照らされて、花嫁姿の怪物が、フェンスのすぐ後ろに立っていたのだ。今度は花婿も一緒だ。初めて見たが、間違いようがない。唇をめくり上げ、歯をむき出して私を見ていた。鋭く尖《とが》る歯が月光に煌《きら》めいた。

ぼろぼろに破れ、汚れたドレス。眼窩《がんか》に陥没した眼球。小さな穴だらけの顔には、穴から流れ出したどす黒い何かがべったり付着している。ベールをつけていないむき出しの頭に髪はほとんどなく、長い紐状《ひもじょう》の毛束が数本、落ち葉と共にしがみついているばかりだ。

隣の男も、同じように汚れて破れたタキシードを着ていた。同じように落ちくぼんだ目に、穴だらけの顔、薄い髪。気味の悪い黒い液体が、両の頬から流れ出て、ぽたりぽたりと地面に滴っていた……。

花嫁のほうは、まるで私を捕らえようとするかのように、腕を振り回している。思わずあとずさりした私は、つまずいて転び、バットの上にしりもちをついた。あれが怪物なら、さっき外に出た私を見逃したりはしないはず。だからあれは、たちの悪いいたずらか何かに違いない。誰かが怪物のふりをしているだけなのかも。でも……。誰がこんな質《たち》の悪いいたずらをするだろう？　こんな人気のない場所で、これほど長い時間をかけて。

これが私のいちばん苦しむやり方だと、誰が知っているだろう。

そんな人はいない。私はありったけの勇気を振り絞り、立ち上がって窓に近づいた。

外を覗く……しかし二人は消えていた。

大声をあげたくなるほどに落胆した。いったい何が起きたのだろう？　私が見たのはなんだったのだろう？　どうして妹と話せたのだろう？　がっくりと膝を突き、両手で顔を覆った。私は、父さんより重症だ。それはもう、否定できない事実だった。

5　死のウサギ、再び

翌朝、私はアッシャー・ハイスクールの廊下を彷徨《さまよ》っていた。昨日はひと晩中窓にもたれ、空想上の怪物に怯《おび》えて震えながら、エマの姿を必死で捜した。自分が情けなかった。

私は寝不足だとまったく調子が出ない。それは十分承知していた。頭がはっきりせず、鉛をつけられたように体が重くて、知らず知らずのうちに足を引きずって歩いていたようだ。誰かにぶつかって、そのときようやく自分が足を引きずっていたことに気がついた。相手は知らない少女だった。私は謝ったが、少女は小走りで去っていった。

エマのことを考えなさい。奇妙な出来事や、自分の愚かしさについて考えるのは、そのあとにしなさい。まずは一日を乗りきらなければ。指を交差させる幸運のおまじないをして、私は心の声に従うことにした。キャットに会いたい。彼女といればいつも気が紛れた。ふと人込みの中にコールの姿を捜してしまっている、そのときを除けば。

昨日コールに会った廊下に近づくにつれて、てのひらに汗が滲《にじ》んできた。彼は今日もいるだろうかと考えた。身を強張《こわば》らせて廊下を曲がり、万が一の衝撃に備える。

よかった。コールはいた。ポケットに手を突っ込んで、彼はロッカーに寄りかかっていた。今日は青い帽子をかぶっている。顔に落ちた帽子の影で、美しいバイオレットの目は見えなかったけど、顎にできた青痣《あおあざ》と、下唇の傷は隠せていなかった。

喧嘩《けんか》したんだ。

タイトな黒いTシャツを着ているせいで、逞《たくま》しい筋肉がよく見えた。腰からぶら下がったチェーンの端には、乾いた血がついている。ぴかぴかのブーツには、擦り傷がいくつもできていた。まわりの仲間の人数が、昨日より減っている。全員が、顔や首、腕や拳など、どこかしらに傷を負っていた。フロスティの両手にも包帯が巻かれていた。

「やあ、アリ」フロスティが私を見つけて笑った。「今日もいかしてるな」

「どうも」神経質な口調にならないように、そう答えた。手持ちでいちばんいいジーンズに、白とグレーのゆったりしたレースのトップスは、私の胸を実際よりも大きく見せている。でもそこに特別な意味はない。

「なあ、こっちに来て話そうぜ」人懐こく、憎めない少年だ。

私はコールに視線を戻した。彼も来いと言ってくれるだろうか。コールも私を見ていたけれど、その顔は笑ってはいなかった。それどころか睨《にら》んでさえいた。私たちの視線が合った瞬間、まわりの世界が消えていき――。

――誰もいなくなった廊下に、私たちはいた。コールは逞しい腕を回して、私を引き寄せた。太陽で温められた洗濯物のにおいと、サンダルウッドの香りに、私の体は熱くなった。ストロベリーキャンディのにおいはしなかったけれど、そんなことはどうでもいいくらい、今日もとても魅力的だった。バイオレット色の目が、私をうっとりと見つめている。まるで世界でいちばん美しいものを見ているかのように。

「俺から離れるなよ」

私は言われたとおりにして、指先を彼の胸へ、首へ、それから髪へと這《は》わせた。帽子と、傷には触れなかった。

「こう?」

「そう。それでいい」コールは私と唇を合わせて舌を入れてきた。

私たちは互いに首を傾けるようにして深く唇を合わせた。髭《ひげ》の剃《そ》り跡が私の肌をひっかいたけれど、それすらも刺激的で、焦《じ》らされているようで、たまらなく疼《うず》いた。

一回目よりも、ずっとすてきなキスだ。ミントとチェリーのような味がして、その組み合わせは私の新しいお気に入りのフレーバーになった。それがなければ一日が始まらないほどの。彼の手の動きに、私は酔いしれた。ピアノの鍵盤を弄ぶように体に触れる、経験豊富な彼の手に。弄ぶ……その言葉が頭の中でこだまする。彼にとってこれはゲームに過ぎないのだろうか。それとも、それ以上のものなのだろうか。

キスが終わったら、話をしてくれるだろうか？　それとも私とは何もしたくない？　こんな簡単に彼の腕に身を預けてしまって、彼の友達から軽い女だと思われたらどうしよう？　誰とでもキスをする、アッシャー・ハイスクール一の尻軽だと噂《うわさ》されるようになったら……。残念なことに、そんな疑念が幻覚の中に紛れ込んでしまった。そして――。

「ねえ、アリ！」

私は瞬《まばた》きをした。夢のキスは消え、ぼやけていた世界の焦点が一気に戻ってきた。ますます混雑してきた廊下に、ロッカーのドアの音や足音が溢《あふ》れている。目の前に、キャットが眉をひそめて立っていた。

「やっと帰ってきた」彼女が言った。

「またどこかに意識を飛ばしちゃってたのね。ねえ気づいてた？　人通りの真ん中をふらふらして、通行の邪魔になってたの」

「ごめん」

キャットは溜息《ためいき》をついた。

「謝るのは弱い証拠って言うけど、私は強さの印だと思うわね。誰かに謝られるといつもそう思う。いい？　私がこれから言うことをちゃんと聞いて、きれいな蝶々《ちょうちょう》だと思ってピンで心にとめておいてね。コール・ホーランドのことを頭から追い出さないと、私とおんなじ悲惨な目に遭うわよ」

私は自分を抑えることができなかった。キャットの背後にいるコールに視線を向ける。

力強い足取りで、こちらにやってくるところだ。彼はたぶん、私に見つめられている理由を知りたいのだろう。私は逃げ出したくなった。

「忠告ありがとう。ちゃんと憶《おぼ》えておくね。じゃあランチのときにまた！」キャットに何か訊《き》かれる前に、私は向きを変えて走りだした。コールは追ってこなかった。

洗面台の冷たい水で顔を洗い、鏡を見た。頬が紅潮し、下唇が赤く腫れている。幻覚を見ていたあいだ、自分で噛《か》んでしまったのだろう。コールに噛まれたら、どんなだろうか？

じっくり考える時間はなかった。マッケンジー・ラブが、私を追うようにトイレに入ってきたからだ。頭のてっぺんでまとめた黒髪から、巻き毛が数本、顔のまわりに落ちかかっていた。メイクは完璧だったけれど、左の頬に青と黄色の染みがあった。痣だろうか。上までボタンをとめた長袖のシャツに、柔らかそうなパンツを合わせていた。

マッケンジーは目を細めて、肉食獣のようにじりじりと距離をつめてきた。

「あんたが自分を何様だと思っているのか、自分のやっていることをなんだと思っているのか知らないけどね、私の友達を傷つけたら、土に埋めてやるから」

ほら来た。

「自分のことはアリ・ベルだと思っているわ。それから私はここにいて、自分のやるべきことをやっているの。あなたもそうしたら？」

私のほうが少しだけ背が高いため、マッケンジーは私を見上げるようにして睨みつけざるを得ない。このときばかりは、自分の長身をありがたく思った。彼女が顔をしかめる。

「気をつけたほうがいいわ。私を怒らせたくないでしょ」

「怒らせたらどうなるの？　背が伸びて、筋肉ムキムキになって、緑色に変わるとか？」

悪いとは思うけれど、私はそうそう誰かを怖いと思うような人間ではないのだ。黒髪でバイオレット色の目をした誰かを除いては。言い返そうとしてマッケンジーは口ごもった。賭けてもいいが、彼女に反抗した人間は私が初めてだったのだろう。

「授業に遅れたくないの」私はそう言って、話をここで終わりにすることにした。「続きがしたいなら、あとにしてくれる？」

まだ何か言いたそうにしているマッケンジーの横を通ったとき、ちょうど、廊下の端にいたコールの姿が目に入った。驚いた。私を追いかけてきたのか。

私を見つけるや否や、彼はすぐにやってきた。息が苦しい。そのとき始業のベルが鳴り、私はコールのほうへと急いだ。捕まる前に、教室に滑り込んでドアを閉めてしまえばいい。私はまた遅刻だった。バットホール先生は私を前に立たせ、謝罪させた。それは別に構わなかったのだが、ドアの小窓からコールが私を睨んでいた。ああいう顔でいるのが普通なのだろうか。それとも私が何かしたのだろうか。

自分の席に着いてコールの視線から逃れると、ほっとした。彼との直接対決を、二度まで避けることができたのだ。あとは一生逃げ続ければいい。あんな幻覚、彼にはとても話せない。恥ずかしさで顔から火が出そうだ。

二時間目が終わって次の教室へ移動するとき、彼の姿はなかった。そしてメイヤーズ先生との約束は、どうにか守ることができた。やがてランチタイムを告げるベルが鳴ったが、フロスティもブロンクスも私の前に姿を現さなかった。コールがどこからともなく現れるかもしれないのも不安だったが、今のところその気配はなかった。

ロッカーに教科書やノートをしまうと、食堂に向かった。キャットはきっと、朝の私の行動について説明を求めるだろう。少し気が重い。両開きのドアを開けようとしたときだ。マッケンジーが私の前に立ちはだかった。

「待ちなさいよ」彼女は言った。

「本当にまだ話があるわけ?」私は溜息をついた。まさか本当に来るとは。

「ええ、続きをしないといけないわ」甲高い声で私の真似《まね》をして、マッケンジーは言った。

「コールがあんたを追いかけたでしょ。なのにどうして逃げたの?」マッケンジーは怒りを隠そうともしない。「簡単に落ちない女を演じてるつもり? だとしたら遅すぎるわよ。聞いた話じゃ、あんたはもう彼から目を離せないんでしょう」

喉が焼けつくような感じがして、頬が熱くなった。気づかれている。

「あなたに関係ないでしょ」精一杯の強がりで、私は冷たく言い放った。「聞いた話じゃ、あなたはコールと別れたってことだけど」

　マッケンジーの目の中で爆弾が破裂し、炎が燃え上がる音が聞こえるようだった。

「あんたに私とコールの何がわかるのよ」

「そのとおりね。興味もないし」本当はちょっと知りたかったけれど。

　黒いまつげが閉じられて、火のついた翡翠《ひすい》色の虹彩《こうさい》は見えなくなった。

「コールを傷つけたら許さないって前に言ったわよね。あれは今も有効よ。だけどこうなったら、許す許さない以前に、彼に近づいたら、あんたの顔で床を拭いてやるわ」

　さすがに我慢の限界だった。

「私を泣かすとか、何かしたいんならもっとオリジナリティのある脅しを考えなさいよ」

　私がもっとまともで理性的な人間だったら、コールとはひと言も話したことがないし、話すつもりもないと言って、その場をすませていたことだろう。しかし私は、まともでも、理性的な人間でもなかった。マッケンジーは、私と鼻を突き合わせて威嚇した。

「あんたに想像もつかないことだってできるのよ」

「その言葉そっくりお返しするわ」

「ふん、言うじゃない。あとで見てなさいよ」

「ほどほどにしときなさいよ、ラブ・バットン。血管が破裂しちゃうわよ」マッケンジーの後ろから、聞き憶えのある声がした。

マッケンジーは顔をしかめ、それから振り返ると「野良猫が、迷子の子猫を助けに来たの？」と吐き捨てるように言った。

にっと笑って、キャットは私の隣にやってきた。

「違うわよ、あんたを助けに来てあげたのよ。アリはものすごく強いの。初めて会ったときだって、この子のまわりには、怪我《けが》人がごろごろ転がって苦しそうにしてたんだから。ほんとよ。たった二日で停学にさせるわけにいかないでしょ？　それにさ、話ならコールにしたほうがいいんじゃないの。アリのこと舐《な》めるように見てたのはあいつなんだから」

マッケンジーは拳を握りしめた。私は万が一に備えて、キャットの前に立った。友達を傷つけたり、あることないこと言ったりするような奴《やつ》は許さない。これは私の新しい誓いだ。そしてこの先も守り続けるつもりだ。

「痛い目を見るわよ」キャットが脅すように言った。

「あんたなんかとやってもしょうがないわ」マッケンジーが握った手を緩めていく。

キャットは私の腕を取るとくるっと向きを変え、あいているテーブルを目指した。マッケンジーはまだ何か言いたそうにしていた。

「もうわかったと思うけど、あいつに逆らう人間は、ここには二人しかいないんだ。そのうち一人は私なわけだけど、もう一人がアリだなんて思わなかったよ」キャットは嬉《うれ》しさに声を弾ませて言った。

気がつくと、食堂にいる人たちが呆気《あっけ》にとられたように、黙って私たちのほうを見ていた。

コールの姿が目に入り、私は歩みを速めた。彼は昨日と同じテーブルで、仲間たちに囲まれている。数秒、視線が合った。幻覚は始まらない。

やがてマッケンジーが隣に座ってコールの頬を撫《な》でると、彼は顔をしかめてその手を払いのけ、怒ったように何か言った。少なくとも、私には怒っているように見えた。しかめていた顔が、明らかに不機嫌な表情に変わったからだ。

「あーあ、またどっか行っちゃってる」キャットがつぶやいた。

「ごめん」私は言った。

「コールに興味津々なのはもう否定できないね」テーブルの向かい側から、レンが言う。

レンの両脇にはリーヴとポピーがいて、いつの間にか全員揃《そろ》っていた。みんな生地がほつれたフリンジつきのシャツを着ている。どうやら私は、変なものを流行《はや》らせてしまったみたいだ。

「そんなことないわ。彼に興味なんてない」私は嘘をついた。

「ええー」水を与えられないまま花瓶に忘れられた花のように、レンは肩を落とした。

「昨日は彼に近づくなって言ってたじゃない」私が言った。

「気が変わったのよ」髪を弄びながら、レンは楽しそうに言った。「あんたたちきっとお似合いよ。賭けてもいい」

　不自然なくらい明るい声だ。どういうことなのだろう？　レンはコールのことを最悪の問題児だと思っていたはずなのに。

「アリ、アリ、アリ」キャットがそう言って、舌を鳴らした。「がっかりしないでよ。あなたの判断は正しいわ。コールはほんと、危ない奴なんだから」

　リーヴが、そうだそうだというようにうなずいた。「先生に殴りかかったのを見たことあるもの」

「その先生、三カ月は入院してたって」指先で頬をとんとん叩《たた》きながら、ポピーが言った。

「いや、自分と違う答えを出した生徒を病院送りにしたんだっけ？」

「たぶん両方よ。コールが怪我させた人を集めたら、国が一つできるわね」リーヴは華奢《きゃしゃ》な指で喉に触れて言った。同じ痛みを感じているみたいに。「最近コールがやったあれも、めちゃくちゃ怖かったな」

「そうそう、ユーチューブにまだあると思うよ。携帯の番号教えてよ。メールでリンクを送ってあげるから」

「アリ、あんたコールに手を出されずにすんだら、かなり幸運よ」レンが言った。他の女の子たちが大笑いして、レンの頬が赤くなった。

「あいつに手を出された最初の女の子になれるわね」キャットはくすくす笑いながら言っ

た。「コールはもう何千回もシミュレーションしてるはずよ」

私は顔が熱くなったが、心にしっかり刻みつけた。帰宅次第、コール・ホーランドを検索すること。みんなの話を信じたわけではないが、好奇心が湧いた。

いつまで携帯電話を持っていられるかわからなかったが、とりあえずみんなと番号を交換した。料金を払い続けてもらうのは難しそうだった。〝家に電話があるのに、どうして携帯電話なんて必要なんだ〟が祖父たちの口癖だ。なのに夏のあいだ料金を払ってくれていたのは、両親が最後に私にくれたものが携帯電話だったのと、携帯電話がなくなったら私の頭がおかしくなってしまうかもしれないと心配してくれたからだった。

携帯電話にはエマの写真と、エマからのメールが保存してあった。父さんは万が一のことを心配して、エマにも携帯電話を持たせていたのだ。だけど写真一枚も、メール一通さえ、私はまだ見ることができないでいる。今はまだ、そんな気になれなかった。

「ほら。これを食べて」キャットは自分のサンドイッチを半分くれた。「まあ私の知ってるアリだったら、私のアドバイスなんて無視してコールにちょっかい出そうとするでしょうね。そうなると思うけど。でも、ああいう奴を追いかけるなら、気を抜いちゃだめよ」

「追いかけるつもりなんてないってば」私はそんなに馬鹿じゃない。「でもサンドイッチありがとう」ランチのことをすっかり忘れていた私は、天から与えられた食べ物みたいに、サンドイッチをがつがつ食べた。「ところで、みんなはつき合ってる人はいるの？」

「私はいるよ」レンはそう言って、ボトルの水を飲んだ。「去年ここを卒業した人。会うのはだいたい週末。彼がメディカル・スクールに通っているから、私は看護師になるの。彼が卒業したら、結婚できるといいなと思ってるんだ」

ポピーは肩をすくめた。「最初の一カ月は、よさそうな人がいないか探すだけにしてるの。でも今年はめぼしい候補がいないんだよね。残念ながら」

「私は好きな人もいないわ」リーヴはサイドでまとめたポニーテイルを揺らして言った。

「アリに嘘ついちゃだめじゃん」キャットはリーヴに指を向けて振った。「アリとコールが刑務所で結婚式を挙げたら……だってコールが行き着く先はそこだものね。あなたの結婚式も手伝ってもらえるじゃない」ハシバミ色の目がこっちを見た。「リーヴはブロンクスが好きなの。もう二年も前から」

バットで殴られたような衝撃だった。思いも寄らぬ人物。「でも、あの人……」

「連続殺人鬼みたいな顔してるって？」キャットは眉を上げて言った。

それもある。確かにブロンクスは連続殺人犯みたいな顔をしているけれど、私の頭を占めていたのは、彼がリーダーと慕う人物のことだった。

「やめときなって言ってるんだけどね」レンが言った。

「もう何度も」ポピーもうなずいた。

リーヴは真っ赤になった。「ブロンクスからは興味ないってはっきり言われてるから、どうしようもないの」

「諦めなって何度も言ってるのに」レンがボトルのキャップを閉めながら言った。

「本当にね」ポピーも同調する。

「だからね」リーヴが口ごもった。「ジョン・クラリーとつき合おうと思うの」

「ジョン・クラリー！」キャット、ポピー、レンの声が重なった。

「ぴったりじゃない！」

「あいついい奴よ！」

「数学も教えてもらえるし、成績上がるわよ！」

私からは何も言えなかった。ジョン・クラリーが誰だか見当もつかなかったからだ。

みんなが口々に質問を浴びせていると、ベルが鳴って、もう授業に向かわなくてはいけない時間であることを告げた。私はじゃあまた、と言って立ち上がった。後ろを向いた拍子に、誰かにぶつかった。慌てて謝ろうとしてバランスを崩し、相手の固い胸に手を突いてしまう。ぶつかった相手にかけようとした言葉は、瞬時に消《き》え失《う》せた。私が手を突いたのはコール・ホーランドだったからだ。

私の手が、現実のコール・ホーランドに触れている。

恐る恐る視線を上げた先に……彼がいた。かぐわしいサンダルウッドの香りに、思わず声がもれそうだった。まるで天国のように甘い香り。まさかこれも幻覚なのだろうか。彼の胸に爪を立ててみた。固く、温かい。本物だ。これは現実に起きている出来事なのだ。まるで胃が宙返りしているような気分だった。胃はそれでも物足りなかったらしく、サーカスよろしく空中ブランコまでやってのけた。

「あらー」キャットが嬉しそうに言った。「アリと私を教室まで連れていってくれるの？それとも何か別の用事かしら」

コールはむかついたのか、顎に力をこめた。

「どうなのよ」キャットが促した。

「アリに話があるんだ」コールの視線は私に注がれたままだった。

たったひと言で、全身が粟立《あわだ》った。深く響く、わずかにかすれた声で彼の口から出ると、私の名前はまるで肉挽《にくひ》き機にかけられたようだった。なぜこんなにセクシーなのだろう。幻覚の中で聞いたあの声と、まったく同じだ。

「私？」そう言うのが精一杯だった。「どうして私？」

「アリ、どうする？」キャットが私の顔を見た。

何を訊いているのかはわかっていた。一緒に残ってほしいか訊いてくれているのだ。

「大丈夫よ」私は力なく答えた。私の強さを信じてくれているキャットを幻滅させたくない。私はこの世の地獄を生きてきたのだ。こんなこと、なんでもない。「私は大丈夫」もう一度言う。キャットのためというより、自分のために。コールと話をすれば、疑問も解けて、普通の生活に戻れるかもしれない。

「私の言ったことを忘れないでね」キャットはそう言うと、私たちを残して出ていった。

キャットが言っていたこと。コールは危険で、今も元カノとつるんでいて、喧嘩好きで、得意技は喉への一撃。忘れていない。

「次はヘルダーモンの授業だろ？」コールが言った。

「ええ」驚いた。それは罵られることを予想していたからというだけではない。「どうして知っているの？」

「俺も同じ棟で授業があるんだ。昨日、君が教室に入っていくのを見た」私は彼を見つけられなかったのに。私の観察力が足りないか、コールが身を隠すのが上手なのか。

私たちは歩きだした。こちらに気づき、驚いたように二度見する人。肘でつつかれ、さっとこちらに顔を向ける人。最新のリアリティ・ショーの出演者になって全員から見られているかのようだ。立ち聞きされないところまで来ると、コールは言った。

「毎朝君が、俺に何をしているのか知らないけど……」声にかすかな怒気を含んでいる。

「やめてくれないかな」

「私がしていること？　じゃああなたが私にしていることはどうなの？」

「俺が君に何をしているっていうんだ？」

「とぼけないで」私には、彼がなんのことを言っているのかわからなかった。もしかしたら、コールはまったく別の話をしているのかもしれない。初めに予想していたように、目で追いかけるのをやめてほしいだけなのかもしれない。あるいは彼の友達と話すのをやめてほしいのかもしれない。私がつきまとわれただけなのに。

どちらも何も言わないまま、私たちは歩き続けた。コールに口火を切ってほしかったが、意志の弱い私が先に折れた。「ところで……誰と喧嘩したの？」

彼はほとんどためらわずに「君の知らない人」と答えると、また黙り込んだ。話があると言ったくせに、二つばかり質問をしただけで、もうお終《しま》いだというのか。正直、ほっとした。拷問のように長い長い時間が過ぎて、私たちはやっと教室に辿《たど》り着いた。

「一緒に来てくれてありがとう。でももうこういうのはやめましょう」私は小声で言った。返事などいらない。そんなものなくたって生きていけるのだ。コールが私の前に腕を伸ばしてドアにてのひらを当て、私の行く手をふさいだ。

「マッケンジーのことは謝る」敵意がいくらか薄れた声で、コールは言った。「あいつが君に迷惑をかけることはもうない」

この会合にも少なくとも何かしらの収穫はあったわけだ。

「気にしてなかったわ」私は正直に答えた。

笑いをこらえるみたいに、彼の唇の端が歪《ゆが》んだ。

「気にしたほうがいい。あいつ時々、すごく性格悪くなるから」

「別に怖くないわ」彼の笑みのような顔の歪みが大きくなった。

「君は喧嘩をしたことがある？」コールはもう片手で私の後れ毛に触れると、優しく撫でた。「まるでおとぎ話から出てきたみたいだからさ」

「魔女だって言いたいの？」反射的にそう訊いてしまった。

「まさか。お姫様だよ」賛辞の言葉なの？　そんなはずはない。どうせ皮肉だろう。

ふと気づくと、二人の生徒が、教室に入りたそうな顔をして横に立っていた。私は手首を取って彼の腕を下げさせた。生徒たちが教室に入っても、私は手を放さなかった。彼の脈をてのひらに感じながら、私は真っ赤になって動けなかった。

「ええ、喧嘩したことあるわ」質問を思い出して答えた。父さんと、訓練で。

コールは首をかしげ、バイオレット色の目を輝かせた。「殴り合い？」

私はもう完全に、彼の目の虜《とりこ》だった。なんてきれいなんだろう。

「喧嘩なんて、殴り合い以外にないでしょ？」

「あるよたくさん。誰と戦ったの？」

「あなたの知らない人」コールの言い方を真似て答えた。本当のことを話して、父さんが手加減をして負けてくれたのかと思われたくはなかった。父親に暴力を振るうような最低の娘だと思われたりしたらもっと嫌だ。そうなったら弁解もできない。

彼はまた唇に笑みを浮かべた。なぜかはわからないが、私の話を面白がっているようだ。

だが私はすっかり当惑させられていた。なぜいじわるな元恋人のことを警告してくれたのだろう。なぜ私を安心させようとするのだろう。なぜ、他に何もしないんだろう。答えを探して、彼の顔をじっと見つめてみても、何も見つからなかった。

「アリ?」

私の視線が彼の唇に注がれる。近くで見ると、下唇の傷から血が出ていた。彼ならきっと、父さんと戦って倒し、そのあと二つの幻覚を現実に変えることができるだろう。

「君の苗字《みょうじ》はベルだよね」

まったく新しい話題を振られて動揺したが、おかしな夢想にふけっていたことなどおくびにも出さず、私は淡々と受け答えた。「ええ、ベルよ。どうして?」

「お父さんの名前はフィリップ・ベルだったろう。お母さんはミランダ・ブラッドレイ」

〝だった〟――彼は確かにそう言った。現在形ではなく過去形で。コールは知っているんだ。不意に込み上げた叫びだしたいような気持ちを、歯を食いしばってこらえた。

「そうよ。でも、どうして知っているの?」キャットにも言っていなかったはずだ。

「うちの父が、君の両親の同級生なんだ」

他にも両親のことを知っている人がいて、死を悼んでいる。生まれたときから一緒にいた人たちにも、私が生まれる前に送った私のいない人生があるのだ。それはもちろん当たり前のことなのだが、誰かから事実を聞かされるとあらためて不思議な気がした。

「あなたのお父さんもここに通ってたんだ？」

彼は強くうなずいた。訊いてみたいことは山ほどあった。私たちの親は仲がよかった？　友達だった？　敵だった？　お父さんは、私の父さんについて何か言っていた？　お父さんは、どうやって私のことを知ったのだろう。コールが話したのだろうか？　その全てを、私は訊かなかった。訊けばコールも私に質問するだろう。夏に起きた出来事を話す準備は、まだできていない。

「父が君のことを――」

「ガールフレンドのこと、警告してくれてありがとう」慌ててそう遮った。両親の話をしたくないのが、きっと伝わっただろう。思い出して自分がどうなってしまうのか不安だったし、危険は避けたかった。

「もう行かなくちゃ」

わかっている、というように一瞬黙ったあと、彼はしっかりうなずいた。

「そうだな。でも、マッケンジーは俺のガールフレンドじゃない」彼はそれだけ言うと、教室に入っていった。

そのあとの授業は、何事もなく終わった。最後の授業での課題は、方程式について。それからもう一つ、いかにコール・ホーランドのことを考えずにこの科目に取り組むかだった。もっとも、そんなことはできなかったけれど。

キャットは逃げようとする私を捕まえて、コールとの会話をすっかり話すようつめ寄った。私は自分に課していたコール・ホーランド禁止令から解放されてほっとしていたのと、アドバイスが欲しかったこともあり、さっきの会話をキャットに話して聞かせた。

「なるほどね！　カーヴァー・アカデミーでは、気のきいた会話とださい会話をどういう基準で判断していたのかわからないけどね。うちの学校では、そういう会話はめちゃくちゃださいってことになってるんだよ」

私は反論しなかった。キャットの正直なところが好きだった。

「私、なんて言えばよかったのかな」

キャットはまつげをぱちぱちさせて、小声でひそひそ言った。「コールの奴、きっとあなたのこと一発で気に入っちゃったのよ。でも私が思うに……ちょっと、何聞いてるのよ、マーカス！」キャットが急に大声を出した。「あっち行ってよ！……ええと、どこまで話したっけ？　そうそう。あなたの説明から判断するとね、あなたはまだ準備ができてないんじゃないかと思うの。私がデートってものを教えてあげるわ。そうだ。カフェ・ベラに行こうよ。ラテでも飲みにさ」

「大賛成」天使の歌声を聞いたような気がした。

「私はいつだって最高のアイデアしか出さないからね、でしょ？」キャットが笑った。

外は曇り空だった。厚く垂れ込めた黒雲が今にも暴れだしそうだ。ただ一つ、例外があった。白くて柔らかそうな、飛び跳ねるウサギの形をした雲。

急に血管の中で氷の粒が形成されたような気持ちになって、私は立ち止まった。最後にあの雲を見たとき、私は愛するものをみんな失った。もちろん雲が私の将来を決定したり、ましてや予知したりすることなどないとはわかっていた。でも……。

突然世界が、ぐるぐる回転し始めた。車が次々と私の横を走り抜けていき、耳を聾《ろう》する騒音と、疾走する車の残像で駐車場が歪んで見えた。誰かが怒っている。誰かが不平を言っている。恐怖に身がすくんで、ただじっと駐車場を見ていることしかできなかった。

「アリ?」長く、狭いトンネルの向こうから話しかけているように、遠くからキャットの声が聞こえた。私のせいで、今度はキャットが自動車事故に遭うのだろうか? 私の目の前で死んでしまうのだろうか? 私はまたかすり傷一つ負わずに生き延びるのだろうか。

ようやく体が動くようになった。私はキャットから離れた。

「アリ?」キャットが心配そうな顔をしているのを見て、胸がつぶれかけた。

「ごめん、できない」私は首を振った。「行けないわ。ごめんなさい」

頭の中に霧が立ちこめたようになり、眩暈《めまい》がした。私は踵《きびす》を返して、建物のほうへ走りだした。キャットが私を呼びながら追いかけてくるのがわかった。裏口は風で開いたり閉じたりしている。開いたタイミングでドアをすり抜けて、廊下をひたすら駆けた。姿は見えなかったが、ライト博士が私に大声で何か言ったのが聞こえた。それも無視して、私は目についた男子トイレに飛び込み、個室に隠れた。息を切らして、トイレの蓋の上に座り込み、膝を抱えて、込み上げる涙をこらえていた。

数分、いやもしかしたら数時間だったかもしれない。しばらくそうしていたが、キャットもライト博士も私を捜しに来ることはなかった。

どうしたらいいだろう。もうバスには乗り遅れていたし、祖母に電話して、迎えをお願いするのも嫌だった。今日は、とにかく車に乗りたくなかったのだ。誰とも。私のせいで誰かが死んだら、一生罪悪感につきまとわれる。

自分が今、理性を失った状態だってわかってる。

もちろんわかってる。でも、わかっていてもどうしようもないのだ。

家まではほんの数キロだった。歩こう、と私は決めた。それがいちばんいい。車を使わなくてすむし、運動にもなる。そう思うと、ようやく気持ちが落ち着いた。

今にも降りだしそうな空模様で、家に着くころには全身ずぶ濡《ぬ》れになっているかもしれない。が、誰も傷つかずにすむ。それがいちばん大切なことだった。

6 赤い月の幻

その夜、食卓の空気は張りつめていた。祖母が帰宅したとき、私はまだ帰っていなかった。心配した祖母から何度も携帯電話に電話がかかってきたけれど、私は出なかった。迎えに来ると言い張るだろうし、そうなったら私が何を言ってもまず聞く耳を持たないだろうと思ったからだ。だから留守電を残したし、祖母から電話がかかってくるたびに、今帰っているところだから大丈夫だというメールを送りもした。

「使わないのなら携帯電話の意味もないでしょうに」祖母はぶつぶつ言った。

「使ったわよ」私は鼻声で言った。鼻水がつまった鼻は冷えきっていて、もう一度くしゃみをしたら顔からもげてしまいそうだった。「メールを送ったじゃない」

「返信の仕方がわからないの！　そんな難しい使い方！」皺《しわ》の刻まれた顔を嫌悪感に歪《ゆが》めると、祖母はなおさら老けて見えた。

「使い方を教えるよ」私は答えたが、教えるのなんて不可能だとわかっていた。携帯電話の使い方を祖母に教えるだなんて、誰にだって不可能だ。

「教えてくれるんだね？」祖母が言った。

「もちろん」

「そうしたら雨の中でずぶ濡《ぬ》れになるような馬鹿な子を、迎えに行けるんだね？」

「うん」自分が馬鹿でしたというように、私はくしゃみをした。

「言わんこっちゃない。医者に連れていくからね」テーブルにナプキンを置いて、祖母は言った。「肺炎かもしれないよ！」

「おばあちゃん、私は病気じゃないわ。ほんとよ」病院のことなんて、考えたくない。

祖母は深く息を吸って吐き出すと、またナプキンを取り上げた。「仕方ないね。明日熱が出てなかったら、メールの送り方を教えてちょうだいね」

ああ、あんなこと言わなければよかった。「ママが遅くなったときだって、携帯電話があったらもっと便利だったでしょ？」私はフォークの先でエンドウ豆をどけながら言った。

「それで今日みたいなことをしたのか？」祖父が眉をひそめて私を見た。「携帯電話を取られたくないから、わざと心配をかけたのか？　なあアリ。そんなことをする必要はないんだ。お前から携帯電話を取り上げたりはしないから」

「ううん。本当にちょっと歩きたかっただけ」私は言った。紛れもない真実だった。「雷が鳴ってたし、風と雨も強かったから、話したらきっと迎えに来られちゃうって思ったのよ。それにもし耳に携帯電話を当てていたら、雷が落ちてきそうで怖かったんだもの」

「まあいい。今度からは迎えを呼ぶんだよ」祖父は叱るような、心配するような声で言った。祖父の頭のバーコードは、ここ数日で本数が減っていた。私のせいなのかもしれない。

「何もお前に……若者の言葉でなんと言ったっけ？」

「うざい」祖母がにこりともせずに言った。

「それだ。我々はお前にうざい年寄りだと思われたくはないんだ、アリ」

　ああ、そういうことか。二人は私をわかろうとしてくれているのだ。若者とのつき合い方とかなんとか、そんな番組でも見たのだろう。それからパソコンの前でスラングを調べ、二人で使い方を勉強したに違いない。なんて優しいんだろう。胸が痛くなった。

「ごめんなさい」またくしゃみをして私は言った。「バスに乗り遅れちゃったの。でも迷惑をかけたくなくて。もうしないわ。約束する」本当に、二度と心配させたくなかった。

「迷惑なんかじゃないよ」祖母が私の手をぽんと叩《たた》いた。「お前のことを愛しているから、ただ……」祖母が言葉をつまらせた。浮かんだ涙を手の甲でさっと拭い、咳払《せきばら》いしてから続ける。「さっきママのことを訊《き》いたね。お前のパパとつき合い始めたころも、夜はだいたい家にいたの。どこかに出かけても、暗くなる前に送ってきてくれたし。私たちは感心してたのよ。まさかあんな……いや、気にしないでおくれ」

　暗くなる前に家に送り届ける理由を、二人は知っていたんだろうか？　母さんは二人に話しただろうか？　それとも、父さんは結婚するまで母さんにも打ち明けずにいたのだろうか。嫌な気分だった。父さんと母さんをそんなふうに思うなんて。

「ママは、ホーランドっていう名前の友達の話をしたことはある？」コールが言いかけていたことを思い出して、そう訊いてみた。

祖母はじっと考え込んだ。「ホーランド……いや、ちょっと記憶にないね」

「お前のママはものすごく内気でね。友達を作るのもひと苦労だったんだよ。デートもめったにしなかったし」ローストした肉をのみ込んで、祖父が言った。「実を言うとな、お前のパパが最初で最後のボーイフレンドだったんだぞ」

母さんが内気？　記憶の中の母さんは、活《い》き活《い》きした元気な人だ。エマのように。

「お前のパパはいつもあの子を笑わせて、二人でおかしなことをしていたよ」穏やかに微笑《ほほえ》んで、祖母は言った。「あるときね、二人が見たこともないような妙な服を着て、ランチを食べに出かけたのよ。間違いなくまわりの人からじろじろ見られたでしょうね。二人は大笑いしながら帰ってきて、お前のパパなんて吐くほど笑っていたわ」

想像できなかった。私の知っている父さんはいつも深刻な顔をして、酔っ払っているときでさえ何かに駆り立てられているような人なのに。

静かな夕食が終わると、私は自分の部屋に引き上げた。二階にあるのは、バスルームつきのその部屋だけだった。母さんはここで十代を過ごした。実に殺風景な部屋だった。引っ越してきてから、何もしていない。したことといえば、母さんの古い持ち物を順番に見ていくことくらいで、それも祖母が引っ張り出してきたからだった。たぶん、亡くしたわが子ともう一度繋《つな》がりを持とうとしていたんだと思う。

もう一度繋がりを持つこと。私にはまだそれができない。押し寄せる悲しみに圧倒され、足がすくんでしまうのだ。だが悲しみは乗り越えなければならない。でなければ、三人を悲しませてしまう。大人にならなくては。

私はクローゼットを開け、扉にいちばん近いところの箱を捜した。目の前が曇る。箱から写真立ての山を取り出すと埃《ほこり》が舞い上がり、またくしゃみが止まらなくなった。

知らないうちに出ていた涙が頬を伝うと、ようやく視界の霧が晴れた。写真の中の母さんは、ゴールドのドレスを着て、とても可愛《かわい》らしい。頬を赤く染め、なんとも愛らしい笑顔でこちらを向いている。それから父さんもいる。まだ若く、痩せてすらりとしている。花を襟に挿した黒いタキシードに身を包み、母さんの腰に手を回している。

二人ともかなり若い。プロムの写真だろうか。そうだとしたら、父さんは夜中なのに外出したことになる。あり得ない。きっとプロムに連れていけない埋め合わせに、昼のうちに母さんとどこか別の場所に出かけたのだろう。

どうして、二人の若いときの話を聞いておかなかったのだろう。今となっては手遅れだ。

探索を続けていると、最後にエマの写真が出てきた。直毛の黒髪がふわふわの巻き毛になっているのは、エマのために、私が何時間もかけて巻いてあげたからだ。私はガラスを指でなぞった。エマ、あなたがいなくて寂しいよ。また目の焦点がぼやけ、新しい涙の粒が、写真のエマの上にぽたぽたと落ちた。

「あの男の子に会ったのよ」私は写真に語りかけた。「少し話もできたの。すごくきれいで逞《たくま》しい人で……私ね、彼とのキスを想像しちゃったの」

エマならこんなふうに言うだろう。〝やだ、その人、舌も入れたの？〟

私は笑いながら、〝そうよ〟って言うだろう。〝すごくよかったよ〟って。エマはきっと言う。〝ええーやだやだ！〟そうして私はまた笑うんだろう。

エマはもう、ファーストキスを経験することはない。デートに行くことも。ドライブに行くことも。セックスについて私に訊くこともない。母さんが私にしてくれたようなレクチャーを、エマにしてあげることもできない。〝本当に特別な人を選ぶのよ。あなたが愛する人、あなたを愛してくれる人を。あなたのヴァージンは、一度きりの贈り物なんだから。それからね、きちんと準備ができるまで待ちなさい。好奇心とか、彼の心を繫ぎ止めていたいからなんていう理由であげちゃだめ。そんなことで去っていくような人は、あなたを利用しているだけだし、いつか離れていくものなんだから〟

次の箱には、傷だらけの黒い革表紙の日記が入っていた。持ち主の名は書かれていなかったが、ふわりと香った香水で、それが母さんの持ち物だとわかった。中に母さんの秘密が隠されているんだろうか？　恐る恐る表紙をめくり、最初のページを開いてみた。そこには母さんのものとは違う、整った字が並んでいた。

〈戦いが始まった。世界には邪悪なものがいる。現実に存在するのだ。気をつけないと、私たちは喰《く》い尽くされる。でも、そうはさせない。私たちは勝てる。勝たなくてはならない。だが真実を知らない人があまりに多いし、真実を知らなければ、待つのは死だけだ。

真実とは何か？　それは、私たちが精神的な生き物であるということ、私たちの力の源は気持ちであるということ。私たちには魂、あるいは理性や感情といってもいい、それが肉体にのっているのだということ。邪悪がひそむのは、その精神的な領域だ。体内にひそむ邪悪の存在に気づくことができる人もいるが、多くの人はそうではない〉

私は溜息《ためいき》をついた。自分のことで手いっぱいな今、世界のことなど考える余裕はない。どうして大好きな母さんが、こんなものを持っていたんだろう？　私は日記帳を閉じた。

また箱の中に手を伸ばしたとき、携帯電話が鳴った。日記帳とエマの写真を見つめ、エマにもう一度笑いかけてから片づけて机のほうへ行った。キャットからメールが来ていた。

〝今日はどうしちゃったの？　急にいなくなるなんてひどいじゃん〟

込み上げてくるものをぐっとこらえ、椅子にどさっと腰を下ろした。〝ごめんね。ちょっと気分が沈んでて〟

〝何かあったの？〟

どう返信したらいいのだろうか。あのウサギの雲、つまり私の被害妄想のことなど、どう伝えようもない。〝車に乗りたくない気分だっただけ〟

数秒間あいて、返信が来た。〝そっか……家族のことがあったもんね。今は大丈夫？〟

とても大丈夫ではなかったが〝だいぶマシ〟と答えた。

キャットみたいな友達がいてくれて、本当によかった。踏み込んでほしくないところまで踏み込まず、何があっても味方でいてくれる。

〝ならよかった。じゃあ聞いて。あなたに逃げられたあと、私、コールとすれ違ったの〟

〝えっ！　それで？〟

〝あなたを追いかけていったよ。会わなかったのね？〟

コールが私を？　どうして？　頭がぼうっとした。立ち上がって窓のところまで行き、ベンチに置いたクッションに寄りかかった。嵐が去り、空はすっきりと晴れていた。花嫁姿の怪物は昨夜現れたばかりだから、今夜は出てこないだろう。彼女は一度姿を現すと、ふた晩続けては出てこない。それどころか、三日から五日くらいのあいだは現れない。

〝うん、会わなかったよ〟私はそう返信した。

〝かわいそうなコール。たぶんあなたを車で送っていきたかったんじゃないかな〟

たとえ彼の車でも、私は乗らなかったろう。いかに彼が逞しくても、危険に晒《さら》したくはない。ウサギの形をした妙な雲には、恐らくなんの意味もないのだろうが。彼みたいな人が、なんの理由もなく私を送っていきたいなんて思うだろうか？

また携帯電話が鳴った。〝あなたが彼に夢中だってこと、言っといたほうがよかった？〟

〝やめてよ〟本当は会いたくてたまらなくても、そんなことはしてほしくなかった。

〝それでいいわ。コールに努力させなさい。そうだ、金曜日は試合、土曜日はパーティーだから憶《おぼ》えといてね！　コールはあなたに会いにどっちにも来る気がする。じゃあまたね！〟

〝本当に？〟すぐにそう返信したけれど、返事はなかった。〝キャット？　コールも来るの？〟やはり返信はない。〝答えてくれないなら、ふわふわプリンセスってあだ名つけちゃうよ〟それでも返事はなかった。〝明日ちゃんと聞かせてもらうね！〟返事なし。

放心したまま、時が過ぎた。私は溜息をついてパソコンを開くと、コール・ホーランドについて検索してみた。わかったことは、コールはフェイスブックもツイッターもやっていないということだった。もしアカウントを持っていたとしても、本名は使っていないようだ。誰もユーチューブのリンクを送ってくれなかったということは、怪我《けが》をさせたという話もやはり、ただの噂《うわさ》なんだろう。コールに関連する唯一の記事は、彼の友達の死について書かれたものだった。キャットが言っていた、病死した生徒のことだ。病名は、防腐性症候群。学校のホームページにも、コールのことは何も載っていない。彼はどこのクラブにも、チームにも、委員会にも所属していないみたいだった。

彼の元恋人についてもそれは同じだった。フロスティとブロンクスについても、本名を知らないのだから当然と言えば当然だが、検索しても何一つ引っかからなかった。

ふと思いついて、自分の名前を検索してみた。他の人が私のことを調べようとしたら、どんなことがわかるんだろう。最初に出てきたのは……あの事故と、全てを失った、悲劇の女の子に関する記事だった。

私は思いきりパソコンを閉じた。世界中の誰にも、あんな記事を読んでほしくないし、私のことを憐《あわ》れんでほしくない。気分を変えたくて、シャワーを浴びた。部屋着に着替え、髪を乾かす。鏡の中からこちらを見つめる少女の姿に、私は唖然《あぜん》とした。ぎらぎらした青い目の下にできた、濃い隈《くま》。何度も噛《か》みしめたせいで腫れた唇。いかにも脆《もろ》く、強い風が吹いたら真っ二つに折れてしまいそうな少女。

カーテンを閉めに窓辺に行った。今夜は森の監視はしない。そう決めた。風の音や、影の揺らめきにいちいち飛び上がったりしない。祈りの言葉をつぶやき、眠ろうとした。悪夢が私を打ちのめそうとするのなら、そいつをしっかり見てやろう。

カーテンの布を合わせようとしたとき、誰かの視線を感じて全身に寒気が走った。私は取り乱しながら窓の外を覗《のぞ》いた。花嫁の怪物も、花婿の怪物もいない。生き物の気配もない。小刻みに震えながら、カーテンの隙間を閉めて夜を完全に遮断し、胸のざわめきが落ち着くのを待った。奥歯をぎゅっと噛みしめ、またカーテンを少しだけ開けてみる。左のほうで何かが動いた。目を凝らすと、黒い服に身を包んだ筋肉質の体が見えた。人影が立ち止まり、こちらを振り向いた。燃えるようなバイオレットの瞳が私を射貫《いぬ》いた。

この先、私の身には奇怪なことしか起こらないのだろうか？　体を引きずるようにしてバスに乗り込みながら、私は思った。コールに似たあの人影……。本当に彼だったのだろうか。それとも幻覚だったのだろうか。キャットだって私の住所を知らないのに。

バスの後ろのほうに、ジャスティン・シルバーストーンがいた。温かい笑顔を見せて、私に手を振っている。彼には借りがあると思っていたから、傷つけたくなかった。ずっしりと重いリュックを背負い、バスの後方の席へと向かう。ジャスティンと通路を挟んで座っていた黒髪の少女が私を睨《にら》んでいた。知らない子だし、関係ない。

ジャスティンは窓側に移動して私のために席をあけてくれた。隣に腰を下ろすと、ジャスティンは「やあ」と言った。そのすてきな笑顔は、フルーツ入りのシリアルと、歯磨き粉を連想させた。

「おはよう」黒髪だとばかり思っていたが、ガラス窓を通して差し込む朝の強い日差しに照らされると、彼の髪は燃え上がる炎のように赤く見えた。「僕はジャスティンだ」

「知ってる。食堂で話しかけてくれたでしょ。だから女の子たちが教えてくれたの。あなたは、エースとかキラーとか、変なあだ名で呼ばれてないのね」

「なんだよそれ」むっとしたように、彼の目が光った。

癇《かん》に障るようなことを言ったのかと思って、慌てて安心させようとした。

「みんなから聞いたのはあなたの名前だけ。あとすごくしっかりした人だってことも。でもこの学校のみんなはあだ名があるでしょ。キャットに、フロスティ、ブロンクス」コールのグループの名前だけ出すのは嫌だったので、いくつか言い足した。「ブー・ベアー、ジェリー・ビーン、そばかす《フレックルズ》」

「なるほどね。君は?」ジャスティンは、表情を和らげた。

「私はアリ」

「ただのアリ? エンジェルとか、スノーケーキじゃなくて?」

「スノーケーキ?」思わず笑ってしまった。「本当に? 私ってそんなあだ名つけられそうに見える?」

いい人だと思った。妙にリラックスさせてくれる。それに、同じバスに乗っているということは、家も近いのだろう。放課後一緒に寄り道するのも、悪くないかもしれない。

「そうだ、あなたにお礼を言ってなかったわ。それを謝らないと」

「僕、何かしたっけ?」

「バットホール先生の最初の授業で助けてもらったのよ」

ジャスティンは目を見開き、声をあげて笑った。まっすぐで気持ちのいい笑い声。「尻《バッ》の穴《トホール》？　あだ名をつけたの？　まあ、バトルでもバットホールでもいいけどね、あの先生はおだてるといいよ。今までで最高の先生ですって言ってあげれば、ほんと甘くしてくれるんだからさ」

そうだった、あの先生の名前はバトル先生だ。「あなたはそうしたの？」

「ま、そんなところだね。もうちょい男らしい方法を選んだけど」

「男らしい、ね」私は鼻を鳴らした。「それじゃ、うーうー唸《うな》りながら、先生の肩をこづいたりしたわけ？」

「それは原始人らしいやり方だ。違うよ」

私は片方の眉を上げた。「どう違うの？」

「いいかい。これが男らしいやり方さ」彼はいかにも尊敬してますというポーズを取って言った。「ああ、バトル先生。知識のつめ込みすぎで頭が痛いです。最高の授業でした」

バスが大きく揺れ、私たちは座席で跳ねた。

「じゃあ今度さ、お葬式《funeral》って言葉に楽しい《fun》が入ってるのはどうしてですかって質問してみてよ」そう口に出した途端、私は自分の言葉を後悔した。なぜお葬式のことなど持ち出してしまったのだろう。

「いやいやいや、自分で訊いてみなよ。学校に着いたら先生の部屋に案内するからさ」ジャスティンはそう言ったものの、私が気まずそうにしているのに気がついたようで、すぐに話題を変えてくれた。「ところでさ……君はキャットと仲がいいんだね」

「ええ」

「前から知り合いだったの?」

「夏に出会ったばかりよ。どうして?」

長く重い沈黙ののち、彼は肩をすくめて言った。「去年の夏、キャットはコールのグループとつるんでいたからさ。きっとまた戻るよ。僕が君の立場だったら、キャットと一緒に引きずり込まれないように気をつけるな」

私はキャットが好きだった。とても。彼女が誰とつるもうが、誰とつき合おうが気にしない。たとえその誰かが、コールだったとしても。ジャスティンは二度も私に警告してくれたけど、私自身、コールとのあいだに何が起きているのか、さっぱりわからないのだ。

「あいつを知っているの?　つまり、コールをさ」ジャスティンが真顔で言った。

「まあね。コールのグループには、これまでにもたくさん人がいたの?」

「いいや。あ、着いた」ジャスティンが顔を上げた。

はっとしてまわりを見ると、バスはもう学校の前に着いていた。乗車時間がこんなに短く感じられたのは初めてだ。私は立ち上がって歩きだした。すぐ後ろをジャスティンがついてくる。何の気なしに空を見上げてみた。どこまでも広がる淡い水色の空を、むくむくとした雲がのんびりと動いていた。ウサギはどこにもいない。私は思わず神様に感謝した。

ジャスティンと並んで、大きな曲がりくねった建物に入っていく。

「週末、一緒にどこかに行かない？」ジャスティンが言った。

「ええ、私……」思い出した。リーヴのパーティーに行くことになっているのだ。大好きなキャットのために、予定はあけておきたかった。今は参加してもいいかなと考えているのが、我ながら意外だった。「ちょっとまだわからないの……」

「いいんだ」ジャスティンは照れくさそうに小声で言った。

「違うの！」私は慌てて言った。「断ろうとしたわけじゃないの」

「ほんと？」きれいに並んだ白い歯を見せて、ジャスティンは嬉《うれ》しそうに笑った。

気づくと、私も笑い返していた。「うん、ほんと」

コールに出くわしたのは、そのときだった。ジャスティンのほうばかり見て、ろくに前に気をつけていなかったせいで、コールの固い胸にぶつかってしまったのだ。

「ごめんなさ……」私の青い目と、彼のバイオレットの目が合った途端、また周囲の世界が焦点を失い、消えていった。だが、今度はキスの幻覚とは違った――。

あたりは夜の闇に包まれていた。真紅の月が、まるで血溜《ちだ》まりのように漆黒に浮いていた。鬱蒼《うっそう》とした木々に私たちは囲まれていた。コールは私と背中合わせにぴったりくっついている。他には誰もいない。じりじりとこちらへやってくる、二十体ほどの怪物たちを除いては。

どの怪物も、頭皮からもつれた髪の毛を垂らし、張りを失ってたるんだ皮膚は穴だらけだった。落ちくぼんだ目。血塗《ちまみ》れの頬。みすぼらしく汚れて無残に破れた服。一体一体の口からもれる唸り声が重なり合い、おどろおどろしく宙に蠢《うごめ》いた。

激しい震えが襲う。まるで肺が強い力で締めつけられるみたいだ。コールは、ブロードソードを二本手にしている。なぜ私は、〝ブロードソード〟なんて言葉を知っているのだろう？ その刃は、黒くべっとりとした何かで汚れている。

「俺が数えたら、身を伏せろ」コールが言った。

「数えるっていくつ？ 三つ？」ヒステリックに私は叫んだ。怪物、怪物、どこもかしこも怪物だらけだ。この中に、父さんと母さんを食べた奴《やつ》もいるんだろうか。

「一」コールが数えた。

近づいてくる。まだ近づいてくる。

「二……」ここがそうなのだ。ここが、私とコールの墓場なのだ。こんなにたくさんの怪物と戦えるわけがない。

「三！」

私は体を投げ出して、思いきり伏せた。視界の端でコールの刃が光り、二体の怪物の喉が裂けた。だが血は流れない。奴らは体をぴくぴくさせると、再び起き上がった。コールを助けなければ。あんな大群、一人で倒せっこない。私は——。

「アリ!」

ぼやけていた世界の焦点が一気に戻った。私は廊下に立ち、怪物ではなく生徒たちに囲まれていた。私の前に立って支え続けてくれていたコールの、その美しい目は恐怖に見開かれていた。黒髪が、額に落ちかかっていた。今日は帽子をかぶっていない。熱でもあるみたいに頬が赤い。たぶん私も同じだろう。

私たちはお互いからぱっと離れると、恐ろしさのあまり荒い息をついた。冷や汗が止まらない。どうしてこうなってしまうんだろう? 幻覚の中と同じように、ヒステリックに笑いだしたい気持ちだった。私の身に、妙なことばかりが続けて起きている。毎日何かしら新しいことが起きる。昨日よりもっと悪いことが。

コールは、一歩、また一歩と、あとずさりして私から離れた。そのとき、マッケンジーの姿が目に入った。コールの後ろからやってきた彼女は、コールの腰に腕を回して、私から遠ざけるように力任せに引っ張った。そして流れるような黒髪を揺らし、怒りに燃える瞳で私を睨みつけた。

ジャスティンが私の肩に手を置き、痛いくらいにぎゅっと握りしめた。「大丈夫?」

コールから目を逸《そ》らすことができなかった。どうして私を見てあんなふうに顔をしかめたんだろう? 彼も戦いの光景を見たんだろうか? もしそうなら……どうやって? なぜ？　何か意味はあるんだろうか？

遠ざかろうとしていたコールは、ジャスティンの仕草を見てはたと足を止めた。すごい形相でジャスティンのほうへまっすぐ近づいていく。手を拳に握りしめている。殴るつもりかもしれない。私はとっさにそう思ってジャスティンの手首を掴《つか》むと回れ右をして、コールをあとに残したまま、急ぎ足で廊下を曲がった。

「君とコール、つき合ってるの？」ジャスティンの声には、暗い感情がこもっていた。

「違うわ」

「ほんとかな。だってあいつ……」

「ほんとだって。ねえ聞いて、私、一時間目の授業は欠席しようと思うの」一時間も教室で座っているなんて無理だ。あの怪物たち……。そしてコール……。「私行かなきゃ」

自分の携帯電話の番号を早口でジャスティンに伝えて週末電話するよう言い残すと、私はキャットを捜しに行った。キャットなら、私を落ち着かせてくれるはず。とにかく心を静めたかった。こんな状態では、何を口にしてしまうかわかったものじゃない。

たぶん……キャットには幻覚のことを話さなきゃならない。笑われるかもしれない。二度と口をきいてもらえなくなるかもしれない。そのリスクをおかしてでも。わからないことが多すぎる。コールのことはキャットのほうが私よりずっとよく知っているし、役に立つ情報を持っているかもしれない。落ち着きたいと願う気持ちと同じくらい、私は誰かに助けてほしい気持ちでいっぱいだった。リーヴの姿が見えると、私は駆け寄った。

「キャットはどこ？　話さなきゃいけないことがあるの」

「今日は来ないわよ」音をたててロッカーを閉めながら、リーヴが言った。

風船のように希望がしぼんでいく。「どうして？　何かあったの？」

リーヴは肩にかかった髪の毛をさっと払った。「さあ、聞いてないわ。明日のパーティーで会おうね、と言ったけど。あなたも来るわよね？」

「ええと、たぶん」あの幻覚を見たあとでは、断言できなかった。あれはウサギの雲と同じような警告なのだろうか？　夜に外出したら、また怪物に遭遇してしまうのだろうか。

「今夜の試合には行く？」リーヴが訊いた。

「もう行かなきゃ」私は上の空でそう言うと、リーヴの返事も待たずに駆けだした。どこにも行き場などありはしなかったが。ふと後ろから足音が聞こえたかと思うと、逞しい腕が私の腰に回された。拳を固めて振り向くと、そこにはコールがいた。彼の顔を見ると、不思議と心が落ち着いた。パニックの原因は彼だったのに。

「こっちだ。話がある」コールが言った。

7　コールとの冒険

　コールは私を外に連れ出し、誰もいない駐車場で茶色のジープに乗せた。いや、もしかしたら白のジープかもしれない。そのくらい泥で汚れていた。ジープは、ルーフもドアも取り外されていた。床には乾いた葉っぱが散らばり、黒っぽい染みがついていた。後部座席が外されていて、広いスペースができていた。

　コールが運転席に座り、私は助手席に乗り込んだ。空に目をやると、ウサギの雲は今もどこにも見当たらなかった。思わず安堵《あんど》が込み上げた。

「ライト博士が――」

「俺たちがいなくたって校長は気にしないよ」コールが私の言葉を遮った。

「どうしてわかるの？　許可でも取ったの？」

　だが、コールは私の問いかけを無視した。許可など取っていないのだ。

「それで、私はどこへ連れていかれるの？」どこに行くにしろ、恐怖は感じなかった。ようやく話ができるのだ。

コールがラジオをつけると、シンス・オクトーバーの曲がスピーカーから流れだした。急発進した車のタイヤから上がった白煙が、ルーフを取った車内にも入ってくる。風に暴れる髪を押さえながら、私はこっそりとコールの横顔を見た。鼻の一部がわずかに隆起していて、そこを骨折したことが一度や二度ではないことを物語っていた。唇の切り傷は治りかけ、顎の痣《あざ》も薄くなってきている。

山や木々が飛ぶように過ぎて、十分ほども走ったころだろうか。コールがラジオを止めて、こっちをちらりと見ると、「なんでそんなに見てるんだ?」と言った。

「別に。ただ見てただけよ」

「そういや、ジャスティンのことだけどな」コールが言いにくそうに言った。

「彼がどうかした?」私は、口ごもるコールを促すように返事をした。

「つき合ってるのか?」

「違うわ。そもそも、どうしてそんなこと気にするの?」

「別に。ところで昨日はどうやって帰った?」

「歩いて」

コールは、唖然《あぜん》とした顔で私の顔を見つめた。「二度とやるな、わかったか? あの森は危険なんだ」

「祖父と一緒のこと言わないで。それに、あなたにそんなこと命令する権利ないでしょう?」私は思わずまくし立てた。「それに、どうして私が森を通って帰ったなんてわかるの?　学校のすぐ隣に住んでるかもしれないのに」

「いいや、それはない」確信した口調で、コールが答えた。

「昨日、うちの裏庭にいた?」思わず尋ねる。怯《おび》えてくよくよ思い悩むくらいなら、どんなに不安でも真実を知って納得するほうがいい。

「ああ」やや間を置いて、彼は言った。

「どうしてあそこに?」納得と驚きが入り混じった気持ちで、私は訊《き》いた。

彼はその問いに答えず、しばらくして二十四時間営業の食料雑貨店の駐車場に車を停《と》めた。他に数台の車があり、店の中にも外にも人がちらほらいた。コールはしばらく何か考えていたが、やがて「俺の電話番号を教えるよ」と言った。暗く真剣な顔をしていた。

「車で帰りたいときは、電話かメールで連絡をくれ。俺が送っていく。いいな?」

「車で帰ることもできたの。ただそうしたくなかっただけ」私は弁解した。

コールが恐ろしいほど暗い表情を浮かべたのを見て、体が恐怖で小刻みに震えた。

「訊きたいことがいくつかある。第一に、言うことはそれだけか?」

「うん。まあ」

「次に、どうして車で帰らなかったんだ?」

「歩きたかったからよ」祖父たちに話したのと同じ、真実の一部を口にした。

「もう二度と歩いて帰るな」コールは、やや語気を荒らげた。

「じゃないとどうなるの？」

「君さ、一緒にいるとすごく苛々《いらいら》するって言われたことあるだろ。じゃなきゃ、君が今まで会った人たちはみんなとても礼儀正しい人ばかりだったんだろう」コールはそう言うと早口で電話番号をまくし立てた。私は慌ててそれを自分の携帯電話に登録した。

「君の番号も教えてくれ」

「ちょっと待ってよ、いったい何がなんだか――」

「怒らせたいのか？　いいから番号を教えて」コールがまた、私を遮った。

彼の必死さを嬉《うれ》しく思う気持ちと、腹立たしく思う気持ちで私は真っ二つになった。しかし、勝ったのは苛立ちのほうだった。「頼み方ってものがあるでしょう？」そう口にしたら、母さんと過ごした日々の記憶が、ふっと蘇《よみがえ》った。

〝そんなんじゃ年間最優秀母親賞をもらえないよ、ママ。早く私の大好きなチョコレートケーキを焼いてよ〟

〝まずは頼み方を覚えてらっしゃい、アリス〟

家族で過ごした懐かしい情景が、波のように押し寄せる。

「頼み方、か……」コールは苛立ちをぐっとこらえるように言った。

「そうよ。そうすれば私だって断れないわ」私は言った。嘘の番号を教えてやりたいくらい腹が立ったが、それでは彼が電話をかけることができなくなってしまう。何を話すかはともあれ、彼からの電話は欲しいのだ。

「まだ待っているんだけど」コールがせっついた。

　私は、何を言っても無駄だと思うと観念し、自分の番号を教えた。

「ありがとう」そう言う彼の声に、ほのかな安堵があるように感じた。「そこにいてくれ」

彼はそう言うと車を降り、助手席側に回って私の手を取ってくれた。そんな紳士的なところがあると思っていなかった私は、驚かずにはいられなかった。

「今日一日ずっと、つんつんしてるつもりなのか?」コールが言った。

「あなたがずっと感じ悪くしてるならね」私は答えた。コールの肌は温かく、てのひらは固くごつごつしていた。私は震えていたが、その感触が心地よかった。

「寒いの?」彼は私をジープに押しつけ、腕の中に閉じ込めた。

「まあね……どうだろう?」私は、彼がキスをするつもりなのかと訝《いぶか》った。

「寒いわけじゃないだろう。君はたぶん怖いんだ。仕方ないよ」ささやくように彼が言った。

「怖くなんかないわ」私は慌てて言い返した。

「その気持ちを変えられないか、試してみよう。ちょっとした冒険をするんだ。二人で。俺が命令し、君はそれに従う。君が色目を使っても、俺は丁寧に頼んだりしないからな」

反論しようと口を開いた。誰にも色目なんて使ったことないのだ。コールはそんな私を黙らせるように言った。

「君の安全のためだ。決めてくれ。一緒に行くか、それとも今すぐ学校に戻って、君の疑問を一生疑問のままで終わらせるか」

私はまた苛々して歯を舐《な》めた。腹は立つが、コールのことはどうしても嫌いになれそうにない。「私がどんな疑問を持っていると思うの？」

「たぶん俺と同じものだ」コールは確信ありげな顔をして言った。

いいや、そんなことがあるはずない。「いいわ。あなたの命令に従う。ただし、一つ命令されるたびに心の中であなたのことを殴ってやるから」

「わかったよ」彼が表情を和らげた。「だけど心の中でも、顔はかんべんしてくれよ。割と気に入っているんだからさ」

いつの間にか私はこの言い合いを楽しんでいた。あまり気が強そうだと可愛《かわい》げがないかもしれないが、キャットは気が強くてもあんなに可愛くて、私は大好きなのだ。だから気にしない。

彼が、私の震える唇を見つめた。そして、息がかかるくらいに顔を近づけた。

「今、何を考えている？」私の唇のすぐそばで、コールが言う。

私は必死に言葉を探した。「私とこそこそしてたらマッケンジーが怒るんじゃない？

ああ、こそこそしてるっていうのは……」

彼は体を離すと、唇を私から遠ざけて言った。「あいつは怒らないよ。もうつき合ってないんだから。さて、行くとするか。冒険の時間だ。見せたいものがあるんだ」

店の裏手に広がる鬱蒼《うっそう》とした森の中を、私たちは祖父の家の裏手まで歩いた。やけに時間がかかったのが不思議だった。私の見る限りコールは、何度か道を引き返したり、必要のないところで曲がったりしていた。私と同じような妄想につきまとわれ、誰かにあとをつけられているとでも思ったのだろうか？

「うちまで送ってくれるつもり？」どぎまぎしながら私は訊いた。

「そうだとも、そうでないとも言える。なあ、俺がいいと言うまでひと言も喋《しゃべ》らないでくれ。気が散るから。ワイヤートラップに引っかからないように集中しているんだ」

「ワイヤーのトラップ？」私は、意味がわからずに尋ねた。

「気が散るって言ってるだろ」もう一度彼が言った。

「はいはい」私は不満げに言い返したが、そのあとは言われたとおり押し黙ったまま、太い木の根や岩だらけの森の中を歩き続けた。道はなだらかに上り下りを繰り返している。

うちの裏庭のフェンスに辿《たど》り着くころには、もうくたくただった。今日からでも鍛えなくては。深く息を吸い込めば松や野草の花のにおいが香るだけで、腐敗臭はしなかった。

「この跡が見えるだろう？」そう言ってコールは地面を指さした。

足跡を目にして、私はぎくりとした。自分のテニスシューズのロゴまではっきりわかるのに、エマのスリッパの跡はない。

「ええ。見えるわ」

彼は私の視線を掴《つか》まえて、口を開いた。「なんでこんなところに足跡がついてるんだ？一つは君の足跡だ」

「わからない。あなたにはわかるの？　私がここにいたって言いたいの？」

「君の靴のサイズは八・五インチで幅は細めでジグザグ模様がついている。つまり君がここにいた証拠だ。ここで何か見なかったか？」コールが腕組みをして言った。

「あなたの他に？」私は、とぼけるように首をひねった。

「そう、俺の他にだ」

本当のことを言うわけにはいかなかった。どうしても。「まず、私の質問に答えて。ここに足跡がついてる理由、あなたにはわかるの？」

「ああ」彼は躊躇《ちゆうちよ》なく答えた。

「じゃあ言ってみて」私は、自分から彼に近づいた。

「君が言うんだ」彼は、頑として首を横に振った。

私は地面にしっかり踏ん張った。そうしていないと、コールに掴みかかって問いただしてしまいそうだった。

「わからないって言ったじゃない」知らず知らず声が大きくなる。

「だけど顔が青ざめてた。それが十分答えだ」彼が冷静に答えた。「でも、君の口から聞かなくちゃいけないんだ」

「いいえ。言うつもりはないわ」私は意地になって拒絶した。

彼が眉をひそめると、影になった目元から脅すような光が閃《ひらめ》いた。「今、君はまずい状況にいるんだよ、アリ。本当はこんなことを君に言うべきじゃないんだ。俺からは言えない。俺が言いたいことを、君の口から聞かせてほしい」

私は訝った。彼が言おうとしていることは、私が考えているものと一緒だというのだろうか？　つまり彼も怪物を見たのに、まずは私が認めない限り、打ち明ける気がないのだろうか？　だが、もし彼が言いたいことが別の話なのだとしたら……。

「じゃあ質問を変えよう。君の父さんは亡くなったんだよね？　この夏に、殺された」

私はすっと後ろを向いて、彼に背中を向けた。「その話もしたくない」と、つぶやく。

私がコールのことを調べたみたいに、彼も私のことを調べていたのだ。

「君の父さんは、夜、事故に遭ったんだね。共同墓地で」コールは食い下がった。「君もその場にいた。何か見なかったか？　おかしなものを……」

「話したくない」私は繰り返し、一歩ずつ彼から離れた。そうしないと泣いてしまいそうだった。彼の前でだけは泣きたくなかった。

　そのとき突然、踏み出した足を何かに引っ張られ、私は悲鳴をあげた。足首をきつく掴まれ、一気に高くつり上げられる。気づけば私は木の枝から宙づりになっていた。あっという間に頭に血が上り、眩暈《めまい》がした。

「ちょっと、なんなのよこれ！」私は叫んだ。ゆらゆら揺れながら見上げると、太いロープが足首に巻きついている。ロープは、木の幹と同色に塗られていた。誰かがうちの裏庭に、罠《わな》を仕掛けたのだ。これがコールが言っていたワイヤートラップなのだろうか？

　コールが近づいてきて、私の前でしゃがんだ。二人の視線が、逆さまにぶつかる。

「下ろして！」

「頼み方があるんだろう？」楽しげな笑みを浮かべてコールが言う。

　人工甘味料みたいに甘い口調でそう言う彼に、私はつるされたまま殴りかかった。私の狙いを読み取った彼が、楽しそうに笑いながら手の届かないところに飛びのく。

「おいおい。やめてくれよ。喜んで助けて差し上げるとも。ただし、あとでね」

「あとで？　どういう意味よ。今助けてよ！」

「話がすんだあとさ」

　私はロープごと体を揺すった。コールは、狙うには絶好の位置に立っている。

「いったい何を……痛っ！」コールは屈《かが》み込んで苦しそうに喘《あえ》いだ。私の頭突きが彼の腹に命中したのだ。

「さあ、下ろす気になった？」勝ち誇るように私が言った。

コールはようやく呼吸を落ち着けると私の前にやってきて、体を揺らすことができないように、私の腰をがっしりと掴んだ。自分の腰がむき出しなのに気づいて、私は取り乱した。ブラのワイヤーにシャツが引っかかっていなかったら、丸見えになってしまう。

「おいおい、あんまり乱暴にしないでくれよ。落ち着けって」コールが私の手を払いのけた反動で、シャツがまたブラのところまでずり落ちる。彼はシャツをジーンズの中にねじ込むと、「これでいいか？」と笑ってみせた。

「ええ、じゃあ次はここから下ろして。だけどいったい誰がこんな罠を？」

「俺だよ」彼はあっさり言った。

「あなたがやったの？　なんでこんなことを……？」

「わかってるだろ」

「コール。お願い、子供っぽいことはやめて下ろしてよ」

彼は苛々した様子で溜息《ためいき》をついた。「こんなに強情だとはな。言ったろ、下ろすって。でも話が先だ。君の父さんは、何か奇妙なものについて話してなかったか？」

言いようのない不安が心臓を包み、痛いくらいに締めつけた。「たとえばどんな？」

「君が、言うんだ」彼の言葉に、私の胸はざわついた。

「私あなたのことをよく知らないし、信用してない。だから話すつもりはないわ」

コールはまた溜息をついた。「じゃあ答えは簡単だ。俺のことを知ればいい。今度の試合か、リーヴのパーティーに行く予定はないか?」

「試合には行かない。けど、パーティーには行くつもりよ」

「そうか。誰かと一緒に行くのか?」

「いいえ」私はうっかり、キャットのことを話しそびれた。

「よし。じゃあそこで会おう」

「もしかして、デートにでも誘ってるつもり?」私は驚きを隠しながら言った。

「違う」コールが首を振った。「デートじゃない。君だって知らない人に自分の話をするのは嫌だろ、俺も知らない女の子とはデートしないさ」

「じゃあ私たちは同じ考えってわけね」私は取り繕うように言った。「パーティーでは事故の話も、今みたいな変な話もなしにしてよね」

　クラスメイトが見ている前でそんな話をされたらたまらない。

「しないさ。それでいいだろう?」

「いいわ、じゃあパーティーで会いましょう。でも話の続きをするためだけに会うんだからね。ところで、そろそろ下ろしてくれない?　もう気持ち悪くなりそう」

「あと一つだけ、質問に答えてくれたら下ろしてあげるよ」

「じゃあ質問して」

「毎朝、君が最初に俺を見るとき、変なことが起きないか？　他のときには起きないのに、朝最初に会ったときにだけ」

　コールが知っているはずはない。同じものを見たのではない限り。彼は前にもこんなことをほのめかしたことがあったが、別のことを言っているんだと思っていた。まさか、私の見る幻覚のことだったのだろうか。

「なんでそんなことを訊くの？」

「起きるんだな？」彼は、もう答えは聞いたとでも言いたげにうなずいた。

「ええ……。あなたはどうなの？」私は羞恥心を隠しながら尋ねた。

「俺もなんだ」予想外にすんなりと、彼はうなずいてみせた。

「あなたには何が見えるの？」たまらず、私は訊いた。私は知らなくてはならないのだ。

「いつか言うよ。でも今はだめだ。何を見たか、紙に書いてくれ。俺もそうするから。学校が終わったら書いたものを交換しよう。本当のことを書くんだぞ。もしも白紙で出したら……後悔させてやる」

「ああ怖い」おどけたように言葉を返したが、心の中では本当に恐怖を感じていた。「だけどあなただってそれは同じだからね」

「いいだろう」

「学校に戻るんでしょ？　そろそろ下ろしてくれない？」

「だからそう言ったろ」彼はそう言うと屈み込み、足首に隠し持っていたボウガンを取り出した。まさか、そんなもので下ろすつもりなのだろうか。

彼がロープの上のほうに狙いをつけて、引き金に指をかける。外れた矢が足に命中するのも怖いが、それよりロープが切れて地面に叩《たた》きつけられる衝撃のほうが恐ろしい。だが、矢は確実にロープを射貫《いぬ》き、私の体はコールの逞《たくま》しい腕の中に受け止められた。彼は私をそっと立たせると、ふらつく体を支えていてくれた。だが、ふらつきがやがて治まっても、コールは私の体を離そうとしなかった。

「どうしてそんな武器を持っているの？」私は彼の顔を見上げた。学校に持ち込んでいたことは間違いないが、金属探知機をどうやって抜けたのだろう。

「だから、まず君が話せよ」コールはまた、さっきのように私を急《せ》き立てた。

「いいの、今は気にしないで。大したことじゃないから」

「念を押しておくが、ここでの話はキャットにも秘密だからな？」

キャットには幻覚のことを話そうと思っていた。でも、さっきのことで目が覚めた。話してはいけないのだ。今までも、これからも。ほんの些細《ささい》なことでさえも。幻覚が些細というのもおかしな話だが、たった今起きたことに比べたら、どんなことも些細に思えた。

「わかってるわ」

「ならいい。今はそのほうがいい」

8　行き止まりの始まり

学校に戻るころには、居心地が悪くてたまらない気持ちになっていた。コールは約束どおり私を講義棟に戻してくれたけれど、そこでメイヤーズ先生にばったり会ってしまい、なぜ授業を欠席したのかと尋ねられた。

「その……ちょっと問題があって……」ようやくそれだけ絞り出した。

「言い訳なんてするだけ無駄よ、ミス・ベル」先生はそう言うと、言葉につまっている私を残して歩き去ってしまった。

その上、ランチタイムではコールに無視された。私は少しだけ腹が立った。私を拉致し、感謝祭の七面鳥みたいにつるし上げ、秘密をほのめかし、毎朝彼の身に起きていることを教えると約束し、私を誘ったというのに、その挙げ句に無視するのだ。本当にわけがわからない。でも別にいい。コールに振り回される必要などないのだ。

しかし、最後の授業の終わりを告げるベルが鳴ったあと、彼は私を待っていた。

約束どおり、紙切れを交換する。ひと言も書いていない紙切れを。交換するあいだ、彼は岩のように押し黙ったままだった。私はといえば、抑えることができない震えに襲われていた。

自分の部屋に駆け込んでベッドに倒れ込むと、ポケットから折りたたまれた紙切れを取り出した。帰りのバスの中で読みたかったが、誰かに見られたくなくて我慢していた。ジャスティンが隣に座り、ずっとコールには気をつけろと言い続けていたのだ。

コールには悪い噂《うわさ》がある。

コールは君の心を傷つけるだろう。もしかしたら顔も！

コールが恐れられているのには理由がある。彼が病院送りにした人間は百人以上だ！

アッシャー・ハイスクールの生徒はみな、話を盛らずにはいられないんだろうか。私がコールの話をしたがらないのに気づくと、ジャスティンは、リーヴのパーティーに行かないかと誘ってきた。だが、私には車がない。キャットは休んでいるくらいだから、具合が悪くてだめかもしれない。私が躊躇《ためら》っているのを感じ取ったのか、ジャスティンは言った。

「ただの友達としてさ。きっと楽しいよ」そうして結局、私は承諾したのだった。

何が書いてあるのか不安に思う気持ちもあったが、白紙であることを半ば予想して、コールからの紙切れを開いてみた。予想に反して、そこには文字が書かれていた。読む前に私は目を閉じ、深く息を吸って……止めた。何が書いてあっても動揺するものか。それから長く息を吐き出した。ゆっくりと、瞼《まぶた》を開ける……。

そこにはこう書かれていた。〝抱き合う、キス、戦闘〟

全身を震えが駆け抜けた。握りしめた紙を胸に押し当て、全身をマットレスに預ける。安堵《あんど》の気持ちが体中を満たしていく。彼も同じ幻覚を見ていたんだ。つまり幻覚のことについては、私はまったくの正常だったのだ。

しかし、すぐに困惑が安堵をかき消した。どうして私たちはキスをしているところなど見たのだろう？　なぜ怪物と戦うシーンなど見たのだろう？　こんなことがあり得るのだろうか？

何か奇妙な精神的繋《つな》がりが、私たちのあいだにはあるのかもしれない。あるいは未来を見たのかもしれない。だけどそんなことが本当に可能だろうか。そんなことは今まで……

そう思いかけて、私は思いとどまった。死を呼ぶウサギの雲。

私はベッドから飛び下りて、パソコンを開いた。しかし二時間ネットの海を彷徨《さまよ》っても、ヒットするのは見当違いなことばかりだった。

ドアをノックする音がして祖母が私の名前を呼んだ。

「何？」私はノートパソコンを閉じた。祖母に画面を見られ、何を検索していたのか説明するのは避けたい。

「お客さんよ」

怪訝《けげん》に思いながらドアを開けると、嬉《うれ》しそうな顔のキャットが部屋に飛び込んできた。

「今日は誰のラッキーデー？　それはあなたでした！」その笑顔と陽気な言葉とは裏腹に、キャットは疲れて見えた。肌は青白く、目の下には隈《くま》ができていた。袖の長いTシャツにジーンズをはいた彼女には、いつもの華やかさがないのだ。どうしてアッシャーの女の子たちは、真夏に冬の服を着るんだろう？　蒸し暑くてたまらないだろうに。

「もう大丈夫なの？」ハグをしながら、私は訊《き》いた。肌に触れたキャットの体は冷たかった。「学校休んでるって聞いて、具合が悪いのかもって心配してたんだけど」

「私が？　全然よ！　ちょっとキャット・タイムが必要だっただけ」そう言って、今度は祖母のほうを向く。「お会いできて光栄です、ミセス・ブラッドレイ。すてきなお宅ですね」

礼儀正しいキャットの姿を見て、私は妙な違和感を覚えていた。

「こちらこそお会いできて嬉しいわ。お褒めの言葉をありがとう。じゃあ、二人で楽しんでちょうだいね」祖母は笑顔で親指を立てると、部屋を出ていった。私についに友達ができたことが嬉しいのだろう。

「キャットの親は、好きなときに休ませてくれるの？」私は尋ねた。もしそうなら羨ましい限りだ。

「うん。パパとママは、子供にだって休む権利があるって考えてるから」

私の母さんだったら、子供の学ぶ時間を奪うべきじゃないと抗議しただろう。

「本当に大丈夫なの？　だって私……」

「それよりさ、どうしてあなたの家がわかったのか、知りたくない？」

「そういえばそうだ。どうして？」私は身を乗り出した。

彼女は指をぱちんと鳴らして、くるくる回した。「フロスティが私を心配して、一日中メールを送ってきてたの。彼に、役に立ってくれたらあんたのこと見直すわって言ったのよ。あなたにメールで訊こうかとも思ったんだけど、噂だとあなたとコールは一緒に午前中どこかに行ったらしかったし、邪魔はしたくないって思ったわけ。これについては私の話を終わらせてから、全部話してもらうからね。とにかく、コールがあなたの住所を知ってたから、まったくあのエロガキ、フロスティも知っていたの。それで私がここにいるってわけ」そう言ってキャットは両腕を広げた。「すごいでしょ」

「待って。メールを送ってるってことは、フロスティとよりを戻したの？」

「違うわ！　いや、でもわからない」キャットは私のベッドに身を投げ出して、上下に跳ねた。「私、思うの。去っていった男は絶対に戻ってくるはずだって。フロスティは、まだ完全に戻ってきたとは言えないわ」

私はちょっと考えてみた。「もしフロスティが浮気してなかったとしたら？」いくら粗暴でも、彼らが嘘をつくような人間には見えないのだ。むしろ、開き直るタイプだ。

「無料の人生アドバイスをしてあげる。男の子ってお互いを庇《かば》い合うもんなの。あなたの目の前でも、見ていないところでも、平気で嘘をつくの」キャットは座り心地をよくしようと枕を膨らませながら言った。「さあ、今度はあなたの番。今日何があったのか洗いざらい話してもらうわよ！」

　ベッドの前を行ったり来たりしながら、私はコールとドライブに行った話をした。デートとしてじゃなく、リーヴのパーティーで会おうと言われたこと、それを承諾したこと。キャットはそのあいだ、ずっと真剣に話を聞いていた。だけど森のこと、トラップのこと、幻覚のことは話さないでおいた。コールが言ったように、このことは他言無用なのだ。

「コールがパーティーに来るなんてすごく珍しいよ。しかもデートじゃないのに。本当にあなたのことが好きなのね」キャットは心底驚いている。

「でも、それはどうでもいいの。私はジャスティンと行くから。友達として」

　キャットの口の端に、ゆっくりと笑みが浮かんだ。「ジャスティン。ランチのとき話しかけてきたあのジャスティン？」

「そう。あのジャスティン」私はうなずいた。

「いつの間に仲よくなったのよ」にやにや笑いながら、キャットが言う。

「別に仲よくないわ。同じバスだから話をするだけよ」

「ああ、私、待ちきれない。これはすごいことになるわよ。なぜかって、その理由をあなたは知らないし、私だって言うつもりはないわ。全部台無しになっちゃうもん。あなたのおかげで私は世界でいちばんの幸せ者よ。でね、あなたを世界で二番目の幸せ者にしてあげる。コールのスパイをやってもらおうと思うの」上機嫌で、キャットは両手をすり合わせた。「人生のレッスンその二。スパイ行為は、真実を知る最上にしてただ一つの方法よ」

ジャスティンのことをいろいろ訊かれるだろうと思って身構えていたのに、〝コール〟と〝スパイ〟という言葉で吹き飛んでしまった。そんなの無理だ。彼にはきっとばれる。

「彼の裸が見られるかもしれないわよ」キャットが甘い声で私をそそのかした。

「やろう」気がつくと私はそう答えていた。

「そう来なくちゃ！　だって今夜から始めるんだから」

私は声をあげかけた。夜に外に出るなんて、私にできるのだろうか。不安は山ほどある。もしも大勢の前で怪物を見てしまったら、どんな顔をすればいいだろう？　それに足首にボウガンを隠し持っているコールを驚かすのが得策とは思えない。

「ねえ、考え直したほうがよくないかな。だって……」

ぽんと立ち上がって、キャットは私の手を取った。「全然。考え直す必要なんてないわ。きっと私に感謝することになるから。絶対」

「でも――」

「ララララ。聞こえない」キャットは耳に指を突っ込むとおどけてみせた。

私は、まったく同じことをするエマの姿を思い出し、笑ってしまった。

「いい子ね。さあ、魔法を見せてあげる」キャットはそう言うと、私を連れ出した。

夕食のあと、キャットは女の子らしいピンクのマスタングに私を乗せて、ハイウェイを飛ばしていた。祖父母を説得して、キャットのうちに泊まりに行ってもいいという許可を取ってくれたのだ。私にとっては、生まれて初めての外泊だった。頬が痙攣《けいれん》して息苦しかったが、どうにか涙だけはこらえた。外泊は、エマがいつもしたがっていたことだった。

「緊張してるの？」キャットが訊いた。

「ちょっとね」私は控えめにそう答えた。今のところあのウサギは姿を現していない。

「どうして？」キャットが不思議そうな顔をしてみせた。

なぜも何も、あの事故があってから、夜に車に乗るのはこれが初めてなのだ。シートをぎゅっと掴《つか》んでいても、胃がよじれて吐いてしまいそうだった。「車が」どうにかそれだけ絞り出すように言った。

「そっか。でも安心して、私はあなたが会った中で最高のドライバーだから。胸に手を当てて誓うわ。これまでに事故に遭ったことは三回しかないし、そのうち私に非があったのはほんの二回だけよ」まったく心強いことこの上ない。「コールなんてものすごい数の事故を起こしてるんだよ。でもあなたはコールの車に乗って生還したんでしょ？」

「そうだけど」不思議なことだが、コールの車の助手席に座っていた私はなぜか安心感を、守られているとを感じていた。今は……そうでもない。

　太陽はまだ空にあったがどんどん傾いていて、今はわずかにその光を地上に投げかけているのみだった。それでも光は光。きっと大丈夫なはずだ。その想《おも》いを呪文のように、私は頭の中で繰り返した。すると徐々に、体の強張《こわば》りがほぐれてきた。

「どこへ行くの？　試合？」私は尋ねた。

「ううん。コールは来ないもん」

「じゃあどこ？」

「フロスティとつき合ってたとき、ちょっと気づいたことがあるの。二週間に一度、あいつらはどっかに姿を消すのよ。どこへ行くのかはわからないけど、危険で、絶対秘密の場所みたい」キャットの口ぶりには、おどけた調子が混じっていた。「二日前もそうだったから、昨日の夜は傷の手当てをしてたんだわ。今日はそのお祝いをするはずよ。姿を消した翌日に治療をして、二日後にはお祝いをすることになっているから。今ごろ〈ハート〉っていう会員制のクラブにいるはず」

　私は背筋を伸ばして座り直した。二週間に一度。怪物が現れるのと同じ周期だ。偶然かもしれないが……コールは今日、足跡と罠《わな》のことで、私に何か伝えようとしていた。そして私が花嫁の怪物を見た翌日に、傷を負っていた。それだけではない。私たち二人は、怪物たちと戦っている幻覚を一緒に見たのだ。

　間違いない。コールも現実世界で怪物を見ている。

「あの人たちがどこに行ってるのか、知らない?」興奮を表に出さないようにしながら、私は言った。

「いいえ。でもさっき言ったように、翌日には怪我《けが》をしているの。ひどいときは数週間学校を休む人もいるわ。ライト博士も何も言わないのよ。私が訊けるわけないよ」

また一つ証拠が出た。回復のための休養期間。危険な怪物による深い傷。コールや彼の仲間たちはもしかして外を出歩き、あの怪物どもと戦っているのだろうか?

もしそうなら……怪物は実在するということだ。父さんはうちの家族でいちばん正気だったってことになる。父さんの言っていたことは全部本当で、妄想癖がひどいなんて責めた私が間違っていたことになる。

「あなたも気に入ってくれるといいんだけど。あのクラブ、最高だから!」キャットが言った。「ほんとは私たちくらいの年齢だと入れないんだけど、コールたちはいつも入れてもらってる。たぶん見た目が怖いからね。とにかく、フロスティが私もその顔パスリストに入れてくれたの。まだ私の名前を削除していないはずよ、下心があるからね」

スパイのことを忘れていた。私はコールと話がしたかった。怪物や幻覚のことを質問して、彼の反応を見たかった。コールは明確な答えを返さないだろうし、私もストレートには訊かないつもりだが、何かを引き出すことはできるはず。あるいは、彼が我慢できなくなるまで焦《じ》らすか。私は自分のTシャツとジーンズに目をやった。わかりきってはいるが、この服では、彼からどんな秘密も引き出せないだろう。

「ねえ……キャット」私は不安げな声を出した。

「心配ないわ」キャットは、私が何を気にしているのか承知だったようだ。「まず最初に寄るとこがあるの。まあ、任せといてよ」


キャットが向かったのはリーヴの家だった。私たちはそこでリーヴの手にかかり、鮮やかに生まれ変わった。リーヴはこの夏のあいだだけ、美容学校に通っていたらしい。どうやら、かなり裕福な家なのだろう。

リーヴの住んでいる大邸宅は、天を突くように高く、王宮のように広かった。白い柱にドーム形の天井、雫形《しずくがた》のクリスタルが何千粒もぶら下がったシャンデリア、曲がりくねった手すりに、精巧に織られた豪華な絨毯《じゅうたん》。裏手には、サッカーグラウンドほどもあろうかというプールがあった。使用人たちの住居とは、完全に区別されていた。

リーヴは私たちにセクシーでタイトすぎる服を着せ、売春婦が履きそうなハイヒールを履かせた。私のは服というよりまるで絆創膏《ばんそうこう》のようなアイスブルーのチューブトップ、濃紺のひだ飾りがついたマイクロミニのスカート、破れたレギンス、膝下までの編み上げブーツだ。

顔が青白い私はメイクなど一度もしたことなかったが、リーヴは、何色を足したら目が大きく見えるか、頬がバラ色になるか、唇が〝男の子たちがかじりつきたくなるような、ぷるんとしたアップルキャンディ（これはリーヴの言葉だ）〟になるか熟知していた。

キャットは、Vネックがへそまで開いたロングTシャツを着るために、仕方なくブラを取らなくてはならなかった。スキニー・ジーンズで脚を隠せる彼女が、私は羨ましかった。リーヴが着たのは、腰がふんわり広がった、白黒の水玉模様があしらわれた膝丈のドレスだった。七〇年代のセクシーな奥様という感じだろうか。

変身の途中で、レンとポピーも到着した。

「試合にも来ないで、あんたたちこんなことしてたの？」ポピーが呆《あき》れ顔で言った。タンクトップにジーンズ生地のシャツ、カウガール・ブーツというゴージャスな格好だ。

「学校のチームより友達を優先すべきでしょ」レンが言った。「アリがコールと、そのお友達のごろつき連中とお近づきになるためにクラブに行きたいっていうなら別だけど」

キャットは手を挙げた。「違うと誓います！」

リーヴのSUVに乗り込み、私たちはクラブに向かった。夜は更け、家や道路は影の底に沈んでいた。ぽつりぽつりと立つ街灯の光に守られながら、私は前に進んでいった。今夜は、恐怖に支配されていない。今日ばかりは、恐怖に負けるわけにはいかない。今夜はすごく大切な夜。私にはとても重要な使命があるのだ。

車に乗っているあいだにも、何かウサギの形をしたものはないかと目を凝らした。事故を恐れ、リーヴにスピードを落とすようにも言った。だが幸いにも、それは私の杞憂《きゆう》だった。無事に、事故なく、誰も死なずに、私たちはクラブに着いたのだ。

キャットが用心棒の大男二人（別の状況で会っていたら私は悲鳴をあげて逃げ出していたと思う）に名前を告げると、何百人も並んでいる列の横を通して中に入れてもらえた。クラブに足を踏み入れると、大音量の騒々しい音楽が耳に襲いかかってきた。

「最高でしょ？」キャットが怒鳴るように言った。そうしないと聞こえないのだ。

最高という言葉は正確ではなかった。もちろんクラブの様子くらいテレビで見たことがあった。本で読んだこともあった。母さんも教えてくれた。しかしいざ目の当たりにすると、恐ろしさと興奮がない混ぜになって、私をすごく高揚した気分にさせるのだった。

ダンスフロアでは、男女がシルク・ドゥ・ソレイユのように柔らかく、身をくねらせていた。バーでは、男たちが女の子たちと密着するようにして酒を飲んでいた。隅のほうでは、何組ものカップルたちがいちゃついていた。汗と香水と、何かわからないもののにおいがした。

クラブは二階建てだった。一階はダンスや社交のための場で、上の階は恐らくＶＩＰルームなのだろう。二階まで続く鉄製の手すりを目で追ってみると、二階の様子が下からも見えるようになっているのがわかった。仕切られた場所も、端のほうなら見ることができる。そこに見えていたのは、黒い革のソファー、椅子、鉄のテーブル、そして……コール

だった。

彼がいる。こちら側を向いてソファーに座っている。隣にフロスティもいた。向かい側に座る誰かと談笑している。楽しげな表情のせいで角が取れ、いつもの怖い感じが薄れた顔はまるでハリウッド俳優のようだ。今日は帽子をかぶっていない。ぴったりした黒い服を着た彼はとてもセクシーで、私は下半身も見てみたいと思った。

私はキャットの脇をつついて指さした。キャットはそちらに目を向けると手を叩《たた》いた。

「やったわね！」私の耳に届くように背伸びして、キャットは言った。「男の子を泣かせる作戦の始まりよ。第一ステージは、私たちに気づかせること」

「は？　踊りに来たんじゃないの？」レンが甲高い声を出した。

「それもあるわ。目的の一つ」キャットが言った。

「スパイはどうなるの？」私は言った。コールに会いに来たのに。

「向こうがこっちをスパイしてないのに、こっちがスパイなんてできないでしょ？」

意味不明の理屈だったが、私は気にしないことにした。コールと話がしたかったし、話さなくてはいけないのだ。だが私には、きっといい結末にはならないだろうという予感があった。

9　マッド・ティ・パーティーの夜

〝男の子を泣かせる作戦〟第一ステージ、パートA。キャットは通りかかったウエイトレスのトレイからビールをくすねると、ぐいっと飲んでリーヴに渡し、リーヴがあおったグラスが、今度は私に回ってきた。

いい気持ちになるからと彼女は言ったが、私は口をつけず、ポピーにグラスを渡した。ポピーはまずそうに顔をしかめてそれをレンに回し、レンも同じくしかめっ面でテーブルに置いた。ビールはコーヒーみたいな、カビの生えたパンみたいなにおいがしたし、父さんがアルコールのせいで起こした問題をどうしても思い出してしまう。私まであなりたくはない。

第一ステージ、パートB。ダンスフロアでセクシーに踊る。私たちは列になって、フロアの中央まで進んだ。キャットはまわりの人たちを数歩下がらせ、私たちだけが円を作れるくらいのスペースを確保した。上の階からなら、この様子を見逃すはずはない。

私はエマとは違い、優雅に、そして魅力的に踊るにはどうしたらいいかなんて知らない。

だから他の女の子たちが腕や腰を動かすのを真似《まね》して踊った。他の四人が、私を見て励ますようににっこり笑ってくれた。

かなり経《た》ってから、私はキャットのそばに近寄った。

「私、コールに見てほしいわけじゃないのよ。話がしたいの」

「もちろんよ。でも聞いて」キャットが背後に回り、私の腰に手を置いた。「何をしてても上を見ちゃだめ。もうすぐ第二ステージよ。このままもう何もしないで待っていれば、そのあとに第三ステージが始まるわ。心の準備だけしておいて」

上を見たい気持ちをぐっとこらえて、私はキャットの顔を振り返った。「だったらいいけど私、なんだか嫌な予感がするのよ」

「大丈夫だって。順調順調。だから、さあ行くよ！」キャットはくるっとターンすると、周囲で踊るセクシーな男の子たちに向かって、色っぽく指を曲げてみせた。

第二ステージ。嫉妬の炎を燃え上がらせる。

男の子たちは私たちの小さな輪に入ろうと必死になった。すぐに逞《たくま》しい腕があちこちから伸びてきて、彼らのがっしりした体が押しつけられてきた。居心地が悪く、恥ずかしくて仕方なかったが、胸を触ろうとする指を払いのけながら踊り続け、キャットの計画を終わりまで見届けようと決めた。コールのいるほうは、絶対に見ない。

私は音楽にだんだん我を忘れていった。腕を頭の上に上げて、目を閉じる。左右に体を揺らし、ターンする……。と、そのとき、固い胸にぶつかった。恐らく男性だ。つきまとおうとする奴《やつ》がいたら〝下がりなさい〟と言ってやろうと思って薄目を開けた。

キャットの言うことは本当だった。

バイオレットの瞳が、その奥底に攻撃的な火花をちらつかせて、私を見下ろしていたのだ。がっしりした手が私の腰に置かれたかと思うと、二人の体がぐんと近づいた。もう私たちを隔てているのはささやき声だけだ。

離れてよ、と言おうとしても、声にならなかった。これが幻覚ではないということが、衝撃的だった。

「踊ろう」コールが言った。

「あなたが？」思わず声が裏返る。落ち着かなければ。血管の中を、アドレナリンが駆け巡る。この人はいつも、未知の方法で私を興奮させる。

視界の端で、フロスティがキャットとくっついているのが見えた。言い争いをしてはキスをし、また言い争ってはキスをしている。リーヴに近づこうとしている少年が一人、立ちふさがるブロンクスを邪魔そうに睨《にら》みつけている。

コールは私の顎をそっと掴《つか》んで、自分のほうを向かせた。「俺が踊っちゃ悪いのか？」

「ダンスが好きなんて意外だったから」

「堂々と女に触れられるんだ、嫌いなわけない。最高だよ」

さらに抱き寄せられて、私は言った。「私、こういうのよくわからなくて」

「じゃあわからせてやるから、俺に腕を回しな」

「また命令するの？」抗《あらが》うこともできず、その言葉に従った。コールの背筋に沿って指を這《は》わせ、柔らかい絹のような髪に触れる。自分を抑えられない。触れずにいられない。美しいバイオレットの目に、黒い瞳孔が広がった。

「ほとんどの連中は俺を怖がっているから、何か言えばすぐ言うことを聞くんだ」

その人たちは彼の舌が口に入ってくるところなんて、想像したりしないだろう。

「私はほとんどの人じゃないわ」

「わかってるさ。わからないのは、君がここにいる理由だよ」

きつい口調が、彼の言いたいことを雄弁に物語っていた。私は歓迎されていない。「何か新しいことがしたくなったのよ」私は何も気づいていないようにそう答えた。彼と話をするために来たことは黙っておいた。まだ早い。今この瞬間、私がやってはいけないことが三つある。一つ、動揺すること。二つ、怯《おび》えること。三つ、逃げ出すこと。

コールは少し表情を緩め、戸惑うように「新しい？　ダンスが？」と私の目を覗《のぞ》いた。

「ええ」他にも新しいことはあったが、それは言えない。

「初めてなのに、どこの誰かもわからない大学生に自分のまわりで腰を振らせていたのか？　馬鹿だな、アリ」

「腰なんか振らせていないわ」私は答えた。動揺してはだめ。「それにコールだってあいつらと似たようなものだと思うけど」

ずっしりと重い沈黙のあと、彼は言った。「君といるとプライドがずたずたになるよ」

私は心の中で、本当にそう思うとつぶやいた。

「でも離れられないみたいだ」彼はそうつけ足した。

心の中で、本当にそう思うとつぶやいた。

もうとろとろに溶けて、床の水溜《みずた》まりになってしまいそうだった。「その気持ちわかる」思わずそう口にしていた。コールはしばらく私の口を見つめると、そっと耳元に自分の唇を寄せて言った。「俺とのキス、想像したことがあるだろう？」ハスキーな声。すぐそばでささやかれた言葉に、頬が熱くなった。

そのことも今夜話したいと思っていたが、彼のほうから話を持ち出してくれるとは。

「あなただってそうでしょう」

「ああ。あれはどうやって見せてるんだ？」

「私が見せてるわけじゃないわ。そんなことできない」

「本気で言ってるんだけどな」私が逃げようとしているとでも思ったのか、コールは私を抱く腕に力を込めた。「他に考えられないんだ。一度もあんなことなかったんだ」

「私だってあんな経験したことないわよ。逆に、あなたのせいなんじゃない？」

彼は首をかしげて私をじっと見つめた。この激しい気持ちの陰にあるのが愛情なのか憎悪なのか、自分でもよくわからなかった。

「落ち着けよ。本当にしたらどんなだろうって、考えたことないか？」

私は言葉につまった。体を寄せたまま、音楽に合わせて揺れる。彼の指が私の体を滑り曲線を描いて盛り上がる胸の手前でぴたりと止まる。手をどけてほしくないと思う自分がいるのに、私は気づいた。

「どうなんだ？」コールが、私の目を覗き込む。

本当のことだけを話そうと、私は決意した。「あるわ」

「俺もだよ」彼がそっとささやいた。

「ええと……」私は、今にも膝の力が抜けきってしまいそうだった。

「現実と幻想とを比べてみたいと思っているってことさ」

今、ここで？　私の中で戸惑いが膨れ上がり、どんどん大きくなっていった。

「でもやめとこう」コールは静かにそう言って、私を抱く腕を緩めた。「俺は人を脅すのは得意だけど、こういうのには慣れてないんだ」

私は彼と離れたくなくて、掴む手に力を込めた。「あの……私まだ……」

コールは目を見開いて私を見下ろし、戸惑ったように、信じられないという顔をした。

「一度もキスをしたことがないのか？」

「そうよ。だから？」少しむっとして言う。

「ただびっくりしたんだ。そんなに……」

「そんなに何よ？」

「いい女なのに」

私は、耳を疑った。コールは笑いながら私を見下ろしている。

「言われたことなかったのか？」

私は首を横に振ることしかできなかった。

「君のまわりの男は、見る目がなかったんだな」コールの視線が下がって、私の唇で止まった。その顔から笑みが消える。真剣なまなざし。「キスをするよ、アリ」

また、さっきの戸惑いが胸に渦を巻いた。「でも私、下手かもしれないし、お互いのことよく知らないし、こんなの……」出てくるのは意味のない言葉ばかり。

「俺はする。君もきっとする。できるよ」そう言ってコールは頭を近づけてくると、自分の唇を私の唇に重ねた。息ができない。

その瞬間、世界からコール以外のものが消え去った。あるのは彼の唇、彼の味だけ。ミントとチェリー。コールの体温に包まれる。逞しいその体が、守られているという安心感を抱かせてくれる。私は感覚に身を任せて、コール以外の全てを忘れた。

彼も私以外の全てを忘れたのだろう。熱く私を探るようなキスが、突然飢えたようなキスに変わった。コールが私を貪り、私も同じように彼を貪る。彼の背中を撫《な》で回し、爪を立てた。私は経験不足だったが、コールは幻覚と同じように、ちゃんと何をすべきか心得ていた。

身を焦がすような、しびれるようなキス。なんの隔たりもなく、彼を感じられた。ずっと、自分の人生がただの夢だったらいいのにと思っていた。だけど今、感情と感覚が溢《あふ》れてきて、気がつけば、どうかこれが現実でありますようにと私は祈っていた。コールの強い腕の中で安心感に包まれていたい。彼に全てを捧《ささ》げたい。今ここで彼が欲しい。欲しい。もっと触れたい。シャツを剥ぎ取ってしまいたい。私は彼のシャツの裾に手をかけた。彼の手も、私のシャツの裾に伸びる。

すると突然、コールが消えてしまった。

「行かないで」私は叫んだ。頭に霧がかかったようだ。

遠くで声がする。何を言っているのかはわからない。

耳鳴りがして、私は我に返った。体が小刻みに震え、息が苦しい。何が起きているのだろう。目の前にフロスティがいるのを考えると、彼が私とコールを引き離したに違いない。フロスティの口が動いているが、言葉は聞き取れなかった。

踊っている誰かにぶつかってはじき出され、床に転んだ。それを見ていたコールは私のほうへ進もうとして、フロスティに止められた。コールはそれに腹を立てると、握り拳を固めてフロスティに殴りかからんばかりの形相を見せた。ブロンクスがコールを羽交い締めにし、押さえつける。コールは自由になろうともがいた。三人の中では彼がいちばん強そうだったから、ブロンクスだけなら楽勝だったろう。しかしリーヴと踊っていた別の少年がブロンクスに手を貸すと、振りほどくのは至難の業だった。

ようやく頭の中の霧が晴れて耳鳴りが弱まり、周囲もはっきり見えるようになった。熱いものが凄《すさ》まじい勢いで全身を駆け巡り、燃えるように熱くなった。クラブで、人前で、男の子とキスをしてしまった。それどころか、貪るように彼を求めてしまった。

キャットがそばに来て、私を立たせてくれた。「何があったの？」彼女も私と同じく、呆然《ぼうぜん》としている。

「わからないわ」コールにキスを返し、幻覚と現実を比べようとしただけだ。一分……いや二分経ったら終わりにするつもりだった。フロスティが鬼の形相でこちらを睨みつけている。私がコールの心臓を突き刺して、流れ出る血を眺めて笑ってでもいるかのように。

「ごめんなさい。こんなことになるなんて思ってなかった」私は少しずつ、コールから遠ざかった。残念ながら、今日はゆっくり話ができる雰囲気ではない。今夜決めた三つの決まりのことは忘れて、逃げてしまう以外にどうしようもなさそうだった。

「アリ」コールがそれに気づき、私のほうを向いた。飢えたライオンに狙われた、脚の悪いガゼルになったような気分だった。「どこに行くつもりだ」

「ごめんなさい」私は大声を出した。ここから出なくては。今すぐに。

キャットの腕を振り切り、ダンスフロアで踊っている人たちをかき分けて進んでいった。ストロボライトがピンクや青や黄色の光線を放っている。自分がどこへ行こうとしているのかも、どうやってそこへ行くつもりなのかもわからない。家から遠く離れたこの場所から、暗闇の中を歩いて帰るしかなかった。

「よくない習慣がついちまったみたいだな」溜息《ためいき》まじりのコールの声がした。いつの間にか追いかけてきていたらしい。彼が私の腰に腕を回す。「君が逃げる。俺が追う」

振り向くことができなかった。彼の表情を見たら、私はきっと傷ついてしまう。

「もうできないわ」もう二度と。

「どうして?」

私の言わんとしていることが、彼に伝わったのがわかった。「森で説明してくれたように、私たちはお互いのことをよく知らない。でももう……みんなに見られちゃったわ!」

「何を見られたんだ?」

どうして楽しそうにしているの? 「殴られたいわけ?」

「違う。落ち着いて話を聞いてほしいだけだ」諭すような声。

「嫌よ」

コールは溜息をついた。「みんなに見られちゃったあれを、人前でやらないって約束しても怒っているのか、それとも怒っているのかてもだめか？」

「だめ」私は首を横に振ったが、彼の軽口を楽しんでいるのか、それとも怒っているのか自分でもわからなかった。

「おいで。家まで送るよ」コールは私の手を取ると、前に立って歩きだした。誰もが道をあけた。彼がモーゼで、群衆が紅海の鮫《さめ》であるかのように。

「今夜は家には帰らないことになってるのよ」

「そりゃ好都合だ」コールが笑った。

外の暖かい空気に、私はほっと息をついた。それほど暑くもなく、新鮮な空気。汗のにおいも混じっていない、そよかな風。私は深く息を吸った。コールは歩調を緩めない。まっすぐに進んでいった先に彼のジープがあった。駐車場の端、外灯の下に、すぐに道路に出られる角度で停《と》めてある。今夜はルーフもドアもちゃんとついていた。

「あなたと一緒にどこかに行きたい」と私は言った。「でもあまり遅くまでは無理」

「いいさ」コールがうなずいた。

「どうしてフロスティはあんなに怒っていたの？」私は尋ねてみた。

一瞬の間があった。「君は、何をするかわからないワイルドカードみたいな存在だ。俺たちには君のことがまだよくわからなくてね。だから君には注意して接触することになっているんだ。現に俺は、何度か意識を失っているからな」

コールが話しているのは言い逃れではなく、真実なのだろうが、いい気持ちはしなかった。彼らは仲間内で私（コールをじっと見つめる妙な女）のことを話していたのだ。もしかしたら、悪《あ》しき存在だと思われているのかもしれない。

「明日は会わないほうがいいわ」私はきっぱりと言った。「時間が経てばきっと……」

「いいや、会うんだ。デートから逃げようったってそうはいかない」

「デート？　明日のパーティーはデートじゃないって言ったのはあなたでしょ」

彼とデートしたいかというと、それはわからなかった。私にはコールのような男の子に対する免疫がない。私の手に負える相手ではないのだ。

「なんでもいいさ。お互いを知り合うために必要なことだ」

「でも私、明日のパーティーには別の人と行くから」彼に説明する義理などなかったけれど、つい言ってしまった。「デートじゃないわ、友達としてね」

コールは立ち止まって目を細め、私のほうを見た。「誰と？」

言えない。男の子のことはよく知らないが、ジャスティンと行くなんて言えば、コールが彼を放ってはおかないだろう。「彼を傷つけないって約束して」

コールの目がさらに細くなった。「そいつを殺さないって約束するよ。これで満足？」

そんなことを言われたら、なおさら言い出しづらい。「なんで殺したいのよ？」

「知るか。ただそうしたいだけだよ」

理屈になっていない。まず考えたのは、ジャスティンとの約束をキャンセルすることだった。明日の夜までコールがこんな調子だったら危険すぎる。だが次に思ったのは、コールの気分で私の人生が左右されるなんてまっぴらだということだった。

ジープまでやってくると、彼は私を車に乗せるため、腰を抱いていた手に力を込めた。ふと、その手が止まる。コールの全身に緊張が走った。空気のにおいを嗅いでいる。

反射的に、私も同じように嗅いでみた。

腐敗臭――。

パニックに襲われた。花嫁の怪物と対決するため、野球のバットを握りしめて外に出た二日前の晩、あのとき嗅いだのと同じ悪臭。あれからまだ二日だ。早すぎる。「コール。ここを離れましょう」

「君は行け。俺は残る」

私は目を瞠《みは》った。彼の手にボウガンが握られている。冷や汗が流れた。「コール？」

「クラブに戻れ、アリ」

武器を持っていない以上それがベストだとは思ったが、私は立ち去らなかった。「あなたも私と一緒に戻って」彼を一人にして、私だけ戻れるわけがない。怪物と直面させてはだめだ。それがなんなのかコールは恐らく知っていて、私の予想が正しければ彼の仲間たちもそれを探している。でももう、これ以上誰かが怪物の手にかかるのを見たくなかった。

「お願い、一緒に戻って」私は必死に懇願した。

「あいつらに、すぐ来るよう言ってくれ」コールが私の目を見つめた。

今のコールは、父さんに似ている。においを嗅ぎ、警告し、戦いに備える。

「戦っている幻覚を、私も見たの」私はあの赤い月夜の幻覚を思い出した。幻覚のキスが現実になったのだ。あの戦いも本当になるのかもしれない。

コールは決めたことを曲げたりしない人だ。昼間勇気がなくて言えなかったことを、全部伝えなければ。私が黙ってじっとしていたら、彼はここにとどまるに決まっている。

「あなたがどんな幻覚を見たのかわからないけど、私が見たのは、まわりを怪物に囲まれている光景よ。そいつらは私たちを食べようとしていたの」言葉が口からほとばしり出る。

「それに、うちの裏庭に二体の怪物が出たこともあるわ。幻覚じゃなくて現実によ。そのときは自分の頭がおかしくなったんだと思ってた」今ではそうとも言い切れない。「そいつら、私を見ていたの。外に足跡があった。あなたが見せてくれたあれよ」

コールは確かに話を聞いていたが、決してこちらを見ようとはしなかった。まっすぐ前に意識を集中させて、広漠とした暗晦《あんかい》を睨みつけていた。もし奴らが現れたら、彼にはその姿が見えるのだろうか？　私には？

「君にはわかるのか――」離れた場所で小枝の折れる音がして、言いかけた彼が黙った。

月影に照らされ、重い足を引きずりながら四人の男が現れた。薄汚いぼろぼろの服。眼《がん》窩《か》に落ちくぼんだ目、穴だらけの皮膚、節くれ立った指の骨。まばらに毛髪が残るだけの頭は、おぞましい皮膚に覆われている……。

胃が引きつり、悪寒が全身を貫いた。「私と一緒に来て！」

「クラブに戻れ！」コールは私に向かって叫ぶと、怪物めがけて駆けだした。コールにも怪物が見えているのだ。怪物は現実にいたのだ。父さんはいつも正しかった。私の両親は、本当に怪物に喰《く》われてしまったのだ。到底信じられなかったが、考えているような余裕が今はない。全部あとだ。叫ぶのも、泣くのも、怒りを燃やすのも。

今は戦わなくてはいけない。父さんが教えてくれた技を使って。武器を持っていようがいまいが、コールを一人きりで戦わせるなんてできない。

息を吸って……吐く……。まるで映画のクライマックスのように、目に映る世界がスローモーションに見えた。コールが走っていく。私は思わず目を凝らした。コールが二重に見える。コールが二人になったのだ。不意に、あの日記の一文が頭に浮かんだ。

〈それは、私たちが精神的な生き物であるということ、私たちの力の源は気持ちであるということ。私たちには魂、あるいは理性や感情といってもいい、それが肉体にのっているのだということ〉

他に説明がつくだろうか？　コールの魂は、肉体を離れたのだ。二人のコールは、同じ服を着ていた。一人目のコールは（恐らくこちらが肉体だ）しっかりと形を持っていたが、もう一人のコールは朧《おぼろ》げな霧のようなものに周囲を覆われていた。あれがコールの魂だ。間違いない。

魂――。

にわかには受け入れがたい光景だった。彼はしっかりと立っているのに、魂は頭上へと浮き上がっていく。コールはボウガンを引き絞り、矢を放った。空気を切り裂くように飛んでいった矢が、一体の怪物の喉笛を切り裂く。

血こそ噴き出さないが、傷口がばっくりと開いている。怪物はがくがくと全身を震わせて立ち止まった。傷が広がり首が落ちる。残された体が地面に倒れ、びくびくと痙攣《けいれん》する。切り離された頭のほうも、コールを睨みつけたままがちがちと歯を噛《か》み鳴らしていた。

二つに裂かれても生きているんだ。こんなことがあっていいのだろうか。

コールは再び矢を放ってもう一体を倒すと、残りの二体には拳で立ち向かった。パンチを繰り出し、攻撃をかわしながら、身を屈《かが》めてブーツの中に隠したもう一つの武器を引き抜いた。鋭い刃が、月光にぎらりと輝くのが見えた。

背後で、唸《うな》り声が聞こえた。私は振り返った。さらに三体の怪物が姿を現し、向かってきているのが見えた。二体は男、一体は女だ――とはいえ、タキシード姿だから男、腰から下が広がったピンクのドレス姿だから女と判断しただけだが。うちの庭に出た花嫁と花婿とは別の怪物だったが、こちらの怪物も、激しく飢えているのが見て取れた。

私は震えた。こいつらが父さんを、そして父さんの父さんを殺したのだ。別の怪物たちとの戦いで手いっぱいのコールを攻撃させるわけにはいかない。

突如燃え上がった怒りの劫火《ごうか》が、パニックを焼き尽くした。この化け物が両親を殺した。祖父を殺した。そして今、コールまで殺そうとしている。

こいつらを屠《ほふ》らなくてはいけない。

もう一度深く息を吸って、私は走りだした。両側に停められた車が、私の前にまっすぐな道を作っている。皮膚にあいた穴からどす黒い体液を流しながら、奴らがこっちを見た。近づくにつれて、欲望だけを湛《たた》えた漆黒の眼がぎらぎらと光っているのがはっきり見えた。一体は足首が折れているらしく、前のめりになって足を引きずっている。別の一体はどう見ても脚が一本ないのに、驚くべき速さで移動していた。

コールと同じく、私も怪物に向かって拳を叩《たた》きつける。しかし、私の腕は怪物をすり抜けてしまった。感じられたのは空を切る感触だけ。否《いや》、違う。血が泡立つような激しい憎悪の波動が、怪物をすり抜けた拳を通して伝わってきた。

怪物たちも私を攻撃しようとしたが、奴らの攻撃も私をすり抜けた。再び襲ってきた憎悪の波が、私の血を腐食性の酸に変えていく。私はあとずさりして、車にぶつかった。怪物はなおも私を標的に据えたまま、こちらへ近づいてくる。溢れる怒りがほとばしるエネルギーとなって、私を前へと駆り立てていた。今度は外さない。誰にも邪魔はさせない。

突き出した拳が怪物に触れる。だが感じたのは激しい憎悪ではなく、凍えるような寒さだった。それも経験したことがないほどの。怪物たちが私を掴もうと、引っかこうとするたびに凄まじい寒さに襲われて、私はがたがたと震えた。体をよじって攻撃をかわそうとするのに、筋肉が本来の機能を忘れてしまったかのように強張《こわば》って動かない。

そのときだった。車に寄りかかった自分の姿を目にしたのは。だが私はあそこから飛び出し、怪物に殴りかかったはず。私もコールと同じように、魂だけが外に出ているのだろうか？　だけどどうやって？　頭が追いつかない。

私が戸惑った刹那、怪物が髪を鷲掴《わしづか》みにして地面に引きずり倒す。

瞬間、父さんの教えが頭に閃《ひらめ》いた。倒されたら、身を低くして動きなさい。

そうだ。さんざんトレーニングしたではないか。私は背中を丸め、腕が動かせるだけの空間を作った。てのひらで怪物の鼻面を思いきり突き、後ろにふっ飛ばす。髪の毛が少し持っていかれたが、体は自由になった。

私は立ち上がって身をひねり、女の怪物の鳩尾《みぞおち》をめがけて、力いっぱい蹴りつけた。さっき突き飛ばした怪物は車をすり抜け、向こう側できょろきょろあたりを見回していたが、やがて再び私に狙いをつけた。また向かってくるつもりだ。

女の怪物はあと回しだった。地面に転がされた奴が起き上がって、こちらに手を伸ばしてきたからだ。寒さで歯をがちがちと鳴らしながら、私はそいつの腕を、そして顎を思いきり蹴りつけた。怪物が少しのあいだ動きを止め、また向かってくる。

どうやったら再起不能にできるのだろう？　それに三体目はどこ？

敵から絶対に目を離すな。後悔することになるぞ。父さんはいつも言っていた。

私にはもうわかっていた。父さんは正しい。

木の幹のように太い腕が、背後から私の胴に抱きついた。首に湿った息がかかる。私は背を反らせ、精一杯の力で頭突きを喰らわせた。激しい痛みが走って自分も深手を負ったのだとわかったが、とにかく私を締め上げる怪物の腕は弱まった。すかさず反転し、顎に二発入れる。恐らく脊髄を切断したはずだ。

怪物は倒れざま、口から飴玉《あめだま》みたいに歯を吐き出した。だが倒れてもまったくダメージを受けていないようにしか思えない。首をあり得ない方向に曲げたまま、立ち上がってこちらへ向かってくる。頭の奥のほうで、この戦いは何かがおかしいと感じていた。だがどうおかしいのかはわからない。あとで考えなくては。無事に生き延びることができたなら。

無事に生き延びなくては。

三体の敵が一カ所に集まってきた。一体、続いてもう一体にパンチを叩き込み、残りの一体を蹴り飛ばした。奴らが伸ばしてくる腕を私は素早くかいくぐり、拳を繰り出し、蹴りを入れ続けた。私は戦うほどに動悸《どうき》が激しくなった。怪物たちは戦うほどに興奮していくようだった。そして興奮すればするほど俊敏になっていった。

男の怪物の片方に手首を掴まれてしまった。ものすごい握力で、とても振り払えない。私は地面に押さえつけられた。さっきと同じように必死で身をよじったが、突き飛ばすことができない。怪物が鋭い歯をむいた。

噛まれちゃだめだ。こんな死に方なんて耐えられない。

だがどんなに体をよじっても、振り払おうともがいても、抜け出すことができない。女の怪物と、もう一体の男の怪物が私の横に膝を突いた。奴らが私を押さえつけ、服を乱暴に引きちぎり、破く。怪物たちの顔がだんだん近づいてくる。噛みつかれ、私は悲鳴をあげた。

焼けるような激痛に襲われてもなお、体を支配している寒気は壮絶だった。灼熱《しゃくねつ》と極寒が体に混在し、私は死にかけていた。いっそ死にたいと思った。奴らは私の肌を喰い破り私の中に顔を突っ込んでいる。一滴の血もこぼさずに、骨をしゃぶられているようだ。

私は力の限りにもがき続けたが、なんの効果もなかった。ようやく一体が咀嚼《そしゃく》をやめ、一体、また一体と残りの怪物も噛むのをやめた。強い力で私を押さえつけたまま、奴らはとんでもなく不味《まず》いものでも食べたかのように、怯えた目で私を見下ろしている。

突然、男の怪物の片方が凍りついたように動かなくなった。首に矢が突き立っている。矢に手をやりながら、怪物が前のめりに倒れた。私の足首を掴んでいた力が緩んだ隙に、すかさず女の怪物の顎を蹴りつける。女の怪物は仰向《あおむ》けに倒れた。それを見た最後の一体が、自分から手を離す。

駆けつけてきたコールが、女の怪物の心臓あたりにてのひらを当てた。するとてのひらの下から、目もくらむほどに強烈な閃光《せんこう》が噴き出したではないか。それはほんの刹那のことだったが、光が消えたとき、コールの手の下にはもう何もなくなっていた。女の怪物は跡形もなく消え去ってしまっていたのだ。

コールは男の怪物のほうへ走り寄ると、またさっきの白い光を放ち、両方とも消し去った。こちらへやってきたコールと目が合う。二人とも呼吸が荒く、汗だくだった。

「私……あの……」声が出ない。あまりの激痛に、呼吸もままならない。やがて目の前に漆黒の闇が下りてきて、コールの姿を覆い隠してしまった。

傷つけろ……。ささやくような言葉が頭の中に響く。

殺せ……。この二つの衝動が、私を支配していた。傷つけろ……。殺せ……。

破壊しろ……。

「喋《しゃべ》るな」かすれたコールの声が聞こえた。「元どおりにしてやるから、動くなよ」

助けて、病院に連れていって、お願い。そう言いたいのに、どんなに頑張っても声を出すことができない。

傷つけ殺して破壊しろ。

そうだ。そのとおりにするのだ。そうすれば全てうまくいくんだ。

傷つけろ……。

何か鋭いものが首に刺さった。「これで楽になるからな」コールの声がする。

殺せ……。

体の上に、何か重いものが置かれたようだ。

破壊し……。

深く息を吸い込むと頭が真っ白になり、瞼《まぶた》がぱっと開いた。コールがそばにいて、不安げに私を見下ろしていた。美しく、目を瞠るほど生彩に満ちた姿。私の体を蝕《むしば》む激しい痛みは、少しはましになってはいたがまだありありと残っていた。

「さっきの奴らで最後だと思うけど、もっと出てこないとも限らない」コールは私が立てそうにないのを悟ると、抱き上げてジープまで運んでくれた。

「私の体……」どうにかそれだけ口にした。あの車のほうに目をやった。しかし、そこにあったはずの体はもう見当たらなかった。これはどういうことだろう。自分の腕を見た。切り傷と痣《あざ》に覆われた腕からは、血が流れている。まるで本当に噛まれたように。

コールのほうを見ると、彼も怪我《けが》をしているようだった。「大丈夫……？」

「問題ない」私を車に乗せると、コールは運転席に乗り込んでアクセルを踏み込んだ。アスファルトをタイヤで斬りつけながら、コールが電話をかける。「駐車場だ。十体倒した。確認したが、今のところもう近くにはいない。アリが噛まれた。手当てする」

それで会話は終わりだった。

「キャットや他のみんなは？」さっきよりしっかり声が出るし、気分の悪さも薄れている。いくらか鈍い痛みが残っていたが、私は普通の状態まで回復しつつあった。

「みんなこれから逃げるから大丈夫だ」

道路に出る車の中から、駐車場に残してきた殺戮《さつりく》のあとを見ようと振り向いた。だが死体はなかった。血痕すら。代わりに人がいた。たくさんの、生きた人間が。

背筋に震えが走った。戦っているとき感じていた漠然とした思いが、今はっきりと形になった。あのとき、まわりには人が歩いていたのだ。お喋りをし、笑いながら、自分たちの車を捜して。なのに、私たちが戦っているのにまったく気づかなかったのだ。

彼らの目の前で唸り声をあげ、殺戮を行っていたのに！

最後の言葉が、頭に反響する。殺戮。殺し。殺人。コールを手伝って、奴らを殺した。怪物が死んだことに喜びさえ感じたのだ。「さっきやったこと、罪になるの？」

「他の人には立っている俺たちが見えるだけで、戦っている姿は見えないんだ。だから刑務所に行く必要もなければ、精神科病棟に行く必要もない。あとには何も残らないからな」

彼の言葉を信じることにした。そうでないと、今にも感情を爆発させてしまいそうだった。ヒステリックな笑いが込み上げる。コールと怪物の話をしたいと思っていたけど、こんな形ですることになるとは思ってもみなかった。「さっき起きたこと、信じられない。私たち、体を離れたのね」

「そういうこと」コールがうなずいた。

「どうやって？」

彼は驚いたようにこちらを見て、また道路に視線を戻した。「やったことないのか？」

「ないわよ！　当たり前でしょ」私は思わず叫んでいた。

「まあ、これで俺の質問に一つは答えてくれたわけだ。君には怪物が見える。だから、俺も君の質問に答える」コールはいたって冷静だった。「そのままの姿では、奴らと戦うことはできない。魂の領域にいる存在とは、魂の姿でなければ戦えないんだ」

邪悪。魂の領域。じゃあ……怪物とは魂なの？　だとすれば、奴らが両親の体の中に消えたことにも説明がつく。致命傷を受けてなお動けることにも。他の人たちにその姿が見えないことにも。だけどなぜ私に怪物が見えるのかは、説明がつかない。

「奴らが魂なら、どうして森の中に足跡があったの？」

「奴らが足跡を残したなんて、俺は言ってない」

「でも……」

「おっと、残さなかったとも言っていないぞ。奴らが足跡をつけた可能性もある。でも、それがいつも怪物の足跡だとは限らない。奴らを追っている人間は常にいるからな」

「あなたのこと？」私は身を乗り出した。こんな人たちが、他にもいるのだろうか。

「それと、他のグループの奴らだ。だけど、これ以上は言えない」

私はもどかしくて、いっそ問いただしてしまいたい気持ちだった。私がどんなに知りたいのか、コールにだってわかるはずではないか。

「わかったわ。今は〝他のグループの奴ら〟で我慢する。でも、一つだけ教えて。魂の姿で戦っていたのなら、どうして痣がつくの？　どうして矢が刺さるの？」

「魂と肉体は繋《つな》がっているからだ。外で経験したことが、内側にも影響を与える。ボウガンのことだけど、俺はあれを服と同じようにいつも身につけている。体に身につけているものは、魂の一部として受け入れられるんだ」

なるほど。今後は武器を肌身離さず持っていよう。「そして……あれは結局なんなの？」

「まだわからないのか？」

「わからないわ」私は、父さんが正しかったことを既に受け入れていた。邪悪なものは、外を歩いている。怪物は実在する。そうしたものから自分は隔てられているという浅はかな考えは、もう跡形もなく砕け散っていた。

「戦い方だって知っていたじゃないか」

「ちゃんとは知らないのよ」間髪をいれずに私は言った。父さんが手取り足取り教えてくれた戦い方が、確かに役に立った。だけど父さん自身が実際に戦ったことがなく、敵がなんなのか自分でもわかっていなかったのだ。いつも逃げていたから。

「全部話してくれないか、アリ。もう話すべきときだ」

私もそう思った。ずいぶんかかったけれど、ようやく他の人に――いや自分にさえ――隠していたことを打ち明けるときが来たのだと。コールなら私を信じてくれるだろう。結論を言ってしまえば、私は誰かを信じなければもうやっていけず、そのときコールが私の前にいたのだった。

「私の父さんには、奴らが見えていたの。ものすごく怖がっていて、万が一出くわしてしまったときのために、私と妹に戦い方を教えようとしたわ。だけど私たちは一度も怪物なんか見たことなかったから、父さんは頭がおかしいんだと思ってた。だから父さんの言うことをあんまり真剣には聞いてなかったの。父さんも、自分が何してるかわかっていなかったと思う。奴らを銃で倒せると思っていたもの。家族みんなが死んだあの夜、初めて怪物を見たの。奴らは私の両親を……食べてしまったのよ」

指関節が白くなるほど、コールはハンドルを強く握りしめた。

「どうしてあの夜から、私には怪物が見えるの？　あなたにはいつから見えているの？　あなたの仲間は奴らのことを知っているの？　もしそうなら、彼らにも私たちがさっきやったようなことができるの？」

「質問が多すぎるな」コールは言った。「どう説明したらいいか。少し時間をくれ」

今教えてよ。そう叫びたかったが、黙っていた。答えが知りたくてたまらなかったが、同時に恐ろしくもあったのだ。その答えはきっと、私の人生を変えてしまう。またしても。

私には、もう一度変わる準備ができているだろうか？　父さんならなんて言うだろう。父さんにも聞こえるように願いながら、私は空に向かって思った。疑ったりしてごめんなさい。ひどいことを思ってごめんなさい。母さんが父さんと別れて、他の誰かと再婚すればいいのにっていつも思ってた。もしも人生をやり直せるのなら、父さんの言うことをちゃんと聞く。父さんを愛し、受け入れて、助けになりたかった。

「まず、はっきりさせておきたい。今夜起きたことは誰にも話さないでくれ」

「わかってる」私はうなずいた。

「キャットにもだ」彼が念を押すように言った。

「わかってるってば！」私は自分の父親でさえ、頭がおかしいと思っていたのだ。会って間もない友達がどう思うかなど、考えなくてもわかる。避けられ、笑われ、恥ずかしい思いをするに決まっている。そんなのは嫌だった。

コールが不意に舌打ちをした。「ハンドルを持って、あの防護服の連中のほうへ向かえ、今すぐ！」

「いったい何――」私に向かって舌打ちをしたのかと思ったが、違った。二体の怪物が車道に出てきたかと思うと、まっすぐこちらに向かってきたのだ。そしてそのすぐ後ろを、防護服のようなものを着た五人の人影が追いかけている。

「アリ早く！」コールが怒鳴った。

言われたとおり、私はハンドルを握った。コールは刀を持ち、あいているほうの手でジープのルーフキャリアを掴むと、外に身を乗り出した。刀を持った手をまっすぐに伸ばしている。彼の魂の一部が、体から浮き上がっていた。

コールの刀が一閃し、防護服を切り裂くと、甲高い悲鳴が空気を震わせた。

私は叫び声をあげていたと思う。たった今何が起きたのか、状況を把握しようと頭がフル回転していた。「あれは生きた人間よ、コール！」少なくとも私にはそう見えた。

次の瞬間、コールは座席に戻って刀を収め、何事もなかったかのように運転を始めた。

「傷つけてはないよ。家に帰らせるために防護服を切っただけだ」

わけがわからなかったが、今はその説明で納得するしかなさそうだった。「今度同じことがあったら、奴らに向かって運転してくれ」

今度あったら？　無理だ。あんなこと二度としたくない。

「いちばん危険なのはあいつらじゃないんだぞ」

「でも――」

「フロスティたちが防護服の奴らに出くわしたら、困ったことになるんだ。人間と……君はあれをなんて呼んでるんだっけ、怪物か。人間と怪物の区別をつけることに気を取られてしまうから。だからさっきの君の質問に対する答えだけど、あれはイエスだ。フロスティたちにも怪物が見えている」コールはちらっとこっちを見た。「まだ質問が千個くらいあるんだろ？」

「そんなにないわよ。でも、あなたたちは奴らをなんて呼んでるの？　さっきの人たちはどうして防護服を着ていたの？　つまり、防護服が役に立つなら、どうしてあなたたちも着ないの？　それとも普段は着ているの？」

ほら、質問はほんの四つだ。

「俺たちは着ない。防護服を着ていれば噛まれないが、奴らを殺すこともできないからな。これがまず一つ目の答え」彼が音楽のボリュームを上げた。

やがてジープが道路を逸《そ》れたので、車を停めるのかと思ったが違った。車は森に入り、道なき道を進み始めた。不安で動悸が激しくなり、臓器が飛び出しそうだった。コールはそこを走り慣れてでもいるのか、どこにも車をぶつけたりしなかった。人里を遠く離れて辿《たど》り着《つ》いた先には、ログキャビンがあった。車のヘッドライトが闇を散らしていた。

他に二台のSUVが停められていた。キャビンには窓が二つあり、どちらも厚い暗色のカーテンがかかっていて、真ん中に隙間が少しだけ開いていた。外を覗くためだろう。

コールがイグニッションから鍵を抜いた。音楽が止《や》む。

「ここは何？　どうしてここに来たの？」町から遠く離れたこの場所で、事情を知りすぎた私を殺すつもりだとコールが言ったとしても、別に構わないと思った。あの怪物たちと再び近くで相対しなくてすむのなら。

「ここに来たのは、その格好のままじゃ君を家に帰せないからだ」コールは顎をしゃくって、私の服を指した。「シャワーと着替えが必要だな。傷も洗わないと」

自分の格好を見て、私は思わず顔をしかめた。彼の言うとおり、シャワーが必要だった。汚れてずたずたに裂けた服には、黒いものがべったりとこびりついていた。脚のあちこちに擦り傷と痣ができていて、指の関節はゴルフボールみたいに腫れ上がっている。

「ここは俺たちの隠れ家なんだ。休養が必要なときに使っている」

俺たちというのが誰のことを指しているのかは、訊《き》かなくてもわかった。コールの仲間たちだ。「じゃあ、ここはあなたのほんとの家じゃないのね」

「ああ。家はもっと学校に近いところにある。ここは家よりずっと人目につきにくいし、二十四時間、誰かが見ていてくれるからな。君にとっても安全なはずだ」

安全な場所であるということ。それが今の私にとっていちばん重要なことだった。酸で体内が焼けているように苦しくて、この毒素が完全に回る前に吐いてしまいたかった。

「さっきも言ったけど、今日は家に帰らないことになっているの。キャットのところに泊まるって言ってきたから」私はつぶやいた。「ここに泊まってもいいなら……明日の朝家まで送ってくれる？」

「ああ、いいよ」コールがうなずいた。

思っていたよりあっさり話がついて、私はほっと胸を撫で下ろした。「ありがとう」

彼の許可が得られたので、キャットにメールを送るために携帯電話を取り出した。「キャットには、あなたと夜を過ごすって言っておくわ」怪物のことには触れるつもりはなかった。「それでいい？」

「いい考えだと思うよ。あいつが俺のところに来たら、君に訊けって言うことにする。そうしたら、どうにでもあいつが満足するような話をしてあげればいい」

「ありがとう。ところで、キャットは私たちがいる場所に見当はついているのかな」

「どうだろうな。仲間の二人が、キャットたち四人をリーヴの家に送っていったはずだ。そのまま二人は密《ひそ》かに、今夜はリーヴの家の護衛をすることになっている」

「ならよかった」心配事が一つ減った。「じゃあメールを送るわ」

文章を作って送信ボタンを押すまで、十分はゆうにかかった。〝今コールといるの。急にいなくなってごめん！　今夜は彼のところにいる。祖父たちには電話しないで〟

コールと私のあいだに何か起きるとは思っていなかったけれど（私が許さないし、コールの口ぶりからすると、彼も何もする気はないようだった）、なんだか妙にそわそわして、落ち着かない気持ちだった。

返信は二秒後に来た。〝まじ？　明日詳しく！　あとフロスティに会ったら、あんたなんか大っ嫌いって言っといて〟

軽い返信を見て、私は罪悪感に苛《さいな》まれた。初めて会ったその日から、キャットはいつだって私に親切だった。彼女には恩がある。真実を話したら、どんな反応をするだろう。

「君は間違ってない」コールが言った。私の後悔を感じ取ったのだろう。

「わかってる」私は携帯電話をポケットにしまい、膝を掴んだ。彼の言うとおりだと思ったが、それでも気分はまったく晴れなかった。

コールは手を伸ばして、私の指を解いた。そして傷ついた手の甲を自分の口元に持っていき、キスをした。「心配しないで。今はもう、君も俺の世界の一員だ。生き抜くための戦い方を教えてあげる」

彼の世界の一員。それはどういう意味だろう？　「最初に訊いておきたいの。あれはいったい何？　二度も質問したのにまだ答えてくれてない。教えて。私たちは何と戦ったの？」

短い沈黙が流れた。それからコールは、ある言葉を口にした。たったひと言。恐れていたとおり、私の人生を永久に変えてしまうことになる言葉。

「あれは死霊《ゾンビ》だ」

10　戦い、仲間、そして過去

ゾンビ。熱いシャワーを浴びている最中にも、その言葉が頭を離れなかった。体から洗い落とした血と、黒い粘性の液体が、渦になって混じり合い、排水溝へと消えていく。体中の筋肉が痛かった。

私を支えているのは、意志の力だけだった。知るべきことが山ほどある。

ゾンビ。正確には、どういう存在なんだろうか？

本や映画に出てくるゾンビなら、すっかりお馴染《なじ》みだ。生ける屍《しかばね》、感情のない、人の血肉に飢えた亡者。しかし、私は奴《やつ》らが人間でないことを知っている。人間からは手の出せない存在。奴らは魂なのだ。私がそうであるように。

あんなおぞましい魂が、いったいどうして生まれたのだろう？

ここは本当に安全な場所なのだろうか？　今この瞬間にも、バスルームの壁を抜けて襲いかかってくるのではないかと、体の芯が強張《こわば》っている。

再びパニックに陥る前に、これまでのことを思い出してみた。ゾンビは祖父の家の庭に何度も現れたけれど、決して中には入ってこなかった。そこで新たな疑問が湧いた。ゾンビは家に入れないのだろうか？　前に住んでいた家に入ってきたことも、一度もなかった。

コールはどんな役割を担っているのだろう。彼と仲間たちは、ゾンビと戦っている。それはわかっている。だが私には、どうもそれだけだとは思えなかった。私よりも深く知っているのなら、恐らく他にもやっていることがあるはずだ。

ドアをノックする音で、はっと我に返った。「アリ？　大丈夫か？」

「ええ、大丈夫よ」コールの深い声に心が揺れる。今夜、彼は私の命を救ってくれた。彼がいなければ私はゾンビの餌食になって、文字どおり喰《く》われていたに違いない。

「急《せ》かして悪いが、大丈夫か？　まだふらついていたのが気になってね。倒れてたら、ドアを破って手当てをしようと思って来たんだ」

そんなことになったら裸を見られることになる。すぐにお湯を止めて、タオルで体を拭いた。白いタンクトップとピンクのスウェットパンツが、便器の蓋にのっていた。さっき服を脱いだ際、バスルームを隅々まで調べたときには置かれていなかったものだ。

溜息《ためいき》をついて、しっかりかけたはずの鍵を確認する。ちゃんとかかっている。

ということは誰かが鍵をこじ開けて中に入り、服を置いて、また鍵をかけて出ていったのだ。コールに違いない。彼はいつも武器を携帯しているし、大人に交じってクラブに出入りしているし、夜な夜な怪物《ゾンビ》と戦ってもいる。ピッキングくらい当然できるはずだ。

私は服を着て、できるだけ髪の水分を拭き取って、鏡で自分の姿をチェックしてみた。思わず顔をしかめてしまうような姿だった。顔が青白いのはいつもどおりだったが、隈《くま》のせいでなおさら目がぎらついていて、周囲には青痣《あおあざ》までできている。顎の脇の擦り傷は、ゾンビに倒されてコンクリートに押さえつけられたときにできたものだろう。

石鹸《せっけん》のにおいがする蒸気を従えて、私はベッドルームへ向かった。狭いけれど居心地がよさそうな部屋だった。清潔な青いシーツ。たくさんの枕。それから……。

たちまち、部屋のことなどどうでもよくなった。私からほんの数歩離れたところで、コールが腕を組んでいた。彼もシャワーを浴びて来たのだろう。湿った髪が、顔に落ちかかっている。Ｔシャツは脱ぎ捨て、ジーンズをはいただけで、裸足《はだし》だった。しかし私が思わず見とれてしまったのは、彼の足ではなかった。

完璧に日焼けして筋肉で割れた胸には、無数の傷痕があった。歯形のようなものや、爪痕のようなものもある。彼の肉体には見事なタトゥーがたくさん彫られていた。ほとんどが文字で、鎖骨の下にずらりと並んでいる。両腕に描かれているのは死神の大鎌だ。鎌は手首から始まり、胸に彫られた無数の文字列のすぐ上まで、ずっと繋《つな》がっていた。黒い体毛がへそのあたりから、腰ばきしたジーンズの中まで続いている。

「シャツを着たほうがいいかな？」かすかに笑いを滲《にじ》ませて、コールが言った。

「別にそのままでいいわ」顔を赤らめたら負けだと思った。シャツを着るなと叫ぶ女たちの声が世界中から聞こえたような気がしたが、それは言わないでおいた。

「そう思ってくれて嬉《うれ》しいよ」コールがくすくすと笑い、私はたまらず頬を上気させた。

「彫ってある言葉にはどんな意味があるの？」

「これは名前なんだ」文字を指先でなぞりながら、コールは教えてくれた。「戦いで失った仲間たちの」

そうか。彼らを讃《たた》えるためのタトゥーだったのか。私もいつか、家族の名前を体のどこかに彫ろうとそのとき決意した。「初めて学校に登校した日にキャットが言ってたの。あなたの仲間二人が、去年病気で亡くなったんだって。それもゾンビに関係があるの？」

コールはうなずいた。「嚙《か》まれて、感染したんだ」

氷のように冷たい塊が、喉につかえたような気がした。「私、嚙まれたわ」

「ああ。でもすぐに解毒剤を打ったから大丈夫だ。俺が君のそばに行ったとき、首がちくっとしたろ？　だから大丈夫だ」

鋭い痛みを私は覚えていた。喉につまった冷たい塊が溶けていき、体温が戻ってくる。

「おいで」コールは手を差し出した。「残りの質問に答えてほしいんだろう」

大げさに喜ぶことはまだできなかったが、私はコールに近づいて指先に触れた。てのひらにできたタコの感触に彼の強さを感じて、気持ちが落ち着いた。

彼に連れられてリビングルームへ行くと、フロスティ、マッケンジー、ブロンクスと、それから会ったことのない人が二人、私たちを待っていた。みんな何かしていた手を止めて静まり返ると、じっと私を見た。コールが私の手を握っていることに気づき、彼らがややむっとしたような顔つきになる。私は引き抜こうとしたが、コールはしっかり握って放してくれなかった。わずかに顎を上向かせた様子に彼の頑固さが表れているのを見て、私は自分の強情さをふと思い出した。

「何か言うことはあるか？」コールがみんなに訊《き》いた。

合図を待っていたかのように、激しい会話の応酬が始まった。

「彼女はここにいるべきじゃない」フロスティが言った。

「そうかもな。でも今いるんだから仕方ない」コールが首を横に振った。

「俺たちはその子のことを何も知らないんだぞ」知らない少年が非難するように言った。

この人のことはスパイクって呼ぶことにする。まるで感電したかのように、黒い髪がツンツン立っていたからだ。

「これから知ればいい」コールはこともなげにそう答えた。

「リスクが大きすぎる。秘密を漏らされるに決まってるわ」マッケンジーが反論した。

「とんでもない」しかしコールはこれにも首を横に振った。「知ってることを話してもらうために、俺は彼女に拷問まがいのことまでしなきゃならなかったんだぜ」

「彼女に想像セックスさせられた件については？」また別の見知らぬ少年が口を開いた。

それを聞いて私は、この少年をクズと呼ぶことにすぐ決めた。

「俺も同じことを彼女にしていたみたいなんだ」コールが答えた。「どうして幻覚を見たのか、何が原因だったのかはわからない。でも俺たちは同じものを見ていたんだよ」

「その女の話を全部信じるのかよ？」スパイクが言った。

「いいか、彼女は今夜ここに泊まる。以上だ」コールが有無を言わさぬ様子でそう答えると、全員からブーイングが巻き起こった。

私を信じるのかという質問を無視したことに、私は気づいていた。

「歓迎してくれてありがとう。本当に。いろんな意味でね」私が言った。

これを聞いて、みんながさらに鋭い目で私を見た。コールが私の手をきつく握る。安心させようとしたのか、警告だったのか、それは想像する他なかったが、恐らく警告だったのだろう。大切な仲間の前で、私に馬鹿な真似《まね》をしてほしくなかったのだと思う。

もう一度、手を引き抜こうとしてみたけれど、やはりコールは強く握った手を放してはくれなかった。

「逃げるのか」コールは低い声で言った。「勇敢なんだな」

「そんなつもりじゃない。あなたをひっぱたきたいから手を放してほしいだけ」

「もう一本手があるじゃないか」笑いをこらえながら、コールが言った。

「もうそんな気は失《う》せた」

「そりゃよかった」彼がさらに笑った。

「一つ問題がある」クズが冷静に言った。

私はもう限界だった。「それは私に関してじゃないわよね」できるだけ落ち着いた声で言う。この人たちはコールの友達であると同時に、彼をリーダーと慕っている。つまりコールの決定には従うということだ。「だいたい、私が何をすると思うのよ?」

「私たちの秘密を、他の人に喋《しゃべ》るわ」マッケンジーが言った。

「俺たちが武器を隠している場所を誰かにばらすかもしれない。そうなったらやばいことになるぜ」フロスティが同調する。

「それに、彼女のせいで法的な問題に巻き込まれる可能性もある」今度はスパイクが加わってきた。「頭がどうかしてると思われて、隔離させられるかもしれない。ここもめちゃくちゃにされて、玄関先にゾンビの巣を作られるかもしれないぞ」

私は溜息をついた。この様子では私が何を言ったところで、彼らの疑念を晴らすことはできないだろう。頑張るだけ無駄だとしか思えなかった。

「訓練すればいい」コールが言った。「今だって結構まともに戦うよ。彼女は使える」

結構まともに?　使う?　失礼な。コールは女の子を特別な気持ちにさせる方法を知っていると思っていたのに。

「今よりもっと戦えるようになるって証明してみせるわ。私は覚えが速いし、まじめだから。だからチャンスをちょうだい」私はいったい何を言っているのだろう。自分が信じられなかった。キャビンにやってくるまでは、もうゾンビなんかに遭わないようにずっと隠れて暮らそうと思っていたのに。だが興奮が収まってみると自分が何を言いたかったのか、ようやく自分で理解した。みんなが戦っているのを知り、私もそこに加わりたいと思ったのだ。失った家族たちのために。

少年たちは、私を疑うようにぼそぼそと何かを話し合っている。

「あなたは戦士に向いてないわ」マッケンジーが言った。

「私がどれだけ使えるか、見てから決めても遅くはないはずよ」私は、この話を一度終わらせたかった。このまま両方が感情的に言い合ったところで、いいことなど一つもないからだ。私は話題を変えようと、フロスティの顔を見た。「そうそう、忘れないうちに言っておくね。キャットに、あなたに会ったら大っ嫌いって伝えておいてって頼まれてたの」

彼の暗い目が私をその場に串刺しにした。学校で会ったときの気さくな感じは、すっかり影をひそめている。「キャットには今日のことをどう説明するつもりなんだ」

「アリは誰にも喋らない。これ以上、疑う必要はない」口を開きかけたフロスティを遮り、コールはなおも言った。「それでお前らの気がすむんなら、アリのことについては俺が全て責任を持つ。さあ場所をあけてくれ。彼女と二人きりで話がしたい」

「二人きりで？　馬鹿言わないで」マッケンジーが強い声で言った。

コールはマッケンジーを無視して私の手を引き、すぐさま道をあけなければ押し倒すことも厭《いと》わないような大胆さで、みんなのあいだを進んでいった。そしてソファーまでやってくると、私を座らせた。もちろん紳士的な態度ではあったが、彼がいいと言うまではどこにも行けなそうな威圧感は十分にあった。

彼はコーヒーテーブルを引き寄せると、それを椅子にして私の正面に腰を下ろした。バイオレットの瞳が、私を穴のあくほど見つめた。「まず何を知りたい？」

私は、フロスティとマッケンジーが床を踏み鳴らして奥の部屋へと消え、ブロンクスと他の二人が出ていくまで待った。ドアが閉まる大きな音が響く。自分の価値を証明しなければ。私は自分に言い聞かせた。そうすれば彼らの私に対する感情も変わるだろう。

「アリ」急かすように、コールが声をかけてくる。

質問を選び、落ち着いてから切り出す。「なぜ私たち以外の人にはゾンビが見えないの？　ゾンビにも私たちしか見えていないみたいだけど、それはどうして？」駐車場には、たくさんの人が行き交っていた。なのに、ゾンビは私とコールだけに襲いかかってきた。

いや、そうじゃない。奴らには母さんの姿も見えていた。母さんは怪物の姿を見たことはないと言っていた。怪物のせいで起きた惨劇を目撃したことがあるだけだって。なのに、ゾンビたちは母さんを見つけて、車から引きずり降ろしたのだ。

「ゾンビというのは、邪悪な存在だ」コールは言った。「まったくの、完全なる悪だ。奴らには善意のかけらも残されていないし、善であるものは全て破壊しようとしている。それはたぶん、自分が失ったものを奴らに思い出させるからじゃないかと俺は思っている」

「じゃあ私たちは善なの？」私は眉を寄せた。

「まあ、善人である可能性はあるな」

「他にもっと善良な人はたくさんいるでしょう。なのにゾンビは私たちだけを狙ってたわ」

「俺たちみたいに、姿を見ることができる人間は、磁石みたいに奴らを引き寄せるんだ。においを嗅ぎ分け、本能に従って俺たちのあとを追う」

「だけど普通の人のあとも追いかけていたわ」私は言った。

「そのとおり。俺たちのにおいを嗅ぎつけるのと同じくらいに、奴らは相手が誰でも、恐怖心のにおいにも敏感なんだ。他のネガティブな感情にも一応反応するけど、いちばんは恐怖心さ」

「でも恐怖心は善じゃないじゃない？　ゾンビは善なるものを破壊したいんでしょう？」

私の無知を憐《あわ》れむように、彼は頭《かぶり》を振った。「善なる存在を破壊したがる一方で、奴らは悪に惹《ひ》かれるのさ。でもそれは、悪人なら破壊しないということじゃない。わかるか？　それに、いつでも善人を簡単に倒せるかというと、そうとも限らない。今夜証明されたように。じゃあ、ゾンビたちはどうやって体力を維持すると思う？　それは、善人悪人、ゾンビが見えるか見えないか、強いかどうかは関係なく、喰える人を喰っているからなんだ」

一つ質問に答えてもらうたびに、新しい疑問が湧いた。「だけど奴らは、肉体を食べることはできないんだよね？　実際には、人間の何を食べているの？」

「魂だよ。奴らは魂を喰うんだ。どうやって肉体の中の魂を可視化しているのかはわからないが。奴らに喰われると、感染してしまうんだ」

嚙まれた箇所がまたじんじんと疼《うず》きだし、そこに嚙み痕があることを――もう少しで死ぬところだったことを――否応《いやおう》なく思い出させた。「そうやってゾンビは増殖するの？　いつもはどこにひそんでいるの？　どうして夜にしか出てこないの？」

コールは少し考えていたが、やがて決意したようにうなずいた。「一つずつ答えよう。まず最初の質問。そのとおり。そうやって新しいゾンビが生まれるんだ。感染が広がるスピードには個人差がある。自分の力で感染に打ち勝つ者もいるが、ほとんどの場合死に至る。そうやって死んだ者の魂は夜ごとにゾンビとしての新しい人生に馴染んでいくんだ」

「助ける方法はないの？」私は思わず身を乗り出した。

「あるポイントを過ぎてしまうと、手遅れだね」コールは首を横に振った。

「あなたの言っていた解毒剤は？」

「完全にゾンビに変わってしまった人には効かない。だけど人間の魂が残っているうちに打てば、感染は止まり、原因となるものは死滅する」

「私の場合は間に合ったのよね」私はほっとして、ソファーに背中を預けた。

「さっきもそう言ったろう」

「これからも何度だって訊くわよ！　もう諦めて」私は言葉に苛立《いらだ》ちを込めた。

「死にかけて怒りっぽくなったか？」彼はそう言って笑ってみせた。

「コール！　ふざけないで」私はさらにむっとして言った。

笑いながら、コールは言った。「大丈夫。君の場合は手遅れになる前に薬を打てた。俺は中途半端なことはしない。失敗もしない」

まったくその自信を分けてほしいくらいだ。腿に食い込むほどだった指先の力が、一本ずつ抜けていく。「そう。じゃあ、感染が始まったら、その薬はどんなふうに効くの？」

「厳密に言うと、あれは天然素材から作られる薬ではなく、魂に働きかける、魂の薬なんだ。俺が薬を打ったから、君は自分の肉体に戻ることができた。じゃあ魂が肉体に戻ったあとで薬を投与したらどうなるかというと、君に質問される前に言っておくけれど、それについては詳しく話せない。今のところはな」

「そう。でもなんだかわけがわからないわ」

コールはふっと息をついた。「魂に現れるものは、肉体にも現れるって言っただろう？物理的には一切打撃を受けていないのに、君の体がこんな状態なのはそのせいだよ。君の魂に注射したものが、肉体に効果をもたらしたのも、それが理由だ」

「わかった。魂の薬はどうやって作られるの?」少しはわかってきた。薬はまだ、私の血管の中を巡っているんだろうか?

「あれは聖水の一種だ。俺にはこんな説明しかできない。ゾンビ化を完全に治すことも、ゾンビを殺すこともできないが、傷を与えることはできる。だけどすごく高価なものだから、本当に必要な場合でない限り、攻撃するために使ってしまうにはもったいないんだ」

話に圧倒されて、私は思わず腕をさすった。考えていたより、知るべきことはたくさんあった。自分の頭がおかしいと思っていたほうが楽だったと思うくらいに。彼は続けた。

「投薬のタイミングに話を戻すよ。薬は、感染してから一時間以内に投与しないといけないんだ。俺のジープには、いつも薬の瓶と注射器が準備してあるし、ポケットにも装備してある。君もこれからはそうしろ」

「そうするわ」私は心から誓った。持たずに家を出たりするものか。

「ゾンビの棲家《すみか》についてだが、奴らには巣があるんだ。洞窟とか地下室とか、光の届かない場所であればどこにでも巣を作って、集団で住んでいる。奴らの目や肌は陽《ひ》の光に弱いから、昼間はそこで眠っている。光の下だと魂は強化されるんだけど、君はまだ人目を避ける術《すべ》を知らないから、戦うのは控えてほしい。それに、感覚も訓練されていないし」

「今夜だってどうやったのかよくわからないのよ」

「あとで教えてあげるよ。魂の姿になったとき、最初にどんなことに気がついた?」

「すごく寒かった」思い出しただけでも凍えそうだった。

「そうだな。体を保護していないと、ものすごく寒く感じる。より五感が敏感にもなる。それと、あの姿になったら、絶対に――いいか、絶対にだ――喋ってはいけない。さもないと、口にしたことが本当になってしまうからだ」

「よくわからない」私はつぶやくようにそう言った。

「自然界には法則があるように、魂の世界にも法則があるんだ。魂の姿でいるときに口にした言葉は、それが誰かの自由意志に反するものでない限り、そして俺たちがそれを信じている限り、現実になる。例えば君が、〝このゾンビは私を殺す〟と口にしたとする。すると本当にそうなって、君は殺されてしまう。絶対に止めることはできないんだ」

「喋っただけで、それが現実になる?」今さら何が起こっても不思議ではない気持ちだったが、これればかりはあまりにも飛躍しすぎていた。

「そうだ。時間がかかることもあるけど、事実だ」コールは私の膝をぎゅっと握った。

「いつか証明してあげる。それまでは俺の言うことを信じてほしい。いいね?」

私を納得させるのは大変だろうけれど、とにかくうなずいておいた。

「よし。他に質問は?」

ありがたい、もちろんまだ山ほどある。「あなたはどうやってゾンビを殺したの? あのてのひらの光はなんだったの？」

「あれは浄化の炎だ。あれを長く当てられると、ゾンビは崩壊する」

「ほんの数秒の出来事に思えたけど」崩壊という言葉は、どうもしっくり来なかった。

「初めて見たから、時間感覚を忘れたんだろう。だから俺たちは、まずゾンビを動けなくするために全力を注ぐ。抵抗されなければ、噛まれずにてのひらを当てられるからね」

肌の下で、興奮が湧き上がった。「私も光を出せるようになる？」そんな強力な武器を操ってゾンビと戦えたら、それほどすばらしいことはない。

「時間が経《た》てばね。さあ、質問はあと一つだけな。君の頭がパンクするといけないから」

とっくにパンクしかけていたが、私は質問の山の中から何を選ぼうかと考えた。「どうしてゾンビたちは家の中に入ってこないの？　二週間に一度くらいしか姿を見せないようだけどそれはどうして？　それとも、今夜みたいに、数日に一度は現れるの？」

「誰かさんは数学の授業が必要みたいだな。それじゃ質問が三つだ」

私は肩をすくめた。「四捨五入すればいいでしょ」

コールはぶっと噴き出して、こんなおかしなことはここしばらく経験してなかったとでも言うように、声をあげて大笑いした。「その笑いのセンス、最高だな。思ってたよりずっといいよ」優しく、親しげに私の膝を叩《たた》くその仕草に、私はなんだか苛々した。

「ゾンビは家に入ってこない。それは、〝血の境界線〟というものを張っているからだ」

「それはどういうものなの?」

「家のまわりに、ある化学薬品を混ぜたものを撒《ま》いておくと、ゾンビはどうやっても入ってこられないようになるんだ」

「私も——」

「君の家にはもう撒いた」コールがうなずいた。

「いつ?」ゾンビは祖父の家に、夏のあいだ中入ってこなかった。だが、それはコールと出会う前のことだ。

「君に会った日だ」コールは当たり前のような顔をして言った。

それはおかしい。引っ越してきた日から、コールが私のまわりに目を光らせていたとは考えにくかった。恐らく高校生だった父さんが撒いたのだろう。だけど父さんは、どうしてそんなことを知っていたんだろう?

私が半信半疑であることに気づいたようだったが、コールはそれで話を終わりにした。

「そうか、じゃあ質問に戻ろうか。ゾンビがたまにしか現れないのは、奴らは体を休めて、エネルギーを蓄えなくてはいけないからだ。それから、食べたものを消化する時間も必要だからな」

善なるものを消化する。なんとも胸の躍る光景だ。

「俺から君に、質問がある」コールは言った。「ゾンビと戦いたいのか? 君の口ぶりからすると、そうしたがってるみたいだったけど、確かめておきたいんだ」

「戦いたい」心から思った。知れば知るほど、その気持ちは固まる一方なのだ。

「よし。俺が当番のときには、できるだけ一緒に連れていくようにするよ。俺たちは毎晩ゾンビの出現に備えて、当番制で町をパトロールしているんだ。非番のときはトレーニングをしたり、休んだりする。奴らが出た夜には、全員で戦う」

とても組織的で、効率的だ。だが祖父たちがそれを許してくれるとは思えなかった。

「味方は少なくなっているのに、ゾンビは増え続けている。だから、協力してくれる人は多いほどいいんだ」

「いつか私を信じてくれる？」彼の仲間は私を信用していないし、コールもさっき、それについての質問には答えてくれなかった。

「チャンスを与えるつもりだ」コールは私の目を見てうなずいた。

だが、これは明言ではない。構うものか。チャンスがあるならそれに賭けるしかない。

「どうにかして証明してみせるわ」私は誓った。

「もし問題があったら……」コールが言いかけて、口をつぐんだ。わかっている。そのときは追い出されるときなのだ。

「幻覚の中で、私たちはキスをしていた。そして現実になったわ。一緒にゾンビと戦っている幻覚も見た。それも現実になった。あれには何か意味があるはずよ」

コールは手を離して、私からできるだけ体を遠ざけた。「俺たちには未来が見えていたって言いたいのか？　幻覚で見たことと、現実に起きたことは少し違っていたのに？」

「あなたはそうは思わないの？　おかしなことは現実に起きたじゃない」

バイオレットの瞳が、私を魂まで見透かすようにじっと見た。「それは時間が経てばわかることだと思う。俺がいろいろと話したせいで、考えることは山ほどあるだろう。今日はもう寝て、明日の朝また集まろう」

だが翌朝、招集がかかることはなかった。目を覚ましたときには、コールはもう出かけたあとだったのだ。理由は誰も教えてくれなかった。代わりに私を家まで送ることになったフロスティは、ぶつぶつ不平を言っていた。

無言のドライブ。余裕があれば私も、この沈黙を大いに満喫したはずだ。だけど私は、空を見るのに忙しかった。広がる青空、上りゆく太陽。たった一つ浮かんだ雲はティーポットに似ていたが、次第にロッキングチェアに姿を変え、その次に……。

思わず、声をあげかけた。今はだめだ。今日はだめだ。コールの親友であり、キャットの恋人が一緒にいる今だけは。だが紛れもない事実だった。太った白ウサギが、空から私をじっと見下ろしていたのだ。

理性は落ち着けと私に言っていたが、恐怖心が〝フロスティは事故を起こして死ぬ〟と言っていた。「もっとゆっくり運転して！」私は叫んだ。心の中で祈る。ああ神様、いつも正しく生きてきたわけじゃないけど、必ず悔いあらためます。

「うるさいな、鼓膜が破れちまうよ」フロスティがだるそうに言った。

「私は真剣よ。スピードを落とさないと飛び降りるわよ。絶対に飛び降りてやるから」私は身を乗り出すようにして言った。

「好きなように運転させてくれよ」

「じゃああなたが耳を引きちぎりたくなるくらい、叫び続けてやるわ」私はそう言うと、脅すように胸いっぱい息を吸い込んだ。

　フロスティはその名前に恥じない、凍るような視線で私を見たが、結局速度を落とすと「これで満足か？」と言って面倒臭そうに溜息をついた。

「うん、ありがとう」そう言ったけれど、まだ安心はできない。ぴりぴりと気持ちを張りつめさせた私を乗せた車は、やがて無事に到着した。祖父の家に面した道路に車を停《と》めて、フロスティがこちらを見る。

「コールが、あんたに大声をあげるなって言うんだ。言われたとおり、ちゃんと穏やかに、静かに話してるのわかるだろ」

「穏やかで静か？　なんの冗談？」

「本気で言ってるんだ」

　何もかも、コールの差し金どおりに動いているとは。話し方まで。私のためにコールがここまでするなんて、信じられなかった。今朝はひと言も言わずに出ていってしまったのに。そして、彼らがコールに見せる崇拝には、尊敬の念すら湧いてくるほどだった。

「俺が怒鳴らなかったの、わかるだろ?」

「わかったわよ」今度は私が面倒臭そうに答えた。

彼は、もし相手がキャットだろうと、今回の出来事を漏らしたりしたらただではすまないと言った。だが、今の私には大したことではなかった。なにせウサギの雲を見たのに、無事に車で帰ってこられたのだ。それに、フロスティはゾンビではなく人間である上に、コールに手綱を握られているのだ。

「その話ならもう聞いたし、あなたも知ってるでしょ?」私が言った。

「それでも、もう一度言わせてほしいんだよ」彼は苛立ったように言った。

「みんなは私の何がそんなに気に入らないの?」私は尋ねてみた。

フロスティは、自分の濃いブロンドの髪に指を絡ませた。「あんたがコールに何をしたのか、俺は知らない。あんたは確かに魅力的だし、すごくきれいだ。でも会って間もない人を守るなんて、コールは普通しない。あの幻覚にしたって、めちゃくちゃ気味が悪いぜ。それに俺はあんたを信用してない。あんたみたいな人から学んだんだ」

「〝私みたいな人〟っていうのは、優しさと慈悲の人っていう意味で言ってるのよね?」

「今の話を聞いて、それしか言うことがないのかよ?」フロスティはしばらく言葉を探してから私に言った。

「うん」私はうなずいた。コールもフロスティも、なぜ私と向き合うとこうも疑《うたぐ》り深くなるのか、私にはよくわからなかった。

「ほんとガキなんだな」

「そんなことない。何言ってるの？」私はわざとらしく驚いたふりをしてみせた。

フロスティは溜息をついて、手首のタトゥーをこすった。「マッケンジーの言うとおりだ。君は戦士に向いてない」

私は、思いきり彼の横っ面をぶん殴った。腫れ上がった指の関節が彼の頬骨に当たって、激痛が走った。痛みで腕が動かなかったが、声がもれるのを私はぐっとこらえた。彼が顎を上げて、赤くなり始めた肌を撫《な》でた。その顔にゆっくりと笑みが広がった。

「なるほど。なんでコールがあんたのことを気に入ったのかわかったよ。あんた、キャットより手に負えないよ。おっと、コールがあんたとマッケンジーどっちが好きだと思うかなんて、俺に訊かないでくれよ。あいつの気持ちも、マッケンジーの気持ちも、あんたの気持ちも、俺は話したくない。そんなくだらないことは全部な。わかったか？」

はっと気がついて、彼が口にした、〝キャット〟〝気持ち〟〝くだらないこと〟というピースを、キャットとフロスティとトリナのパズルにはめてみた。「あなた、キャットを裏切ってなんかいないんでしょう。彼女に電話をかけた夜、あなたはたぶん……怪我《けが》か何かしていたんじゃない?」

「ああ。怪我をした」彼はそれだけ答えた。

窓を通して差し込んでくる強い太陽の光で燃やされたように、彼の目のブルーベリー色が深いブラウンに変わった。目の端が充血している。ひょっとしたら昨晩は一睡もしていないのかもしれない。指でかき上げただけにしては髪が乱れていたし、服はひと晩中着ていたように皺《しわ》だらけだった。

私も昨日は寝ていなかった。コールは、キャビンには監視がついているし、守られているから大丈夫と言ってくれたが、風の音でさえ私は怖くてたまらなかったのだ。

「あなたはキャットと電話した直後に、トリナに電話したのよね……」

フロスティは低く唸《うな》った。「あの夜、俺はトリナと一緒にゾンビと戦っていた。トリナは俺の命を救ってくれたけど、そのせいで傷を負った。俺よりもずっと深い傷をね。彼女の傷の様子を訊こうとしたんだ。それだけだよ」

そうだったのかという思いが、体中に広がっていく。フロスティは、キャットに最悪の誤解をさせたままにしておくことを選んだのだ。それで彼女を失うことになっても、愛していても、ただグループの秘密を守るためだけに。そして今この瞬間から、同じ忠誠心が私にも求められるのだ。「そういえば、昨日キャットが、あなたのこと大っ嫌いって言ってたわよね。あれは嘘じゃないわ」彼を傷つけたくて言ったんじゃない。どうにかして、キャットとの関係を修復してくれればいいと思ったのだ。

フロスティの顎の筋肉が強張った。「コールから何が起きているかを知らせる電話がかかってきたから、せっかくいい感じだったのに途中でキャットを置いていかなくちゃいけなくなったんだ。キャットを傷つけちまったろうな」

私は確信した。キャットは、彼のために着飾ってクラブに行き、彼と踊り、キスをしたのだ。二人はあのあと、レストランにでも行ったのだろう。だがフロスティはキャットを放り出し、会計も任せて慌てて店を出ていかざるを得なかった。そんなところだろう。

「私とコールが事故に遭って、あなたはその手伝いをしなきゃいけなかったんだって言っとく」正確ではないまでも、事実だった。実際、ゾンビが原因で事故は起きるのだから。

「そうか。わかった」ほっとしたように、フロスティは肩の力を抜いた。「昨日の夜は君たちを助けに行ったんだって、キャットに言ってもいいよ。悪いな」

相変わらず私のことは気に食わないようだったし、さっきの脅迫も取り下げなかったが、少なくとも彼の援護はさせてくれるようだった。

「それで、昨日の夜、何が起きたの？　その……ゾンビたちに」言葉がまるで舌に引っかかるように感じられた。自分の世界がどれだけ大きく変わってしまったのかを突きつけられているようで、自分の声の響きにぞっとした。

そういえば、ゾンビたちは私たちがクラブにいることをどうやって知ったのだろう？

ゾンビたちに見えるのは私たちだけだというのはわかったが、私たちは建物の中にいたのだ。レンガを通して中を見ることなんて、果たして可能なのだろうか？　それとも例えば嗅覚のような、何か別の器官で感じ取っているんだろうか。

「それに、どうして私たちには奴らが見えるの？」私は尋ねた。

「コールと一緒にいるときみたいだな、知りたがり屋さん」彼は広い肩をすくめてみせた。「君の質問には答えてやれって言われてるから、そうしてあげたいんだけど、さてどこから始めていいのやら」

「話してみて」

「どうして俺たちにはゾンビが見えるのか？　コールの目はどうして紫色なんだ？　君の髪の色はどうしてそんなに薄いんだ？　それはそういうふうに生まれついたからだろう」

「だけど私は、父さんが死ぬまでゾンビが見えなかったわ」

「何かトラウマになるような出来事がきっかけで、眠っていた能力が目覚めることだってあるだろう。生まれたときから魂の世界が見える人だっている。どうしてなのか、それは俺たちにはわからない」

「あなたの場合はどうだったの？」

歯を食いしばった様子から、フロスティが話したくないと思っているのがわかった。しかし、彼はそれでも口を開いてくれた。

「俺は生まれたときから見えたんだ。ブロンクスは君と同じで、あとから見えるようになった。あいつの母親はドラッグ依存症だった。子育てにうんざりした母親に、人気のない道路に置き去りにされたんだ。寒さに震えながら、あいつは真っ暗闇の中を歩き続けなくちゃいけなかった。まだたった八つのときだぜ。そんときの恐怖が、ゾンビの姿を見えなくしていたバリアみたいなものを壊したんだろうな」

彼らに対する同情で、心がちぎれそうだった。フロスティは生まれたときからこの狂気と折り合いをつけることを余儀なくされ、ブロンクスはエマと同じ八歳のときに母親に捨てられ、怪物が見えるようになった。二人が釘《くぎ》みたいに固く尖《とが》って見えるのは、なんの不思議もないことだったのだ。フロスティが私のことを信用できないのも、ブロンクスが私とひと言も口をきかないのも、仕方のないことだったのだ。

「コールの両親にもゾンビが見えるの？」私は彼の顔を覗《のぞ》き込んだ。

「父親には見えてる」何かがフロスティの目に閃《ひらめ》いた。

そうか……コールの父親には見えるのか。たぶん父さんにも見えていたんだろう。だけど私とコールの育てられ方は、目を瞠《みは》るほど違っていた。コールの父親はきっと、強くて威厳のある人なんだろう。私の父さんの人生は、恐れと挫折に満ちていた。

「あなたたちはどうやってお互いのことを知ったの？　ゾンビなんて、初対面の人と話すような話題じゃないと思うけど」

「ゾンビが俺たちに引き寄せられるように、俺たちもお互いに引かれ合うんだ。君がアッシャーに来て初めての朝のことを、コールが話してくれたよ。なんの話かわかるよな？」

「だけど、あんなのは他の誰とも経験したことないって言ってたわ」

「あんな強烈なのはないさ」フロスティは腕時計に目をやった。「うわ。もうこんな時間だ。俺は行かないと」

まだまだ知りたいことがある私にとって、それは残酷なことだった。だが少なくともヒントはもらえたのだ。

「今夜はリーヴのパーティーに行くの？」シートベルトを外しながら私は訊いた。

「たぶんな。誰かさんがコールの背中を見つめたらいけないからな」

まったく、ひと言言わないと気がすまないたちらしい。

「最後に一つだけ質問があるわ」私は外の光の中へと踏み出した。屈《かが》み込んで彼の顔を覗き込み、にっこり笑う。「キャットが新しい恋人を作る手伝い、してほしい？」

私がドアを閉めると彼の車は急発進して、道路に消えていった。きっと今ごろ、私に向かって中指を立てているに違いない。

ありがたいことに祖父たちは外で庭仕事をしていたようで家の中にはおらず、私は気づかれずに自分の部屋に行くことができた。つまり、昨日のことをいろいろ訊かれる前にぐっすり眠れるということだ。〝ひと晩中起きていたから、上で昼寝してるね〟そう二人に宛ててメモを残しておいた。とりあえず、嘘は書いていない。

上の階に行く途中で携帯電話にメールが届いた。スウェットパンツのポケットに携帯電話を入れていたのを忘れていた。コールからだ。

〝今夜また会おう。部屋に武器を置いておくように。いつ必要になるかわからないから〟

武器。二階に置いてある野球のバットのことだろうかと本気で思った。しかし、彼のゾンビとの戦い方からすると、武器とはナイフのことに違いなかった。

私はキッチンに引き返し、いちばん大きな料理ナイフを二本と、もう少し小さいナイフを二本取り出した。祖母に気づかれませんように、無くなったナイフを私の部屋で見つけませんようにと祈りながら。見つかれば、どう思われるかわかったものではない。

三十分ほど隠し場所で悩んだ末に、結局すぐに手に取れるよう枕の下と、クローゼット、ドアの裏、窓に重ねた本の下にそれぞれ置くことにした。

ようやく眠れる喜びに震えながら、ゾンビについてパソコンで検索してみようかと一瞬考えた。だが体のあちこちが痛んで、じっと座っていることができなかった。それに、疲労感は最高潮に達していた。画面の文字がぼやけ、目の焦点が定まらない。

あくびをして、ナイトスタンドに携帯電話を置いてベッドに這《は》い上がると、上掛けを引っ張り上げた。あっという間に頭が空っぽになって、私は深い深い、夢もない眠りの底に落ちていった。ついに目的が見つかったのだという気持ちが、私に心の平穏をもたらしたのだろう。そして、事故に遭ってからずっとこの身を苛《さいな》んできた罪悪感から私を解放してくれたのだ。家族みんなが死んだ事故でただ一人生き残り、私は不安に追い立てられながら人生を無駄にしてきた。そう、これまでは。

だが、ゾンビを消滅させる方法を知ることができた。もうこれまでとは違う。今の私には使命がある。私と同じ悲哀に引き裂かれないよう、他の家族たちを守るのだ。これほど固い決意を、私は今まで抱いたことがなかった。ゾンビを憐れにすら感じる。徹底的に、私に屠《ほふ》られるのだから。


ドアをノックする音がした。

「どうぞ」かすれた声でそう答えて、私はなんとか瞼《まぶた》をこじ開けた。どのくらい眠っていたのだろう？　だがあと百時間は寝ないと、ベッドから出られそうになかった。

頭だけ出して、祖母が部屋を覗き込んでいる。つやのある黒髪を、低い位置で一つにまとめている。ほのかにお化粧をしていたけれど、年をずいぶんとっても祖母にはあまりメイクが必要なかった。赤みの差した肌が、今日は活《い》き活《い》きと輝いて見える。私は初めて、祖母と母さんは似ていると思った。年をとってなお美しく、上品な顔立ち。

「おばあちゃん、愛してる」母さんに言えなかった言葉を、私はためらわずに口にした。みるみるうちに祖母の目は涙にうるみ、まつげが濡《ぬ》れた。

「私もだよ」完全に泣きだしてしまうのをこらえるかのように、祖母は咳払《せきばら》いをした。

「ひと晩中眠らないでキャットと話してたんだね」

「うん」何か祖母を笑顔にしてあげるようなことを言えたらいいのにと思いながら、私はそれだけ答えた。

「次回はちゃんとした時間に寝なさいね」祖母が言った。だが、たぶん次回はないだろう。私の夜は、これからゾンビとの戦いに捧《ささ》げられるのだから。

「昔を思い出すよ」祖母は懐かしそうに溜息をついた。「さあいらっしゃい。もう起きる時間だよ。テーブルにお昼ご飯を用意してあるから」

「すぐ下りてくわ」私は、努めて明るく答えた。

「十分以内にね」祖母はいつものように厳《いか》めしい顔をしてみせたが、幸せの輝きが厳粛さをかき消していた。

ドアが閉まり、私はまた一人になった。伸びをすると筋肉が悲鳴をあげ、傷口が引《ひ》き攣《つ》った。思わず顔を歪《ゆが》める。携帯電話を見ると、新着メッセージが三件届いていた。眠い目をこすりながら最初のメールを見る。差出人はキャットだった。

〝昨日のこと詳しく教えてくれるって言ったじゃん！〟

二通目もキャットだった。〝詳細早く〟

三通目はジャスティンだった。彼の番号を登録し忘れていたので差出人不明になっていたが、ひと目でジャスティンだってわかった。

〝何時に迎えに行けばいい？〟

以前、コールとつき合っているのかと彼に訊かれ、私は違うと答えた。それは今も変わらない。でも昨日の夜、私とコールはダンスフロアでセックス寸前までいった。一緒にゾンビと戦って、彼のグループに誘われもした。いくつか質問に答えてもらったし、さらなる質問にも答えてもらうことになっている（そのはずだ）。彼の仲間たちの激しい怒りからも、私は守ってもらった。たぶんコールは、私とつき合う気があるのだ。

もしつき合ってほしいと言われたら、なんと答えればいいのだろう？　私には、彼のような男の人と関係を築く準備があるのだろうか。

ゾンビのことがある前だったら、その答えはノーだっただろう。だがゾンビの存在を知った今では、心を変えざるを得なかった。私は死にかけたのだ。あとどれくらい生きられるかなんて誰にもわからない。人生とは、残っているうちに精一杯生きるべきなのだ。

コールは私より経験豊富で、思わず拒否したくなるような命令ばかりする。彼と一緒にいるのは心惹かれることであると同時に、恐ろしいことでもあった。だけどもし彼が私を好きでいてくれるなら、私は喜んでつき合うだろう。その喜びの前では、恐怖などなんでもないことなのだ。

だが、もしコールに必要とされないとしても、それはそれで構わなかった。数日間は泣き暮らすかもしれないが（さらに数週間は沈んだ日々を送るかもしれないが）、それでも彼が人生の全てであり、いちばん大切な存在というわけではないのだ。少なくとも今は。

重い体を引きずるようにして、声を漏らしながらベッドから起き上がる。髪をとかして歯を磨き、服を着替えた。キャットには〝すぐに詳細を教えるわ。約束する〟と送った。ジャスティンへの返信は、もう少し考えて送った。〝八時はどう？〟

返信を待っていると十分が過ぎてしまいそうだったので、私はキッチンに下りていくことにした。今日のランチは、ライ麦パンのターキー・サンドイッチとチップスだった。においを嗅いだ途端、猛烈な空腹感が体の底から湧いてきた。文字どおり、音をたてて。

私は自分の分を息もつかずに平らげた。

「なんとまあ。サンドイッチが大好物だなんて初耳だぞ」テーブルの向かい側の祖父が、成長した牛を見るような目つきで言った。

「夕食はハムとチーズのサンドイッチにしようかね。おや……」祖母はそう言うと、身を乗り出すようにして顔をしかめた。「手首と手をどうしたんだい？」

「私の手？」私は自分の手についた切り傷と痣、そして腫れに気づいて動揺したが、精一杯平静を装った。「ああこれね。ちょっと転んじゃって」

「誰かを殴ったみたいな腫れ方だな」祖父が顔をしかめた。

「この人にはわかるんだよ」祖母がうなずいた。「若いころはボクサーだったから。それはもう男前でね。ショートパンツをはいて、いつも毛むくじゃらの胸から汗が滴り落ちていたもんだよ」

お互いにうっとりと視線を交わしたあとで、祖父が言った。「どうなんだ？」

「本当に転んだだけだって。あ、それからね、今日の夜はデートだから。いや、デートじゃなくて、友達として出かけるの」もし話題をすり替えることができなければ、もうごまかせない。

「同じ学校の男の子なの」

「デートだと？」祖父は白い眉毛の片方をいじっている。「どこに行くんだ？　帰りは何時になる？」

「その子がセックスしたいって言ったらどうするの？」祖母が割り込んできた。「ママからセックスの話は聞いてる？」

ああやめて。セックスの話はやめて。「うん。ママから聞いてるわ。同じ学校のリーヴって子の家にプールがあって、そこに行くの。キャットが紹介してくれた子なの。それに約束するわ。誰ともセックスなんてしない」二人の前でこんな言葉を口にするのはものすごく恥ずかしかった。

だけど昨夜あんなに奇妙な出来事に遭遇したというのに、こうして座って家族と昼食を囲んでごくごく普通の会話ができているなんて、誰に想像できただろう。

「リーヴか」祖父は唇をすぼめた。「どうも胡散臭《うさんくさ》い名前だな。パーティーではどんなことをするんだ？　ご両親は？」

「泳いで、お喋りして、テレビゲームとか、卓球とかするの」両親についての質問は飛ばして、私は言った。それについては聞いてないが、まず間違いなく不在だろう。

祖母は母親のような厳しい口調で言った。「出かける前にその男の子と会って、話をするからね」

そうしたかったけれど、祖母の要求をのむことはできなかった。「彼はいい人よ。本当に。だけどお互い恋愛感情はないわ」

「じゃあなぜ彼と行くんだい」素直に言うことを聞かない私に腹を立て、祖母は言った。

「彼が行こうって言ったからよ」

「お前がその気にさせたのか？」祖父が言った。

「違うったら！」もう、さっさとこの話を終わらせたくて、私は語気を強めた。

「心配だから訊いているんだよ」祖母はてのひらをぱんぱんはたいて、パン屑《くず》を散らした。

「さてと。亡くなった大統領がいくらか必要かしら？」

なんのことか理解するまでに、少し時間を要した。「そうね……ワシントン大統領を何枚か」二人を喜ばせるためだけに、冗談につき合った。本当にいい人たちだった。私を引き取って、家に住まわせてくれて、一人で悲しみに暮れる部屋を与えてくれた。

祖父が財布を取り出した。「何かあったときのためにな。男の子が、お前をレストランに一人残していくかもしれないだろう？　リンカーン大統領も何枚か渡しておこう」祖父は五ドル紙幣を三枚引っ張り出し、私の手に押しつけて握らせた。

「でも、食事に行くんじゃないのよ」

「食事もしないで女の子をパーティーに連れていく男の子がどこにいるの？　私がデートしたことある男の子の中にはいなかったわ」祖母が言った。

「だからデートじゃないんだってば！」

二人はなおもパーティーについてあれこれ訊いて（裸でプールで泳ぐつもりじゃないかとか、ストリップみたいなことをするんじゃないかとか、裸で卓球するつもりかとか）、私をうんざりさせた。そして、服を着たままでいること、十二時半までには家に帰ってくることを私に約束させると、二人はようやく納得してくれたようだった。

自分の部屋に戻ってから、ようやくすっきりした頭でゾンビについて検索することができた。ほとんどの情報は映画やフィクション作品、雑誌、ロールプレイングゲームからの引用で、身の毛もよだつような内容だった。信憑《しんぴょう》性のある情報は一つもなかったが、ゾンビが実在するか否かを議論している掲示板がいくつか見つかった。ゾンビに遭ったらどうするか、奴らは不死身かなどについても話し合われていた。

コールとフロスティが話してくれた内容を裏づけてくれるものはない。私は考えた。彼らの知っている秘密がどこにも漏れていないのか、それとも私が正しいサイトを見つけられていないのか……。私は後者が正しいのではないかと思った。父さんでさえ、正しい情報を載せているサイトを見つけたのだ。銃が効かないという情報は、父さんがネットから仕入れたものだった。信じてはいないようではあったが。

ノートパソコンを閉じてエマの写真をふと見ると、クローゼットの床に置いてあったはずの日記帳がその隣に置かれてあった。祖母が掃除のときに机の上に移動させたのだろう。私はエマにキスを送ると、日記帳を取り上げた。

どうしてほんの一瞬でも、これのことを忘れていたんだろう。コールの話を聞くより前に、私はこの日記帳を読んで、魂と肉体のことを知ったのだ。たぶん父さんも、この日記帳からゾンビについての情報を得たに違いない。

〈生まれたときからずっと、私には身近に邪悪なものが見えていた。だが戦い方を知ったのはずっとあとになってからで、それも偶然のことだった。ナイフを使ってみたが、効果はなかった。銃も効かなかった。ついに怪物たちに追いつめられたときのことだ。私は奴らを破壊したいと強く願い、心の奥深くで、自分がそうできると知っていた。ただその方法がわからなかった。すると次の瞬間、私の魂が肉体から離れていたのだ（あとになってから知るのだが、魂と肉体の分離を可能にしたのは、強い意志の力だった偶然できたことというのは、あとになってからでないとその理屈に気がつかないものだ）。突然、今まで見えるだけの存在だった怪物に、触れることができるようになったのだ。

逆に、奴らも私に触れることができるようになった。

それからというもの、奴らは今まで以上に私を追い回すようになった。まるで私が野生の獲物であるかのように。しばらくはうまく逃げおおせていた。だが奴らは、私の光に惹かれていつでも追いかけてきた。

こうなったら、待ち伏せる方法を見つけるしかなかった。

その方法を教えて！　興奮した頭で、私は思った。

〈もしも奴らの姿が見えるのなら、あなたには他の能力もあるはずだ。鋭い嗅覚。ゾンビの出現を感じ取る第六感。光を発する手〉

「これは当てはまる。これもたぶん当てはまる。これはまだ無理」私はぶつぶつ言った。

〈これらの感覚は、私たちみんなが持っているはずの能力だが、戦士たちの中には、彼らの胸の内に渦巻く力を引き出すことを拒絶する人もいる。なぜか？　私にはそれが不思議でならない。恐怖を感じているからだろうか？

誰もが力を引き出すことができれば！　持てる能力は他にもたくさんあるはずなのだ〉

他の能力とは、コールと私が共有した幻覚みたいなもののことだろうか。

〈あなたはきっとこう言いたいのだろう。簡単な方法が知りたいと。では教えよう。それは話すことだ。口にしたことを心から信じたならば、私たちの言葉には力が宿る。

そしてその力は自然の世界でも有効なのだ。疑いなく口にした言葉を、武器に変えてくれるエネルギーが存在する。だが気をつけないと、それは私たち自身を攻撃する武器にもなり得る。

他のどんなことでもそうだが、習得するには骨が折れる。

だがあなたはこうも言いたいだろう。もし言葉に力があるのなら、ゾンビを消滅させることもできるはずではないか、と。それは違う！　私たちが言葉によって使える力の量は、信じる気持ちの強さに依存する。本当に心の底から、〝ゾンビは一匹残らず殲滅《せんめつ》されて、いなくなる〟と信じ、それを現実にすることができるだろうか？　否。それはあなた自身が、そんなことが可能だとは信じていないからだ〉

コールが言葉の力について説明してくれたときは疑いを拭えなかったが、この日記帳が彼の話を裏づけてくれた。こうしたことについて私はもう少し心を開く必要がありそうだ。

〈また、私たちは、自分のことしか信じられない。他人のことは信じられないのだ。自分自身のことは守れても、他人のことも同じように守れるとは限らない。それに言葉の力が効き目を現すまでには時間がかかることもある。どれだけ辛抱強く、それを待っていられるだろうか？　疑いの心を持たずに、どれだけ耐えられるだろうか？　少しでも疑えば言葉は力を失ってしまう。

次は、他の能力についてだ……〉

先を読みたかったが、その続きは暗号のような言葉で書かれていた。フラストレーションのあまり、日記帳を壁に向かって投げつけてやろうかと思った。暗号は見憶《みおぼ》えのないものので、母さんが書いたものとも思えなかった。じゃあこの日記帳は誰が書いたもので、母さんはどうやって手に入れたんだろう？

コールなら何か知っているかもしれないが、尋ねてみるつもりはなかった。

コールたちは、私のことを完全には信用してくれていない。そんな私が見つけたものを、彼らがどう思うかわからなかった。偽物だと思うかもしれないし、彼らを欺き、攪乱《かくらん》させるものと思うかもしれない。無理やり私から奪おうとするかもしれない。

そう、私も彼らを完全には信頼していないのだ。

私は学んだのだ。正直に生きることには、リスクが伴うということを。

携帯電話が鳴った。世界中の他の人たちと同じように、私はあらゆることを放り出し、メッセージを見るため、日記帳を下に置いて携帯電話を取り上げた。

キャット：〝焦《じ》らして楽しんでるのね。今すぐ教えてよ！〟

ジャスティン：〝オッケー八時だね。それじゃまたあとで〟

まずはキャットからだ。コールと一夜を過ごしたものの、お喋り以上のことはしなかったと伝えた。これは紛れもない真実だった。キャットはがっかりしたようだ。それから、コールと私の乗った車が事故に巻き込まれて、フロスティが来なければならなくなったことを伝えると、返信はふっつりと途絶えた。

ジャスティンには、楽しみにしてるね、と送った。それもまた事実だったけれど、その言葉を間違った意味に受け取られないよう、願うしかなかった。祖父たちにさんざん脅されたせいで、彼の気を引いてしまうことに対して私は過敏になっていた。

コールと彼の仲間たちは、私とジャスティンが一緒にパーティーに現れたらどんな顔をするだろう。部外者は歓迎されない。それは私も承知していた。彼らの一員になるということは、自分の人生から他人を切り離さなければならないということなのかもしれない。ジャスティンのことは好ましく思っていたけれど、失っても悲しくはない。キャットはどうだろう？　私の人生からも、キャットはいなくなってしまうのだろうか？　フロスティの人生からいなくなったように。私はキャットのことが本当に好きだった。彼女はユーモアに溢《あふ》れ、活発で、いつも明るく元気にしている。自分の価値をよくわかっていて、それを他人に言うことも躊躇《ちゅうちょ》しない。

今心配してもしょうがないことだ。今夜は、普通の女の子みたいに楽しもう。ジャスティンと一緒に過ごして、もっと彼のことをよく知ろう。キャットに会って一緒に笑おう。コールに会ったら……それは、会ってみるまで私には想像がつかなかった。明日には、きっと全てが変わる。

そうなったら、変化に対応すればいいだけのことだ。

11　赤いバラ、白いバラ……黒いバラ

ジャスティンは時間きっかりにやってきた。どうやら時間に厳しい人なのだろう。心苦しかったのは、犯罪者を取り調べる警察官のような、祖父たちの尋問だった。私は、ひたすらはらはらしながらその一部始終を見守ることしかできなかった。

ようやく二人から解放されると、私はジャスティンに謝り倒した。

「手厳しいね」彼は大げさに溜息《ためいき》をついてみせた。

「本当にごめんなさい。普段はあんなじゃないの。あなたといて安全かどうか確かめたいだけなのよ」

「気にしないでくれ」ジャスティンは運転席に乗り込みながら言った。家の中にいたとき同様、硬い声だ。たぶんこの先数週間は、さっきの出来事を引きずることだろう。

助手席でシートベルトを締めながら、私は空を確認した。暗い空に、雲がいくつか浮かんでいる。私は祈るような気持ちで、雲を目で追っていった。

ウサギはそこにいた。

恐怖の冷たい指先が、背中をつっと撫《な》でた。「ゆっくり運転してね？」私はジャスティンに言った。フロスティはスピードを落としてくれて、私たちはこうして今生きている。ならば運転手がジャスティンだろうと同じはずだ。私は自分に言い聞かせた。

ジャスティンは速度を落として運転してくれた。これだけ遅ければ、横転することはないだろう。私は目を閉じて、様々な考えが浮かんでくるに任せた。少なくとも今夜は、ゾンビの心配をしなくてもいい。奴《やつ》らは昨晩現れたから、今は休養しながら――考えるだけで気分が悪くなってくるが――食べたものを消化している最中だろう。

「着いたよ」ジャスティンが言った。

見ればリーヴの家の車寄せのみならず、芝生や道路脇にまで、車がずらっと並んでいた。どうやら時間の感覚を忘れていたようだ。ジャスティンも私も無事だった。なんてすばらしい日だろう！　事故に遭わず目的地に着けることが、こんなに嬉《うれ》しいとは。

私たちは並んで、家の正面まで歩いていった。空には細い金の月が浮かび、雲はいつの間にかどこかへ消え、針で穴をあけたような何百もの光が無数に散らばっていた。

ポーチに向かって歩きながら、ジャスティンが植込みや、車や、木々のほうをじっと見ているのに気がついて、私は驚いた。私と同じことをしている。

不意につまずいた彼が体勢を立て直し、苦々しそうに言った。「コールだ」

「えっ？　どこ？」

コールの姿はすぐに見つかった。ポーチの扉の横でレンガの壁に寄りかかり、照明の光を浴びている。ジャスティンに気づくと顔を上げたが、私と目を合わせようとしなかった。

「こいつが君の相手？」コールは嫌悪感を滲《にじ》ませて言った。

「アリにはいい男を見る目があるんだよ」ジャスティンは強張《こわば》った声で言った。

私にキスをした唇が、不機嫌そうにすぼめられた。「アリと話したい。二人で」

「彼女を君と二人きりにするなんてとんでもない。君は――」

ジャスティンが最後まで言い終わらないうちに、コールは遮った。「さっさと中に行けよ、じゃないとまた歯が折れることになるぞ」

「もうやめてよ！」私は二人のあいだに割って入り、引き離した。コールはまだ私と目を合わせない。「真面目に言ってんの。もういいでしょう」この二人のあいだに何かあったことは間違いない。しかし始まってもいないうちからパーティーを台無しにするなんてひどすぎる。

「アリに選んでもらえばいい」ジャスティンの自惚《うぬぼ》れに苛《いら》つき、私は奥歯を噛《か》みしめた。

「アリ」コールが冷たく言った。「理由があって待ってたんだ。なんのことかわかるな」

そうか、幻覚だ。コールと会うのは、今日はこれが初めてなんだ。二人の目が合ってしまったら、何が起こるかわからない。「そうね。ええと、中で会いましょう」私はジャスティンに言った。

ジャスティンは驚いたように私を見て、傷ついた表情を浮かべた。

「コールとはつき合ってないって言ったじゃないか」ジャスティンが言う。

「つき合ってないわ。ただの友達よ」少なくとも今はそうだ。

「こいつの友達になったら死ぬんだぞ」

そのとおりだ。でも彼はその理由を知らない。「そうね。でも私は死なない」

「そう。じゃあもういいよ」そう言い放ったジャスティンを見て、遅かれ早かれ、彼との友情は壊れていただろうと思った。「後ろから刺されないように気をつけるんだね。そいつが得意なのはそれだけだから」

ジャスティンは私とコールをあとに残し、足音も荒く中へと入っていった。コールは私の手首を掴《つか》んで、照明の当たらない場所まで連れていった。

「あいつがどんなに卑怯《ひきょう》な奴かわかっているのか？」冷たい壁に私を押しつけて、コールは言った。「あいつと一緒に働いているんじゃないだろうな？」

「違うわ！」私は視線を彼のブーツに落としたまま言った。「彼がどこで働いているのかも知らないわよ」

「じゃあ、あいつとつき合っているだけか」

「つき合ってなんかない。ただの友達よ」私は言った。つき合いたいのはあなたよ、という言葉を必死にのみ込みながら。

「俺たちがただの友達なのと同じでか？」自虐的にコールが笑った。

「キスはしてないわ。そういう意味で訊《き》いたんなら」私は拳を握りしめた。

沈黙。それからコールはすっと息を吸った。「じゃあ憶《おぼ》えとけ。あいつは寝ているあいだに君の喉元を狙うような人間なんだ」

間違いない。過去に何かあったのだ。「ジャスティンもあなたのことを同じように言ってたわ。あなたたちのあいだに何があったの？」

「君の知ったことじゃない」コールが首を横に振った。

ひと言ごとに、彼の声は大きくなった。そのうち声を聞きつけた人が、様子を見に出てきてもおかしくない。「この話はこれでお終《しま》いにしましょう。いい？ 私を見て」

「よくない。今朝、俺がどこにいたか知りたい？」私の腰に手を当て、コールは訊いた。温かくて、強い手。気持ちを揺さぶられる。私は咳払《せきばら》いした。「知りたいって言ったら教えてくれるの？」

「君の家に行ったんだ。昨日、俺たちみたいな人間はゾンビを引きつけるって話したら、不安そうにしていただろ。君の家がちゃんと守られているかどうか確認したかったんだ。そうしたら、君がジャスティン・シルバーストーンと一緒に現れたんだ」彼の怒りが、波のように伝わってくる。私の顎に指を二本当てて、顔を持ち上げた。「だから、これが終わったら別々の道だな」

抗議の印に、私は唇をすぼめた。別々の道っていうのは、これからずっとだろうか。それとも今夜だけのことだろうか。

バイオレットの美しい瞳と視線が合った瞬間、世界は消え、頭が真っ白になった――。

――私たちは寝転んでいて、私の上にコールがいた。どちらも服を着ていたが、私のシャツはブラの下までたくし上げられていた。草が、クッションになってくれていた。裏庭にいるようだったが、祖父の家の庭ではなかった。暑い太陽も気にならなかった。彼の片手が私のお腹《なか》に、もう一つの手が私の顔に置かれていた。

「悪いと思ってる?」彼が尋ねた。

「ううん。コールは?」私が答えた。

「思うわけない。俺はただ……」

――家の中から誰かの笑い声が聞こえ、短すぎる幻覚は煙のように消えてしまった。

私はコールの胸をそっと叩《たた》いた。私たちは、いつも邪魔される運命にあるらしい。

コールは何も言わず、私の苛立ちを受け止めてくれた。私は落ち着きを取り戻すと、自分でもなぜそうしたいのかわからないまま、気がつくと額を彼に押しつけていた。

「私、何を悪いと思ってたんだろう?」さっきの幻覚のことを、私は尋ねた。

「ジャスティンとデートしたこと?」

私はもう一度彼を叩いた。

「なんだよ。ただの想像だよ」どうやら彼の怒りは、もうどこかへ消えていた。

何はともあれ、私は幸せで胸がいっぱいだった。幻覚で見たものはみな、なんらかの形で現実に起きる。つまり、コールと私が永久に離ればなれになるようなことなど、ありはしないのだ。

「中に入ろう」そう言って、コールは私の背中を優しく押してドアのほうへ促した。

二人の見知らぬ少年が、ガラス戸から外を見ていた。私に気づくといやらしい目つきで、何やら卑猥《ひわい》な言葉をかけようとしたみたいだったが、隣にコールがいるのを見た途端、慌ててその言葉を引っ込め、顔面蒼白《そうはく》になってその場から消えた。

「噂《うわさ》じゃなくて、みんな本当にコールを怖がってるのね」

「まあな。ありがたいことだよ。うるさく訊いてこないし、近づいてもこない。君も見習ったほうがいい」コールが笑った。

「私はあなたのこと怖いなんて思ったことないわ。これからもずっとね」ほんとは、彼のことが恐ろしかった時期もあったが、それを言うつもりはなかった。

「そう言ってればいいさ。そのうち、そんなこと言ってられなくなる」コールは私のためにドアを開けてくれた。私は胸を躍らせながら中に足を踏み入れた。

天井のスピーカーから流れる重低音。賑《にぎ》やかな話し声。けたたましい笑い声。その場を取り巻く様々な音が混ざり合って、混沌《こんとん》とした音圧の渦を作り上げていた。

至るところで、生徒たちがプラスチックのコップで何か飲んだり、「行け、タイガーズ！」と声を揃《そろ》えて叫んだりしていた。お喋《しゃべ》りに夢中な子たちから離れ、壁際で抱き合っている人もいる。ジャスティンはどこだろう。ケンタッキーフライドチキンのいちばん高いセットよりもたくさん、胸肉ももも肉が溢《あふ》れていた。シャツは下着みたいで、スカートやショートパンツはほとんどお尻が見えそうな代物ばかり。それに比べればピンクのタンクトップにジーンズという私の服装は確かにかなり厚着だったけれど、さっきから少女たちが私を見つめる視線に込めている嫌悪感の根拠としては、ちょっと弱いような気がした。

何を間違ってしまったのだろう。同じくらい奇妙なのは、ドアのところにいた二人組と同じいやらしい目つきで、少年たちがじろじろ私を見ていることだ。私はジーンズのチャックが開いていないか、二度も確かめた。無論、きっちり閉まっていたが。

「何時に帰らなくちゃいけないんだ？」コールが尋ねた。

「十二時半よ。どうして？」私は彼の顔を見た。

「特に理由はない。行こう」コールはそうつぶやくと私の手を引き、ダンスフロアから離れた。「君を一人にしたくないけど、一緒にもいられない」

そのとおりだ。ありがたいことに、キャットの姿が見えた。いつもどおりきれいだったが、仮病で休んでいたあの日より、さらに顔色が悪いようだった。

「心配ないわ。キャットと一緒にいるから」私はキャットが心配で、彼女のほうへ急いだ。すると、少女たちの視線に込められた嫌悪感と、少年たちが私を見る目のいやらしさが、格段に膨れ上がったように感じた。まったく意味がわからない。

「キャット、大丈夫?」彼女のところへ行って声をかけた。

「アリ!」彼女は両手を広げて私をハグしたが、その力は驚くほど弱々しかった。「来てくれて嬉しいわ。今までどこにいたの? 私、記憶力には自信あるはずだけど、アリは言ってたのと違う人と一緒に来たみたいね」

私は質問に答えずに言った。「コールとジャスティンはすごく仲が悪いみたいで、どっちかを怒らせずには話もできなかったの」

「そりゃそうよ」私がつまらない冗談でも言ったみたいに、キャットは目をぱちくりさせた。「みんな知ってるわ」

「教えてくれればよかったのに」私は口を尖《とが》らせてみせた。

「それでお楽しみを逃せって? そんなもったいないことするわけないでしょ」キャットはいたずらっぽく笑った。「あれ、ずいぶんお洒落《しやれ》したのね。いいじゃん」

そう、今日の服装には気を使った。武器を持ち歩くことを考えると、そうせざるを得なかったのだ。コールに会えるからじゃない。本当だ。それぞれ長さの違うシルバーのネックレスは、ゾンビの首を絞めるため。本当はストーンのついたサンダルがよかったのだがブーツを履き、白い紐《ひも》をピンクの丈夫な紐に変えた。これもゾンビを窒息させるためだ。左脚にはナイフが仕込んである。ハンドバッグにもナイフを忍ばせた。

「あなたもすてきよ」私は言った。キャットが着ていたのは、お尻の数センチ下までしかない、赤いベビードール・ドレスだ。白いレースだけで作られたセーターが、腕を覆っていた。トップの髪の毛をざっくり編み込みにして、残りはつややかに波打たせていた。

「でしょう？　いつもきれいでいるのも大変なんだけどね」キャットは陽気に言った。

ポピーとレンがこちらへやってきた。二人の真剣な表情を見て私は不安になった。

「どうしたの？」思わず、そう尋ねていた。

二人は暗い視線を交わし合った。二人とも、本当によく目立った。赤毛のポピーと、モデルみたいなアフリカ系アメリカ人のレン。どちらも完璧な着こなし。ポピーは天使のように真っ白な服を、レンはビキニにきらきら光る素材のショートパンツを着ていた。

レンはじろりと私を睨《にら》んだ。「あんたがコールと寝たって噂が立ってるよ」

目を丸くして、私はキャットを見た。真っ先に疑われたと感じて、キャットはたちまち不機嫌になった。「ちょっと！　私は何も話してないわよ」

「ごめん、そういうわけじゃないの」私はすぐキャットに謝ると、二人に言った。「コールとは話をしていただけよ」

「それだけじゃないんだ、私たちが聞いたのは」ポピーが口を挟んだ。そばかすの散った彼女の肌は、キャットと同じように青白い。「ブロンクスともフロスティとも、同じ夜に寝たって聞いたのよ！」

　レンはうなずいた。「優しい顔をすればやらせてくれる尻軽女だって言われてるよ。だからコールに近づくなって言ったのに。知らないわよ」

　こんな不快な嘘をまき散らすほど私を憎んでいる人は一人しかいない。マッケンジー・ラブだ。まさか、ここまで嫌な女だとは思ってもみなかった。酸のような怒りに胸を焦がされながら、人込みの中にマッケンジーを探した。あんたがやったのかとつめ寄ってやりたい。認めたら、顔面から床に叩きつけてやるくらいのつもりだった。

　だが、彼女の姿はどこにもなかった。

「教えてくれてありがとう、二人とも」キャットが私の手を握ってくれると、怒りがすっと消えていった。「私はアリとトイレに行ってくるね」

　だがキャットはトイレを素通りした。「どこへ行くの？」私は尋ねた。

「リーヴが昨日教えてくれた場所。リーヴも知らないことになっているから、絶対内緒だって言われたわ」キャットは秘密めかして言った。「だけどあなたは私たちの仲間だからいいの。それに、落ち着いて二人だけで話せる場所が必要でしょ」

　人込みをかき分けて、いくつか角を曲がってから階段を下りると、ようやくまわりに人がいなくなった。ここは邸宅のどのあたりなのだろう。ビロードの家具が並び、小物類がまばゆい光を放っている。壁紙は天使の絵柄で、アラバスターの石柱が、私たちを別の部屋へと誘《いざな》っていた。

「リーヴの両親は何をしている人なの？」私は尋ねた。

キャットは悲しそうな溜息をついた。「お母さんは亡くなったわ。お父さんは自称、神の手を持つ天才的な外科医。毎週新しい恋人とデートしてるんだって。でも先生って呼ばれるのを嫌がるのよね。アンクさんって呼べって言うの」

さらに下の階へと下りていくと、新鮮だった空気が、ほのかな銅のにおいが混ざったかび臭いものに変わった。鼻をひくひくと動かしてみた。血のにおい。息を止めようとしたその瞬間、別の悪臭が鼻をつき、私はぎくりとした。これは……腐敗臭？

「キャット」私は彼女の手を引っ張った。「これ以上行かないほうがいい」

「だめよ。もうすぐそこだから」キャットは止まらない。

肋骨《ろっこつ》が折れるのではと不安になるほど、心臓の動悸《どうき》が激しくなった。そうだ、私は武器を持っている。それにコールたちがここに来たということは、ゾンビの侵入を防ぐ〝血の境界線〟とやらは既に散布してあるはずだ。この家は守られていると考えていいだろう。

長く狭い廊下の突き当たりまでやってくると、キャットはドアの前で立ち止まった。おもむろにブラジャーからピッキング道具を取り出して錠前に差し込む。

「いつもそんなもの持ち歩いているの？」私は心底驚いて言った。

「当然よ。あらゆることに備えておけって、前フロスティが言ってたの。それで、誘拐されて、部屋に閉じ込められても抜け出せる方法も教えてくれたの。どこで覚えたのかは教えてくれなかったけどね」キャットが手首を回すと、かちりという小さな音がした。「やった！」少し押すと、静かにドアが開いた。

キャットに手を引かれ、部屋の入り口まで歩を進めた。悪臭の源を突き止めて、邪悪なものが何もないことが確認できたら、キャットがなんと言おうとここから出よう。

キャットは繋《つな》いでいた手を離して部屋の中に足を踏み入れ、腕組みをして振り返った。

「これ、どう思う？」

私はこの初めて見る場所を観察してみた。分厚くて柔らかな絨毯《じゅうたん》もここには敷かれておらず、代わりに真っ黒い、湿ったタイルが敷かれていた。何台か置かれている金属製の台には、手首と足首を固定する枷《かせ》がのっている。どの台の下にも排水口が設けられていた。

どう見ても、拷問部屋か何かのようにしか思えない。

「私と同じことを考えているんでしょ？」キャットのささやき声は部屋の中で反響し、驚くほど大きく響いた。

「たぶん違うと思う」私はつぶやいた。

「じゃあリーヴのお父さんには消臭スプレーが一ケースくらい必要だって思わないの？ここで秘密の手術をしているとか思ってないの？」

「それは君たちには関係のないことだ」不意に背後から男の人の声がした。

私は遊園地のコーヒーカップみたいに勢いよく振り返り、侵入者の顔を見た。私より少し背が高く、百八十センチくらいだろうか。身につけているピンストライプのスーツは、父さんがたまに教会に行くときに着ていたスーツとは似ても似つかぬ上等なものだった。白髪交じりの頭ときれいに日焼けした肌に刻まれた皺《しわ》が年齢を物語っていたが、魅力的でないわけでは決してない。年配の男性にしては、かなりハンサムな部類だ。籠の鼠《ねずみ》でも見るような目つきで、こちらを見ている。

「あなたは誰？」精一杯の虚勢を張って、私は言った。

「この家の主人だ」とその人が言うのと、「リーヴのパパよ」とキャットが言うのが同時だった。

キャットは私の後ろから顔を出して手を振った。「こんにちは、アンクさん」挨拶のつもりだろうか、その人はぐっと顎を引いてうなずき「キャスリンか」と言うと、私に向けて大声で「君は誰だね？」と尋ねた。

「リーヴの友達です」と私は答えた。ゾンビに比べれば、怖くもなんともない。

「そのようだね。君はなんという名で、キャスリンとここで何をしている？」

「静かに話せる場所を探していただけなんです。本当です」キャットがそう言ったのを、私までそう信じそうになった。彼女の純粋無垢《むく》な言葉を疑うのは不可能だ。

　そのとき、乾いた足音が響いた。そしてアンクさんの背後から、なんとライト博士が姿を現したのを見て、私は息をのんだ。

「娘さんをこんな場所に入れるべきでは……」赤いリップグロスののった博士の唇が、私に気づいてさっと閉じた。ライト博士は目を細めた。「アリス・ベル。こんなところで何をしているの？」

　キャットが私のタンクトップを引っ張ってささやいた。「あれ、ライト博士？」

　二人の大人はキャットのほうをちらっと見ると、再び私のほうに向き直った。

「私はアリです」私はアンクさんの顔を見た。

「まあここに来た理由はあとで話してもらおう」アンクさんがそう言って、笑みを浮かべた。「ところで、君が一緒に来た相手はジャスティン・シルバーストーンだね？」

「ジャスティン・シルバーストーンですって？」ライト博士は嫌悪感を露《あら》わにした。いつもならかっちりしたビジネススーツに身を包んでいるライト博士。だが今夜の柔らかそうなロングドレスは、有能な管理者である彼女には不似合いだ。アンクさんの今週の恋人はライト博士なのだろうか？「コールは気に食わないでしょうね」博士が言った。

　ライト博士の目的はなんなのだろう。どう考えても奇妙だった。アッシャー・ハイスクールの校長が、リーヴのお父さんと、乾いた血のこびりついた手術台が並ぶこんな部屋で会っている……。しかも、乾いた血液がこびりつく手術台を目の前にしているというのに、それより私のエスコートの相手のほうが気になるだなんて。

その瞬間、私は直感した。そうに違いない。私の直感が、すぐに確信に変わる。ここに漂う強烈な悪臭は、ゴミやカビのそれとは断じて違うではないか。コールはこのことを知っていたのだろうか？　考えるまでもない。コールは知っていたのだ。そうでなければ、血の境界線があるのにメンバー全員を連れてここに来たりするわけがない。ここは、ゾンビと戦う戦士たちの、安息の場なのだ。リーヴのお父さんは私たちの味方だ。ということは、彼と一緒にこの部屋にいるライト博士も、味方だということになる。

彼らがみんなジャスティンを嫌っているのなら（彼の名前を出したときの反応を見る限り、それは違いない）、彼はゾンビ擁護派か何かなのだろうか。

しかし、アンクさんはここで何をしているんだろう？　ゾンビの研究だろうか？　ゾンビを使った実験だろうか？　そんなことが可能なんだろうか？

「アリ。説明してちょうだい。嘘も、黙秘も、言い逃れもだめよ」ライト博士が言った。脳の中まで凍死してしまいそうな目で、私を見る。「ジャスティンがここへ下りてくるように言ったの？」

やはり私の考えていたことは正しかったようだ。「いいえ、違います。キャットと一緒にパーティーに戻ってもいいですか？」キャットを巻き込むわけにはいかない。「お邪魔をしてしまってすみませんでした」

「そう簡単に見逃すわけにはいかないわよ」ライト博士が言った。

しかし、アンクさんが横から「もういいさ。行くがいい。だが今度同じことをしたら……」と口を挟んだ。

後悔することになる。私は彼の言葉を補足すると「もうしません」と答えた。

決定を覆されて、ライト博士は一瞬表情を強張らせたが、特に反論しようとはしなかった。私は後ろに下がってキャットの手を取った。キャットは黙ったままだった。アンクさんもライト博士も、脇にどいて通してくれた。

「最高！」階段の一番上まで来ると、キャットはそう言うと笑いを押し殺した。「二人で何をしていたんだと思う？　ライト博士は全然リーヴのパパのタイプじゃないのに」

私も当然、何をしていたのか知りたかった。二人はゾンビの最新動向について議論していたのだろうか？　それともゾンビ抗戦計画を立てていたのだろうか？

どこか離れた場所から、甲高い叫声が聞こえてきた。聞き耳を立ててみる。大勢の人が喧嘩《けんか》でもけしかけ、口々に叫んでいるような騒ぎが聞こえるのだ。

キャットにも聞こえたらしい。「五ドル賭けてもいい、コールよ！」

「そんなわけないわ」最悪の事態が頭に浮かんだ。そして、入り口で揉《も》めたジャスティンとの様子が蘇《よみがえ》った。

「本気で言ってるの？　トラブルの渦中にいるのはいつだってコールよ」キャットがわく

わくしたような顔で言った。

私たちは走ってリビングルームに向かった。沸き上がる大歓声に身が縮むような思いだった。人込みの中をかき分けて進んでいくと、やはりキャットの言うとおりだった。渦中にいるのはいつだってコールなのだ。

本日の対戦カード。コール対ジャスティン。二人は激しく殴り合い、歓声をあげる生徒たちの輪の中で転げ回っていた。どちらかが吹っ飛ばされるたびに家具がひっくり返った。怒りに我を忘れたジャスティンに、コールは経験と獣のような怪力で応じている。

「やれ、そこだ、もっとやれ」観客のかけ声が飛ぶ。

コールならジャスティンを瞬殺し、この争いなどさっさと終わらせてしまえるはずだ。なのに何度も顔を殴らせ、さらにボディにまでパンチを許している。コールが殴り返すのは、ジャスティンが汚い手を使ったときだけだった。

「もうやめてよ！」私は歓声に負けないように怒鳴った。

コールはさらに二発、たった二発だけパンチを入れたが、それで十分だった。ジャスティンは背中から倒れ、そのまま気を失ってしまったのだった。

駆けだして、ジャスティンの無事を確かめようとしたが、バスの中で私を睨んできた黒髪の少女に突き飛ばされた。彼女はジャスティンの脈を見ると、頬を叩いて起こそうとした。ジャスティンは呻《うめ》き声をあげたが、起き上がれないようだった。

「大丈夫なの？」私は訊いた。

少女は顔を上げて、眉を寄せた。「近づかないで。あなたもボーイフレンドもやりすぎよ」

「ジャスティンは無事なの？」私はなおも訊いた。

「本気で心配なんかしてないくせに」彼女はジャスティンに向き直り、彼の頬を撫でた。会話は終わり、ということらしい。

この少女が誰なのか見当もつかなかったけれど、無理に知るつもりも、介抱を替わるつもりもなかった。彼女ならジャスティンの面倒を見てくれるだろう。振り返って、コールの姿を捜した。彼は部屋の真ん中に突っ立ったままでいた。小さな汗の粒が、眉毛にたくさんついている。息を切らし、鼻の下と顎を血で汚し、手を固く握りしめていた。私の視線を感じ取ったらしくコールはすぐにこっちを見ると、顎でキッチンのほうを示した。私はうなずいた。

キャットのほうを振り返り、ちょっと外すと伝えようとしたけど、彼女はフロスティに腕を回して、人から酸素をもらわないと生きていけない生き物のように、お互いにキスをしていた。

ようやく喧嘩が終わったのだろうか。そうだといい。私は二人とも好きだった。それにキャットと仲直りすれば、フロスティも私とまた仲よくしてくれるだろう。ゾンビのことをキャットに打ち明けて、彼女に何一つ隠さなくてすむ日が来るかもしれない。

コールはカウンターにもたれかかって私を待っていた。ブーツを履いた足が、苛々と床を叩いている。

コールに引っ張られながら広いパントリーに入ると、そこには先客がいた。暗がりに光が差し込むと同時に、二つの影が見えたのだ。リーヴと、もう一人はブロンクスだった。お互いのあいだで爆弾が破裂でもしたかのように、二人はぱっと身を離した。

二人とも、唇が湿っていた。私のほうを見たリーヴの頬が、ピンク色に紅潮している。私は悪いことをしたような気分で声をかけた。

「私、何も見なかったから。キャットにだけは言うけれど。それと、リビングルームを見てきたほうがいいかも。コールとジャスティンが、その……ちょっと意見が食い違ったみたいで、いくつか物を壊しちゃったから。それから地下であなたのお父さんに会ったわ」

リーヴは口をぽかんと開けて私の報告を一つずつ聞いていたが、やがてパントリーから出ていった。ブロンクスがそれを追いかけようとして、コールに道を遮られる。

「彼女とキスなんかして、父親が黙ってるとでも思うのか？」

ブロンクスは何も言わずに、コールを押しのけて出ていった。

「どうしてブロンクスは彼女と仲よくしちゃだめな――」

「その話を君とするつもりはない」言いかけた私を遮り、コールがドアを閉めると、再びパントリーは闇に包まれた。

　コールが落ち着きを取り戻すまで、私はじっと立ったまま暗闇に目を慣らそうとしていた。徐々にこの場所の様子がわかってきた。私の部屋よりも広く、棚には食品の缶詰、床にはトースターなど調理器具が置かれている。

「リーヴの父親から連絡があった」コールが言った。

「あの人も仲間なの？」私は、初めて気づいたようなふりで答えた。

　しばらく沈黙があって、やがてコールは認めた。「そうだ。俺の父親の友達で、俺たちの活動に出資もしてくれている。ゾンビを見ることはできないけど、ゾンビが俺たちにもたらす症状のことはよくわかっていて、噛まれたときは助けてくれる。ただし、リーヴを巻き込まないという制約つきでだけどね」

「ライト博士も？」私は、あれこれと納得しながら尋ねた。

「ああ、あの人も知っている。学校側に事情を理解してくれる人が必要だからな」

　ここまでは思ったとおりだ。少し話題を変えることにした。「なんで喧嘩になったの？」

「あいつが、君は自分のチームの一員だからこっち側に引き入れようとしたら殺してやるなんて言うからさ」

「それであなたから殴ったのね」

「そうだ。鼻もへし折ってやった」

私は手で顔をごしごしこすった。「ちょっと話を戻すわね。ジャスティンはチームを持っているの？」

コールはふんと鼻を鳴らした。

「協力するよう頼まれなかったのを気にしているのか？」

「何に協力するの？」

「ゾンビとの戦いだよ」

「そんな。ほんの数分前まで、彼がゾンビとかかわりがあるなんて思いもしなかった」

「かかわりはない。あいつは危険人物なんだ」

コールの言うことはいつだって私の頭を混乱させる。「よくわからないわ。ジャスティンはゾンビと関係ある人なの？　違うの？」

コールは棚にドンと頭を預け、溜息をついた。「よく聞いてくれ。二度は言わないぞ。本当は今言うべきことじゃないんだ。君が彼とつき合っていることを考えると、特に」

私は腹が立ってきた。「だからつき合ってなんて――」

「ジャスティンも、昔は俺たちの仲間だったんだよ」この言葉に、私は思わず黙り込んだ。「だけどあるとき、ある集団に出会って、そっちにハマっちまったんだ。表向きはゾンビの殲滅《せんめつ》と、ゾンビの感染に対抗する方法の研究をしていることになってるけど、実際は、邪悪な魂を生きた人間の肉体に入れることだけが目的の集団さ。研究のために罪のない人々をためらいなく傷つけるような奴らを、信用できるわけがないだろう」

「それはどうやって知ったの?」

「ジャスティンがその集団のことを教えてくれて、俺たちも研究所に行ったんだ。いろんな腐敗段階にある生きた人間が、檻《おり》に入れられていたよ。そこで俺たちは、俺が以前住んでいた家に放火したのはここの研究員だってことを確信したんだ」

研究所。檻。腐敗。放火。

「ジャスティンは、防護服を着た人たちのところで働いているの?」ゾンビと同じくらい邪悪な、あの人たちのもとで。

「そうだ」暗かったが、コールがうなずくのがわかった。

「あの人、そんなことひと言も言わなかったわ。本当よ」罪のない人に邪悪なものを無理やり入れるような人なら、かかわりを持つなんてまっぴらだった。

コールは、鼻梁《びりよう》を指でつまんだ。「俺が君に興味を持っていることを、ジャスティンは仲間に伝えるだろう。そうなったら遅かれ早かれ、なんらかの形であっちから君に接触しようとしてくるはずだ。あいつら、俺たち全員にそうしたからな。協力を拒めば、説得にかかる。愉快な説得じゃないから、覚悟しておいてくれ」

「構わないわ」私は力強く言った。

重い沈黙のあとで、コールは「君の家族はそうはいかないだろう」と言うと溜息をついた。「アリ、俺に近づかないほうがいいと思う」

「そんなの嫌よ！」私は声を荒らげた。こればかりは譲れない。

「人生が変わっちまうんだぞ。毎晩外に出て面倒に巻き込まれることになる。自由な時間はなくなって、進級だってできなくなる。傷どころか、骨を折ることもある」

「それでもいい」私は、家族を殺した怪物たちを一匹残らず屠《ほふ》りたい。他の人の家族が殺されるのを阻止したい。そのためならば、楽々差し出せる犠牲だった。

「俺は君にそんなことをさせたくない。君のおじいさんたちが君を虐待してると疑われて、ソーシャルワーカーの人たちの訪問を受けることだってあるんだ。珍しいことじゃない」

「私、気をつけるから」震える声で私は言った。

「どんなに気をつけたって足りないさ。それに、訓練には時間がかかる。使えるようになるまでは、君なんかただの足手まといだ」

たぶん、私を怖気《おじけ》づかせて諦めさせたくて、こんなことを言うんだろう。自分の身は自分で守れるくらいの力はあるとわかってもらわなければ。「あなただって足手まといだったときがあるでしょう。だけどあなたは強くなった。私にだって同じことができる」

「それに何より、俺と一緒にいたら、ジャスティン以外にも敵を作ることになる」コールは私の言うことなどまったく聞こえなかったように続けた。「そして君は、片時も休まずつけ狙われることになるんだ」

「それでも構わないわ」私は断固として答えた。譲るつもりなどない。

「今そう言うのは簡単さ。だけど、いつかそんな考えも崩れ去る。俺は何人も見てきたんだ」コールが悔しそうに言った。暗闇の中、どんな顔をしているのだろう。

「そう。でもそれは今日じゃない」私の胸に痛みが芽生えるとまたたく間に増長し、やがて心を焼き尽くさんばかりになった。コールは私を試しているんじゃない。ただ、彼から離れていってほしいだけなのだ。

「もしもそのときが来ても、それは君のせいじゃない。俺たちの責任だ」

やっぱりそうだ。コールは私にこれ以上何も望んでいないのだ。ならば私にはどうしようもなかった。彼のもとを去るしか、私に道は残されていないのだった。

しかし、とても受け入れられる話ではなかった。

「私が、あなたや友達と寝たって言いふらしたのはマッケンジーなの？」私は訊いた。私とマッケンジーとの諍《いさか》いの責任は彼にある。

コールが首を横に振るのがわかった。ドアの隙間から、暗闇に細く光の筋が伸びている。不意に彼の顔に浮かんだ脅すような表情。その顔が目に焼きついた。まるで呪いのように。

「あいつはそんなことはしない。もっと堂々と喧嘩を売る」

「他に誰がいるっていうの？」納得がいかず、私は腕を広げた。「昨日の夜、私があなたたちと一緒にいたなんて、マッケンジーしか知らないじゃない」

コールが歯ぎしりするのが聞こえた。「一瞬でもあいつがやったって思ったら、ここに連れてきて君の前に膝を突いて謝らせているよ。信じてくれていい。あいつは君が思うほど悪い人間じゃない」

「まだあの子のことが好きなの？」反射的に、そう訊いてしまった。

「君が考えているような意味では違う」コールは躊躇《ちゅうちょ》なく言った。「あいつが俺と父の家で暮らすようになってから、そういう関係じゃなくなったんだ」

二つのことが頭に引っかかった。「別れた恋人と一緒に住んでいるの？」一つ目の疑問が、止める間もなく唇から滑り出る。だが、二つ目は、声にしなかった。二人が同じ家に住むようになったから別れたという話なのだとしたら、コールはまだ彼女のことが好きなのかもしれない。私のことは利用しているだけなのかもしれない。

「もう一度言うけど、君が思っているような感情はないよ。同じ部屋に住んでいるとか、そういうんじゃないんだ。あいつとはあれから寝てない……」

「いつからよ」私は訊かずにいられなかった。黙りなさい！　自分には関係のない話だとはわかっていてもだめだった。だが、本当はわかっていた。自分は捨てられたのだと。惨めになりたくないのなら、黙って歩き去ることこそ、今の私には必要なのだと。

「学校が始まる何週間か前さ」コールは首の後ろを揉んだ。「二度は言わない。こんな話は誰ともしたくないんだよ」

「どうしてしないの？」だめだと思いつつ、口は言うことを聞いてくれない。学校が始まる前ということは、一カ月も経《た》っていない。つい最近ではないか。

「面倒なことになりたくなかったからさ」コールはただそう答えた。

彼女への気持ちがなくなったからじゃないんだ。胸が苦しくなった。私は初めから、マッケンジーがコールの家を出ていくまでの代替品でしかなかったのだ。

「どうして一緒に住むことになったの？」私はさらに尋ねた。

コールは広い肩をすくめた。「あいつが、父親とその再婚相手とうまくいかなくて、追い出されちまったからさ」

マッケンジーは、いちばん彼女の面倒を見なくちゃいけない人たちに拒絶されたのだ。コールと一緒に住んでいると知った今は特に、彼女に同情なんてしたくなかったが、彼女への憐憫《れんびん》が胸に湧き起こり、嫌悪感をかすかに和らがせた。

「これは俺たちのためでもあるんだ」コールは言った。「もうお互いのことをこれ以上知る必要はない。この先つき合うこともないし、俺は君を訓練するつもりもない」

胸が苦しくて、気を緩めたら泣いてしまいそうだ。あまりに多くのものを既に失ったというのに、今またコールを失おうとしているのだと思うと、たまらない気持ちだった。気づけば私はプライドをかなぐり捨て、コールの胸を強く叩いていた。

「私をあなたの人生から締め出そうとしているなら、どうしてそんなこと話したのよ！」

私は叫んだ。

「どうしてかな」コールは呻くように言った。「だけど君のためにしたことだ。いつか、納得してもらえると思う」

もう一度、彼を叩いた。一度だけ。「幻覚のことはどうなの？」

「俺たちが見たのは、避けるべき未来の断片だったんだろう」

私は凍りついた。コールの残酷な言葉が頭に鳴り響き、ついに心が粉々に砕け散った。

彼の決意は固いのだ。彼は私との関係を絶ち、私は彼との関係を絶つ……。最初、私はそうしようとしていたのに。近づいてきたのは、コールのほうだったというのに。

「ごめん」コールは言った。「こんなことを言うべきじゃ――」

「ううん。言ってくれてよかった。でもあとでじゃなくて、今のうちに納得しておくわ」

彼のせいで心は粉々になったかもしれないが、それを彼に知られたくなかった。私は理性を取り戻していた。こんなことでへこたれるものか。「あなたの言うとおりね。私たちはお互いにとってよくないわ。さようなら、コール」

ドアを開けると、蝶番《ちょうつがい》が軋《きし》む音をたてた。振り返らずに、私はコールのもとから立ち去った。涙でぼやける目に、ビールを飲みながらキッチンをうろつく誰かの影が映る。

私はしばらくそこにじっとしていた。ついに人生の目的を見つけたと思ったのに。喪失を埋めてくれるものが見つかったと思ったのに。だけど彼は、それを私から取り上げることを望んだのだ。コール・ホーランド。あなたの好きにはさせない。彼と一緒にゾンビと戦うことは叶《かな》わなくなったが、それがどうしたというのだ。ゾンビの秘密を教えてもらうこともできない。だからどうだっていうのだ。全部自分でやればいい。

私はあえて胸を張り、リビングルームに入っていった。まず気づいたことは、ジャスティンも、彼を介抱していた黒髪の少女もいなくなっているということだった。マッケンジーもフロスティもブロンクスもいない。ソファーの上に、キャットがいた。両手にビール瓶を持っている。先刻よりさらに顔が青白く、震えてさえいるようだった。

父のアルコール依存症をずっと見てきた私は、キャットをどう扱ったらいいかよくわかっていた。力ずくでやるしかないのだ。私は彼女からビール瓶を奪い取ると、手をひらひらさせながら「鍵」と言った。

「え?」キャットはきょとんとした顔で私を見上げた。

「車の鍵よ。家まで送ってく」運転は何度か練習したことあるだけで、免許も持ってないということは伏せておいた。

「ああ、そういうことか。あいつ、また行っちゃった」ドレスのポケットをごそごそ探りながらキャットは言った。「コールが行けって言えばほいほいどこにだって行っちゃう。だからアリには期待してたのにな。あの命令人間を引きつけてくれれば、フロスティだってそのあいだは自由の身になって、私にご奉仕できるわけだから」

「私とコールも、もうだめだと思う。きっと振られた」私も暗い声で伝えた。きっとどころか、確実に振られたのだ。しかし少なくとも胸の痛みは、もう薄れつつあった。ほとんど感じられないくらいに。「そもそも、ちゃんとつき合えてもなかったしね」

「うそ！　あいつアリを振ったの？　ジャスティンの奴、よっぽどひどく殴ったのね」キャットは、きらきらした猫のキーホルダーを取り出した。「他にそんな馬鹿なことをする理由が見つからないもの。コールにとってあなたとの出会いは人生最高の大事件だったはずよ」

「ありがとう、そんな嬉しいこと言ってくれて。でも、彼は私のことそんなに好きじゃなかったのよ」鍵を受け取って、キャットを立たせた。腕を回してふらつく彼女を支え、ドアのほうへ歩きだす。私の邪魔をしようとする人は誰もいなかった。もしいたら、そいつの鼻を脳まで埋め込んでやっただろう。

外に出ると、夜の冷気が腕や顔に触れた。雲が群れをなして月を隠していた。私は息をのんで立ち止まった。あのウサギがいる。さっきより大きく、いくぶん明るくさえなり、小さくて丸いものを何か手に持っている。

「どうしたの？　車恐怖症再発？」キャットが私の顔を見て尋ねた。

「まあそんなとこ」私は、焦りを悟られないよう答えた。

「大丈夫だって。私の車、何度か事故に遭っているから、それに懲りて、危なかったら自分で避けてくれるんだ。でもまじな話、何も問題はないよ」

遠くの木の影で、何かが動くのがちらりと見えた。汚れたウエディングドレスの残像が、闇に浮かぶ。腐ったようなにおいが、あたりに漂っている。

早すぎる。血管の中に氷の粒ができたように、全身に寒気が走った。今夜はゾンビは出ないはずなのに。体を休めているはずなのに。

「あの雲、くるくる回ってるように見えるんだけど、気のせい？」キャットが言った。

私はウサギに目をやった。手に持った丸いものに、何か細長いものがついている……時計の針だ。かちかちと時を刻んでいる。それを見て私は腑《ふ》に落ちた。あのウサギは私に警告するために現れていたのだ。ゾンビの出現を知らせるために。時が来たのだ。奴らはここに来ている。

「キャット。中に戻って、誰も外に出さないで。いい？」私はドアのほうへキャットを押しやった。この家のまわりにはコールやリーヴのお父さんが、血の境界線を普通の二倍くらい散布しているはずだと思っていたのに。

「でもなんで？」キャットがわけもわからず首をかしげた。

「訊かないで。お願い。私を信じて」私は声をひそめて言った。

キャットは納得のいかない様子だったが、のろのろと玄関のほうへ戻っていった。願わくばドアが彼女を守ってくれますようにと私は願った。木の周辺に蠢《うごめ》く影に目を凝らす。

影の数はさっきよりも増えている。ポケットから携帯電話を取り出して、コールにかけた。出ない。番号を削除されてしまったんだろうか。そこまで私を避けたいのだろうか。今はそんなことを考えてもしょうがない。私はメッセージを残した。

「リーヴの家にゾンビが出たみたい」

話しながら、あいた手で鞄《かばん》の中のナイフを掴んだ。

一つの影が、ほのかな月影の下によろめき出た。続いて一匹、また一匹と奴らが姿を現す。恐怖に体を貫かれ、私は唾をのんだ。そして、思わず目を疑って私は固まった。ゾンビのそばに、いきなり妹の姿が現れたのだ。ピンクのチュチュを着て、青白い両手を合わせている。

「エマ?」自分を止める間もなく、私は声をかけていた。

「中に入って、お姉ちゃん」エマが言った。そして私の返事も待たずにふっと消えてしまった。

「できないわ」消えた妹に向かって、私はそう答えた。今この場所で、ゾンビが見えるのは私だけ、奴らを倒せる可能性があるのも私だけなのだ。経験不足なのはもちろんわかっている。だけど戦うしかない。世界を救うチャンスなのだ。

どんな結果になろうとも、そのチャンスを逃したくはなかった。

12 娘の首をはねよ！

しかしすぐに、いくつかの問題が立ちはだかった。まず、どうやって魂を肉体から出したらいいのかわからない。日記帳には〝信じること〟が魂と肉体の分離の引き金になると書かれていたが、どうしたら信じる気持ちが強くなるのだろうか。

二つ目の問題は、魂の分離に成功したとして、キャットや別の誰かが私の言うことを聞かずに外に出てきて、動かない体に話しかけたらどうしようということだった。

二つの問題を同時に解決する方法はたった一つ。それはゾンビを引きつけて、リーヴの家からできるだけ遠くに連れていくことだ。

なんて感動的なフィナーレだろうか。ありったけの勇気を振り絞って、私は行動に移った。ナイフを握りしめ、胸の中で祈りながら敵のほうへ走りだした。

「神様。私に強さを、速さを与えてください、それから、願わくばあの防護服みたいなやつもついでに一着……」

二体のゾンビの近くまでやってきたときだ。アンク家の領地の生垣の陰から、さらに八体のゾンビが現れた。「さあご馳走《ちそう》よ！　捕まえてみなさい！」私は大声で叫んだ。

口々に唸《うな》り声をあげながら、ゾンビはまんまと向きを変えて私のあとを追ってきた。走りながら振り返ってみると、なんとあの花嫁のゾンビの姿も見える。私に狙いを定め、一歩ごとに加速しているようだ。花婿のゾンビも、そう遠くない場所にいるのだろう。

視線を動かして探してみると、やはり見つかった。一つ買えば、一つ無料でついてくる、スーパーのクーポンを思い出しておかしくなった。花婿は片方の足首があり得ない方向に曲がっているのに、驚くほど足が速く、地面を滑るように追いかけてくる。

突然私は、何かにぶつかった。背後に気を取られてばかりいたせいで、木に激突したのだ。地面に倒れ込んだ私の頭上に、星がちかちかとまたたく。早く起きなくては。倒れて動けなくなった動物の末路は、アニマルプラネットで見てよく知っている。

私はよろよろと立ち上がった。後ろをちらっと振り返り、息をのんだ。ゾンビがすぐ近くまで迫ってきているのだ。私は最短距離で木を避けながら、必死で走った。

考えるのよアリ。あなたならできる。ゾンビたちを森に誘い込むことができれば、枝葉に紛れて、応援がやってくるまでじっと待つことができる。もし来てくれたらの話だが。

一つ気がかりだったのは、うちの裏庭を囲む森にワイヤートラップを仕掛けたというコールの言葉だった。恐らくここにも罠《わな》が仕掛けてあるはずだ。無形の存在であるゾンビが、有形のワイヤートラップに引っかかるのかはわからない。だがあいにく、逃げている私のほうは有形なのだ。足首が締め上げられる感触を、私は思い出した。

森はだめだ。

それよりも道路に出て通りかかった車を呼び止め、それに乗って逃げるのはどうだろう? だけどそれでは罪のない運転手を巻き込むばかりか、リーヴの家にいるこれまた罪のない人たちのことまで危険に巻き込んでしまうことになる。

道路もだめだ。

私に行くべき場所などなかった。

もう一度考えてみよう。リーヴのお父さんは疑《うたぐ》り深いタイプだ。家の中にも外にも、然《しか》るべき場所に監視カメラをつけて、全てを見ているはずだ。アンクさんならきっと、キャットと私に気づいてくれるはず。これは確信だった。

ということは、トラップの危険はあるが、思いきって森の中に逃げるしかない。家から百メートルほどの距離であれば、トラップを避けられるかもしれない。一カ所にゾンビを囲い込めるかどうか。やってみるだけの価値はあるように思えた。

そうしているうちに、アンクさんが私を見つけてくれるはずだ。

私はさらに走るペースを上げた。枝や葉が頬をかすめていく。頭上に厚く生い茂る枝葉のせいで、月明かりも、家屋から漏れる光もここには届かない。私は足元の地面に這《は》う木の根の合間にちらりとでも人工物が見えないか目を光らせながら、ひたすら走り続けた。

罠にかかって木の幹からつるされるのはごめんだった。

前方に、落ち葉の山が現れた。まわりの地面にはそんな不自然なものはないから、きっと何かを隠すために積まれたものだろう。私はそれを飛び越えて避けた。二秒後、空を切る鋭い音がして、何かが叫ぶような声が聞こえた。振り返ると、逆さまにつるされ自由を奪われた花婿のゾンビが、宙でもがいていた。思わず目を瞠《みは》る。

他のゾンビも罠にかかってくれればよかったのだが、残念ながらそううまくはいかなかった。徐々に距離をつめられている。さらに足を速め、私は走った。心臓が、工事現場の削岩機みたいに激しく鼓動を打っていた。アドレナリンが血中に溢《あふ》れ、体が熱く、汗が背中を滝のように流れた。骨が軋《きし》み、怪我《けが》をした箇所が痛む。

どんなに傷を負っていても、ゾンビになどやられるものか。奴《やつ》らの好きにはさせない。どれほどの痛みが伴っても、結果がどうであっても、私は奴らと戦おう。私は――。

突然、熱かった体が凍えるほど冷たくなった。転んだわけでも走る道を変えたわけでもないのに、不意に体が軽く自由になり、足取りがしっかりする。背後に目をやると、私の体がその場に凍りついているのが見えた。まるで走っている途中で静止したみたいに、片足を前に出している。ゾンビたちは、それが周囲の木となんら変わらぬ存在であるかのように、私の体には目もくれなかった。

信じること……。我ながらどうやったのかはわからないが、魂の姿になれたのだ。

私は右に走りだした。太い木の幹が目の前に迫っていた。すり抜けられるだろうと思ったが、幹が私の腕をかすめる。どういうことだろう？　肉体という物体に覆われていないときでも、木のような物体は、私にとって固い物体のままなんだろうか？

私は首を振って疑念を追い払った。そんなこと、あとで考えればいい。闇に目を凝らし、奴らを囲い込むのに最適な場所を探す。

そのとき、遠くにかすかな光がいくつも見えた。目を凝らすと、どうやら発光塗料か何かが光っているようだ。私は眉をひそめた。前方に、大きな石が見えてくる。空から落ちてきた太陽のかけらのように、まばゆい光を放っている。

首の後ろに、ひどい悪臭の息がかかった。捕まる、いや、喰《く》われる。私は悲鳴をあげて石を飛び越えた。

背後で、何かがぶつかる音が聞こえた。

私はまだ無傷で走り続けている。もう一度後ろを振り返った。私を掴《つか》もうとしていたゾンビが、あの石につまずいて転んでいた。近くにいた別のゾンビも、同じように転倒している。だが後続のゾンビは、次々と石を飛び越えて私を追い続けていた。また数が増えている。まるでハエの群れだ。一体つぶしても、すぐに別の三体がそれに取って代わる。

早めに応援が来ないと、まずいことになりそうだった。

あの石以外にも、あちこちに光る発光塗料が私を正しい方向へ導いてくれることを願って、私はそれを目印にして走り続けた。しばらくすると、生い茂る枝葉が壁となって私の前に立ちはだかった。無理やりかき分け、突破する。抜けた先は、ぽっかりと開けた野原になっていた。背後に向き直る。花嫁のゾンビと、背の高い体格のいい男のゾンビが同じように壁をこじ開けて現れ、躊躇《ためら》いなくこちらへ向かってくる。

唸り声をあげながら、二体は私に飛びかかってきた。唾液に塗《まみ》れた歯を、がちがち噛《か》み合わせながら迫ってくる。

脚を狙え。父さんはよく言っていた。もしも囲まれたら、できるだけ多くの敵の脚を狙うんだ。そうすれば全員に追いかけられなくてすむからな。

今の私は、ゾンビにとって形ある存在であり、私にとってのゾンビも形ある存在だ。きっと父さんのアドバイスが有効なはずだ。私は身を低くし、二体のゾンビの腿を狙ってひと息にナイフを振った。こちらへ向かってきていた二体はつんのめったが、素早く体勢を立て直した。怯《ひる》むことなく飛びかかってきた花嫁のゾンビに髪の束を掴まれ、引っ張られた。心臓の鼓動が鋭いスタッカートを刻んでいる。私は花嫁のゾンビをどうにか引き剥がした。どちらのゾンビもすぐさま私に殴りかかってきた。

野原の外に立つ木の幹の後ろに飛び込んだ。ロープでも落とし穴でもいいから、何か罠が仕掛けてあってほしい。だが、そんな期待はあっという間に裏切られた。おぞましい手が私を捕まえようと伸びてくる。

私は身を翻し、男のゾンビの腹を蹴って、後ろにふっ飛ばした。間髪をいれず、花嫁のゾンビの髪を掴む。何本かは抜けてしまったが、思いきり引っ張って木の幹に叩《たた》きつけるには十分だった。衝撃で鼻がつぶれ、花嫁のゾンビは地面に崩れ落ちた。だが長くはじっとしていてくれないだろう。

さらに別の一団が野原に到着した。最初にやってきたゾンビに蹴りを入れ、さっきの一体と同じようにふっ飛ばした。集まってきた残りのゾンビたちを殴り、ナイフで突き刺す。捕まったりしないよう、とにかく動き続け、攻撃をし続ける。

少しだが、私は進歩している。

だが、コールの仕掛けたトラップのことは、相変わらず心配だった。こんな状態で、また木に宙づりにされたりしたら……。ふと、私は閃《ひらめ》いた。木に登ってしまえば、ゾンビたちは追ってこられないかもしれないではないか。

私は木の幹のくぼみに足をかけると、腕を伸ばし、幹の出っ張りに手をかけた。顔を上げると、手をかけた場所が光っている。力を込めて体を引き上げると、腕の筋肉がぎゅっと収縮するのが感じられた。地面を蹴った勢いでもう片方の腕を伸ばし、別の光る出っ張りに手をかけた。さらに別のくぼみに足をのせる。そうして少しずつ、光を頼りに上に登っていった。高く登るほど光は強くなり、やがて梯子《はしご》のように幹に釘《くぎ》づけされた踏み段が見つかった。これは偶然ではない。アンクさんが作ったものに違いない。

ゾンビが足首を掴み、私を引きずり下ろそうとした。私は木にしがみついて、ありったけの力でゾンビの顔に足をめり込ませた。手が離れる。私はさらに上へとよじ登った。息を切らしながら、ようやく頂まで登りつめる。ぜえぜえと、自分の呼吸音がうるさい。だが、もう安全だ。いくら私を追いかけたくても、ゾンビは登ってこられないだろう。達成感が胸に込み上げる。自分の力で、束《つか》の間《ま》だが勝利を手に入れることができたのだ。

私はあたりを見回し、敵の数を数えた。十六体。完全に勝つためには、一体ずつ行動不能にし、奴らの胸に手を当てて、てのひらの光で焼き尽くさなくてはいけない。

どう考えても難しかった。

既にさっきの攻撃から立ち直っていた花嫁のゾンビが、他のゾンビたちに交じって木の幹に爪を立てている。そしてなんと、梯子を登り始めたではないか。私は恐怖に凍りついた。あまりにも短い勝利が、指の隙間からこぼれ落ちていく。

だが、落ち込んでいる余裕はない。私は二本目のナイフを手にした。できるだけの抵抗をしながら逃げるしかない。父さんの教えどおり。それ以上考えるな。ただ、行動しろ。私は頂から飛び下りて、ゾンビの頭上で一回転した。着地と同時に両膝を打ち、脳みそがぐらつくほどの痛みに襲われる。しかし素早く振り返ると、両手のナイフを構えた。男のゾンビの喉に、ナイフを柄まで突き刺す。ゾンビが叫び声をあげて、横にばったりと倒れる。だが胸に手を当てて光を出せるほどの時間はなかった。女のゾンビに思いきり横っ面を殴られたからだ。私はよろめき、さらに強い力で腰にしがみつかれ、地面に叩きつけられた。

肩に奴らの歯が食い込み、身を焦がすほどの痛みに私は悶絶《もんぜつ》した。炎に舐《な》められるように、体の冷たさが消えていく。目が霞《かす》み、筋肉が硬く強張《こわば》っていく。

「アンクさん！」私は叫んだ。「コール！」

これで終わりじゃないはずだ。何度か死にかけたことはあるけれど、そのたびに助かってきた。今度もそうなるはずだ。

「殺してやる！」私は叫んだ。こんな情けない状況に自らを追い込んだことに、激しい怒りを感じていた。「死ぬがいい！」

すると驚いたことに、突然右手が熱くなり、あの塗料と同じ光を放ち始めたのだ。肩に嚙みついているゾンビを掴もうと伸ばした手の指先が、そいつの額にかすかに触れた。

それで十分だった。

一瞬にして、ゾンビが灰になった。

黒い破片がぱらぱらと降ってきて、てのひらの光が弱まった。驚きは大きくなるばかりだった。今のは私がやったのだろうか……しかし、いったいどうやって……。魂の姿でいるときに口にした言葉は、それが誰かの自由意志に反するものでない限り、そして俺たちがそれを信じている限り、現実に起きてしまう。

コールの言葉が蘇《よみがえ》った。

立ち上がろうとしたが、力が残っていなかった。ゾンビが私を取り囲んでいる。「下がれ！」私は叫んだ。

見れば、手の光は徐々に弱くなり……ついに消えてしまった。動けない私を残して。花嫁のゾンビを押しのけようとしたが、のしかかられて、噛みつかれた。他のゾンビたちが、次々に私に噛みついてくる。

「離せ！　殺してやる……」だがいくら叫んでも何も起きず、手の光も戻ってこなかった。あまりの痛みに、また視界に星が散った。私は悲鳴をあげた。

永遠とも思える時間が過ぎた。

私はたった一人で、既に数えきれないほど噛まれていた。ゾンビは動物のように、無我夢中で唸り声をあげ、歯を食い込ませ、好物の骨を貪る犬のように、私を揺さぶった。

傷つけろ……殺せ……破壊しろ……。

あの言葉が頭に浮かんだ。そして滑らかな、硫黄のにおいを放つ油みたいなものが血中に溢れ、私の肌を覆ったような気がした。

傷つけろ……。そう、誰かを傷つけるのだ。靄《もや》のかかった頭で、そう思った。

殺せ……。殺してやる。

破壊しろ……。全て破壊するのだ。

花嫁のゾンビが突然動きを止めた。地面に伸びた私の腕は、ぴくりとも動かせない。落ち葉を踏み分ける足音が聞こえた。私の肩を噛んでいたゾンビたちが立ち去ったのだ。さらに落ち葉のこすれる音がしたかと思うと、続いて聞こえてきたのは空を切る音と、身の毛もよだつような咆哮《ほうこう》だった。起き上がろうとしたが、どうしてもできない。体を焼くような熱は治まるどころか、ひどくなっていく一方なのだ。

かぐわしい香りが鼻をくすぐり、口に唾が湧いた。味わいたい。それを食べてみたい。そのために、傷つけ、殺し、破壊するのだ。

首に鋭い痛みが走った。何かが体にのしかかっている。暗い欲望が薄れていく。かぐわしいものに感じられた香りが、急速にその魅力を失っていく。

「ああ、アリ……」心から心配そうなコールの声が聞こえた。指が優しく私の顔を撫《な》で、腕を持ち上げて、傷を調べている。「すまない。君から離れるべきじゃなかった」

「彼女がどうやって見つけたのかはわからないが、我々の仕掛けたトラップをいくつか使ったようだな」聞き憶《おぼ》えのない男の声が、続けて聞こえた。

優しい指が、また私に触れた。「君を襲ったゾンビは一体残らず死んだよ、アリ。安心していい。奴らは代償を払ったんだ」

「ここから連れ出さないと」この声はたぶんフロスティだ。

「俺が連れていく」誰も異論を唱えられないような強い口調で、コールが言った。「お前はこの子の家族を頼む」

家族？　祖父母にいったい何をするつもりなのだろう？　ぼんやり訝《いぶか》っていると体の下に腕を差し込まれ、私の体が持ち上がった。動かされると、ゾンビに噛まれた痕の痛みが増して、思わず涙がこぼれた。

「もう大丈夫だよ」コールが言った。「これ以上君の身に何か起こさせやしない」

森を抜けるのに、何時間もかかったような気がした。遠くからパーティーの物音が聞こえる。かすかな話し声、笑い声、テンポのいい音楽。水音が聞こえるのは、誰かが泳いでいるのだろう。

激痛が走るのも厭《いと》わず、私はコールの腕の中でもがいた。誰にもこんな姿を見られたくなかったのだ。しかし彼はあくまで力強く、私はどうにもできなかった。

「じっとして」彼が優しく言った。「地下道を通って、君とキャットが見つけた部屋に行く。あそこでなら君の治療ができるから。絶対誰にも見られない。そうしたらまた元気になるから。聞いてるかい？　もう解毒剤は打ったけど、別の処置が必要なんだ。最悪の事態は、君が門限を破って数週間外出禁止になることだ」

たぶんそのとおりだ。でも、私が一分遅れるごとに、おじいちゃんたちの心配は募るだろう。そんなことにはなりたくない。「電話……しないと」私は絞り出すように言った。

痛い……すごく……ものすごく痛い……。

「心配……かけられない……」私は必死に声を絞り出した。

「フロスティが二人を麻酔で眠らせる。もちろん手荒なことはしないよ」私がさらに言い募ると思ったのだろう、コールはつけ加えた。「フロスティがその場にいたことを二人が知ることは絶対にない。夜ぐっすり眠って、朝にはすっきり目覚める。門限を破ることは避けられない。今十二時二十五分で、フロスティが君の家に着くまでには十五分はかかるからな。でも、君が何時に帰ったかは気づかれないから大丈夫だ」

彼の声がこだまのように聞こえ始めた。トンネルみたいなところに入ったらしい。きっと地下道を進んでいるんだろう。

これ以上悪いことなど思いつけなかった。ゾンビに噛まれて自我が吹き飛びそうになったことよりも、地獄の炎の中に落ちかけた事実よりも悪いことなど。

コールが立ち止まるとぱたぱたと別の誰かの足音がして、蝶番《ちょうつがい》の軋む音がした。コールがまた歩きだし、私を固く冷たい何かの上に横たえる。すぐに、男と女の声がした。

「何体に噛まれた？」

「俺が見たのは八体です。もっといたかもしれません。巣一つ分の奴らが、彼女を追い回していたから」これはコールの声だ。

「噛まれてどれくらい経《た》つ？」

「わかりません。だけど俺と別れてから一時間は経っていないから、それよりは短いはずです」

「生き残りは？」

「いません、サー」コールは軍人のようにそう答えてから言葉を続けた。「アリの傷はどれくらいひどいんですか？」

神経をすり減らすような、残酷な沈黙。「非常に悪いね。魂に入れられたものが筋肉に達しているようだ。もし骨にまで浸透してしまったら……」

コールは小声で悪態をついた。すごくよくないことが起こるのだ。「助けて……」話してなんかいないで、助けて！　一秒ごとに、状況は悪くなっていく。

首の傷に何か冷たいものが触れ、私は体を丸めて悲鳴をあげた。痛い……。これがなんなのか、私は知っている。これは本当の痛みだった。純粋な形として感じられるほどの痛み。痛い。痛い。痛い。

「麻酔を打つんだ！」コールが叫んだ。

温かいものが体を巡り始めた。痛みに変わって今度は眩暈《めまい》がし、集中して考えることができなくなった。ふと気づくと、私は、柔らかい雲の海をふわふわ漂っていた。

浮かび……流されて……。

ふわふわと……戻っていく……。

こうして私は自分の肉体への帰還を果たしたのだった。

ゾンビ。

邪悪に自我を譲り渡しかけた私を繋《つな》ぎ止め、善に引き戻したのは、この言葉だった。私はもう、あと戻りできないところに堕《お》ちかけていたのだった。

胃が固く縮こまり、ずきずきと痛んだ。思わず呻《うめ》き声がもれた。頭が巨大なゼリーになったような気分で、瞼《まぶた》はまるで接着剤でくっつけたみたいに開かなかった。無理やりこじ開けて、必死で瞬《まばた》きをし、焦点を合わせた。背後で、心電図のような電子音が聞こえていた。芳香剤と、それを圧倒する強烈な腐敗臭が鼻をついた。起き上がろうとしたが、手首が拘束されていて動けない。頭上につるされたまばゆい電灯が、前後にゆらゆら揺れていた。私はどうしてここにいるのだろう？　そもそも、ここはどこなのだろう？

心臓の鼓動が速まり、それに従って電子音も速くなった。身を起こそうとしたが、何かに手首を掴まれていて、起きることができなかった。首をひねろうとして私は思わず声を漏らした。少しでも動くと、首と腕の皮膚が強く引っ張られて、ナイフで切られたような鋭い痛みが走った。

「落ち着いて」誰かが言った。

複数いる。体を硬くして、部屋を見回した。声を出した人物は、私の死角にいるようだった。

「そこにいるのは誰？」私は弱々しく声をかけた。

「じっとしていなさい。縫ったところが開いてしまう」

アンクさんが、カーテンの後ろから現れた。スーツではなく、血の染みついた白衣を着ている。首から聴診器を下げていた。黒い髪がぼさぼさになって、目が赤く充血している。

背の高い、同じように乱れた黒髪の人物が、アンクさんの隣にやってきた。武骨な顔立ちで、顎にうっすら髭《ひげ》が生えている。紫に近い青色の目をしていて、鼻が真ん中あたりでわずかに隆起している。顔と腕に泥をこすったような汚れがついていたが、手はきれいに洗ってあるようだった。

彼の隣には、ライト博士がいた。鼈甲《べっこう》の眼鏡を鼻にのせて、腕組みをしている。ドレスではなく、ゆったりしたボタンつきのシャツを着て、大きすぎるスウェットパンツを足首のところでピンでとめていた。そんな姿でも、彼女の威厳は少しも失われていなかった。

「アリ、気分はどう？　夜のあいだ、ほとんど気を失っていたのよ」博士が言った。

「手首の拘束を外してほしいです、博士……」弱々しい声で、私が言った。

「これから質問をする。それにさっさと答えれば、それだけ早く解放してもらえるよ」知らない男の人が口を開いた。

私が身を硬くしていると、開いたドアからコールが入ってきた。まだ着替えておらず、Tシャツとジーンズは血で汚れていた。私の血だ、そう思った。白いベースボール・キャップの下から黒髪が見えている。顔が影に隠れて、表情が読み取れない。

「この人は誰？」見知らぬ男の人を顎で指して、私は尋ねた。

「俺の親父《おやじ》だよ。名前はタイラー」コールが答えた。

私は目を丸くすると、あらためて武骨な顔立ちの男性をじっと見た。わずかにつり上がった目、強情そうな顎。言われてみれば面影がある。

私は硬いベッドに体を預けて「いいわ。質問してください」とうなずいた。口火を切ったのはタイラー、つまりホーランド氏だった（コールの父親のことを呼び捨てになんてできない）。

「トラップがある場所をどうやって知った？　私たちの行動を見ていたのでもない限り、罠の場所を知る手立てはないはずなんだ」

真実を話すべきだろうか、ふせておくべきだろうか？　光る塗料が見えるのはきっと、私が戦士である証《あかし》なのだろう。日記帳に書かれていた、〝他の能力〟の一つなのだ。しかし、それは憶測なのかもしれない。正直に話せば私に向けられる敵意は消えるかもしれないが、逆に敵意を増幅させてしまうことになるのかもしれない。

どちらに転ぶか確信が持てないまま、とにかく私はあの光る塗料のことを説明した。大人たちは相変わらず硬く厳しい表情のまま、お互いの顔を見合わせていた。

塗料のことについて詳しく訊《き》かれたので、私は話した。彼らはノートパソコンで色見本を見せて、どんな色だったか私に選ばせた。世の中にこれほどたくさんの色合いの白があるなんて知らなかった。また、父さんの言動や話の内容についてや、それから会ったことのない父方の祖父のことも訊かれた。

「君が見たものには心当たりがある」アンクさんが言った。「というより、発光の原因となるものだな」

彼がそれ以上何も言わないので、私は言った。「それはなんですか?」

アンクさんは意見を求めるようにホーランド氏の顔を見たが、彼がうなずいたのを見て「血の境界線さ」と教えてくれた。

前にコールが説明してくれた、ゾンビを家に近づけないために撒《ま》く薬品のことだ。てっきり地面に撒くものとばかり思っていたが、木にまで塗ってあるとは。

「ゾンビたちは、現れるべきでないときに現れている」ホーランド氏が、眉間に皺《しわ》を寄せた。「ただ君を傷つけるためだけに。それはなぜだ?」

「わかりません」私は言った。「教えてくれてもいいじゃないですか。私よりずっといろいろご存じなんでしょう?」

舌をはじくのをやめて、彼は低い声で言った。「君は何か知っているはずなんだ。じゃなきゃそう何度もゾンビの襲撃を生き延びることはできない」

「私がゾンビの一味だって言いたいんですか?」私は怒りを爆発させると、そのまま言葉にしてぶつけた。「あなたたちを騙《だま》してスパイするために、ゾンビに襲撃されたふりをしたとでも？」

「そうなのか？」コールの父親は言った。

「わかったわ」私は甘ったるい声で言った。「あなたの言うとおりよ。ある夜、カールさんって名前のゾンビと食事に行ったの。血が滴るようなステーキに、最高級のヴィンテージワイン。彼は私に秘密を洗いざらい喋《しゃべ》ってくれた。その代わり彼に、仲間を集めて、リーヴの家の庭で私を追いかけてくれって頼んだの。そのうち彼らが私をディナー・ビュッフェにするつもりでも全然構わないわ。臓器を持ってるなんて、最近流行《はや》らないもの」

後ろを向いたコールのほうから、忍び笑いのようなものが聞こえてきた。私の命がかかっているというのに、なんという不謹慎な男だろう。彼をさらに笑わせるようなことを言いたくなかったが、私は怒りを抑えることができなかった。

「はっきりさせましょう」コールの父親に向かって、私は言った。「私が何をするって思うの？　何をしたと考えているの？　あなたはそれさえ教えてくれてない。ジャスティン・シルバーストーンの仲間たちに秘密をばらすんじゃないかって思っているわけ？　そんなことするわけないじゃない。コールからいろいろ聞いたけど、どう聞いたっていかがわしい連中だもの。それに私にとってはデメリットしかないわ」

そこで言葉を切ったが、誰も何も言わなかった。ただじっと私が話すのを待っている。母さんがよく使っていた手だ。沈黙を作ることで、さらに相手に話をさせるのだ。

「コールが君のことを、今まで会った中でいちばん興味深い人間だって言うんだよ」コールの父親が、自分の首の後ろを揉《も》んだ。コールと同じ仕草だ。「だが、我々も馬鹿じゃない。こちらの手を明かす前に、まずは君の目的をはっきりさせたいのだよ。ジャスティンは我々を裏切った。彼は連中にゾンビの狩り方――それどころか我々の狩り方まで教えたんだ。答えを知るためなら手段を選ばないような集団だ。こちらを内側から崩壊させるためなら、若い女の子を送り込んでくることだってやるだろう。奴らにとっては、消えてほしいのは我々なんだ。ゾンビではなく」

「どうして?」私は精一杯勇ましく、彼の顔を見つめた。

「決まってるさ。ゾンビと戦う私たちの存在が、研究の邪魔になるからだ」

話を聞きながら私は、やっぱり馬鹿じゃない、と胸の内で言った。私がこちらの話をしてもいないうちから、簡単にいろいろ教えてくれる。

「私が破壊工作員だなんて、そんなのくだらないわ」私は首を横に振った。「それじゃあ、私の人生をめちゃめちゃにしたあの事故を、自分で引き起こしたとでも? あの集団の仲間になるために、ゾンビたちを手引きして自分の家族を殺したことになるのよ」

コールの父親は、慈悲のかけらも見せなかった。「失礼だとは思うが、その可能性もあるんだ」

どうやら、何を言っても信用してくれる気はないのだろう。「いいわ。私が奴らに協力しているとしましょう。だとしたら、私が何を研究していると思うの？」

何が面白かったのか、今度は隠そうともせずにコールが笑いだした。ホーランド氏は、黙りなさい、という強烈な視線を息子に送った。コールが言った。「彼女を脅して喋らせるのは無理だよ。本当さ。俺もさんざん頑張ったんだ」

アンクさんが口を開いた。「連中はゾンビを使って、不老不死になる方法を研究しているんだ。さらに私たちを利用して、魂の力を手に入れたいらしい」

質問に答えてくれたということは、ようやく三人とも私を信じようと決めてくれたのだろうか。あるいは、このことはゾンビと戦う戦士や防護服の連中のあいだでは常識なのかもしれないが。いずれにせよ、私はアンクさんの言ったことを自分の中で消化しようと必死だった。腐敗した死体となってまで生き続ける、不死の法……。正気とは思えない。だが、ゾンビが見える人たちに関する研究については、気に食わないが理解ができる。

「最初のゾンビはどうやって生まれたの？」私は尋ねた。

大人たちは顔を見合わせていたが、やがてコールの父親が言った。「ゾンビが存在するのは、悪が存在するからだ。奴らがどうやって生まれたのかはわからない。推測しかできないんだ」

「人間が生まれる前から悪の源が存在していて、それが徐々に人間に影響を与えるようになっていったのではないかと、私たちは考えているの」今度はライト博士が言った。「治療法がない病気みたいなもの。拡大しながらどんどん悪く、強くなっていく病気……」

他の二人はライト博士を見て眉をひそめたが、咎《とが》めることはしなかった。私はライト博士の言うことに賛成したい気分で、また口を開いた。

「さっきも言ったけど、ゾンビが起こした事故のせいで私は家族を亡くした。ゾンビにも、ゾンビに協力する集団にも、手を貸すことは絶対にないわ」

厳粛な視線で私を射貫《いぬ》いたまま、コールの父親が一歩こちらに近づいた。「ある夏の夜、私は友達と、君のお父さんを家から連れ出したことがある。ほんの冗談のつもりでな。そうしたら、どこからともなくゾンビが現れて、私たちを攻撃してきたんだ。私のあとをつけていたか、君のお父さんを狙っていたんだろう。奴らに反応したのは、君のお父さんと、私だけだった。ゾンビを見たのはそのときが初めてだった。次の日、話をしようと彼を訪ねたら、既に君のお母さんと家を出ていったあとだったよ」

その夜父さんが味わった恐怖を思うと、目に涙が溢れた。そのことでホーランド氏を恨みたかったが、父さんにひどいことをしてきたのは、私も同じだ。

「あんなことをして申し訳なかった」それからぶっきらぼうに、彼は言い添えた。「君の家族が亡くなったことを、残念に思う」

涙が頬を伝った。

三人の大人たちは顔を寄せ合って何やら相談を始めた。私を味方にする価値があるかどうか話し合っているのだろうか。彼らはまだ聞いていないかもしれないが、私はもうコールからお払い箱にされた人間なのだ。

「君を信用することにしようじゃないか、ミス・ベル」ようやくアンクさんが言った。

「だが常に見られているということを忘れないでくれ」

「信用してもらえてよかったわ。だけどコールもそれでいいの？」私は冷静に言った。

「彼があなたを引き入れ、追い出したのは知っているわ。でも、どちらも彼が勝手にやったことよ。関係ないの」ライト博士が言った。

ホーランド氏が、息子のほうを向いた。「この子のことは任せる。うまくやれ」

三人の大人たちはそれ以上何も言わず、部屋から出ていった。コールは私のベッドへやってくると、腰を下ろした。帽子を取って横に置き、私の髪に手をかけて指ですく。

「俺の目を見ても大丈夫だよ。もうすぐ朝だ。夜中に一度、君は目を覚ましたんだ。今日の分の幻覚は、もうそのとき見てる」

「もう？」私は彼の顔を見つめて首をひねった。

「そうだよ」

「何を見たの？」

「最初の幻覚をまた見た」コールがうなずいた。

あのキスの幻覚を、また見たのだ。

「そう、もうあれは忘れて」二人の体がどこも触れないように、私は精一杯身を離した。それに気づくと、コールはさらに近づいてきた。だが、もう誤解はしない。彼が私に触れたがっていたとしても、そこに意味はないのだ。「あの三人組はどこへ行ったの？　それにどうしてあなたは笑っていたの？」

ゆっくりと笑顔になって、コールは言った。「一人じゃ手に負えないくらいの質問をぶつけているときの君は本当に可愛《かわい》いからさ。三人は他のメンバーに、君を仲間として扱うように言いに行ったんだ。いちばん避けたいと思っていた事態が起きてしまった。君は傷ついてしまった」

「戦って死んでもいいって言ったはずよ」

「本当にそうなっていてもおかしくなかったんだぞ」コールは叱るような口調で言った。

私は黙ったままでいた。彼はすぐに怒りを収め、申し訳なさそうな声で続けた。「あの場に一緒にいてやれなくて悪かった。だがもう、君に逃げ場はない。俺たちと一蓮托生《いちれんたくしょう》だ」

「ジャスティンには逃げ場があったのね」私はつぶやくように言った。

「そうさ。それがどういう結果になったか。二度同じ間違いはしない。君が俺たちの仲間にならないのなら、君は奴らの仲間ということになる。魂の姿で血の境界線を見ることができる能力を持っている君を、奴らに渡すわけにはいかないんだよ」

「私を追放するの？」私は静かに言った。だんだん興奮してきたコールの気持ちを、少しでも静めたかった。

「そんなことはしない」コールは顎を震わせるようにして言った。「しばらくは、他の奴らにひどいことを言われるかもしれないけどな」

コールのグループに戻ると言った憶えはなかったけれど、きっともうそういうことになっているのだろう。自分のことなのに、自分では決められないのだ。私が何も言わないのを見て、コールが言葉を続ける。

「あいつらのこと、きっと気に入ると思うよ。君の背中を守ってくれる仲間になるんだ」

つまり私にも、彼らの背中を守る責任が生まれるということだ。

「魂の姿で血の境界線が見える人は、他にいないの？」私は尋ねた。

「生きている中にはいない。だけど何年か前に、できる男の人がいたよ。俺の親父を、仲間と引き合わせてくれた人だったんだけどね」

私は、あの日記帳のことを思い出した。たぶん、その人が先代のリーダーで、あの日記帳を書いた人なのだろう。「その人は暗号で何か書いたりするのが好きだった？」

コールは驚くと、それから眉をひそめた。「どうしてそんなことを訊く？」

「あとで話すわ」私は答えた。「いつか、あなたのことをまた信用できるようになったら」

彼は何か訊きたそうにしていたが、結局何も訊かずにうなずいた。「どうしてあの人にだけそんなことができたのか、誰にもわからなかったんだ」

「その人に何があったの?」うっかりそう言ってしまってから、私は唇をすぼめた。誰にだって、訊かれたくないことがあるはずで、私はそれを痛いほど知っているのに。

「戦いの中で死んだ」コールが、何かをこらえるような声で言った。

つまり、あの能力を使える人は、これまでに二人しか知られていなかったということになる。日記帳には、自分の中にある力を引き出すことができれば、持てる能力は他にもたくさんあると書かれていた。

その人物と私だけが、力を引き出すことができたのだ。

「君は何度も、深く噛まれた」コールは言った。「だけど今回は解毒剤が毒を中和してくれたよ。数日間は体がだるいだろうが、少しずつよくなって、完全に治るから大丈夫だ」

まるで、解毒剤が効かないケースもあるみたいな言い方だと感じて、私は複雑な気持ちになった。助かったことに安堵《あんど》すればいいのだろうか。それとも死にかけたことに恐れ慄《おのの》けばいいのだろうか。「あなたも噛まれたことがあるのよね」

「数えきれないほどな。ゾンビは、長く生きれば生きるほど、なんというか、賢くなっていくんだ。トラップを見破るようにもなる。血の境界線は無理みたいだけど。それに、協力して動くようになる。待ち伏せしたり、尾行したりするようにもなる」

その言葉を聞いて、私は納得した。私は尾行されていたのだ。何度も裏庭に現れた花嫁と花婿のゾンビは、今夜はリーヴの家に現れた。間違いない。私を狙っていたんだ。

「じゃあ血の境界線っていうのは……」

私が言いかけると、コールが言った。「もっと知りたいか？」

私はうなずいた。目を光らせて、コールは説明を続けた。「血の境界線が作り出すエネルギーがあれば、魂の姿であっても、物理的な物に触れることができる。だから、ゾンビがすり抜けることもできなくなる。さらにゾンビが嫌うにおいを発しているから、俺たちは血の境界線を構成している化学薬品を薄めた液で、服を洗濯しているんだ。人の体には害がないものだからね」

あの薬にそんな効果があったのだとは。「私もそれをもらえるの？」

「使い方を教わってからな」コールがうなずいた。

「いつ？」

「すぐだよ」

「あなたのお父さんも戦うの？」私は訊いた。質問ばかりしている。

「いいや。解毒剤に対するアレルギーが出たから、親父は前線で戦えないんだ」

そう言ったコールの口調には、私たちもいつかアレルギーを発症する日が来るのではないかと思わせる何かがあったが、今は考えないでおくことにした。コールの目に、何か隠しごとをしているかのような後ろ暗い光が見えたような気がした。

「家に帰って休め」コールが、一転して明るい声を出した。「これからは家族にも秘密を持たなくちゃいけないんだ。言い訳を考えなくちゃいけないし、体が治ったらすぐ訓練も始まるんだ。休めるうちに休んでおくことだよ」

13 扉を叩く悪意

日曜、ゆっくりめに帰宅してみると、コールの言うとおり祖父母はぐっすりと眠っていた。なるほど、彼らは確かに口だけではないのだ。車に乗る前に空を見たが、ウサギは見当たらなかった。あれが交通事故ではなくゾンビ出現の兆候なのだということはもうわかっていたが、とにもかくにも、用心するにこしたことはない。コールは家の前に車を停《と》めると、ぶっきらぼうに言った。

「明日の朝、学校まで送るよ。七時十五分に来る」

私は、バスに乗るからいいと言って、それを断った。ジャスティンと話をしなくてはいけないし、早ければ早いほうがいい。コールはそれを聞くと、海も凍るような冷たい目で私の顔を見つめた。

私は怯《ひる》まなかった。ジャンプしろと言われれば黙って跳ぶような、彼の言いなり人間にはなりたくない。コールは私を拒絶し、傷つけ、父親に尋問させたのだ。無論彼と協力してゾンビと戦うつもりだし、彼の訓練を受けてもっと強くなりたいと思っている。この世界を変えたいし、人を助けたい。でも、奴隷のように彼の言いなりになるなんて、私はまっぴらごめんだ。

コールは何も言わずに車で走り去った。きっと明日の朝になれば、私の言うことなどまったく無視して表で待っているのだろう。彼もまた、私にジャンプしろと言われて大人しく跳ぶような人ではないのだ。

それから三十分ほどかけて、私は家のまわりを歩き、ゾンビから守ってくれている血の境界線がないかと探してみた。だけど何も見つからなかった。ゾンビが嫌がるというにおいも感じることができないのだ。やがて、傷の痛みがひどくなってきたので、私は探すのをやめた。溜息《ためいき》をつき、重い体を引きずるようにして部屋に戻る。教会に行く準備をするまで、せめて少しでも眠っておかなくては。

四時間ばかり経《た》ったころだろうか、甲高い笑い声が聞こえて私は目を覚ました。たぶん近所の子供たちが外で遊んでいるのだろう。祖父たちは、今日は家にいることにしたみたいだった。自分のために作り上げた温かい繭から這《は》い出して、できるだけ傷が隠れるような服を選ぶ。長袖のTシャツに、ゆったりしたスウェットパンツという冬のいで立ち。夏の暑さは少しも衰えていなかったが、他にどうしようもなかった。

なるほど、マッケンジーの不自然な服装には、そういう意味があったのだ。

机の上に置きっ放しになっていた日記帳が目にとまった。いつかはコールにも、このことを話さなくてはいけない。それに、彼なら暗号も解いてくれるはずだ。日記帳を手に取り、栞《しおり》を挟んでおいたページを開く。その瞬間、私は驚きに目を瞠《みは》った。

文字が暗号じゃなくなっているのだ。

困惑して、半ば崩れ落ちるように椅子に腰を下ろし、読んでみた。

〈さっき述べた能力について。戦士たちの中には、うっすらと未来を感じ取ることができる者もいる。血の境界線を見ることができ、我々の聖域がわかる者もいる。たった一度嚙《か》まれるだけで、一体、二体と、次々ゾンビを倒すことができる者もいる。そういう者の魂の中にある何かが、ゾンビを感染させ、接触伝染性の病気のように、次々とゾンビのあいだで広がっていくのだ。戦士の側にはなんの害もなすことなく。

こうしたことが一つもできない者もいれば、全てできる者もいる。

私は自分の力を完全に引き出すことができた。私には全てができる。

だからこそ、私にはやがて戦争が起きることがわかる。今以上のなんらかの策が取られない限り、一人の戦士も――そして市民も――生き残れないだろう。

だからこそ、私には自分のやるべきことがわかる。

私は死ななければならないのだ〉

そのあとに続く文章は、また暗号で書かれていた。思わず拳で机を叩《たた》く。ノートパソコンが揺れた。どうして？　文章のあとに暗号、また文章、そして暗号。どうして暗号がいきなり文章に変わったのだろうか？　そんなことがあり得るのだろうか？

コールと私には、未来の断片が見える。私には血の境界線が見える。だが私の魂がゾンビに感染症を引き起こすかどうかまではわからないし、知るのが怖い気もした。さっき読んだ文章は、これまでにないほど大きな情報を与えてくれた。だが、十分とは言えない。どうして私は力を発揮することができたのだろう？　どうすれば、もっとたくさんの能力を身につけられるのだろう？

目をこすり、日記帳を脇に置いた。明日、続きを読んでみよう。もしかしたら、また読むことのできる文章が増えているかもしれない。とりあえず差し当たって問題なのは、祖父母になんと説明するかだ。

私の顔を見て、二人が言いそうなことは次の二つ。
一、息抜き以外の外出を一切禁止する。
二、息抜きを含めた外出を一切禁止する。
二人がまだ判決を下しにこの部屋を訪れてこないのが、不思議なほどだった。

私はおずおずとキッチンに下りていった。祖母がカウンターに立って、サンドイッチを作っていた。

黄色のブラウスを着た祖母は、キンポウゲみたいに可愛《かわい》らしい。私を見てにっこり笑った。「きっと空気に何か混じっていたんだね。おじいちゃんも私もすっかり寝過ごしちゃったよ。だから教会には夜行こうと思って」

「私も行く」私は笑顔を作った。

「あら、それは嬉《うれ》しいわね」祖母も微笑《ほほえ》み返した。「お腹空《なかす》いてる？　ハムとチーズのサンドイッチだけど、いいかい？」

「ええと、うん」自信なさげな声で私は言った。躊躇《ためら》う気持ちをぐっと抑えつけて、私は思いきって話を切り出した。「昨日の夜のことなんだけど……」

開いたカーテンのあいだから、朝の光がキッチンに差し込んでいた。つるされた鍋やフライパンが作り出す影が祖母の頬に落ちている。首をかしげて、祖母は溜息をついた。

「帰ってきた音は聞こえたよ。門限にほんの十分遅れたくらい、大したことじゃないさ。だけど次回は、一分でも遅れるようなら電話しておくれ。おじいちゃんが心配するから」

「もちろんそうするわ」思わず早口になる。フロスティのことが大好きになってしまいそうだ。「昨日はうっかり、時計を見るのを忘れちゃったの。ごめんなさい」

「怒ってなんかないよ」祖母は耳の後ろに髪をかけた。「だけど二つだけ聞かせてちょうだい。どうしてそんな格好をしているの、それから、デートはどうだったの？」

「新しいスタイルなのよ」私はポーズを取ってみせた。寒くて目が覚めたからだとは言えなかった。額はひどく汗をかいていたし、そんなことを言ったら熱があると思われて、全身を調べられる羽目になる。

パンの包みを開けながら、祖母は顔をしかめた。「流行《はや》りはわからないものだね。部屋の中でも二十七度はあるのに、そんな格好をしていいことなんてありゃしないよ」

いいや、いくつかはあるのだ。

「もう一つの質問の答えだけど」私はさっさと次の話題に移った。「ジャスティンとはデートじゃないって言ったでしょう？　そういう気持ちでお互いに興味を持ったんじゃないのよ」

「そう、よかったんじゃないかしらね。うちのアリスがどんなにすてきな恋人になるか、わからないような男の子は馬鹿としか思えないもの」祖母が言いながらハムをスライスして、ロールパンに挟んでいく。

「母さんは、父さんとの恋の話をおばあちゃんにした？」

祖母は優しい微笑みを浮かべたけれど、あまり好きじゃなかった父さんのことを思い出したのか、すぐにその笑みを引っ込めてしまった。「最初は話してくれたねえ。二人の出会いは学校だったんだよ。同じ学年だったけれど、同じ授業は一つもなかったんだって」話しながら、祖母がチーズの包みを開ける。「確か、廊下でぶつかったとか言っていたね。お前の父さんがあの子にぶつかったせいで、教科書が床に散らばってしまった。父さんは慌てて、ひたすら謝りながら、荷物を拾うのを手伝ってくれたんだそうだよ。そのとき目が合って、そこで恋に落ちたんだって」

祖母の口ぶりはかすかに恨めしそうではあったが、同時に楽しそうで、愛情が感じられた。

「目が合って？　まさに一目惚《ひとめぼ》れって感じね」私は驚いたふりをしてみせたが、恐らくそれだけではなかったのだと知っていた。二人はそこで、生涯を共にする未来を見たのだ。そう、私とコールみたいに。

「そうだね。お互いから目が離せなくなって、その先はお前も知ってのとおりだよ」祖母は、何やらオレンジ色のソースをパンの上に塗った。「いや、まだ知らないことがあったね。卒業式から数週間後のある日、あの子たちが駆け落ちしたことがあったんだよ」

それを聞いて、私は腑《ふ》に落ちた。結婚式の写真が一枚もないのはそのせいだったのか。

「会いに行きたいな」思わず、そんな言葉が口を突いて出る。「父さんたちに会いたい」

祖父母は何度かお墓参りに行っていたけれど、そのたびに私は行きたくないと断っていたのだった。

胡椒《こしょう》をひき終えた祖母の顔に、柔らかな笑みが戻ってきた。「ぜひ行っておあげよ」

心地よい沈黙に包まれて、私たちはサンドイッチを食べた。祖母が祖父を起こしに行っているあいだに、タンクトップとショートパンツ、それから携帯電話とナイフと日焼け止めを鞄《かばん》に入れた。それからジャスティンにメールを送って、話したいことがあると伝えた。彼がどうしてあんな危険な集団と一緒にいるのか、それが知りたい。私には、ゾンビを生かしておく手助けをするつもりはまったくないのだということも知ってほしかった。それに、彼の側の話も聞いておきたい。だが十分が過ぎても返信はなく、私は心のどこかで、返信が来ることは永久にないのではないかと感じていた。

どうしているかと思って、キャットにもメールを送った。返事はすぐに来た。

〝元気すぎて困るくらいよ！　アリは？〟

〝元気にしてる〟

〝フロスティから聞いたよ。コールがあなたに会いにパーティーに戻っていったって。おまけに家まで送ってくれたんでしょ？〟

〝まあね〟否定する理由はどこにもない。

あっという間に返信が来る。〝よりを戻したの？〟

〝違うわ！　いや、そうかも。やっぱり違うかな。わからない〟今では、コールのことが好きでたまらないという気持ちは持てなくなっていたし、彼がマッケンジーをどう思っているかもわからなかった。

〝ははは。それ間違いなくイエスってことじゃん〟キャットの声が聞こえるようだった。

コールとは、これから頻繁に放課後を一緒に過ごすことになるだろう。それなら、恋人同士ということにしておいたほうがいいかもしれない。そうすれば、誰とでも寝る女という噂《うわさ》を聞きつけて群がってくる男子たちを、追い払うこともできる。コールの恋人に手を出そうなどという人間、いるわけがないのだから。

さらにもう一通、キャットからメールが届く。〝ところで、私の死んでほしい人リストにまたフロスティがノミネートされたわ〟

〝キスしてたのに？〟私は返信した。何かあったのだろうか。

〝私を置いてコールのところへ行っちゃったのよ〟

罪悪感の蔦《つた》が私の体に巻きつき、苦しいほどにぎちぎちと締めつけた。違う、そうじゃないのだ。フロスティが何をしてくれたか、私は知っているのに話すことができない。傷ついた彼女を楽にしてあげることができない。

〝まあ、そんなに気にしてないけどね〟キャットがまたメールを送ってきた。

〝ならよかった！　ＰＳ――マッケンジーが私の噂を流してる。間違いない〟

〝なるほどね。悪い子には思い知らせてあげないとね〟

キャットはこれまでの人生で最高の友達だった。何があろうとも私を支え、信じてくれる。私も彼女にとって最高の友達になりたかった。永遠に彼女を守ってあげられるような、最高の友達に。

〝私、本当にキャットのこと大好き！〟

〝知ってる。もう行かなきゃ。明日話そうね〟

「アリ！　そろそろ行くわよ！」階下から祖母が私を呼んだ。

鏡を覗《のぞ》いてみると、髪は乾いてはいたものの、ぼさぼさだった。火照った頬は真っ赤で、服装は正気とは思えない。だが、今はもう仕方がない。私は車へと急いだ。

「お前も運転を覚えなくちゃだめだぞ」ハイウェイに乗ると、祖父が言った。「送っていくのが嫌だから言うんじゃないぞ。運転ができれば、バスに乗り遅れても歩かなくていいからだ」

いまだ空にウサギの姿が見えないことが、私の気分をリラックスさせてくれた。「わかってる」私は、コールに運転を教わったらどうなるだろうと思い浮かべてみた。私がスピードを出しすぎたトラックの前に飛び出し、彼が胸を押さえているところを。病院に辿《たど》り着《つ》く前に、助手席で死んでいくところを。

「放課後、運転を習ってもいい？」私は尋ねてみた。誰に教わるつもりかは言わないでおく。コールか、あるいは他の誰かが、ゾンビと戦う訓練のあとで教えてくれるかもしれない。頼んでみよう。

「それはいいね」祖母が後部座席を振り返り、私の手をぽんぽんと叩いた。「偉いわよ。新しいことに挑戦して、キャットみたいな新しい友達を作って」

答えようと思って口を開きかけたとき、行く手に墓地が見えてきた。冷たい汗が流れ落ちる。そして、車があの場所に差しかかった。草むらにはもう、タイヤの跡も、障害物も、何も残ってはいなかった。時は流れ、自然は独りでに元に戻り、忌まわしい悲劇の証拠を隠し、消し去っていたのだった。

墓地の小道に、祖父は車を停めた。「お前が墓参りに来る気になってくれて嬉しいよ」

「少しだけ、一人にしてもらえないかな。父さんたちと話がしたいから」

祖母はシートベルトを外しているところだったが、その手を止めるとうなずき、またシートベルトを締めて「もちろんよ。電話は持っているね？」と言った。

「うん、ちゃんと持ってる」私はポケットを叩いてみせた。

「迎えに来てほしくなったら電話するんだよ」祖母が心配そうな顔をした。

「ありがとう」そう言って、私は今までしたことのないことをした。二人のほうに身を寄せて、頬にキスをしたのだ。

祖母は涙を浮かべ、祖父は気をつけるんだぞと必要以上に大きな声を出し、ぶっきらぼうに言った。「おばあちゃんが心配するからな」

歩いていると、服を通して太陽の熱が入り込み、肌をじりじりと焼いた。生垣の向こうの奥まった場所に日陰を見つけて、私は急いでタンクトップとショートパンツに着替えた。このほうがずっと快適だ。そよ風で汗が乾き、ひんやりと涼しい。死者たちが永遠の褥《しとね》にするこの墓地は深い緑に覆われ、墓標や、大理石の天使の像が輝くすてきなところだった。ある天使の像の前に男性がひざまずき、声を殺しながらすすり泣いていた。

墓標に刻まれた名前を一つ一つ胸の中で読みながら、私はゆっくりと歩いた。この人たちの中に、ゾンビは——あるいはゾンビだった人は——いるのだろうかと考えながら。積み重なった落ち葉を踏みしめながら、丘を登り、また下った。そしてついに、目的の場所までやってきた。

父さんの墓標の前に座り、震える指で名前をなぞる。銀色の石が陽《ひ》の光で輝いている。

〝最愛の夫、そして父〟。

父さんが死んでから初めて、私は、父さんの最期の数分間のことをきちんと考えることを自分に許した。フロントガラスを突き破って外に飛び出した、あの父さんの姿。そのあとの数秒間、まだ息があったとすれば、車のほうをまっすぐに見た瞳には、傷つき血を流している愛する家族たちの姿が写ったはずだ。自分に向かってくるゾンビたちの姿も見えただろうか？

今、私のことを空から見てくれているのだろうか？

「愛してるわ、父さん。もっと父さんのこと信じてあげればよかった。陰でひどいことを言ってごめんなさい。教えてくれた全てのことに感謝しています。私、できるだけ多くのゾンビを倒すわ。いつか、誰も恐怖に怯《おび》えなくてすむようにするために。約束する」

そう言ってみても心に平穏が訪れることはなく、気持ちは以前と変わらなかった。私は母さんの墓標と向き合った。父さんとお揃《そろ》いの、輝く銀色の石でできた墓標。だが今度は、やにわに溢《あふ》れだした涙で目が曇った。〝最愛の妻にして母〟。

「母さん、愛してる。あんなこと言わなければよかった。あの日、キッチンで」そうだ、あの日は誕生日だったんだ。

私は誕生日に家族を失った。その事実が私をひどく打ちのめした。

これから先、私が生きている限り、誕生のお祝いには喪失の悲しみがつきまとい続けるのだ。その事実を突きつけられると、私は圧倒されるような絶望感に苛《さいな》まれた。しかし同時にそれは私が背負うべき、自ら招いた十字架であるとも言えた。

「母さんは私たちにできる限りのことをしてくれたね。いろいろあったけど、愛してくれていたのは知ってたよ。それに母さんの言うとおりね。憎むより、愛するほうがずっといい」そこで言葉を切って、少し考えた。「今でもたまに目を閉じると、母さんの笑顔や、しかめっ面を我慢している顔が見えるような気がするの。宿題を教えてくれたこともあったね。厳しい先生だった。そうそう、写真を撮ろうとカメラを向けると、いつも後ろを向いて逃げてたっけ」取りとめもなく私は思い出を辿り続けた。ある思い出が別の思い出に繋《つな》がり、様々な光景が止めどなく溢れてきた。

「私の先生に会いに、黒いドレスを着て学校に来てくれた日のことを、今も考えるの。私が恥ずかしい思いをしないように、考えてくれたんだと思う。母さんのこと、すごく誇らしかったわ。母さんが入ってきたとき、世界がスローモーションみたいに見えて、神様が小さな音でBGMを奏でているような気がした。ちょうど風が吹いて、肩のまわりで髪が躍っていたの、よく憶《おぼ》えてるわ。あの場にいた女の子はみんな、母さんみたいになりたいって思ったはずよ」

　それだけ言うと、言いたいことがうまくまとまらず、私はもう何も口に出せなくなってしまった。温かい涙が頰を伝う。私は深く息を吸って……止めて……ゆっくりと吐き出した。ゆっくりと左に顔を向ける。最後に残された、もう一つの墓標へと。

　エマリン・リリィ・ベル。〝最愛の娘にして妹〟。

　頰が止めどなく震え、涙が堰《せき》を切ったように溢れだした。妹の墓石は、両親のものよりも少しだけ小さく、同じ銀色の石で造られていた。中央に、肖像画が刻まれている。

「あなたが亡くなってから、二回、あなたの姿を見たわ」私はささやきかけた。「家の外で、それから、友達のリーヴの家の外で。最初のときは、家の中に戻れって警告してくれた。二度目のときは、ふっと現れてすぐに消えちゃったけど、やっぱり同じことを言ってた。あれは……本当にあなたなの？」

　そうに決まっている。ここは、私の知らないまったく新しい世界なのだ。

　遠くでコオロギの鳴く声が聞こえる。それから、名も知らぬ別の虫の声も。枝が揺れ、葉がさらさらと音をたて、美しい音楽を奏でている。だけどエマが現れる気配はなかった。突如襲った絶望感に打ちひしがれて、耳を聾《ろう》する鐘の音のようなひどい耳鳴りがした。

私は頭《こうべ》を垂れて、静かに泣いた。ここに来れば会えると思っていたのに……。

「守ってあげられなくてごめん。本当に大好きよ。私が世界でいちばん好きな人は、いつだってエマだった。そのことを、ちゃんと伝えられなかった。毎晩でもパジャマパーティーをさせてあげたかった。大きくなったら、車の運転を教えてあげたかった。さすがにそのころには、私も上手に運転できるようになっていたと思うから」震える声でそう言って、私は穏やかに笑った。「あなたがデートに出かけたら、あとをつけて相手の男の子がまともな子かどうか確かめたでしょうね」

「へえ。それは嬉しいわ」

突然聞こえたその声に、私ははじかれたように顔を上げた。見ればエマが、笑いながら自分の墓標に腰かけているではないか。バレエシューズを履き、脚を組み、前後にぶらぶらさせている。おさげ髪に、私の大好きな、いたずらっぽく輝く金色の瞳。

「黙っていてごめん」エマは言った。「お姉ちゃんが話すのを聞いていたかったの」

「私……あの……」言葉など出てくるわけがない。

「私が代わりに言ってあげる。私に会えてすごく嬉しいけど、これが現実の出来事なのかどうかわからないんでしょう？　でも、これは現実よ！　お姉ちゃんの祈りが聞き届けられたの」

「私……」

「すごくラッキー、でしょ?」

希望が心を満たす。漆黒の闇の中に、ひと筋の光が射《さ》した。

「あなたは……幽霊?」私は、なんとか言葉を絞り出すように言った。

エマは髪を揺らした。「幽霊なんていないわ。それに、天使って言うほうがすてきよ。それだって正しい表現じゃないんだけど。でもぴったりだと思わない?」

いかにもエマらしい言い草だった。これが私の妄想であるはずがない。エマはここにいる。これは現実なのだ。「どうしてもっと出てきてくれなかったの? ママとパパもあなたみたいになったの?」

いたずらっぽい笑みが消えた。「私は目撃者なの。もう時間がないわ。アリス、私の言うことをよく聞いて、いい?」

目撃者?

「もちろんよ」エマの手を取って落ち着かせようとしたが、私の指は彼女をすり抜けて、冷たい石に触れた。「触ることができたらいいのに」

「いつかできるようになるわ。今は聞いて。世の中には、善なるものと邪悪なものがあるの。誰がどんなことを考えていようと、その中間はない。お姉ちゃんがしているのはすごく危険なことよ。恐ろしい結果になる。なぜかって、もう終わりが近いからよ!」

「あなたはどうしてそれを――」

「シーッ。エマが話してるの」彼女は可愛らしい指を唇に当ててみせた。「家の中にいてって警告したわよね。あの夜、お姉ちゃんが見せてくれたウサギの形の雲を憶えていたから、怪物が近づくのがわかったら、毎回あのウサギを作るようにしてたの。だけど最近は、ウサギを無視して出かけるようになっちゃったでしょう」

「あれはあなたがしていたの？」

「うん。すごいでしょ」エマは得意げにそう言って、また髪を揺らした。「お姉ちゃんには無事でいてほしいの。アリス、大好きよ」

「私もよ」私は心を込めてささやいた。

「ゾンビと戦ってほしくないの。奴《やつ》らに近づいてほしくないのよ」

「エマ――」

「だめ。私の話を聞いて」太陽の光を滲《にじ》ませながら、エマの姿が儚《はかな》げに揺れている。

「戦えば、お姉ちゃんは傷つくわ。自分で思っている以上に」

「ゾンビと戦って死ねるなら本望よ」この目標は、どんなものより価値がある。既にそう心に決めていたし、その気持ちを変えるつもりはなかった。

エマは、おさげ髪が頬を叩くほど激しく首を振った。「死ぬことが問題なんじゃないの。傷つくことが問題なのよ」

「痛みには耐えられるわ」私は言った。耐えられるのは、もう自分で証明している。

「お姉ちゃんはわかってないのよ」エマは叫んだ。墓標から飛び下りた彼女が着たピンクのチュチュが、手を伸ばせば触れられるほどの距離に近づいた。指で端を触ってみる。だがまたしても手は空を切り、私は深い悲しみに襲われた。

風に吹かれて薄れゆく霧のように、エマの姿は儚かった。「ゾンビは……お姉ちゃんを狙っているの。お姉ちゃんを捕らえるためならなんでもするわ」

「どうして？　なぜそんなことを知っているの？」私は身を乗り出した。

取り乱したように、エマの顔が歪《ゆが》んだ。「アリス、お願い。もう遅すぎるくらいなのよ。お姉ちゃんは時間を無駄にしている。奴らが追ってきてるのよ」

「まるでゾンビが賢くて、まとまりがあって、目的を持った集団みたいに言うのね」私は言った。エマの口ぶりは、まるでゾンビのことを熟知しているかのようだ。

「だってそのとおりなのよ」声に恐怖心を滲ませて、エマは小さく言った。「だんだん、そうなってきてるの」

「どうしてそんなことを知っているの？　奴らのあとをつけているの？」そう思うと背筋が凍るようだった。「エマ、ゾンビに近づいちゃだめ。目撃者だと言ったけど、奴らはあなたに触れることができるの？」

「できないわ」エマが首を横に振った。

パニックを起こしかけていた私は、ほっとした。「よかった。だけど、それでも近づいちゃだめよ」

「アリス、私は耐えられないの。苦しむお姉ちゃんがまるで……」そこでエマは目を大きく見開き、口を閉ざしてしまった。「気にしないで」

「最後まで言いなさい、エマリン・リリィ！」私はつめ寄った。

徐々に薄らいでいきながらエマは後ろを振り返り、低い声を漏らした。「失敗した。ずっと見られていたみたい。さっき言ったこと、忘れないでね」そして私をまっすぐに見た。

「いつか私に感謝する日が来るから」

そう言い残し、エマは消えた。

月曜日の朝、コールは約束どおり、七時十五分に迎えに来た。乗せてもらうことにしたのは、もう学校で幻覚を見るのが嫌だったからだ。うちの前に車を停めて降り、私のほうに歩いてくる彼の姿を、私は玄関ポーチから見つめていた。

すっきりと晴れ渡った青空には、雲一つ見当たらない。今夜はゾンビに遭遇する心配はしなくていいと、エマが教えてくれているのだ。

エマ。ひと晩中呼びかけてみたけれど、もうエマが現れることはなかった。

聞いてくれていたかどうかはわからないが、私はエマに向かって、ゾンビを野放しにすることはできないと言った。ついに見つけた正しい道なのだ。夜のおやつを求めて彷徨《さまよ》う邪悪な死に損ないに、愛する人を目の前で殺される――。この町を、そんな悲劇と無縁の、安全な場所にする力に私はなりたい。エマもどうか、わかってくれるといいのだが。

「大丈夫か?」コールが訊《き》いた。今日は黒いベースボール・キャップをかぶっている。顔に帽子の影が落ちている。

「やれやれ」私は溜息をついた。いつもどおり、コールはすごく美味《おい》しそうな香りを漂わせている。「女の子への朝のご挨拶には、まさにぴったりなひと言」

皮肉を言ってはみたものの、彼の言うとおりだった。私はものすごく疲れていた。

「可愛くないとかそういうことじゃないんだ。ただ疲れているみたいだったからさ」コールは小さな黒いケースにぴったり収まった注射器を差し出した。「ほら、君の解毒剤」

「ありがとう」私はそれを受け取ると、慎重に後ろのポケットに入れた。

「昨日の夜、ゾンビは出たか?」

「いいえ」

「よかった。俺のトラップを回避できたゾンビは一体もいなかったたってことだ」

まるで、ゾンビが出現したかのような口ぶりが、私には意外だった。昨日は、ウサギの雲も出ていなかったではないか。「どういうこと?」

「君の家に向かう奴らの一団をつけたんだ」コールが答えた。

エマの言ったとおりだ。奴らは私を追っている。だが、なぜ私なのだろう? それに、なぜエマはウサギを作らなかったのだろう？

「奴らが君の家に辿り着く前に、ほとんどのゾンビを仕留めたんだが、何体か逃がしちまった。でもきっと森の中で罠《わな》にかかったんだろう」

昨晩うちの外には、ゾンビも人も、誰もいなかった。ゾンビの隠れ方が巧妙になったのか、私の注意力が足りなかったのか、私にはわからない。どちらにせよいい兆候ではないことだけは、確かだけれど。

「コールたちはいつ寝ているの？」私は質問した。知らず知らず、彼のシャツのボタンを指でいじっている自分に気づき、奥歯を噛みしめて手を離す。余計な情が湧いてしまえば、二人とも苦しむことになるだけなのだ。

「そんなの訊かなくてもわかるだろう？」温かい息が額にかかり、コールの背の高さをあらためて感じた。「授業中に寝るんだよ」

「ふうん。そのうち、校長室にキャンプを張れって言いだすんでしょ。きっとそこで何時間も過ごすことになるだろうから」

「かもね」コールが、くすりともせずに言う。

「ライト博士が仲間なら、面倒に巻き込まれたときに助けてもらえるからいいわね」私は、探りを入れるように訊いた。実際、そのあたりがどうなっているのか、私にはいまいちぴんときていなかったのだ。

「まあ、そうだな」コールは咳払《せきばら》いした。「冗談抜きで言うと、交代制で寝ているんだ。アリもそのうち慣れるよ。昨日の夜は、絶対にゾンビは君のところへ行くはずだと睨《にら》んでいたから、いつも以上の激戦を予想して、全員で行ったんだ」

「そして、あなたの予想どおりになったのね」

「そういうこと」コールがうなずいた。

「おじいちゃんとおばあちゃんは……」私は言いかけて、震える喉を手で押さえた。顔を上げて、コールがどんな表情をしているのか見たかったが、まだできなかった。

「君が夜に外出すれば、家族も危険にさらされる。罠を仕掛けるとか、できるだけのことはするが、誰かの家に移ったほうがいいだろうな」

怖がっていることを悟られないように努めたが、間違いなく顔に出ていたはずだ。

「家って誰の？」私は、なんとなく予想しながらそう尋ねた。

「俺のだよ」コールが言った。予想どおりの答え。

それは絶対にしたくない。なぜならコールは、マッケンジーが彼の家に住むようになったから、彼女と別れたのだ。一緒に住むのが嫌なのは別にそれだけが理由じゃないが……いや、正直に認めよう、理由はたった一つ。それだけだ。

「そんなこと、できるわけないじゃない」私は口を尖《とが》らせた。

「君を守りたいんだよ」コールが少し苛立《いらだ》った声で答えた。

「無理よ」私が出ていってしまったら、祖父たちは心を痛めるだろう。だが、ゾンビの手で二人を傷つけさせるわけにもいかない。

みんなを私のような悲劇から守りたいという目標は、時を追うに連れてどんどん難しさを増していくようだった。だが、何か手を考えなければいけない。今まで祖父と祖母は、私のことを守ってきてくれたのだから。私はまた口を開いた。

「護衛を何人かつけるわけにはいかないかしら。おじいちゃんたちが外に出ないように私も気をつけておくし、二人を置いて外出しないようにするから」

「何人か任務から外さないといけなくなるけど、まあいいだろう。差し当たって、そうするしかなさそうだ」コールは、仕方なさそうに言った。

「ありがとう」私は、ほっとして溜息をついた。

「どうでもいいが、アリは可愛いな」彼が出し抜けに言ったので、私はびっくりした。きっと、さっきの乗り気ではないような言葉をフォローしようとして、そんなことを言っているのだ。「疲れて見えるんじゃなかったの」

「疲れ方も可愛いんだよ」

「冬物のただの白シャツなのに？　いい加減なこと言わないで」

「服のことじゃない。君自身のことだよ」コールがそう言って指先で私の髪に触れると、頭皮がむずむずした。「君には何かがある。だから君は他のみんなと違って特別なのさ」

私は首を振るようにして、彼が触れた髪を引き抜いた。心を許してはだめだ。「私のこと好きじゃないって言ったのに、よくそんなことが言えるわね。二度と近づくつもりはないって言っておきながら、また近づいたり。はっきりしなさいよ」

「そんなふうに責めないでくれ。俺だって混乱してたんだ」コールは困惑したような声で言った。「パーティーであんなことを言って悪かった。君の目的について他の連中からあれこれ吹き込まれたところに、君がジャスティンと現れて、しかもあいつが偉そうにべらべら喋《しゃべ》るもんだからさ。ついああいう反応をしてしまったんだよ」

「そして、これが私の返事。どうするかは自分で決めるわ」

「本気で言ってるのか？」コールが語気を強めた。

「ええ、本気よ」私の声も大きくなる。

「俺は君を守ろうとしたのにか？」

「ええ、守ろうとしてくれてもよ」私は断固としてうなずいた。

「アリ！」コールはついに怒鳴った。

彼が檻《おり》に閉じ込められた熊ならば、私は棒を握りしめた子供。鍵をかけて閉じ込めてはいても、大人しくなんてさせられるわけがない。コールは戦士なのだ。まだこんなに若いのに自分の道を突き進み、戦い、殺している。そんな彼のことを私は、わざと怒らせている。

コールが私を殴ったりしないのはわかっていた。仲間が私を怒鳴りつけることさえ許さない男なのだ。だが、痛みとは肉体だけのものではないのだと、コールがわかっているのか疑問だった。私のためを思ってしたこととはいえ、彼は私を拒絶し、あんなに傷つけたのだ。やっと別の傷が癒えかけたところだった私を。

「言い訳になるけど、俺はゾンビとの戦いで友達をたくさん亡くしてきたんだ。それに君はすごく壊れやすそうに見えた。とても……傷つきやすそうだった。許してくれ」彼の声は弱く、ほとんど消え入るようだった。「お願いだ。君が一日に千個も質問をしてくれるのが、本当に好きなんだ。君がそばにいないと、俺は自分が何をするかわからない」

心が揺れる……。

「私は――」何も考えないままとりあえず私はそう言って、ひたむきな彼の言葉を遮った。だがお願いだ、という彼の言葉に抗《あらが》うことなんて、私にはとてもできない。「許してあげる。私たちは友達よ。だからそれが私のためであっても、二度と私を遠ざけようとしたりしないで」

「二度としない」コールはそう言ってうなずいた。「だけど約束してくれ。俺のことをもっと知ってくれるって」

つき合ってほしいと言っているのだろうか。私は考えたが、そんなことはとてもできないとしか思えなかった。これまでに起きたことを考えたら、私たちはただの友達にしかなり得ない。

「約束するわ」私の口から、そんな言葉がもれていた。

「よかった。俺が今までに君についてどんなことを知ったか、聞きたい？」

「聞きたい」自分を止めることができずに、私はささやいた。好奇心というものは、本当に面倒臭く、そして厄介なものだ。

「君は頑固で、意地っ張りで、面白くて、それから――」

「ちょっと！」私は大声を出して、彼の胸を叩いた。

「本当のことじゃないか」コールは私の手を取ると、また殴ろうとするのを押さえつけた。

「その上執念深い」

「そんな女のことをどうして知りたいと思うの？」私は声を荒らげた。

「そういう女が、俺のタイプなんだよ」コールが皮肉っぽく言った。

「ならマッケンジーとよりを戻せばいいじゃない」私は言った。彼がまだマッケンジーのことを好きなのは、わかっているのだ。

「ほら。根に持ってる。だけど可愛いんだよな。君はあまり笑わないけど、たまに笑うと……」彼は屈《かが》み込んで、鼻を私の鼻にこすりつけた。「だから、ついからかいたくなっちまうんだよ」

彼は私の手の甲に、自分の指を這わせた。

「なぜ今まで誰にもキスをされたことがなかったんだ？　そんなことがあり得るのか？」

私は彼のブーツをじっと見つめた。側面に泥がこびりついていて、靴紐《くつひも》だけが新品だった。「父さんが夜出かけるのを許してくれなかったから、男の子と映画にも食事にも行ったことがないの。うちの父さんに会わせたくなかったから、昼間に迎えに来られるのも嫌だった。私、父さんは頭がおかしいって思い込んでいたから」

「そうか。でも俺は違う」コールが力強く言った。「君の今までの人生のことを知っているから、そういう心配はいらないぜ？」

「うん、それはわかってる」そう答えながら、私は焦っていた。コールは、私をデートに連れ出そうとしているのだろうか。

「だけど君が俺にお似合いだっていう意味じゃないんだ」コールは私の気も知らず、どんどん言葉を続ける。「君をどうにかできると思っていたけど、すぐにそれは間違いだってわかった」

「やめてよ。あなたにどうにもできない人なんて、いるなら会ってみたいわ。表彰したいくらいよ」

「さあ、そろそろ幻覚を見る準備はいいか？」コールが、ささやくような声で私にそう言った。

幻覚。そうだ。今はそれ以外のことは問題じゃない。私は肩に力を入れて、ざわめき立った頭の中を無理やり空っぽにすると「いいわ」と答えた。

顔を上げる。コールが帽子を押し上げる。帽子の影が消え、私たちの目が合った。そして……何も起こらなかった。

目をしばたたかせて、私は頭《かぶり》を振った。しかし、何も起こらない。眉をひそめてコールの頬を両手で包み、思いがけないほどの力で彼の頭を揺さぶった。だが、それでも何も起きなかった。

「どうしたんだろう」コールも眉を寄せた。「君の体がゾンビの毒におかされて、薬が残っていたときでさえ、幻覚は見えたのに」

そうだ。そんなときでさえ幻覚は見えたらしい。

「確かに変だわ」私はつぶやいた。まさか幻覚が見えないことがおかしいと考えるようになるとは、夢にも思わなかった。「それとも……もう避けるべき未来の出来事が無くなったっていうことなの……？」

玄関が開いて、祖母が顔を出した。面食らった顔をして、コールをじろじろと眺め回す。

「あらまあ、二人分の声が聞こえたと思ったら」

腰につけた縄を引っ張られたかのように、私はコールからさっと離れた。「おばあちゃん。この人はコールよ」

「お友達かい？」祖母は探るような目つきをして尋ねた。

「そうよ。同じ学校なの。車で迎えに来てくれたところ」

「私たちに話してからじゃなきゃだめよ」祖母が言った。ジャスティンのときと同じ、咎《とが》めるような口調だ。「二人とも中に入りなさい。今すぐ」

祖母はそう言うと家の中に引っ込み、乱暴にドアを閉めた。祖母を追いかけて中に入ろうとするコールの手を掴《つか》み、引きとめる。

「ごめんね」私は謝ったが、それはこれから起きることに対してなのか、それとも既に起きたことに対してなのか、自分でもよくわからなかった。

コールは私に腕を回して、近くに引き寄せた。「いいさ。俺の外見じゃ仕方ない。念のために言っておくけど俺は、あの幻覚が避けるべきことだなんて思っていないからな」

「私たちが見たのは未来の断片なのよ」私は日記帳のことを思い出しながら言った。

「たぶんな。もしかしたら」コールが、苦しげに言った。

彼が口にしなかった言葉が、私にはわかった。今日、私たちに未来はないと言いたかったのだ。彼の腰に爪を立て、目を大きく見開いて彼を見上げた。

「心配するな。俺たちはきっと大丈夫だ。君はまだ傷が癒えていない、きっと問題なんて、それだけなんだ」

「わかった」私は彼の言葉を信じようと、うなずいた。

コールは額にキスをして私を落ち着かせると、肩に手を置き、くるっと向きを変えさせた。「さあ中に入ろう。君を守ろうとして、おじいさんたちが君を引きずってっちまう前にね。そのまま部屋に閉じ込められちまうかもしれないぞ」
乱暴な言葉や、汚い言葉や、いわれのない非難や叱責。そんなことを誰も口にせず、みんなが笑って終われるように、私は静かに、そして心から祈った。
祖父と祖母はリビングルームで待っていた。私たちが座るや否や、尋問が始まった。
祖父：将来の計画は？
私は低く呻《うめ》いて、自分の手に視線を落とした。ジャスティンのときとまったく同じ始まり方だった。保証してもいい、終わり方まで一緒だろう。
コール：大学へ行きます。法執行機関を目指しています。
祖母：まあ、このあいだの子より気に入ったよ。
祖父：うむ。実に立派だ。じゃあ次に移るとしよう。これから言うセリフを、君ならどう終わらせるかね。女の子がノーと言ったら、それは……。
ほら、まったく同じ質問だ。
コール：ノーということです。それ以上無理強いしません。
祖母：これもすばらしい答えだね。次は少し難しいよ。結婚前の性交渉は……。
私はいっそゾンビに捕まってしまうべきだったのだ。
コール：それは二人の問題です。二人のあいだに起きることは、誰にも関係のないことです。申し訳ありませんが、あなたたちにもです。

祖父と祖母はしばらく騒ぎ立てていたけれど、すぐに落ち着きを取り戻した。私はといえば、もちろん醜いロブスターみたいに真っ赤になっていた（想像でしかないが）。それでも、彼の答えが高得点だったことはわかった。

祖父：それが公平だと、私も思う。では、飲酒運転についてはどう考えるね？

コール：愚かしいことだと思います。アリと僕についてはご心配に及びません。僕は決して酒を飲まないし、もしアリが飲んでも、それにつけ込んで何かすることもありません。彼女を家まで送り届けます。彼女が無事でいられるよう目を離しませんし、僕の言葉を信じてくださって結構です。

「私だって飲まないわ、絶対」私は言った。

祖母：本当にすばらしい青年だわね。

祖父：実に。彼は実にすばらしい。

私は二人と同じように、コールに感心していたのだと思う。

筋肉や傷やタトゥーが隠れていれば（コールは長袖のシャツを着ていたから、祖父たちには見えなかった）、彼は本当に好青年だった。二人は心底感心したようで、それ以上の尋問はせず、私たちを解放してくれた。

私の目を覚ますために途中でコーヒーを飲んだけれど、それでも学校が始まるまでにはまだ時間があった。以前と同じ場所に車を停めると（そのことで彼に文句を言うような人は誰もいないのだろう）、コールは帽子を後部座席に放って長袖シャツを脱いで中に着ていた半袖シャツ姿になって、私がジープから降りるのを手伝ってくれた。

縫った傷痕がひどく引きつるようで、動くたびにまわりの皮膚がちくちく痛かった。

「おじいちゃんたちの攻撃をうまくかわせたなんて、奇跡的よ」

「君のことを無条件に愛しているんだね。二人があれほど強い人たちじゃなかったら、俺はきっと心配になっていたよ」

その言葉があまりに衝撃的だったので、私は校舎とコンクリートの外壁とのあいだにあった縁石につまずいてしまった。祖父たちと私のあいだには確かに愛情があったし、口に出して言ってもくれるけれど、それが無条件のものだと思ったことはなかった。私はとても父親似だから、二人にどう思われているのか心底気にしていたのだった。

「どうした？　そんなに意外なことか？」コールが不思議そうに言った。

「ううん。ただ私はあまりにも母さんたちと違っているから。妹みたいに人当たりがよくないし、元気いっぱいってわけでもないしね。それにママみたいに物事のいい面を見ることもできない。私は、二人が嫌っていた父さんにそっくりなのよ」

「信じてくれていい。二人は君のことを嫌ってなんかいない。それにわかっているだろうけど、君はそのままで十分すばらしいよ」

コールの言葉に返事をする時間はなかった（あったとしても、どう返事をしていいかわからなかったけれど）。横を通る生徒たちの視線が私たちに釘《くぎ》づけで、とても話が続けられるような雰囲気ではなかったのだ。

コールと私が踊る姿をクラブで見ていただろうに、どうして……。そこまで考えて、私はごく当たり前のことに気づいた。そうだ、コールと寝たという噂の裏づけになっているんだ。金曜日の夜から土曜日にかけて起きた出来事のせいで、尻軽女だという噂を立てられたのをすっかり忘れていた。

目の前がちかちかするほど、私は激しい怒りを胸に感じていた。「まだマッケンジーは無実だって思ってる？」

「ああ。噂については確認を取った。君のことは、誰にも何も言っていないそうだ」

「そう。信頼できる言葉ね」私は苛立ちを隠さずに言った。

初めて私がこの学校へ来た日に幻覚を見たあとそうしたように、コールは歯を噛み鳴らした。今ではわかる。これは苛立ちのジェスチャーだ。

「噂を流した張本人は必ず見つけ出す。信じてくれ。ただ時間が必要なんだ」支えるように、彼は私に腕を回した。「それまでは、誰かに何か言われたら、俺に言えよ。生まれたことを後悔させてやる」

だが、たとえ張本人が死ぬほど後悔することになっても、この嘲笑を止めることはできない。意志を伝えるのに必ずしも言葉は必要ない。表情だって同じくらいに雄弁なのだ。

角を曲がると、フロスティにブロンクス、それにコールの他の仲間たち全員が、私たちを見つけて駆け寄ってきた。彼らはコールに笑いかけ、親しげにパンチをしたが、私には眉をひそめてみせただけだった。だがそんなのどうでもいい。

私はコールから離れて、マッケンジーに近づいた。「放課後、話したいんだけど」

「その必要はないぞ」コールが大声で言った。

マッケンジーは「喜んで」と言い、潔白の表れとしか思えないような、真珠のように輝く笑顔を私に向けた。

返事をしようと口を開きかけたとき、背後が妙に静かなのに気がついた。少年たちがこちらの会話に耳をすましていたのだ。今はやめたほうが賢明だ。それ以上何も言わず、私はその場をあとにした。コールも引きとめようとはしなかった。キャットも他の少女たちも姿が見当たらなかったので、私はまっすぐ教室に向かった。ジャスティンは私のほうを見ようとしなかったけれど、構わずに彼の隣に座った。彼の目のまわりには痣《あざ》ができていて、鼻は腫れ、下唇にかさぶたができていた。

「いつも放課後に何をしているのか教えて」私は、手短にそれだけ訊いた。考えてみたけれど、言うべきことはそれだけだった。

ややあって、彼が渋々答えた。「コールからさんざん聞いているだろう」

「あなたの口から聞きたいの」

彼はじろりとこっちを睨んだ。「昔だったら、喜んで話しただろうね。だけど君はコールと寝たんだろう？　ノミだらけのベッドでさ」

わざとこんな言い方をしているんだろう、冷たくしようとして。「ノミね、それがゾンビの死骸のことを指しているのなら答えはイエスよ」私は、他の人に聞こえないよう声を落とした。「あなたが聞いているか知らないけど、私はゾンビの死骸が大好物なの」

ジャスティンが持っていた鉛筆が真っ二つに折れた。「なるほど。コールが君を気にしているのはそれが理由なんだね」

「あなたの望みは何？　何が目的なの？　あなたが正しいって思ってる理由を納得できるように説明してよ」

彼はふんと鼻を鳴らした。「何一つ納得してもらう必要はないさ。だけどボーイフレンドに伝えてくれよ。僕たちの防護服を切り刻んでくれるなってね。あの日の翌朝、僕のボスが直々に彼を訪ねてメッセージを伝えたはずなんだけど、コールにはその教訓が伝わらなかったみたいだしね」

それはコールが私を家まで送ってくれることになっていたのに、急遽《きゅうきょ》フロスティがその役目を務めることになった朝のことだろう。私がフロスティにとことん嫌われてしまった、あの朝だ。コールは、私の家に血の境界線を撒《ま》いたと言っていた。それは間違いなく真実だろう。だけどそれは真実の一部でしかなかったのだ。あとで話をしなければ。今後は全て話してもらうよう、説得しなくては。

「あなたのボスはコールに何をしたの？」私は彼に顔を近づけた。

「ジャクリーンに訊けよ。僕の双子の妹なんだ」楽しげに、彼はにやりと笑った。「妹には会った？　パーティーのあとで僕を連れて帰ってくれたのはあいつだよ」

私は、はっと思い当たった。ジャスティンを介抱しながら、私に刺すような視線を送り続けていた、あの黒髪の女の子。バスに乗るといつも睨みつけてきたあの子は、そういえばジャスティンにそっくりだった。彼女は双子の妹だったのか。

「妹はコールのことが最初から好きじゃないし、君のことも虫が好かない、トラブルの源だと思っている。なのに僕は妹の言うことを聞かなかったんだ」

ジャスティンは私のことが好きだったのではなく、私がゾンビのために――あるいはゾンビに対抗して――何ができるのか知りたかったのだ。「こんなこと言いたくないけど、女の子はみんなコールが大好きよ。そうじゃないって言う子は嘘をついているだけよ」

コールに腹を立てているときでさえ、私は彼に惹《ひ》かれていたのだ。

「僕にあんな仕打ちをしたから、ジャクリーンはコールが憎くて仕方ないさ」

「じゃああなたが何をしているかも、妹さんは知っているの？」

「当然だろう。僕を引き込んだのは誰だと思っているんだよ」

始業のベルが鳴り、それ以上の詮索は諦めざるを得なかった。生徒たちが一斉に鞄を机の下に押し込み、教壇のほうを向く。

フットボールの試合結果についてのアナウンスがあり（我が校の勝利）、教室は歓声に包まれた。激励会が次の金曜日に予定されていることが告げられると、歓声はさらに大きくなった。バットホール先生が生徒たちを静かにさせようとしたが、授業を始められるようになるまで、たっぷり十分はかかった。別のことで頭がいっぱいで、私はほとんど授業を聞いていなかった。ジャスティンと彼の妹が属している集団について、もっと知りたい。彼らの目的はなんなのだろう。コールの話だと、ゾンビの殲滅《せんめつ》だと主張しているようだが、絶対に違う。もしそうならコールに協力しているはずだからだ。

授業の終了を告げるベルが鳴る直前、私はライト博士のオフィスへ行くよう伝えられた。校長が私に会いたがっている理由はわかっていたから、気分は重かった。重い足取りで校長室へ着くと、秘書が入るようにと手招きした。

デスクに座ったライト博士は、黒いビジネススーツをまとい、髪を後ろでまとめ、いつもどおり威厳があって上品だった。

「気分はどう？」ファイルの上に手を置いて、博士は尋ねた。

「だいぶいいです」私は緊張しながら答えた。

「それはよかった。教えられたこと、少しは理解できた？」

「ええ、だいたいのところは」

「そのことを他の生徒に話したりしないわよね？」きつい口調だ。

「しません」私は少しむっとして答えた。子供じゃないのだ。

「あなたの能力は興味深いわね」ライト博士は椅子を軋《きし》ませながら背もたれに寄りかかった。やはり、私の思いどおりだった。この話だろうと思っていたのだ。「どうしてあなたには血の境界線が光って見えるのか、考えたことある？」

「ええ、あります」私は言った。考えずにいられるわけがない。

「それで？」

「ある能力を持っている人もいれば、そうでない人もいます」

校長の目が、苛立たしげに光った。「そんなことはよくわかっているわ。あなたのそれは生まれつきだと思う？」

「わかりません」

「お父様にも見えていたの？」

「わかりません」

ライト博士は、爪の先で椅子の肘掛けをとんとん叩いている。「私の推測では、二つともイエスなの。あなたの能力は恐らく生まれつきね。だけどそれでは、どうしてこれまでに同じことが起きなかったのか、疑問に思わざるを得ない」

どちらも仮定の話でしかない。

「子供のときではなく、大人になってから腫瘍ができる人がいるのはなぜでしょうか。碧《へき》眼《がん》で生まれた赤ちゃんのほとんどが、数カ月後には目の色が変わってしまうのはどうしてでしょうか」自分の苛立ちが、口調に表れているのがわかった。私がグループの一員であろうとなかろうと、大人から疑い続けられれば、生徒からも疑われるようになるだろう。

ライト博士は眼鏡の位置を直した。「私のことは信用してくれていいわ。私にゾンビが見えるようになったのは、十二歳のときに交通事故に遭ってからよ。あなたと同じように。想像できるでしょうけれど、すごくショックを受けたわ。でも、生きるために最善を尽くしてきた。この学校の校長になって、コールのグループのおかしな行動に気づいて初めて、他にもゾンビが見える人がいるんだって知ったのよ。だからコールの父親に協力を求められて、喜んで引き受けたの。彼らは私を必要としながらも、長いあいだ距離を置いていた。今はそんなことはないけれどね。そう聞けば、あなたの気持ちも少しは楽になるかしら」

「仰《おっしゃ》っていることはわかります」私はじっと校長の顔を見つめた。

「しばらくのあいだは、何かあったら私のところへいらっしゃい。あなたの助けになるかしら」

「そうします」私は心からそう言った。ライト博士は、冷たくて鋭くてまるで釘みたいだけど、それでもいい人だった。私と同じような好奇心を、博士から感じる。博士もまた、答えを求めているのだ。

「よし、じゃあ教室に戻っていいわ」博士が少し、表情を和らげた。

校長室を出ると、私は立ち止まって安堵《あんど》の溜息をついた。人で溢れ返った廊下はほとんど破裂寸前だった。フロスティがロッカーのところで私を待っていた。無視して通り過ぎようとしたが、彼は前と同じように、急にこちらを向くと横に並んで歩きだした。

「コールは今日一日、自宅謹慎になった」フロスティが言った。

思いがけない報《しら》せに、私は思わず足を止めてフロスティに向き直った。

「どうして?」私は驚いた。なぜ校長はそのことについてひと言も言ってくれなかったのだろうか?

フロスティは広い肩をひょいとすくめた。「珍しいことじゃないさ。口を閉じておけない連中を、数人投げ飛ばしただけだ」

間違いない。私の噂を静めようとして、トラブルを起こしたのだ。

「なんでライト博士は何もしてくれなかったの?」思わず私は口走りながら、なぜ校長が何も言わなかったのかわかった。聞けば私が抗議しただろうからだ。それも大声で。

「人が大勢見ている教室でやれば、校長にだって庇《かば》えないさ」フロスティは、私のことをなだめるように言った。「それでも、学校が終わったら君を迎えに来るから、そのつもりでいてくれってさ」

よかった。たぶん訓練が始まるのだ。「わかった。ありがとう」

「ランチのことだけど――」

「友達と食べるなって言うんなら許さないわ！」私はフロスティを大声で遮った。

「そんなこと言わないよ。遅かれ早かれ、君はあのグループから追い出されるから。あいつらはキャットにも同じことをしたんだ。ようやく戻れたのは俺と別れてからさ」

「ポピーもレンもリーヴも、キャットを仲間外れにしたりしないわ」

「リーヴはしないさ。でもポピーとレンは違う」フロスティが首を横に振った。「キャットは、俺とつき合っていたせいでトラブルに巻き込まれた。あいつらは、キャットのせいで自分たちの評判まで落ちると思ったんだ」

まさか、彼女たちがキャットにそんなことをするなんて。でも、本当に彼女たちがひどいのだろうか？　私だってもしかしたら、キャットを見捨てなくてはいけない日が来るかもしれないのだ。罪悪感が、消えない癌《がん》のように、私を蝕《むしば》んでいく。

「アリ」フロスティが口を開いた。「聞いてくれ。俺は――」

「あとにして」私は遮った。彼が何を言おうとしたのか知らないが、これ以上心を乱されるようなことを聞いたら、それこそ耐えられない。

「そうか。じゃああとで話すよ」フロスティはそう言って、渋々といった顔で言葉をのみ込んだ。

「ええ、またね」私たちは別々の方向へと廊下を歩きだした。食堂に行くと、いつものテーブルにキャットの姿があった。他の子たちはまだ来ていないようだ。キャットはテーブルにのせた青りんごをくるくる弄んでいる。タンクトップとスキニー・ジーンズ。彼女の肘の内側に引きつれたような傷痕がいくつもあることに、そのとき初めて気がついた。

その傷は、注射針の痕のように思えた。

キャットがドラッグなどやっているはずがない。そんなことはあり得ない。

彼女の肌は、週末に見たときよりさらに青白くなっていた。目の下に隈《くま》ができていて、唇は荒れていた。私は隣に腰を下ろした。

「ねえ。気分でも悪いの?」私は、努めて陽気に声をかけた。

キャットは驚いたように、手で心臓のあたりを押さえた。それからいつもどおりの、私を虜《とりこ》にして安心させてくれる、あのずる賢くて完璧な笑顔を見せてくれた。

「ちょっと疲れちゃって。フロスティの奴、私の舌を吸ったときに生気まで吸い取ったに違いないわ。じゃなきゃ、肉食のバクテリアを感染させたか」彼女はそう言うと、わざとらしく大きな溜息をついてみせた。

私は、彼女の相変わらずさに思わず噴き出しかけた。

「面白くもなんともないよ」キャットはふてくされた顔をして、リンゴの真ん中を手でなぞった。「今日は三回もフロスティからメモを渡されたの。週末出かけようって。それと、私がいいって言えば、お尻に私の名前のタトゥーを入れるって」

「正式によりを戻すことにしたの？」私は興味津々で尋ねた。

「とんでもないわよ。まだ十分に苦しんでもらっていないもん」

「ところで、他のみんなは？」私は、食堂を見回しながら言った。

「リーヴはブロンクスと一緒にいるわ。たぶんね」キャットはコールたちのテーブルのほうを指した。「ほら、ブロンクスもいないでしょ」

私は身を乗り出してささやいた。「私、パーティーで二人がキスしているところを見たの」

「なんですって？」キャットは甲高い声を出し、派手な音を鳴らして手を叩いた。「それを今ごろ言うの？　一生恨んでやるから！」

「ごめん、言おうと思ってたんだけど、コールに口止めされてて……」私は、できるだけ申し訳なさそうに言った。詳しい事情は話せないが、これだけは言える。

「容赦なくからかってあげなくちゃいけないわね。当然」いじわるそうな顔をして、キャットが言う。

「もちろんよ」

「リーヴ、楽しそうだった？」

「私はちらっと見ただけだから」

私の背後に誰かを見つけたようで、キャットは下唇を噛んだ。その表情が、さっと興奮に染まる。「リーヴが来た。ブロンクスはいない。他の二人も一緒よ」

座るや否やみんなは鞄を下ろして、テーブルに食べ物を並べ始めた。キャットは椅子の上でそわそわしている。さっき耳にしたばかりの秘密が、彼女の胸の中から外に出ようとして暴れているのだろう。

「みんなどこにいたの?」私は尋ねた。

「別にどこでも」リーヴは私と目を合わせようともせず、そっけなく言った。

「ブロンクスを追いかけていたの」ポピーが、赤い椅子を引きながら言った。

その横からレンが口を挟んでくる。「心をずたずたにされたのよね。この学校じゃどうしてこんなに負け犬が人気なのか、誰かに教えてほしいよ、まじで。どうして私の友達はこうも揃ってあの集団に夢中になってんの? ろくな未来がないのはわかりきっているのにさ」

「リーヴ、なんだか苛々してるみたいだけど、なんかあったの?」キャットは落ち着いた声を出そうとしていたが、面白がっているのが隠しきれていない。「あいつにいったい何されたの?」

「私がジョンと歩いているところを見て頭に来たらしくて、私たちを引き離して、失《う》せろって言ったの。それだけ」リーヴはテーブルに乱暴に鞄を投げ出すと中を漁《あさ》り、チョコレートバーを引っ張り出した。「ほんと、わけわかんない」

どうやら少なくとも、ブロンクスも彼女とは口をきくらしい。

「だから男って嫌なのよ」ポピーがぶつぶつ言った。

ポピーも何かあったのだろうか？　私は彼女の様子を見ると、思いきって尋ねてみた。

「気になる恋人候補はもう見つかったの？」

「ええ、そうみたいよ」答えたのはレンだった。ポピーへの苛立ちを、露骨に顔に出している。「でもきっぱり振られたのよね」

「振られてなんかない！　誰にも、私を拒絶するチャンスをあげた憶えはないわ。振られたのはあなたのほうでしょ」ポピーが声を荒らげた。

「二度と言わないわよ、私が彼を振ったの」レンも負けじと大声で返す。

キャットは両手を上げた。「みんな、私に報告してない最新情報がたくさんあるみたいね。私には完璧な顔だけじゃなく、聞く耳もあるの。私は話を聞くのが好き。何か辛《つら》いことがあったら、耳触りのいいコメントばかりしてあげられるとは限らないけど、とりあえず私に相談してみてよ」

ハシバミ色をした彼女の瞳が光っていなければ、私はきっと彼女が心から本気でそう言ったのだと信じ込んでいただろう。他の少女たちは、ばつが悪そうにうつむいてしまっていた。キャットは、どう少女たちをまとめればいいのか、実によく心得ているのだ。

「悪かったわ。あとで詳しく話すね」ポピーが言った。

「私も」レンが言った。

心配することはなかった。やはりボスはキャットだ。

「真面目な話、私はキャットのことが好きだと思った」私は言った。目の前のマッド・ドッグから、人心掌握術をぜひとも教えてもらいたい。

鼻高々で、キャットは髪に手を当てた。「あらら、気をつけてたのに、また友達をレズに転向させちゃった。まあでも、私の動物的な魅力だからどうしようもないわね」

レンはキャットにナプキンを投げつけて、肩をぶつけた。「まったく、自信過剰なのよ、あんた」

「どうして？　完璧なのに」レンが言葉を返す前に、キャットは私のほうに顔を寄せた。

「言うの忘れてた。噂の出どころを辿ってみようと思うの。ほら、ちょっと見て」

キャットはポケットから紙切れを引っ張り出して、私に渡した。開いた途端、開いた口がふさがらなくなった。おびただしい数の人の名前と矢印、それに四角で囲んだ箇所や、何やら添えられたメモなどが、紙にびっしりと書かれていたからだ。

「あなたがマッケンジーを疑っているのはわかってるけど、コールの集団の忠誠心もなかなかのものだからね。こっちに証拠がない限り、憎むべきリトル・ミス・ラブの仕業だと言ったところで、あいつら信じないでしょうね。だからちょっとした追跡をしてみることにしたの。ポピーから、ちょっと噂を聞いたのよ」キャットはそう言って、指さした。

赤毛を揺らして、ポピーが激しくうなずいた。「私はレンから聞いたわ」

レンは立ち上がって、私たちから四つ離れたテーブルを指さした。「そして私はティファニー・チャンから聞いた。ねえ、ティファニー。手を振って！」

みんなが彼女を見た。

「手を振ってったら！」もう一度レンが叫ぶ。そして、黒髪で体格のいい少女が、きょとんとした顔で手を振ってみせると、レンはまた腰を下ろして「あの子よ」と言った。

キャットがまた口を開いた。「もうティファニーには訊いたから、あとの子たちにもどんどん訊いてくわ。わかってるって。そう、私は天才よ。世界一のジャーナリストになれる才能がある。ま、私がなりたいのは、自慢したくなるような若くて美しい誰かの奥さんだけどね。噂の出どころを見つけられるかはわからないけど、とにかくやってみるわ」

「ありがとう……」私の胸に、熱いものが込み上げた。そういう作業には時間も手間もかかるというのに、キャットは喜んで私の助けになろうとしてくれているのだ。私はものすごく感動していた。ありがとうという以外の言葉が出てこないが、そんな言葉ではとても足りない。

「あなただってきっと同じことをしてくれたでしょ」キャットがにっこりと笑った。

もちろんだ。絶対に。私はうなずくと、今度は自分が口を開いた。

「じゃあ、懺悔《ざんげ》したい気持ちを踏まえて言うんだけど、放課後コールの家に行くの」躊躇いがちに、他の子の反応を見ながら言った。キャットは励ますようにうなずいている。ポピーは呆《あき》れたような顔で首を横にかしげている。リーヴは切なげに溜息をつき、レンはほっとしたような表情をしつつ……何か読み取れない気持ちの混じった顔で笑っている。けれど予想していたような、キャットがかつて受けたような扱いは受けなかった。「マッケンジーと話をしてみるわ。彼女が白状すれば、調査の手間が省けるもの」

「ジャスティンは恋人候補じゃなくなったってこと?」レンが私の顔を見た。ポピーが置いたサイダーのボトルがテーブルに残した水滴の輪っかを、指先でなぞっている。

「前から候補じゃなかったわ」私は彼女のほうを見て首を横に振った。「ただの友達だったのよ。それだけ」

「でももう友達でもないのね?」レンはさらに訊いてきた。

「違うわ」間違いなく、私たちはこの戦争では敵同士だ。

「ジャスティンの話なんてもういいよ!　マッケンジーの話のほうが興味あるわ」キャットが興奮したように手を叩いた。「あいつとの話し合いは拳を交えてやるのよ。あの顔で床を拭いてやりなよ!」

「うん。やってみる」私はうなずいた。

14 苦悶に喘ぐ声を聞け

　放課後、約束どおりコールはジープに寄りかかって腕組みをしながら、私を待っていた。黒い帽子で表情を隠し、サングラスで目を覆っていた。タンクトップを着ているので、逞《たくま》しい上腕二頭筋と、すさまじいタトゥーが丸見えだ。

　私は彼に歩み寄ると、腰に手を当てて睨《にら》みつけ「二度と私のことで喧嘩《けんか》しないで」と言った。停学になったり、さらに悪いことになったりしたら、目も当てられない。「車の鍵を貸して」

　コールは私の鼻を優しく指先ではじいた。「知らなかったのか？　俺はやりたいときに、やりたいことをやる。誰にも俺を止めることはできないんだよ」

「そんなのさんざんされたから知ってるわよ」私は言いながら、差し出した手をさらに突き出した。「いい子だから、私がしてほしいことをやって」

　持ち上げたサングラスの下から、鋭く光るバイオレットの瞳が現れた。

「やれやれ。アリお嬢様は何がお望みなんだ？」

アリお嬢様。私はなんだか馬鹿にされたように感じ、少しむっとすると「鍵を貸してって言ったでしょ」と有無を言わさぬ口調で繰り返した。彼の前でいい人を演じてやる理由はない。彼だって私にそうしているのだ。「それから、もう一度アリお嬢様なんて呼んでみなさい、あなたの真似《まね》をして気管に一撃入れてやるから」

「どうして鍵？」コールは、意味がわからないといったように首をかしげた。

「ちょっとしっかりしてよ。運転の練習をしたいからに決まってるでしょうが。おじいちゃんと約束しちゃったんだから」

「おいおい、意味がよくわからないんだが……」サングラスをかけ直すと、コールは私の首根っこを掴《つか》んで、自分のそばに引き寄せ、怖い顔をして私の顔を覗《のぞ》き込んだ。「まさかアリ、運転の仕方を知らないのか？」

「もちろん知ってるわよ。だけど、上手な運転の仕方を知っているかと訊《き》かれたら、答えは違ってくるわね」

コールはそれを聞くと笑いながら体を離し、鍵を放ってよこした。「俺も命が大切なんだ、駐車場が空っぽになるまで待とう」

運転席に乗り込むと、私は広い空に視線を彷徨《さまよ》わせた。淡い水色の空に、浮かんだ白い雲がくっついたり離れたりしている。そして、私は空を見上げたことを後悔した。

ウサギが再びその姿を見せたのだ。もうその意味は完璧にわかっている。「今夜、ゾンビが出るわ」私は、背筋をぞくりとさせながら言った。コールと未来の幻覚が見えなかった今日という日に、奴《やつ》らが現れようとしているのだ。

「それは疑わしいな」コールは首をひねった。「今でさえ出現頻度が高すぎるくらいなんだ、奴らには休息が必要なはずだよ」

「私を信じて。奴らは来るわ」私は首を横に振った。

「どうしてわかる？」コールが私の顔を覗き込んだ。

「信じて。ただわかるのよ」エマのことをどう話せばいいのか、私にはわからなかった。

不意にコールは、手を腿にこすりつけた。「わかった。今夜は全員で狩りに出る。念のためだ」

「私もその中に入ってる？」

コールは何か言いたげに口を開いて私の顔を見ると、また閉じた。「ああ」とだけ答え、うなずいてみせる。

「よかった」私の胸に安堵《あんど》が込み上げた。出かけていれば、祖父の家にゾンビを引きつけずにすむだろう。

シートベルトを締めて、エンジンをかけた。轟《とどろ》くエンジン音に驚くと、突然もう一つの命のことが心配になってきた。この車のハンドルを握っているのは私なのだ。間もなくコールの命を預かったまま、往来の激しい公道を走ることになる。

今やウサギと自動車事故とのあいだにはなんの因果もないと知っているが、それでも冷静になることはできなかった。震えが止まらず、肌には玉のような汗が噴き出し、息を吸い込むたび空気に喉や肺を焼かれるような気がした。

「大丈夫、きっとうまくできるよ」コールが声をかけてくれた。

「もしできなかったら……」私は、必死に声の震えを殺しながら言った。

「君を車から放り出して、運転を代わるさ。俺が怪我《けが》することはないから、安心しなよ」

彼の冗談が、私の心をかすかに軽くしてくれる。

「いいか、アリ」コールは真面目な口調になると言った。「俺は君のことを信頼しているし、それ以上に自分のことを信頼している。俺が何もかも教えてやるから」

力強くそう言ってもらえたのが効いた。不思議と、自分にはできるような気持ちが胸の奥から湧き出してきた。キャットを置き去りにして、雨の中を歩いて帰ったあのときの私とは違うのだ。強くなったのだ。何度もゾンビに遭遇したが、それでも私は生き延びた。

ようやく駐車場から他の車がいなくなり、私はゆっくりと車をバックさせた。胃が縮むような思いで、ギアを入れる。スピードメーターがようやく時速二十五キロを指すか指さないかくらいの速度しか私には出せなかったが、他の車にクラクションを鳴らされても、コールは絶対に苛々《いらいら》した素振りを見せようとはしなかった。しかし、私には運転の他にもう一つ気がかりなことがあった。一台の黒いSUVが、同じくらいののろのろした速度で、数カ所前の曲がり角からあとをつけてきていたのだ。

「あれはジャスティンの仲間だ」私が何度もバックミラーに目をやるのに気がついたのだろう、コールが言った。

「俺のあとをつけるとはいい度胸だな。放火犯め」彼が憎らしそうにつぶやく。今このタイミングで、さらにプレッシャーがかかるような事態になるとは。

「あの人たち、何する気だろう？」黒いスモークフィルムが貼られたSUVの窓からは、中の様子を窺《うかが》うことはできない。

「何もしやしないさ。ただ存在を知らせたいだけさ。次の角でいなくなると思うよ」コールが言った。そして彼の言うとおり、SUVはすぐに消えていった。

「ジャスティンが言ってたけど、彼のボスがわざわざあなたを訪ねていったんでしょ」私は安堵の溜息《ためいき》をつくと言った。

「ジャスティンと話した？　いったい何やってんだ」ラジオのダイヤルをいじりながら、コールは言った。

「答えが知りたかったんだもの」私はすまなそうな声を出した。

「これからは俺に訊けよ」

「同じクラスなのよ。彼を無視したくなかったし――」

「あいつがどんな奴か、君は知らないんだよ。俺の言うことを聞いてくれ」コールは、私の言葉を遮った。

「わかったわよ。彼とはもう話さないわ」

普通ならたぶんほんの十分ほどであろう道のりを、四十分かけて運転した。コールが住んでいるのは、家と家のあいだが何百メートルも離れているような地域で、家そのものも農場ほどの広さがありそうだった。

駐車場に車を停《と》めると、ようやくすっかり全身の力みが抜けた。二人とも無傷だった。無事に終えることができたのだ。世界が広く見える。

「おいおい、そんなにか」コールは、私が大仕事でも成し遂げたような顔をしているのを見て、呆《あき》れたように声をかけてきた。「すぐに退却しなきゃならなくなったとき、君に運転を頼むことだってあるかもしれないいんだぞ」

「いつもはこんなにひどくないのよ。ちょっとアクシデントっていうか……最初にウサギを見ちゃったから」

「ウサギ?」コールはそれを聞くと首をひねった。

言ってしまった。感情的になった私は、気がつくと雲のことをコールに説明し、空を指さして教えていた。ゾンビが出現した日には必ずあの雲が空に見えていたこと、そしてあれを初めて見た日、愛する家族を失ったことも話した。死んだ妹が私の前に現れて、警告するために雲を作ったのだと言ったことも。私の話を聞きながら、コールは、首の後ろを揉《も》んでいた。気持ちが落ち着かないときにやる、彼の癖だ。

「頭がおかしいと思う？」おずおずと私は尋ねた。

「いいや、そんなこと思わないよ」コールは首を横に振った。

　私は彼を信じることにした。「〝目撃者〟に会ったことはある？　妹は自分のことをそう呼んでいたの。幽霊でも、天使でもなく、目撃者なんだって」

「いいや。聞いたこともないな」コールが首をひねった。

「他の人も知らないかしら？」

「俺の知る限りではないと思う」

「そう……」私はがっくりと肩を落とした。

「君は悪くないよ、アリ。他のほとんどの人にはゾンビが見えないのに、君には見えるんだ。目撃者を見ることができるのも、それと同じことだろう」コールに髪をくしゃっと撫《な》でられて、私は三歳児に戻ったような気持ちになった。「さあ降りて。やることはたくさんあるんだ」

　鍵をコールに返してジープを降り、家のほうへ歩きだした。途中で追いついてきたコールが私に指を絡ませて、「こっちだよ」と裏手の納屋へと導いた。

　まるで恋人同士のように、手を繋《つな》いで歩く。

　ドアに近づくにつれて、中から苦しげな呻《うめ》き声が聞こえるようになってきた。私は、もしかして中で誰か拷問でも受けているのかと感じ、ぎょっとした。

　果たして、私の思ったとおりだった。ただ、彼らが苦しめていたのは自分自身だった。納屋全体にはトレーニング機材やマットが用意され、ボクシングリングまで備えつけてあったのだ。学校が始まった日にコールと一緒にいた少年たちの他に、見憶《みおぼ》えのない顔もいくつか交ざっている。

　コールがみんなを紹介してくれた。端整な顔立ちのアフリカ系アメリカ人はルーカス。たとえバスでもベンチプレスみたいに持ち上げられそうな、逞しい体の持ち主だ。監視用アンクレットをつけている彼には、確かリーヴのパーティーで会ったことがあった。

　端のほうにはデレクというアフリカ系アメリカ人の少年がおり、ゾンビのような服を着せた人形を的にして射撃の訓練をしていた。ブロンクスの姿もある。サンドバッグを執拗《しつよう》に叩《たた》いている。ブレントという金髪の少年が、ブロンクスが叩くサンドバッグをしっかりと支えていた。スキンヘッドで、こちらも監視用アンクレットをつけたコリンズと、黒髪と黒い目のアジア系のホーン（スパイクの名前だ）の二人は剣を持って模擬戦をしていたが、金属のぶつかり合う音から察するに、どうやら本物の剣を使って訓練しているようだった。

　フロスティとマッケンジーは、ルームランナーで走っていた。トリナとクルツ（私がクズと名づけたブラウンの髪の、頬に傷のあるヒスパニック系の少年だ）は、リングの上でグローブをつけずにスパーリングをしている。一見訓練のようだが、実は本気なのかもしれないと思うくらい、どちらも真剣に見えた。

そこに立っていると、あらゆるにおいが鼻に流れ込んできたが、私はその一つ一つを嗅ぎ分けることができた。マッケンジーからは花のような香りが、ホーンからはムスクのような香りがした。そしてコリンズからは果物のような香りが。

「みんな、放課後毎日こんなことをしているの？」不安を表に出さないようにしながら、私は尋ねた。

「そうだ。命を救うのは強さとスタミナだからな」コールは、訓練風景を見渡しながらうなずいた。「それに、俺たちは魂の領域にも武器を持っていける。武器があればゾンビを弱らせて消滅させやすくなるからな」

「私もこれから武器の扱い方を覚えるのね」

「ああ。でも、君は傷が完治していないから、今日やってもらうのは魂の分離と、ルームランナー、それから射撃訓練だけだ。他は全部、傷が治ってからだ」

「わかった」私はうなずいた。

「準備はいいか？」コールが私の顔を見る。

「いつでもいいわ」

「よし」コールがじろじろと私を眺め回した。顕微鏡の下に置かれた虫になったような気分だった。彼には全てが見えていて、何一つ見逃さない。「肉体を離れてみろ」

「今、ここで?」一瞬、何を言われているのか私にはわからなかった。

コールがうなずく。「今、ここでだ」

長い時間かけて試みたが、何も起こらなかった。真剣にやったというのに、どうしてもうまくいかないのだ。私がどれだけ頑張っても、魂は肉体を離れてくれないのだった。

「前はできたじゃないか」コールが言った。

「うん。でもたぶん、ゾンビがいたから仕方なくそうなったのよ」私は、少ししょげながら答えた。

「じゃあこういうのはどうだ? 魂を分離させろ、できなければ膝にのせて、みんなの前でお尻叩きの刑だ」

「やってみなさいよ!」私は息巻いた。

コールが私のほうへ伸ばした手をひっぱたき、飛びのく。

「五」氷のように冷たい目で、コールが言った。

「何よ、母親みたいにカウントダウンしようっての?」私は虚勢を張った。

「四」コールは数え続けた。

仕方ない。私はゆっくりと時間をかけながら、慎重に息を吸って、吐いた。意志の力が高まっていくのがわかる。

「三」

目を閉じて、墓地に現れたゾンビを、父さんに覆いかぶさっていたゾンビの姿を思い浮かべた。胸の中で、決意の炎がちろちろと燃えだした。必要なのは強く信じる心だ。私ならできる。

「二」

私はやり遂げる。絶対に。誰にも邪魔はさせない。

息をするようにあっさりと、私は肉体を離れた。

汗をかくほどの暑さを感じていたのに、いきなり凍えるような寒さに襲われた。窓という窓に塗られた血の境界線が、まばゆい光を放って見えた。みんなの動きがさっきより遅くなったように感じられ、彼らの額を汗が流れゆく様や、毛穴から立ち上っている光が見えた。あれはエネルギーなのだろうか。コールが放つ光が、いちばん強かった。

建物内に漂うにおいが非常にきつく感じられ、今や鼻を刺すような刺激臭となっていた。

「戻れ」高い声で、コールが言った。

恐ろしさにすくみ上がり、振り返った私の目に飛び込んできたのは、コールの横でぴくりとも動かず凍りついている自分の体だった。集中したような表情のまま、固まっている。

「いったいどうやって――」思わず、私は口を開いた。

「喋《しゃべ》るな」コールが鋭い声を出したので、私はまたぎくりとした。

「あなたこそ黙ってよ！」大声でそう返した。

コールは私の口にてのひらを当てようとしたが、その手は私を通り抜けてしまった。彼の手がすり抜けた瞬間、温かい蜂蜜に浸《つ》かっているような気持ちがした。

「どうしたの？」私は訊いた。

真っ青な顔で、コールは自分の口を指さしている。顎がもごもご動き、筋肉が痙攣《けいれん》しているのに、唇は不自然に閉じられたままだ。

すぐさま私は思い出した。魂の姿でいるときに口にした言葉は、条件が揃《そろ》えば実現するということを。

「あなたは喋れる、あなたは喋れる」私は慌てて言った。

コールは唇をすぐに開くと「もうひと言も喋るなよ」と震える声で言った。

それからコールは目を細め、魂として抜け出た私の指に触れると、私にも同じことをするように促した。彼を真似て、私は魂のまま自分の指を差し出し、肉体の指に触れた。その瞬間、まるで何かの引力が二つの私を引き戻すかのように、指以外の部分も元どおりの場所に収まっていった。

「ごめんなさい」私はすぐに言った。「でも私が何を言ったって、誰かの自由意志を破ることなんてないだろうと思ってたの」

「言っただろう、これにはルールがあるし、ルールには例外もあるって。自分を守るための――防御のための正しい命令なら、誰の自由意志でもそれに抗《あらが》うことはできないんだ」

「どうして？　私はゾンビに放せって言ったのに、奴らは攻撃をやめなかったわ。あの命令は自分を守るためのものだったのに」

「たぶん、奴ら全員に一度に命じたからだろう。そのせいで一体一体が感じる、命令に従わなければという衝動が弱まってしまったんだ」

「なるほど」私はうなずいた。思っていたより、学ぶべきことはたくさんあるようだ。

「さあ、もう一度体を離れてみて」コールが気を取り直し、私に言った。

そのあとの四十五分間で、私が体から離脱できたのはたったの四回だった。

「上出来だよ」コールは最後に言った。「家で練習するといい。外に行けないように締めきった部屋で、静かにな。もっと短時間でできるようになってもらわないと」

「練習するわ。あなたがゾンビを灰に変えたときの、あの手の光はどうやって出すの？」

「戦っているとき、致命傷を与えたなとわかると自然に光りだすんだ」

「考える必要すらないの？」

「もう質問は受けつけないからな。今は聞くんだ」コールは言った。言うことを聞かなければ相応の苦しみを味わってもらうぞという厳しさを含んだ、深みのある声だ。恐らく、リーダーであるがゆえに身についた話し方なのだろう。「こっちは家で練習するな。家を焼いてしまうかもしれないからな。しばらくは、君が無力化したゾンビに俺たちの誰かがとどめを刺すことになる。だけど戦っているときに手が光りだしたら、無理に止めようとしなくていい。そのまま戦い続けるんだ。こっちが君に道を譲るから」

つまり、あの光には意図せず彼の友達を傷つけてしまう力があるということだ。

「それから、練習中は、人に見つかるような場所に体を置き去りにしないように。戦闘中は、仕方がない場合もある。できれば人目につかないようにしてほしいが、やむを得ない場合は迷わず体を離れろ。離れているときにはひと言も口をきくな。絶対にだ。どんなダメージを引き起こすかわからないし、リスクはできるだけ避けるべきだ」

「わかった」私は真剣にうなずいた。もしかしたら練習次第では、魂になっているあいだも何か喋ることができるようになるのかもしれない。だが、さっきの事故のせいで唇を疼《うず》かせているコールの前で、今そんなことを言うのは愚の骨頂というものだろう。

「フロスティ」コールが大声で呼んだ。

フロスティは、言われるまでもなく自分が何をすべきか理解していた。使っていたマシンを止めると、手にした水のボトルをひと息に飲み干しながら、急いで私たちのところに駆けてきた。

「君の番だ」コールが言った。

なんということだろう。世界でいちばん嫌いな人の隣で走らなくちゃいけないなんて。

「運動できる服は持ってきたか?」コールが疑わしげな視線で私の全身を眺める。

私も、自分の着ているシャツとジーンズを見つめてみた。こんな格好ではすぐに汗だくになってしまう。健康そのもののマッケンジーの横で、情けない姿を晒《さら》すことになるだろう。「いいえ」

「心配ない。俺が用意してきたのを使うといいよ」コールの言い方にはどこか楽しそうな響きが混じっていた。「あっちにバスルームがある。必要なものは全部君のロッカーに入れておいた」

私に割り当てられた細長くて赤いロッカーは、コールの隣だった。中に入っていたのは青いスポーツブラと、見たこともないくらい短くてぴっちりした伸縮性のあるショートパンツ、それに靴下とランニングシューズだった。着替えをすませた私は、恥ずかしさで頬が熱くなった。まるで裸になったようだった。お腹《なか》も脚も、全部丸見えだ。恐らく顔が紅潮しているだろう。ウォータークーラーの横で待っていたコールは、私を見ると口笛を吹いた。またしても私は、再び顕微鏡の下の虫になったような気がした。

「似合ってるよ」コールが楽しげな声で言った。

「服の趣味が悪いわよ」ショートパンツの裾を引っ張りながら、私は不平を漏らした。

コールは噴き出した。「そんなことないよ。でも、君の気がすむのなら、俺ももっと脱ごうか？」

「せっかくだけど遠慮しとくわ」私は興味ないふりをしたが、もし本当に彼が脱いだりしたら、涎《よだれ》を垂らして喋れなくなってしまうだろう。

コールは私の考えなど見透かしたかのように、いたずらっぽい笑みを浮かべた。

「行こう。始めるぞ」そう言って、私をルームランナーに案内した。

マッケンジーは私のほうなど見ようともしなかったが、近づいていくと明らかに動きが硬くなり、足取りも怪しげになった。走行時間をちらと覗き見たところ、彼女はもう一時間半も走り続けていた。速度と傾斜もチェックし、自分のマシンを彼女より少しだけ速く、きついプログラムに設定する。

「気をつけるんだぞ。いきなり無理して怪我でもされたら困る」コールは私を見つめながら言った。

私は言葉を返そうと口を開きかけたが、マッケンジーのほうがひと足早かった。

「泣けること言うじゃない？　でもそういうのは二人きりのときにしたら？」

「ケンズ、話があるなら外で聞くぞ」コールが彼女に声をかけた。

彼女のことはあだ名で呼ぶのかと、私は心の中で言った。

「ないわ、話なんて」マッケンジーはつんと言った。

「じゃあ、大人しくしててくれ」そう言ってコールが立ち去ると、あとには私たち二人だけが残された。

走り始めて十分ほどは、私もマッケンジーもコールの言いつけを守っていた。彼女がどうして大人しくしているのかは謎だった。一方私はコールから目を離せずにいた。タンクトップとジーンズを脱ぎ、黒いメッシュの短パンを腰の低い位置ではいている。臍《へそ》のあたりから短パンの中へと黒い体毛が続いているのがはっきり見えた。着替えをすませると、コールはルーカスと一緒にウエート・トレーニングを始めた。

バーを持ち上げるたび、筋肉が伸びる。下ろす。上げる。彼の肌に汗が噴き出し、滴り落ちる……。

「彼の気を引くことができて、さぞいい気分でしょうね」マッケンジーが口を開いた。どうやら、いい子にする時間は終わったのだろう。一歩ごとに、きれいにカールしたポニーテイルが揺れている。「だけど長くは続かないわよ」

彼女の考えるような意味で、自分がコールの気を引いているとは思えなかった。

「自分が彼を引きとめておけなかったからって、他の女の子もそうだとは限らないわ」

「あなたが話したかったことってこんなことなの？」マッケンジーは手の甲で額の汗を拭った。「がっかりだわ。パンチくらいしてくると思ったのに」

「あとでたっぷり喰《く》らわせてあげるわよ。必ずね」腿が痛みで熱を持ち、胸と背中には既に滝のような汗が流れていた。速度を落とすべきだろうか。「どうしてあんな噂《うわさ》を流したの？」

「私じゃないわ」マッケンジーが心外そうに言った。

「いい加減にして。いくら可愛《かわい》い顔してても、私はお友達の男連中みたいにだまされないわよ。私とやり合って、歯が全部残っていたら運がいいと思いなさいよ」

「ふん。言うより先にやってみたらいいじゃない。確かに私はあなたのことが大嫌いよ。だからって誰がヤったのヤらないのって噂なんて流すと思ってる？　ふざけないで。もうガキじゃないのよ」

マッケンジーは話している最中にも、息が上がった様子は一度も見せなかった。私のほうはもう青息吐息だというのに。

「でも他に誰がいるっていうの」私は、息が上がっているのを精一杯隠しながら言った。

「じゃあ教えてあげる。他にやりそうな人なんて星の数ほどいるのよ。あの学校にはね、自分では勇気があるつもりで、不良っぽい男に憧れる女の子たちがたくさんいるの。そういう子たちが、ここにいる男の子たちにアタックしては振られているのよ。なのにあなたはうまくやってるもんだから、その子たちから妬まれてるってわけ」

「それはおかしいわ。キャットだってフロスティとつき合っていたのに、誰も噂なんてしてないじゃない」

「それはキャットと俺が愛し合っていたからさ」盗み聞きしたことを恥じる様子もなく、リング上からフロスティが大声で言った。「それに、キャットの友達はしばらく彼女をハブってたって言ったはずだ。まあ、俺をボロクソに言ってる噂はアホみたいにたくさん流されてたけどね」

「ほらやっぱり」私は拳を握りしめると、声をひそめてマッケンジーに言った。「女の子があなたの仲間の男の子とデートすると、噂が広まるんじゃない」

「フロスティの言うことなんか信用するのやめたら？　キャットのまわりは確かにあの子を仲間外れにしていたけれど、あの子のセックス・ライフの噂なんて誰も流さなかったわ。それに、私はやってない。トレーニングに集中しなさい」

父さんの訓練で学んだことがあった。それは、感情的になると人は後先を考えられなくなるということだ。そして後先を考えなくなると、人は間違いを犯すようになる。マッケンジーは今、怒りの臨界点にいる。あと少し押せば、噂を流したことをうっかり認めるかもしれない。

そう考えて、私の中に棲《す》まう内なる虎を、もう少し野放しにしてみることにした。

「ねえ、陰で自分がどう言われているか、考えたことある？　あなたの仲間たちが親しくした女の子をあなたが脅すのは、嫉妬してるからでしょ。違う？　私が思うに、あなたはまだコールに未練があるんじゃないの？　賭けてもいいけど――」

マッケンジーは金切り声をあげてルームランナーから飛び降り、私に掴みかかってきた。馬乗りになるようにして、私を押し倒す。背中から床に激突し、目もくらむような衝撃で息ができなくなった。さらにコンクリートの床に頭をぶつけて、目の前に星が散った。

情けないことに、最初に頭に浮かんだのは、ルームランナーから降りられたことに対する神様への感謝の言葉だった。

馬乗りになったマッケンジーが、私の頬に最初の一発を見舞った。さっきよりさらに明るい星がまたたき、頭蓋骨の中で脳がまるで音をたてるかのように揺さぶられた。

だが、私はその音が収まるまで待ってはいなかった。マッケンジーめがけて突き出した拳が彼女の口に命中し、治りかけの唇の傷をまた開かせる。殴られた勢いで彼女の首は横を向き、床に血が飛び散った。上にのっていた彼女の襟首を掴んで引きずり下ろし、床に押しつけてのしかかった。一発、そしてもう一発、強烈なパンチを叩きつける。

マッケンジーの頬を、血が滴り落ちていた。彼女は反撃しようとしていたが、目に入り込んだ髪の毛に視界を奪われ、その拳は空を切るばかりだった。

私は手を離して言った。「私だってこんなことしたくない。ただ話してくれれば――」

私の言葉を遮るように雄叫《おたけ》びをあげたマッケンジーに腹を強《したた》か殴られ、私は床の上に倒れ込んだ。必死に立ち上がり、どうにか息をしようと喘《あえ》ぐ。

「よくも――」私が言いかけたその瞬間、温かく逞しい、馴染《なじ》み深い腕が私を捕らえ、がっしりした体に押しつけられた。

「もうよせ!」コールが吠《ほ》え、私は縮み上がった。

見ればブロンクスとフロスティが、マッケンジーを押さえている。

彼女はまだもがき、私に向かってこようとしていた。「自分がまわりからなんて言われているか、私が知らないとでも思ってるの？　たとえ反吐《へど》が出るほど嫌いな相手でも、自分と同じ目に遭わせるようなカスにこの私が見える？」

彼女の一言一句が胸に突き刺さった。不思議なことだが、私は彼女を信じ始めていた。マッケンジーの抱える深い傷がひしひしと感じられた。彼女は苦しんだのだ。そして今も苦しんでいる。

コールの腕の中で、私はうなだれた。

「ごめん」そう彼女に声をかけた。

「どうでもいいわ」マッケンジーを押さえていた二人は、大人しく彼女が腕を振り払うに任せた。彼女は大きな足音をたてて納屋を出ていき、バンとドアを閉めた。

恥ずかしさで、私は肩を落とした。なぜ気づかなかったのだろう。

そう、私は答えに辿《たど》り着いたのだ。さっきは彼女が嫉妬していると責めたが、嫉妬しているのはむしろ私のほうだったのだ。彼女はコールの恋人だった。しかも一緒に住んでいる。コールが彼女を今も好きなのかどうか、それもわからなかった。私は言いがかりをつけていただけだった。

「傷を洗いに行こう」コールはそう言うと、私の手を引いてロッカールームへ連れていき、洗面台に座らせた。そして一度そこから姿を消し、すぐに救急箱を持って戻ってきた。

腕を縫った傷口がまた開いている。血が、てのひらにまで伝っていた。今ごろになって痛みを感じた。だけど何より辛《つら》いのは、両方の頬のずきずきとした痛みだった。

「あなたの言うことをちゃんと聞いていればよかった」目頭が熱くなり、私は涙に気づかれないよう下を向いた。まつげに涙が溜《た》まる。震える手で、私はそれを拭った。

「そうだな。聞いておけばよかったのにな」コールはぷつんと縫い糸を切ると、傷口を消毒し、軟膏《なんこう》のようなもので麻酔を施してから縫ってくれた。軟膏を塗っていても、まるで何百匹もの蜂にめった刺しにされているような、強烈な痛みだった。私は下唇を噛《か》んで耐えた。コールは慣れているようで、実に手際がよかった。

処置を終えると、彼は私の肘から下をガーゼで巻いた。私の腰に手を置き、脚のあいだに立ってこちらに体を傾け、顔を覗き込んだ。

「本当に大丈夫か?」彼の優しげな声。

「ええ」私は、静かにそう言うとうなずいた。

「そうか」彼が答え、それから私にキスをした。

前にしたときとまったく同じだ。まわりの風景が溶けていき、コールだけがはっきりと見えた。彼の唇が、私の唇に押し当てられている。彼の舌と私の舌が激しく絡み合う。ストロベリーとチョコレートみたいに甘く、中毒性のある味。深く、豊かなスパイスの香り。温かく逞しい体が私を包み、閉じ込める。

抗おうとは思わなかった。彼に腕を回し、さらに近くに引き寄せた。両脚を彼の体に回し、背中で両足首を絡ませた。離したくない。

コールが私に抱いているのは、もしかしたら恋愛感情なのかもしれない。彼は私の髪を指でくしゃっと撫でて、自分のほうを向かせた。

「話すのはあとにして。今はキスをしていたい」

「君は美味《おい》しいな」

「俺もだ」

私たちの会話にはとても懐かしい何かがあったが、どうしてそう思うのか、そのときはわからなかった。気にもしなかった。この瞬間のこと、コールのことしか私には考えられなかったのだ。シャツを着ていない彼の筋肉の隆起や、傷痕、全てを肌に感じることができた。乳首についたピアスの冷たささえも。

「おい」苛立ちを含んだ声が、背後から聞こえた。「こんなところを見ることになるとは思わなかったぞ」

コールは私を放し、入ってきた人物のほうを向くと、危険が及ばぬよう、守るように私の前に立った。

入り口に立っていたのはコールの父親だった。「喧嘩があったと聞いてきたんだがな」そびえ立つホーランド氏は威圧的で、そしてなぜか笑っていた。

恥ずかしさで今すぐ死にたいと思った。

「大した怪我はしてないんだ」コールはそっけなく言った。

ホーランド氏は、靴の先で横の壁をこすると「どうやらそのようだな」と、からかうように言ってみせた。

「もう出るところだったんだよ」ばつが悪そうに、コールが咳払《せきばら》いをした。

彼の父親は、ドアのほうを手で指した。「それなら邪魔はしない。行きなさい」

私は洗面台から下りると、一度も振り返らないままコールと一緒にロッカールームを出た。


祖父たちはいつも夜九時にはベッドに入った。「早起きはいいことずくめだよ」と二人は言う。おかげで、コールが気にしていたように、夜中に外出するにもいちいち忍び出ていかなくてもすんだ。祖父母に無駄な心配をかけなくていいのは、嬉《うれ》しかった。

夜九時三十分、コールがうちの裏庭にやってきた。あのキスのあと、私たちはひと言も言葉を交わしていなかった。

いいや、違う。ちゃんと話そうとしなかったのは私のほうだ。

私を狂わせたコール。

九時三十三分、外に出た私は彼の隣に立っていた――あたりには腐敗臭が立ちこめている。

　エマが警告してくれたとおり、ゾンビたちが動きだしたのだ。

　不安と期待が入り混じる。だが数時間の訓練で、私は魂の分離がかなり上手にできるようになっているのだ。今夜はやすやすとやられたりしない。

「今日は手のあいている奴が一人もいなかったんだ、ごめん。だから一体でも君の家のフェンスを通さないように、罠《わな》をめいっぱい仕掛けておいた」コールは私の手を取ると、本気で走りだした。私はついていくというより、引きずられていくので精一杯だった。「俺の踏んでない場所を踏まないように注意してくれよ」

「ここで戦うんだと思っていたわ」私は息を切らしながら言った。

　今夜は満月だ。大きな黄金の球体が、無限に広がる漆黒の空に浮かんでいる。いくらか雲があったが、星は一つも見えなかった。

「最初の一団が移動を始めているのをフロスティが見つけた。君の家に向かっている。奴らが追っているのは君なのかどうかを確かめたいんだ」

　答えを知りたい質問はもう一つ。「もし奴らの狙いが私じゃなかったら？」

「それがわかり次第、君の家に戻る」

　森に囲まれた小道に出ると、カーブのところにコールのジープが停めてあった。運転席には、私と同じようにバンダナで髪を隠したブロンクスが座っている。コールは私を中に投げ込むと、自分も横に座った。ジープは、かすかな軋《きし》みを響かせながら走りだした。

家族が死んだ夜の記憶が、あれこれどっと押し寄せた。父さんが私を後部座席に放り込んだこと、シートベルトがなかなか締められなかったこと。落ち着け。今夜はあのときとは違うのだ。だから結末だって違うはずだ。車内は暗かったが、銃やボウガン、剣などの武器が積まれているのが見えた。

今夜死ぬのはゾンビのほうだ。私たちじゃなく。

「武器は持ってるな?」コールが大声で尋ねた。

「持ってきたわ」私は答えた。家に送ってもらう前、コールから飛び出しナイフと両刃ナイフを渡されていたのだ。

ジープが急カーブを間一髪で曲がりきり、体が上下に揺れた。

「気をつけろ」コールが言った。

ブロンクスはいつもとおり、ひと言も喋らなかった。さらに何度かカーブを曲がり、隣町との境界線近くまでやってきたところで、不意にジープは停まった。コールは私を連れて車から飛び降りた。手には二本の剣を携えている。

彼に急《せ》き立てられるように丘を登って森を抜けると、ぽっかりとあいた野原に出た。

「私はどうすればいい?」私は声を殺して口早にそう尋ねた。

コールの仲間たちの姿は見えなかったが、そう遠くない場所に散って、あたりを警戒しながら待機しているのだろう。マッケンジーのシャンプーの花のような香りや、ホーンの香水のムスクの香りなど、コールの家で嗅いだあらゆるにおいがそこに漂っていたからだ。

黒い雲の塊に覆われ、月がくすんだ赤色に変わっている。暗がりが、私たちにとっては完璧な隠れ蓑《かくみの》となる。私たちは全身を真っ黒な服で包み、目の下を半月形に黒く塗っていた。なぜ黒く塗る必要があったのかは知らされていなかったが、コールとブロンクスの顔にも黒い縞模様《しまもよう》がペイントされていたから、特に気にはしなかった。

「今日は見て、学んでくれればいい」コールは持っていた二本の剣を下に置くと、私の手を取って木の下へ連れていった。それから屈《かが》み込み、両手の指を組み合わせた。

「登るんだ」

彼の組んだ手を足がかりにして、枝に登り、跨《また》がった。

「私も手伝いたい。何かできることはあるはずよ」私はそう申し出て自分も刃物を握りしめたが、地表にいる彼のバイオレットの瞳に射すくめられて、私はその場から動けなくなった。

「ここは最終防衛線だから、それほど多くのゾンビと戦う必要はない。何があっても、やむを得ない場合でなければそこを動くな。君はまだ怪我が治っていないし、こっちに逃げてくるゾンビに対しては、俺が対応する」

「でも――」

「君が持っているのは短剣だから」コールは私を遮った。「ゾンビを無力化するには接近して攻撃しなくちゃいけない。でも奴らに近づいた状態で傷が開いたら、君は出血して弱り、八つ裂きにされちまう」

確かに、これまでの私は基本的に噛まれてばかりだ。「見学だけさせたいなら、武器なんて持たせなければいいのに」私は不満げに言った。行動したいという衝動に抗うのは、難しいことなのだ。

「どんなときも、あらゆることに備えておくべきだからな」コールが言った。

私は溜息をついた。彼の言うことは気に入らないが、筋は通っている。コールは私が諦めたのを察すると、言葉を続けた。

「本来ならまだシミュレーションも訓練もしていない君を、こんな戦場の真ん中に放り込みたくないんだ。実際の戦闘を見たら、びっくりさせてしまうだろうし。でも、ゾンビたちが君を狙って襲ってきているのかどうか、どうしても確かめておく必要があるからな」

夜を切り裂くような遠吠えに、私の虚勢は吹っ飛んだ。狼《おおかみ》の声ではない、人間の声だ。コールは、私のいる木の根元に屈み込み、目の前の剣を取った。

「いつも俺たちは、仲間の家のどれかに体を置いておくんだ。ゾンビの手が届かないように、無防備な体を誰かに傷つけられたりしないように」そう言いながら、片方の足首につけたホルスターから小型のボウガンを、もう片足から拳銃を取り出す。「ブロンクスと俺は車で君を連れてこなければならなかったから、今夜はそれができなかった。俺たちの体は、君と一緒にここに置いていく。ゾンビが来ても心配するな。俺たちの体は大丈夫だから。それよりも人間に注意してくれ。誰かが来たら、脅して追い払うんだ」

私は震えながら答えた。「わかった」

「ゾンビは痛みを感じないっていうのは、説明ずみだったかな？」コールは、さらに説明を続けた。「戦わざるを得ない状況になっても、奴らを攻撃しようと思うな。いい結果にはならないから。奴らは攻撃されると、興奮して大声を出す。無力化することだけを考えるんだ」

「わかった」私はうなずいた。いい結果になろうが、悪い結果になろうが、もう心は決まっているのだ。その決心を翻すつもりなどない。

再び咆哮《ほうこう》が聞こえた。悲鳴やたくさんの唸《うな》り声が、そこら中から聞こえてくる。それがゾンビの声なのか、コールの仲間たちの声なのかは判別がつきかねた。次に聞こえてきたのはがさがさと葉が揺れる音、そして足音だった。

「間違いない、奴らは君を追っているんだ」コールが言った。「ブロンクス？」

ブロンクスがうなずく。

二人は、頭にのせていたサングラスをかけた。コールは私にも投げてよこしたが、うまくキャッチできずに落としてしまった。

「今だ」コールのかけ声を合図にして、二人同時に肉体から離脱した。

誰かが電気を点《つ》けたに違いない。強烈なハロゲン灯が突如あたりを照らし出し、眩《まぶ》しすぎる光に、あらゆるものがその輪郭を失った。

私は思わず目を細めた。

サングラスと、目の下を黒く塗った理由がわかった。黒は光を吸収して明るすぎる光を偏向してくれるから、適切な視界が確保できるのだ。なるほど、よく考えたものだ。

それが最後の理性的な思考だった。

突然、分厚い緑の茂みから、目の下を黒く塗ったフロスティが飛び出してきた。彼はサングラスをかけていなかった。地面に飛び込んだかと思うと、着地の瞬間、くるりと回転した。立ち止まり、手にした二丁の拳銃で狙いを定める。

なんということだろう。彼のあとからやってきたゾンビは、数体の残党などという生易しいものではなかった。一団丸ごといる。

コールとフロスティはボウガンを引き絞り、拳銃の引き金を引き、次々と弾や矢を放った。銃声と、ボウガンの矢が風を切る音が闇を揺さぶり、切り裂く。ゾンビたちがよろめき、倒れるたびに新たな呻き声があたりに響き渡る。周囲に立ちこめる強烈な腐敗臭に、私は吐き気を催した。

さらに多くのゾンビが茂みから飛び出してくると、ある者は仲間にけつまずいて転び、ある者はどうにか踏みとどまった。しかしそのとき、まばゆい光が奴らを照らし出した。ゾンビどもが目を庇《かば》うように腕をかざす。明るい光の下でゾンビの姿を見るのは初めてだった。しかし私は、見てしまったことをすぐに後悔した。光の下で見るゾンビには、何か奇妙なものが……美しさがあったのだ。

砕けた氷のような肌は、サファイアの色合いを帯びたオニキスのような輝きを放っている。暗いところでは黒く見えた目は、光の下ではルビー色に見えた。完全な催眠状態にあるかのように、虚《うつ》ろな輝きを放っている。

コールとフロスティの攻撃を逃れたゾンビたちは、二人に近づくにはその強烈な光に踏み込まなくてはいけないのだと悟ると、ふらふらと木のほうに移動していった。しかしそれも、背後から吹きつけた一陣の風が、私のにおいを戦場へと運んでいくまでのことだった。ゾンビが凍りついたように動きを止めて、においを嗅いでいる……。ルビー色の目が、私にぴたりと向けられた。まるで、目の前の戦いを忘れたかのように。

ゾンビたちが続々と前に進み始めた。

フロスティの合図があった。ゾンビたちが全方位から接近してくる。

フロスティは前を向き、コールは後ろを向いた。ブロンクスが両手を広げて左右をカバーする。あらゆる方向から、銃弾のあげる唸り声が聞こえてきた。

コールは空になった弾倉を捨て、ベルトに装備していた予備を、手際よく装着した。三人はゾンビの頸椎《けいつい》を切断すべく、首に狙いを集中させている。

彼らに倒されたゾンビたちが、積み重なって山を作っていく。だというのに、まったく数が減っているようには見えなかった。一体倒れると、新たに二体現れる。あとからあとからどんどん湧いてくるのだ。矢が尽き、予備の弾丸もなくなると、コールは剣を手にして群れの中へ飛び込んでいった。首が体から切断されたゾンビの体が崩れ落ちる。だがやはり、頭も体も死ぬことはなかった。

コールは流れるような無駄のない動きでゾンビの攻撃をかわし、目の前の敵には剣で、後ろの敵には蹴りで応酬した。

そこへ足音が聞こえてきた。「着いたわ！」

誰かが叫んだ。フロスティとブロンクスが撃つのをやめた。トリナとクルツがゾンビの壁を押しのけ、光の下へやってくる。二人の手が光を放っている。彼らは死骸の山に近づくと、一体、また一体と手際よく灰にしていった。さらに「こっちも着いた！」という声が闇に響いた。そして、マッケンジーとデレク、ホーンが到着したかと思うと、続けざまにルーカスとコリンズも姿を現したのだった。姿が見えないのはブレントだけだ。

中には全身血塗《ちまみ》れの者もいる。みな汗だくで、緊張と激しい戦闘のせいで顔が真っ赤になっている。私だけが木の上で何もせず、彼らの命を危険に晒しているのだ。

ここにじっとしたままで。

私も戦いたい。その衝動が胸を震わせた。

ゾンビは戦士たちをそれぞれ追い回し、間もなく周囲は完全にゾンビに囲まれてしまった。みんなは銃を撃ち続け、戦い続け、光るてのひらでゾンビを葬ろうと奮闘していた。てのひらから放たれる絶え間ない光の熱に包まれると、ゾンビの多くは悲鳴をあげた。奴らの青みがかった肌は徐々に暗くなり、毛穴から黒い蒸気が立ち上った。こうして見ていると、ゾンビは確かに組織的に動いているようで、攻撃を防ぎつつ、狙いを定めた特定の人間を少しずつ孤立させるように戦っているようだった。

甲高い悲鳴があたりに響き渡る。マッケンジーが、ゾンビの口から腕を引き抜き、よろめいた。黒い液体が皮膚の下を流れていくのが見えた。何か邪悪なものが彼女の血の中へ注ぎ込まれたのだ。

彼女の動きは徐々に鈍くなり、やがてナメクジほどのスピードにまで落ちていった。さらに別のゾンビが同じ場所に嚙みついて、黒い液体が腕の上へ上へと広がっていくのが見えた。マッケンジーの叫び声は次第にか細くなっていき、ついに何も聞こえなくなった。新たなゾンビの一団が彼女に襲いかかり、彼女の中に消え、また現れ、地面に引き倒した。他の仲間たちはこの悲劇に気がついていない。皆自分の身を守るだけで精一杯なのだ。

私は深く息を吸い込むと止め、しばらくじっとしていた。私にはできる。やらなくては。私は練習したとおり、力強く息を吐きながら魂を分離させた。アドレナリンが血中を駆け巡っていたせいだろう、すんなりと魂が肉体を抜け出すのがわかった。

私は木から飛び下りると、屈んだ姿勢で着地し、すぐさま立ち上がって両手に短剣を握りしめた。あちこちに光が見える。仲間たちの放つ光、そして血の境界線の光。攻撃すべきは、それ以外の全てだ。私はマッケンジーを取り囲んでいるゾンビたちの群れめがけて走りだした。

まずは一体の頸動脈を切り裂く。そいつはぐらりと横に傾いた。反転し、別の奴の腹を突き刺す。さらに身を翻し、もうひと突き。目の端でとらえたマッケンジーの体は黒い斑点だらけで、びくびくと痙攣していた。もう光を失い、激しい痛みに手をぎゅっと握りしめている。ゾンビたちは捕獲ずみの餌のことをすっかり忘れ、私に狙いを定めたようだった。いつの間にか足元に這《は》い寄っていたゾンビが、私の足首を掴んで地面に倒そうとしてくる。私はそいつの目を突き刺し、視界を奪った。背後から近づいてきた奴には、倒立からのキックで応じた。

「今夜、ゾンビが勝つことはない」わらわらと集まってきたゾンビたちを見て、私は宣言した。心からそう信じていた。

襲いかかってきたゾンビに向かって突進し、一体、さらにもう一体の頸動脈を切り裂いた。そのとき、何か背中に固いものが当たった感触があったが、パニックになることはなかった。間違えようのない、このサンダルウッドの香り。コールが来てくれたのだ。

「やるじゃないか」コールは私の背後で戦い、死角からの攻撃を防いでくれていた。彼にそう言われた途端、温かい風が吹きつけて、私のまわりで渦を巻いた。力がみなぎり、勇気が湧いてくる。コールの言葉が現実になったのだ。彼の言葉は心からのものであり、私もまた彼の言葉を信じていたから。私はちゃんと戦えているし、もっとできるはずだ。

「あなたもね」私は別々の方向へ伸ばした両腕で弧を描き、片腕で上、もう片腕で下にいたゾンビを切り裂いた。

「その調子だ。ただ淡々と戦い続けろ」頼もしいコールの声が聞こえる。

速く。もっと速く。ゾンビたちは次々と目の前に立ちはだかったが、私にはスローモーション同然に見えた。斬って斬って斬りまくる。肩、腕、手、胴、腹、腿。バラバラに切り刻まれた体が、肉の雨のように地面へと降り注ぐ。

ブロンクスがやってきて、光る両手で奴らに致命傷を与えていった。

コールと私は戦い続けたが、私の手が光を放つ様子はなかった。マッケンジーを襲った一団を片づけると、今度はフロスティ、次にコリンズに加勢した。何度か嚙まれたがどれもほんの一瞬で、以前のような嚙まれ方は一度もされなかった。それでも焼けつくような痛みは感じたし、徐々に自分の動きが鈍っていくのも感じられた。私に嚙みついたゾンビたちは、どいつも恐怖に慄《おのの》いたような顔をして、ぱっと離れていった。

全ての戦いが終わるころには、私は精根尽き果てていた。見えない鎖が私を木の上へと引っ張っていくのを、抗うこともできずに感じていた。今までは体に触れなければ戻れなかった。こんな、引っ張られるような感覚を経験したのは初めてだった。

息を吸い込むと、世界がはっきり見えるようになった。肉体に戻ってきたのだ。しかし激しく消耗した体を支えることが私にはできず、崩れるように枝から落ちた。地面に強か顔をぶつけてのたうち回っているうちに、どこかに短剣をなくしてしまった。腕に激痛が走る。縫った傷がまた開いてしまったことは、見なくてもわかった。

「フロスティ、マッケンジーをアンクのところへ連れていってくれ」コールの叫ぶ声が聞こえた。コールは木の下で凍りついたままの体のほうへ歩いていき、体に触れた。途端、二人のコールが一つに合体した。

「了解だ」フロスティはそう答えると、マッケンジーを抱き上げて立ち去った。

「トリナとホーンは、ブレントを捜してくれ」コールが号令をかける。

「そのつもりよ」トリナが答えた。

「手のあいた人で残ったゾンビを片づけるんだ」

「その必要はない」闇の奥から聞き憶えのない声がした。

誰かがハロゲン灯のスイッチを消したらしく、森全体が深い闇に包まれた。光の残像がちかちかと目に痛い。大勢の足音が聞こえ、防護服を着た集団が視界に現れた。

「ゾンビは我々が持っていく」さっきの声の主が言った。

コールはその人に飛びかかったが、すり抜けてしまった。間違いない、防護服の奴らも魂の姿をしているのだ。

「臆病者め！　くそ、こうなることを予測しておくべきだった」コールの舌打ちが聞こえた。

彼らは離れたところで戦闘の様子を見ながら、助けに入ることもせず、自分たちの目的のためにじっと待っていたのだ。コールと私が肉体に戻り、傷ついて弱っている今が、彼らにとっては絶好の機会だったのだ。

「行け」コールは残っている仲間たちに命じた。

ブロンクスを除く全員が駆けだした。彼らはまだ魂の姿だから、防護服を着た一団からの攻撃を受けやすい。コールの仲間たちのほうが断然戦闘に長《た》けているのだろうが、全員が満身創痍《まんしんそうい》である今、状況はあまりにもこちらに不利だった。

防護服の一人が、地面に転がっていた私に歩み寄り、じっと見下ろした。頭部についている透明の窓に目を凝らしてみて、私はそこに浮かび上がっている顔に見憶えがあることに気がついた。ジャスティンだ。

「君は間違ったチームを選んだね」ジャスティンが、蔑むように言った。

暖かい風が吹いてきた。彼の言葉の力によって発生した風なのだろう。肉体に戻っていた私も、言葉の力は確かに感じられた。

「私がいるのは正しいチームよ」歯ぎしりしながら私は言った。彼の意志で、私の意志が覆ることはない。そばにやってきた彼の妹が浮かべている得意げな表情が、防護マスクを通していてもはっきり見えた。ひと言も発することなく、彼女はただ笑っていた。

私たちはどうすることもできず、彼らがまだ息のあるゾンビたちを引きずり、持ち去っていくのを、ただ見ているしかなかった。

防護服の一団がいなくなってから二秒後、血に塗れたコールの腕が私を抱き上げた。彼の胸の鼓動を肌に感じた。

「君を連れていく」コールがささやいた。

「いつもほど痛みはないの。自分で歩けるわ」コールに怪我はないようだったが、この結末を苦々しく受け止める彼の気持ちが痛いほど伝わってきた。

「あなたのことも、防護服の追跡も諦めないわ。私はあなたを選んだんだから」

コールに運ばれていながら、少し離れた場所にエマが姿を現しているのに気づき、私の目は釘《くぎ》づけになった。エマの姿はもう消えかけている。とても悲しそうな顔をしていた。

「もう遅すぎる」エマはささやいた。「かわいそうなアリス。本当にかわいそうに。彼がやってくるわ」

15　心臓を切り刻まれたキングとクイーン

コールの家まで車で送ってもらうあいだも、妹の言葉が頭から離れなかった。

〝彼がやってくるわ〟

彼とはいったい誰だろう？　そして、なぜここに？

しかしコールの家に着いた瞬間、私は別のことに気を取られた。納屋の中で数人の仲間たちが、ストレッチャーにのせられているのが見えたのだ。多くは点滴を打たれ、アンクさんが脈や呼吸などバイタルサインをチェックして回っている。眠っている者もいたが、あまりの激痛にまんじりともできない仲間もいた。しかしブレントは……じっと動かない彼の体は、黒い水泡でびっしりと覆われていた。

誰よりも治療が必要なのはブレントであるはずなのに、アンクさんが彼のベッドに近づくことはなかった。ライト博士は軽傷のみんなに消毒をし、包帯を巻いていたが、ブレントのほうは一度も見ようとしなかった。それらが意味することはたった一つだった……。

コールが、あらゆる悪意と悲哀を混ぜ合わせそこから取り出したような、呪いの言葉を吐くのが聞こえた。彼は私をベッドに寝かせると、アンクさんに言った。「トリナとホーンはまだ外にいる。ブレントを捜して……」コールの声が震え、唇がきつく閉じられた。

しかし、トリナとホーンはストレッチャーに横になっている。いや、違う。そこにあったのは体だけで、恐らく二人は魂の姿のまま、まだ森にいるのだ。

「二人のことは、君の親父《おやじ》さんが迎えに行ったよ」アンクさんが言った。

ライト博士はいつもどおりの厳格な表情を崩さなかったが、手袋をした手を胸に当てて言った。「残念だわ、コール。彼は本当にすばらしい青年だった」

コールは頭《こうべ》を垂れた。

「ブレントはまだ……まさか……」私は言った。

「もう死んでしまったんだ」コールのこれほど感情をむき出しにした声は聞いたことがなかった。「あいつの魂がここから出ていくか、ゾンビになってしまうかは、何日か経《た》てばわかる。これから、わからないようにあいつを家に運び、ベッドに戻す。朝になれば彼の恋人が彼を見つけて通報するだろう。ブーツとダッキーと同じ病気で死んだという噂《うわさ》が広がるだろう」コールは苦い笑みを漏らした。「こんなんじゃもう、奇病でもなんでもなくなっちまうな」

「辛《つら》いね……」私はつぶやいた。喪失のショックも、愛する誰かがひどい苦しみの中で死んだと知ったときの心の痛みも、よく理解していた。

「コール、お前も横になれ」アンクさんが言った。「治療を受けなさい」

数分のうちに、私にもコールにも点滴が繋《つな》がれた。彼は深い沈黙に沈んでいたが、彼の体から発される深い辛苦の波は私にも感じられた。私はブレントのことをよく知らなかったが、彼が死んでしまったのは本当に悲しいことだった。

「あいつはこれ以外の死に方なんて望んでいなかったはずさ」コリンズが言った。

コールは音をたてて枕に頭を打ちつけた。

ライト博士が近寄って、彼の手をそっと叩《たた》いた。

私の頬が震えた。

「泣いちゃだめよ」校長は私に言った。冷徹なようでいて不思議と温かく、力をくれる声。「今必要なのは、涙じゃないの」

「わかっています」コールはこうして何人の友達を失ってきたのだろう？　これから何人失うことになるのだろう？　そして私は？　ここにいる人たちと仲よくなって、愛するようになり、そして同じように失うのだろうか。

トリナとホーンが納屋に入ってきたが、二人とも必死で涙をこらえていた。また泣きそうになるのを我慢しながら、私は、二人がブランケットにくるまるように自分の肉体に戻っていくのを見つめていた。

「あいつが死んじゃったなんて……」かすれた声でトリナが言った。彼女のむき出しの上腕二頭筋には、赤と黒の汚れがしがみついている。乾いた血のこびりついた髪が、固まって針のように尖《とが》っていた。上唇が切れて、頬には痣《あざ》ができ、顎が腫れ上がっている。

温かな涙が私の頬にこぼれ落ちた。

コールと私と一緒に戻ってきていたブロンクスは、黙ったまま両手で顔を覆った。瞼《まぶた》は大きく腫れ上がってしまっていた。彼も赤と黒の体液に塗《まみ》れ、青い髪がぐしゃぐしゃに乱れている。

ホーランド氏が納屋に入ってくると、まっすぐに息子のところへ向かった。「いい子だったな。我々は彼を誇りに思う。これまで亡くした全ての人たちと同じように」

コールがぎこちなくうなずくのを見ていると、また新しい涙が私の頬を流れた。

「アリの手当てをしてあげて。傷だらけなんだ」コールがそう言った。彼らしくない虚《うつ》ろな声が、私の胸を痛いほど締めつけた。

ホーランド氏は息子の肩を叩いて「わかった」と声をかけると私のほうを向いて、そっと消毒し、包帯を巻いてくれた。「君は今夜大活躍だったと聞いたよ」

「みんなそうでした」私は静かに言った。

「謙遜か？　そんなタイプじゃないと思っていたが」血塗れのガーゼをベッドの横のゴミ箱に捨てる。「じゃあマッケンジーは自力で逃れたと？　フロスティは？」

「やるべきことをやっただけです。他のみんなも私のために同じことをしてくれたでしょう」

「そうだな。だが、君はまだちゃんと訓練を受けていないのに大したもんだ」

私は溜息《ためいき》をついた。「それこそ防護服の連中とつるんでいる証拠だと？」

口の端だけを歪《ゆが》めて笑う仕草は、コールにそっくりだ。「いいや。どこでゾンビを待ち伏せするか、君は知らされていなかったじゃないか。防護服の奴《やつ》らはきっと、ゾンビを追いかけてあそこに来たんだろう。ゾンビが君を追っていたようにね」

「あの人たち、ゾンビを使って何をするつもりなんですか？」私はホーランド氏の顔を見上げた。

「人体に注入する以外に、ということか？　それがわかればな」ホーランド氏が溜息をつき、それ以上話そうとはせずに私のそばを離れていった。

部屋中がぴりぴりした沈黙に包まれて、誰もが自分の物思いにふけっていた。何かみんなの気持ちを落ち着かせることが言えたらいいのにと思ったが、あの事故のあと、医者や看護師、友達、家族から陳腐な慰めの言葉をかけられて、自分がいかに彼らを軽蔑したかを思い出した。どんな言葉も、かけられない。そういうものなのだ。

「ゾンビの奴ら、だんだん手ごわくなるな」フロスティが言った。私に話しかけるときと同じ厳しい声だ。「いつもはハロゲン灯を点《つ》ければ逃げてくのに。今日はそれでも向かってきたぞ」

「奴らが手ごわくなったんじゃないと思う」硬く沈んだ声で、コールが言った。「たぶん狙いはアリだったんだ」

「そんな……でもどうして？」困惑して、私は尋ねた。

だが、誰にもそんなことはわからなかった。


気の遠くなるような数カ月が過ぎた。ブレントは既にアッシャーを卒業して一人暮らしをしていたから、学校では私たちの他に誰一人、彼の死を知る人はいなかった。コールたちが、なぜこれほど揃《そろ》って張りつめた顔をしていて、些細《ささい》なことで感情を爆発させるのか、その理由を知る人も。

ブレントのために開いたささやかな追悼式で、コールや仲間たちがひたすら静かに友人の死を乗り越えようとしている姿を目の当たりにして、私は深く心を揺さぶられた。

たまに、次は誰の番なのだろうと、それしか考えられなくなることがある。コール？　あれから私たちは幻覚を見ていないし、あれにどんな意味があったのかもわからずじまいだ。フロスティ？　キャットは彼の死と向き合うことができるだろうか？

しかし、もう私の身にすっかり染みているとおり、まわりで何が起きようとも人生は続いていくのだ。毎日、学校が終わると、私はコールと共に訓練に明け暮れた。だが、あのとき戦いの中でできたほどには、うまく動けなかった。どんなに練習してもあのときのように、アドレナリンを増幅させたり、肉体を離れたりといったことが、意識的にできないのだ。

コールは何度となく私を投げ飛ばし、刀や短剣で切り傷をつけたが、二度とキスしようとはしなかった。私のほうも、そんなことはすっかり頭から追い出していた。

私は毎晩遅くまで眠らず、コールと一緒に家のまわりをパトロールしたり、トラップを仕掛けたりして回った。トラップを仕掛けないときは、巣を探しに行った。それもないときは、窓の外にゾンビがいないか監視したり、日記帳の残りを解読したりして過ごした。

あれからさらに二つの文章が読めるようになっていた。一つは、既にライト博士が説明してくれた、ゾンビの始まりについて。もう一つは、戦士の起源についてだったが、こちらはライト博士からもまだ聞かされていなかった。最初の戦士たちは魂の分離をすることができず、自然の姿のままゾンビと戦う術《すべ》を身につけなければならなかった。私にも容易に想像がついたが、これは死ぬために戦うようなものだった。だが、ある仲間の死が、戦士たちを救うことになる。彼の肉体から直接魂を食べたゾンビたちのあいだで感染が広がり、ほぼ壊滅状態にまで陥ったのだ。ほぼ、ではあるが。私に読むことができたのはこれだけだった。だが、きっとそれでよかったのだろう。全てを知っても、さらに混乱が増すだけだろうから。

私はついに観念して日記帳をコールに見せたが、彼にとっては全ページが暗号だった。

つまり、暗号が読める形に変わっていたわけではないのだ。私が読めるようになっていただけなのだ。

どうして私にだけ読めるのか、誰が書いたものなのか、それはコールにも見当がつかなかったようで、これからの研究に役立てるために父親に渡していいかと訊《き》かれたが、私は断った。この日記帳を手放すことはできない。

コールは初め譲ろうとしなかったが、結局最後には折れると、何ページかだけ撮影させてくれと言った。別に拒む理由はなかったので、私は好きにさせた。

ゾンビからの襲撃はぴたりと止《や》んでいた。私を追ってきたあの夜以来、一体のゾンビも見ていない。生き残りのゾンビたちと合流をはかっているのだろうとコールは考えていた。私は、防護服の連中が何か関係しているのではないかと思っていたが、コールによると、彼の父親とアンクさんが連中を尾行しているが、なんの動きもないらしい。

家ではというと、祖父たちが私に腹を立てていた。授業中にたびたび居眠りをしていたし、成績がものすごく下がったからだ。校長室に二度呼び出されて注意を受け、またセラピストのもとに通わされることになった。

最初の呼び出しのあとで――ありがたいことに、ライト博士の計らいのおかげでなんの罰を受けることもなかったのだが――レンとポピーは、放射性廃棄物か何かのように、私を切り捨てた。

「問題児とつき合うほど暇じゃないのよ」ポピーは言った。「やったことが全部ネットでツイートされる時代だもの。どこの大学にも入れなくなっちゃうわ」

「前に警告してあげたのに」レンが言った。あの日食堂で、コールにアタックしろと声に出さずに言ったのにと言いたいのだ。今ならわかる。あれはジャスティン・シルバーストーンに近づくなという警告だった。レンとジャスティンが廊下で手を握り合っているところを目にしたことがある。

キャットは変わらず私のそばにいてくれた。私は彼女のことがもっと好きになった。彼女を突き放すことなどできない。絶対に。コールがなんと言おうとも。

「初めて会ったときに言ったでしょ。あなたは私のいちばんの友達になるって」キャットは言った。「私は嘘はつかないし、大げさなことも言わないの」

「ほんとね」笑いながら私は答えた。

「それに、噂の出どころを突き止めないうちは、あなたを一人になんてできないもの」

そう、あの噂。正直言って、もうどうでもよくなっていた。理不尽に責めてしまったことをマッケンジーに謝りたかったが、彼女から返ってくるのは冷たい視線だけだった。

ある日のランチのとき、私はついに我慢の限界を迎えた。「何が気に入らないの？」テーブルを挟んで座る彼女に向かって私は言った。そう、私はコールたちと同じテーブルに座るようになっていたのだ。「ちゃんと謝ったじゃない」

私が一緒に引っ張ってきたキャットも、マッケンジーのほうへ体を傾けて言った。「そうよ。何が気に入らないの？」

マッケンジーは、私の隣に座っていたコールにエメラルド色の目を向けた。「もう話してもいいでしょう」

「だめだ」コールは首を横に振った。

どうやら、私の知らないことが何かあるのだろう。マッケンジーは急に立ち上がると、テーブルに手をついて私を睨《にら》みつけた。テーブルの上のものが音をたてて揺れた。「まず言っときますけどね、私にはあんたの助けなんて必要ないんだから。第二に……」彼女は言葉を区切ると、私の隣にいるコールを見た。「こんなのずっと言わずにいるなんて無理よ」

「ちょっと待って」私は声を荒らげた。「私の助けがなかったら、今ごろどうなってたかわからないじゃない！」

マッケンジーは私の言うことを無視してコールに話しかけた。「あなたがなんて言ったかくらいは言ってもいいでしょ？」それから、また私に向かって言った。「あなたとつき合ってるのって訊くたびに、コールは違うって言うわ。でも二人はいつも一緒にいるし、ただの友達だなんてとても思えない様子じゃない？」

確かに私たちは仲がいい。だけど、それだけだ。「つまり何が言いたいの？」

「コールはあなたを利用しているのよ。じゃなきゃ、私にも自分の気持ちにも嘘をついてるのよ」マッケンジーはそう言うと足音も荒く、まわりの生徒たちを押しのけながら食堂を出ていってしまった。

マッケンジーは〝訊くたびに〟と言っていたが、そこから察するに、彼女とコールは私のことを何度か話題にしていたのだろう。他にどんなことを話したのだろうか。

マッケンジーは、やり直そうと言ったのだろうか？　彼女がまだコールを愛していることは間違いない。しかし、コールのほうは彼女をどう思っているのだろう？

私がグループの一員になってから、あの二人が一緒に何をやっていたとしても、私は知らなかったし、気にするべきではなかった……。でも、どうしても気になってしまった。

「あなたもアリの味方をしてあげなさいよ」キャットがトリナにそう言ったのは、たぶん私に集まった注目を逸《そ》らすためだ。いつだってこれ以上彼女を好きにはなれないと思うのに、キャットは毎回、私の心の新しい部分をさらっていく。

トリナは、キャットのほうを見ようともせずサンドイッチを食べていた。

「どんな喧嘩《けんか》にも首を突っ込むんだな」フロスティがキャットに言った。「それくらい、アリが自分で解決できるよ」

「何かブンブン虫みたいな音が聞こえない？」彼を無視してキャットが言った。

フロスティは悲しげに頭《かぶり》を振った。「ほんと子供だよな、キティちゃん」

「ほらまた、ブンブン」キャットが宙に視線をさまよわせながら聞き耳を立てる。

「まったく、君のいったいどこがよかったのか、自分でもわからないよ」フロスティがやれやれといった顔でそう言うと、キャットはオレンジを掴《つか》んで彼の頭めがけて投げつけた。フロスティがこともなげに身をかわす。

「私のいいところなんて、いくらでも知ってるでしょ、馬鹿！」彼女が怒鳴る。

「君のいいところ？」フロスティはそう言うと、からかうような笑みを作ってみせた。

「そうよ、たくさんあるわ。知ってるでしょ！」キャットもそれに同調し、ふざけた様子でフロスティを煽《あお》る。本当に仲がいい。

表立ってつき合っているわけではなかったが、二人が一緒にいるところを見ていれば、恋人同士であることは誰の目にも明らかだった。さっきみたいにキャットはフロスティを笑わせ、ブレントの死の悲しみから立ち直らせたし、悩みを抱えているように見えるキャットも、フロスティのおかげで気が紛れているところがあるようだった。このところキャットはいつも顔色が悪くて物静かだったが、私が尋ねると決まって、なんでもないというように手を振って話題を変えてしまうのだった。

彼女のことをどうしたらいいのかわからなかった。いや、どうしたらいいかわからないのは、何もかも同じだった。

その日の放課後、私とコールは肉体を簡易ベッドに横たえたまま、魂の姿でボクシングリングにいた。しかし、私はどうしようもないくらいに集中力を欠いていた。キャットのことが頭から離れず、彼女との会話を何度も思い返す。キャットがいったいどんな問題を抱えているのか、そればかりが気になって仕方なかった。

レンとポピーが離れていったことには、キャットも驚いていないようだった。「こうなることはだいたい想像してたわ。私抜きの人生がどんなにつまらないか、最初っからあの子たちにはわかってなかったのね」

キャットはあの仮病からも、何日か学校を休んだことがあった。なぜか気になったが、私が理由を尋ねても、「ママが一緒に過ごしたがったのよ」とだけ言って話を終わりにしてしまうのだった。

「アリ!」

コールの鋭い声で、私ははっと我に返った。ちょうど彼の蹴りが私の脚に当たるのが見え、私はなんの反応もできないままマットに倒れた。

集中しろ、とコールが表情で訴えている。肉体を抜け出しているあいだは、話はしない決まりだ。ごめん、と私は表情で返した。

コールが立ち上がる私に手を貸すことはない。今までもそうだった。私はよろめきながらも自力で立ち上がった。ここで過ごす一秒一秒が、私を強くしてくれる。そして、強くなればなるほど、私は彼を好きになっていく。私は強くならなければならない。ゾンビは――。

ブーツを履いた彼の蹴りがまた私にヒットした。背中から倒れ、一瞬息ができなくなる。彼は両手を広げた。その仕草はこう語っている。

さっき俺はなんて言った?

ごめん。そう口の形を動かして、私は立ち上がった。

コールは黙ったまま、私に向かって指を曲げた。チャンスをやるから俺に当ててみな。

私はうなずく。彼の俊敏さは嫌というほど知っている。どう作戦を練ろうとも、そんなのは無駄なことだ。ただ、ひたすらに挑むしかない。それでも彼が優勢だった。拳を突き出せばブロックされた。キックはサイドステップでかわされた。何度か拳を掴まれたから、そのまま押し倒すなり、腕を背中でねじり上げるなりできたはずだが、彼はそうしなかった。そのたびまた私を放し、もう一度挑戦させたのだ。

苛々《いらいら》する。私はただ、あしらわれているだけだった。彼が真面目にやってくれないなんて、一緒にトレーニングをするようになってから初めてのことだった。

「おい。手加減するなよコール。男みたいに投げ飛ばせ」フロスティが叫んだ。

その声の大きさに私は思わず萎縮し、一瞬で我を取り戻す。そして、嗅覚も含めた自分の感覚を、全身全霊で研ぎすまそうとした。

コールがフロスティを睨みつけた。

そのよそ見を、私は見逃さなかった。肘を思いきり引き、勢いに任せて角度も考えぬままにパンチを繰り出す。私の一発が、ついにヒットした。リングの上で、彼の魂がよろめいた。

簡易ベッドに横たわっていた彼の首が、ぐいと横を向き、鼻から血が噴き出した。自分を抑えることができなかった。私は激しく笑いだした。身を屈《かが》めて腹を抱え、失禁しそうなくらい大笑いした。すがすがしい気分だった。最高だった。自分がまたこんなふうに笑える日がくるなんて、思ってもみなかった。

コールは部屋の向こうまで歩いていくと、自分の体に戻った。鼻血を垂らしたまま起き上がり、低い声で「全然笑えねえよ」と言った。しかし、その声が楽しげなのが、私にはわかった。

コールと同じく自分の体に触れると、体と魂が一体になり、空気の暖かさが感じられ、感知できる音やにおいも標準に戻った。「ああ面白かった」私はまた笑いが止まらなくなった。ようやく落ち着きを取り戻し、コールに尋ねた。「鼻、折れなかった?」

「いいや。俺にダメージを与えたかったら、どでかいハンマーでも持ってこいよ。残念だけど、君はハンマーじゃない」彼は鼻の軟骨を触って確かめ、手の甲で血を拭った。「接近戦はもう十分だ。俺の顔が持たないからな。次は剣だ。少しはマシな腕になったか見せてくれよ」

私は反対側の壁にある武器置場に行き、コールはリングの中央にダミーを引きずってきた。等身大の戦闘用人形だ。いつもはダミーではなく、生身の人間を相手に訓練をすることが多かったのだが、私が昨日クルツの首をはねそうになったせいで、今日は人形相手になったのだ。私の腕がいいからではない。つまずいただけだ。だから今日は、既に千回もやったことのある基本の動きを重点的に訓練することになっていた。

私が選んだのは、刃渡りが短く持ち手の軽い剣だった。

「あたしの言ったとおりにベンチプレスをこなしたんだろ――」トリナが、首から白いタオルをぶら下げて、いつもの黒いタンクトップとショートパンツをはいて、バスルームから出てきた。「――なら、もっと丈夫な剣を選べばいいのに」

あの森での夜以来、トリナは本心から私をグループに歓迎してくれていた。キャットといるときでも私のところへやってきて、あらゆることをお喋《しゃべ》りしていったが、中にはキャットの気に障るようなこともあった。キャットの名誉のために言っておくが、彼女はトリナとつき合うなと言ったりはしない。だけど、もしかしたらそれがキャットを悩ませているのではないだろうか？　本当は私に、トリナとなどつき合ってほしくないと思っているのではないだろうか？

わざと残忍な顔を作って剣を振ると、刃《やいば》が音をたてて空を切る。「この剣でだって、十分あいつらの息の根を止めてやれるわ」

トリナは笑いながら、刈り上げた髪に手をやった。「まあね。でもでかい剣で殺すほうがかっこいいじゃん」

「リングに戻れ、アリ」コールが呼ぶ。

「はいはい、イエス・サー」私がそう言うと、何人かが笑うのが聞こえた。

人形の前に立ち、最初の一撃を振り下ろそうとしたとき、バスルームから出てくるマッケンジーの姿が見えた。迷彩柄の服を着て、戦いの装備を身につけている。彼女は今夜、ゾンビの巣狩りの当番だった。私を見た彼女が挨拶でもするように、ぎこちなくうなずく。その目に嫌悪感は宿っていなかった。

こんなのは初めてだ。

「彼女と話したんだ」コールが言ったので、私は驚いた。

知っている。人形を突き刺す私の手に、思わず力がこもる。「今度はなんて言ったの？」

今度は、という言葉は皮肉だったと認めざるを得ない。

「アリとの関係がどうなろうとも、あいつとはこの先何も起こらないと伝えたよ。それから、あいつの命を救ったのは君なんだって、もう一度念を押しといた」

私との関係がどうなろうとも……？　刃が人形に当たった衝撃で、私は思わず剣を取り落としてしまった。コールのほうに向き直ろうとしてよろめき、慌てて手を伸ばし、うっかり彼の首筋を引っかく。

「ごめんなさい！」私は慌てふためきながら言った。

「まったくだよ。本当に痛いんだからな……首は」コールは血を拭った。

床に落ちた剣を拾い上げたコールが私の後ろにやってきて、正しく剣を握らせ、もう片方の手に短剣を握らせた。彼に触れられた途端、全身に震えが走った。

「トリナは斧《おの》だって使えるのに」自分の反応をごまかすために、私はそう言った。私との関係がどうなろうともとは、どういう意味なのだろう。コールは束《つか》の間《ま》優しかったかと思うと、次の瞬間には冷たくして、私を惑わせる。「私もあんな武器を使えるようになったほうがいいのかな」

「トリナは君よりずっと強い。どんな武器を使ったって、あいつなら敵を骨まで真っ二つにできる」彼が話すと、うなじに温かい息がかかった。「アリはまず、短剣をまともに使えるようになろうな」

全身に鳥肌が立ってゆく。「あなたがそう言うなら」

ゆっくりとした動きで、コールは短剣を持った私の手を人形の胴体へと導いた。「ゾンビは痛みを感じないが、力学には抗《あらが》えない。ここを突き刺すと――」彼は人形の脇腹に短剣を突き立てた。「――体がこっちに傾いて、反対側のガードがあくんだ」

彼は剣を持った私の腕を取り、ダミーの首を切り落とす真似《まね》をした。すると、私の腕が交差した状態になった。

「君も知っているとおり、実際の戦闘では、ゾンビは左にも右にもいる」彼は続けた。

「体の勢いをうまく使って回転しろ」

彼は私と一緒に体を回転させた。交差した腕が美しい弧を描きながら開いていき、剣の切っ先が大きな十字を描いた。

こうすると、実際にゾンビがこちらに向かってきたとき、一体を突き刺し、さらにもう一体の首をはねることができるのだ。今やったように。コールは私から離れると、目をつぶっていてもできるようになるまで、この一連の動きを何度も繰り返させた。

「戦闘のルールとはなんだ?」私が先ほどの動きを繰り返している最中に、コールが言った。彼の言うルールは、父さんが言っていたものとほとんど変わらなかった。何か違うことがある場合は、コールに従うことにしていた。彼のほうが経験豊かだからだ。

「まず、絶対に止まらないこと」私が言った。

「それから?」コールがうなずく。

「短剣がゾンビの体に刺さって抜けなくなったら、潔く放すこと。引っ張ろうとしてはいけない。危険だし、貴重な時間を無駄にするだけだから」

「それから?」またコールがうなずく。

「まだ無力化できていないゾンビがたくさん残っている状態で武器を全てなくしてしまっ

ても、素手で戦おうとしてはいけない。私たちの手はそれほど長く奴らに触れていることはできないから。速やかに逃げ、隠れることが望ましい」

「望ましい、ではなく、絶対にそうすること」コールが私の言葉を修正した。

ようやくコールのオーケーが出るころには、既に疲弊しきっていた筋肉が悲鳴をあげていたが、私たちはそのまま射撃ブースへと移動した。コールは二十二口径の拳銃と、弾倉をいくつか選ぶと私のところに持ってきた。私ももう、銃を分解してまた元どおりに組み直し、弾倉を差し込むことなら、暗闇の中でもできるようになっていた。こうした銃では多少しかゾンビにダメージを与えたり、動きを止めたりすることはできないが、反動が少ないので初心者にはうってつけの武器になる。

耳栓をし、紙の標的を狙って、ぐっと引き金を引いた。安全装置をかけてから目の前のカウンターに銃を置き、耳栓を外す。

「よくなってる。今回は標的の腕と腰に当てられたな。まわりの空気じゃなくて」コールが、やや皮肉っぽい笑みを浮かべながら、私に言った。

私は彼を睨んだ。「精一杯やってるのよ」

彼が何か言おうとしたが、そのときポケットで携帯電話が震えた。「ちょっと待って」そう断ってから、携帯電話を取り出して画面を確認する。祖母だ。メール特有の略語を使うことは断固として拒否していたものの、送り方は習得してくれたのだ。

〝夕食だから帰っておいで〟

私は短い返事を送った。〝わかった。すぐ帰る〟

溜息が出た。「私帰らなきゃ」たぶんまた別の教師が、私の学校での素行について祖母に苦情の電話をかけたのだろう。

「そうか。すぐ準備するよ」コールは私を引き寄せると、私の頭に頬を当てた。彼の背の高さが、私はとても好きだった。相対的にではあるが、自分が小さくなったように感じさせてくれる。「なあ、俺のことをちゃんと少しはわかってくれたのか？　俺を信頼できてるか？」

少し前から訊かれそうな兆しは感じていたのに、完全に不意を突かれた。「正直戸惑ってる。どうしてそんなこと訊くの？」

「真剣につき合う前に、お互いのことを知り合おうって言ったじゃないか」コールは、やや声をひそめてそう言った。

開いた口が塞がらなかった。「訓練も、その一環なの？」

彼は前屈みになって目を細め、私をじっと見つめた。「つまりまだ俺のことをよく知ってくれていないんだな？」

「ええと……」私は言葉につまった。コールはまだ私とつき合いたいのだろうか？　今までずっとそう思っていたのだろうか？

彼は私の背中をそっと撫《な》でた。「じゃあもっとよく知ってもらうために手伝うよ。俺のいちばん好きな色は……いや、これは自分でもわからないな。ちゃんと考えたことなかった。いちばん好きな映画は『ゾンビランド』だ。いい奴が最後に勝つからじゃなくて、まあそれも要因の一つではあるけど、エマ・ストーンがすごくきれいだからさ」

私はふんと鼻を鳴らした。彼はああいうのがタイプだったのか。

「いちばん好きなバンドは――」

「待って、当てさせて」私は遮った。「ホワイト・ゾンビ？　スレイヤー？」

「レッドだ。君はどうなんだ？　誰が好きなの？　正直言って驚いたよ、ホワイト・ゾンビやスレイヤーを知っているなんて」

「私もレッドは好きよ。でもいちばんはスキレット。妹とよく聴いてたの。そんなに音楽を知らなそうに見えた？」

「天使みたいに純粋そうだから、意外だっただけさ」言い訳するように、コールが言った。

「天使のことは可愛《かわい》いと思うのね？」なんでもないような顔をしてそう答えたけれど、内心はどうしていいかわからないほどうろたえていて、平静を装おうとするだけでも必死だった。彼が今までずっと、私のことをそんなふうに思っていただなんて。

「すごく可愛いと思うよ」彼がそっとそう言って、うなずいた。

私はまた、全身を震わせて笑いだしてしまった。最近では、以前よりもすんなりと、楽しいと感じられるようになっている。不思議なことだった。前より陰気になってもよさそうなものなのに。いろいろなことがありすぎたし、多くのものを失った。あれだけたくさん、恐ろしい目にも遭った。

「うん、コールの判断を信頼するようになってきたわ。でも……別れたあと、マッケンジーと何かあった？」これだけは、聞いておかなくてはいけない。

「何もない」コールが首を横に振った。「俺たちは友達でいたほうがいいし、あいつもそう思うようになるだろう」

「私たちも友達だったわ」私は、少しいじわるな声で言った。

彼は抱きしめる腕に力を込めた。「俺は君の友達になんてなりたくないよ、アリ。それ以上の存在になりたいんだ」Tシャツの下を彼の指が這《は》い、私たちは肌と肌で触れ合った。

「今夜、部屋の窓を開けておいて。それを証明しに行くよ」

刹那、息ができなくなった。「訓練の続きでもするの？」やっとの思いで、それだけ口にした。彼が何を望んでいるかはわかっていたが、とにかくどんな反応をすればいいのか見当もつかなかったのだ。

彼は私の額にキスをした。「そうだよ。リングの上とは違う訓練だけどね」

なぜ、あんなにも幸せな約束を交わした一日が、こんな終わり方をしなくてはいけないのだろう。

コールが父親に呼ばれてしまい、代わりにトリナが家まで送ってくれることになったのだ。空にウサギの姿がないことはせめてもの慰めだったが、祖父たちがポーチの表に置かれたロッキングチェアを揺らしながら待っていたのは、あまり歓迎できなかった。私は涼しい夜気の中へ滑り出ると、二人がトリナにあれこれ質問を始める前に、彼女を見送った。

私の姿を見て取るや、二人は家の中に入った。沈みゆく夕陽《ゆうひ》（そして、夕陽と共にやってくる混沌《こんとん》）をあとに残して、私も家の中に入っていった。

「何かあったの？」私は、早く自室に引っ込みたい思いで階段を見上げながら訊いた。

「まずは夕食を食べましょう。いいね？」祖母が言った。「話はそれからだよ」

私は下唇を噛《か》んだ。口答えしないほうがいいのは明らかだった。「わかった」

夕食はミートローフとマッシュポテトだった。体を動かしたせいでとにかく空腹だった私は、どこか張りつめた場の空気のこともすっかり忘れ、まるでスイッチを〝強〟にセットした掃除機のように目の前の食事を平らげた。

事件が起きたのは、私が「すごく美味《おい》しかった。ありがとう」と言ったあとだった。

「お前、ドラッグをやっているのかい？」料理を皿に半分残したまま、祖母が尋ねた。

椅子の上で、じわじわと苦痛が広がっていく。「そんな！　もちろんやってないわ」

祖父が厳しい表情で言った。「その言葉を信じたいがね、調べてみたら、お前の行動には典型的な兆候が全部表れているんだよ」

「兆候って、どんな?」私は知らんぷりをして訊いたが、だいたい見当はついた。

「また別の先生から電話がかかってきたんだよ」祖母はそう言ってテーブルに肘をのせた。いつも上品な祖母がマナーを欠くのは、すごく取り乱しているときだけだ。「お前はその先生の授業でDを取ったんだって。授業中ずっと寝ていたんだってね。悪い友達とつき合っているとも言っていたよ」

コールのことか。「ライト校長とも話をしたんでしょう?」私は尋ねた。

問題にならないよう博士が協力してくれるのは、何度目かに校長室を訪れたときに確認ずみだ。

「ええ」と祖母は認めた。

「校長はなんて?」

「心配することはないって、お前はすごくいい生徒で、つき合っているのも、とてもいい子たちだって」

「そう、じゃあいいじゃない」私は肩をすくめた。

「だけど校長の言うことは信じられないんだよ!」祖母は拳でテーブルを叩いた。「あらゆる証拠がその言葉と反対のことを示しているんだもの」

「じゃあ検査を受けさせてよ。ドラッグなんてやってないって証明できるから」私もややむきになって言い返した。あの解毒剤は薬物に当たるのかどうかコールに訊いてみなくては。

それを聞くと二人はいくらか落ち着いたが、今度は成績のことについてさらに数分ほどかけて、くどくど小言を並べ立てた。

「学校で誰かにいじめられているの？」祖母が優しく言った。「そのせいなの？」

「ううん。ただうまく集中できないだけ。今も頑張ってはいるんだけど」

私の変色した顎を指して、祖父が言った。「怪我《けが》していることも、気づいているんだ」

服やメイクで、できるだけ隠していたつもりだったのに。「わかった、本当のことが知りたいなら、話すわ。私、ボクシングを習っているの」少しだけ真実を話すほうが、一から十まで嘘をつくよりもいいだろう。

「ボクシング？」祖母は目をぱちぱちさせている。私の言葉をなんとか理解しようと頑張っているのがわかる。「なんのために？」

「身を守るためよ。誰かに襲われても、自分の身は自分で守れるようになりたいの」

二人は顔を見合わせた。「誰に教わっているんだ？　どうして今まで黙っていたんだ」

「トリナよ。さっき送ってきてくれた女の子」トリナとも何度かスパーリングをしたことはある。「それから、たまにコールにも」私はぼそっと言い足した。

祖母は目を見開いて、喉にてのひらを当てた。「まあ。こんなことを認めたくないけどね、お前を送ってきたのは男の子だとばかり思っていたよ。その子とはもう会うなって言うつもりだったんだ。でも、女の子でも同じだよ」祖母はうなずきながら言った。「そのボクシングが学業を邪魔しているのは間違いない。それからコール、感心な青年だと思っていたけど、彼とももう会わないでおくれ」

「そんなこと言わないで。学業の邪魔になんてなっていないわ。ボクシングもコールも」

「いいえ。これからは、学校が終わったらまっすぐ家に帰ってきなさい」

私は取り乱すと「嫌よ」と言って強情に首を振った。二人のことは大好きだったが、放課後の訓練を取り上げられるわけにはいかない。私の最終目標を成し遂げるためには訓練が不可欠なのだ。ゾンビを一体残らず掃滅させるという目標のためには。

「言うことを聞きなさい」祖父は固い決意を目に宿し、その視線で私を射貫《いぬ》いた。恐らく、今の私と同じように母さんから反抗された経験があって、祖父はこんな強引な闘い方を身につけたのだろう。「お前が新しい暮らしに馴染《なじ》めるようにと、ずっと干渉しないようにしてきた。だがこれからは別の方法を取ることにする」

そう宣告された瞬間、聞こえてくるのは耳鳴りだけになった。やがてざらついた呼吸音がそれに加わり、不快な不協和音を奏で始めた。以前、コールから受けた警告が胸に蘇《よみがえ》った。いつか家を出なくてはならないときが来るだろうと。

私はまだ十六歳。法律的には、家を出ていくことは不可能だった。もし出ていくとしたら、どうやって暮らしていけばいいのだろう。数日前の夜、祖父たちがお金について話し合っているのを聞いてしまった。父さんが自分と母さんにかけていた多額の保険金のうち、今いくら私に渡すべきか、大学の学費としてどれくらい残しておくかといったことを。自分に遺《のこ》されたお金を自由に使うことができさえすれば、お金については問題はない。

「明日のキャットとの買い物には行っておいで」祖母が、私をなだめるように言った。「お前の人生を邪魔するつもりはないんだよ。ただ、防衛線を作ってあげたいだけなのよ」

そうだった。キャットと私は、二人だけで出かける計画を立てていたのだ。楽しみであることに変わりはなかったが、その気持ちは焦燥感によって幾分汚染されてしまった。今持ち上がった問題について、コールと話をしなければ。

祖母は手を伸ばして、私の手をそっと叩いた。「ここに閉じ込められているなんて思わないでほしいんだけど、お前は少し変わらなければいけないね。もしママが今の成績を知ったらひっくり返ってしまうでしょうよ」

「瞼もひっくり返るかもね」二人を怒らせないように、気持ちを傷つけないようにと思ってそうつぶやいた。よかれと思ってしてくれていることだが、私にとっては看過できない大問題だ。私は椅子を引いて立ち上がった。「聞いて。ボクシングはやめない。二人にもわかってほしいの」

肉体の姿であっても、私の言葉には力が宿っていた。二人の自由意志をおかすことはできないが、考えを変えさせることなら、あるいはできるかもしれなかった。私は、さらにひたむきに言葉を続けた。

「それがいちばんなの。私は、生まれて初めて自分自身の人生を生きているのよ」

「アリ――」祖母が口を開きかけた。

「何も言わないで」私は少し声を強めた。いくら話しても、押し問答にしかならないのだ。

「部屋に戻って考えてみるわ。二人が思っている以上に、私にとって大事なことなの」

二人の返事を待たずに足音をたてて階段を上ると、私は部屋に閉じこもった。気を紛らわしたくて、新しく解読された文があるかどうか確認しようと、日記帳を開いた。そして、目を瞠《みは》った。また少しだけ、読める箇所が増えている。

〈これを読んでいるということは、君も私と同じということだ。孤独で、異質な存在。もしも君に、その身を犠牲にする覚悟があるのなら、善と悪の戦況に変化をもたらすことができる。次のような問いかけを自分にしてみてほしい。まず第一の質問。君は、時間をどのように使いたいと望むだろうか？　その答えが、大切な人たちを脅かす敵を倒すための方法を身につけたい、というものであれば、それは正しい。しかし、もしも君の答えが、終焉《しゅうえん》の日まで楽しく暮らしたいというものであるなら、終わりのときは思ったより早く訪れるだろう〉

これを書いた人物が誰であれ、私にはわかっていた。この日記は、私が何か言葉を必要とするたびに、その言葉を教えてくれるのだ。

〈第二の質問。他人のために自分の命を投げ出すことができるだろうか？　その答えがイエスなら、君は第三の質問に移る準備ができている。気づいているだろうか、死ぬということは、本当の意味で生きるための唯一の方法だということに〉

そこから先は、また暗号で読めなくなっていた。

この文章について、数時間いろいろと頭を巡らせてみた。日記帳を書いた人は、言葉どおりのことを私に伝えたかったのだろうか？　以前、日記の著者は、自分の病んだ魂（ゾンビにとっては脅威となる魂）のこと、そして他の人を生かすためには自分が死ななければならないということに触れていた。彼は自分をゾンビの餌にしたのだろうか？

私を噛んだあと、ゾンビたちが離れていったことを思い出した。まるで、私からどんな復讐《ふくしゅう》をされるかと恐れているようだった。あのときゾンビたちは私の魂に、同じ病の味を感じたのだろうか。他の戦士たちの魂にも、同じ味を感じたのだろうか。

真夜中を過ぎても答えは出なかった。そこで、別の問題を考えることにした。コールはどこにいるのだろう？　来ると言っていたのに。

携帯電話が鳴ってコールからのメールが届いたのは、まさにそのときだった。

〝ごめん、今日行けなくなった。ブロンクスとフロスティが巣を見つけたんだ。負傷した。罠《わな》が効いてないみたいだ。護衛を向かわせたから家にいてくれ。君の家は大丈夫だ。明日また会おう〟
雷に打たれたように、私の心臓の鼓動は激しくなった。詳しく知りたくてたまらなかったが、返信するわけにはいかない。少しでも集中力を欠けば、コールが死んでしまうかもしれないのだ。ブロンクスとフロスティには応急処置が必要だろうし、三人が仕留めきれなかったゾンビたちは、他の仲間たちが巣に戻って一掃するだろう。今自分が一緒にその場にいられないのが、私は苦しくてならなかった。

様々なことが頭に浮かんで眠れず、何度も寝返りを打って夜を過ごした。朝八時になるとシャワーを浴び、Tシャツとショートパンツに着替えて、サンダルを履いた。色とりどりの布でできたブレスレットで手首の痣を隠す。空腹だったが、階下へ下りてはいかなかった。祖父母になんと言うべきか、この状況にどう対処すればいいのか、いい考えが浮かばなかった。

ようやく私はコールにメールを送ることを自分に許すと、フロスティとブロンクスの様子を尋ねてみた。だが五分経っても、返事はなかった。たぶん寝ているのだろう。週末は、私たちが体を休めることができる唯一の機会だった。

十時になると約束どおり、キャットの車が角に停《と》まった。私はバッグ（懐中電灯、殴るための小型のバール、突き刺すための爪やすり、抗ゾンビ薬と携帯電話が入った秘密のサバイバルキット）を掴んで家を飛び出すと、全速力で走った。誰にも邪魔されることはなかった。祖父と祖母は裏庭でガーデニングをしているのだろう。

キャットがハンドルを握るマスタングの助手席に乗り込むと、花のような彼女の香水のにおいと、いたずらっぽい笑顔が私を迎えてくれた。

「あらあら、よっぽど私に会いたかったのね」キャットが愛らしく笑った。「ポーチから車までの最短記録更新よ」

キャットの頰には血色が蘇り、目元に差した暗い影が消えていた。

「じゃあ何か賞品をもらわないと」私はおどけてみせた。

「あなたのそういうとこ好きなんだよね。モールに行く前にコーヒー飲んでいこうよ」

近くのスターバックスに向かう途中、私は空を見上げて不吉な雲を探した。いいニュース。ウサギはいない。悪いニュース。灰色の空には雲が厚く垂れこめて、今にも嵐が来そうだ。このまま太陽が出てこなかったら、ゾンビたちが抜け目なく出現してしまうかもしれない。あとでコールに訊いてみよう。警戒するに越したことはない。

「コールから何か聞いてる?」キャットが尋ねた。

「なんのこと?　どうして?　あなたは何か聞いてるの?」私は彼女の顔を見た。

キャットは楽しそうに喉を鳴らした。「落ち着きなって。私は何も聞いてないわ。それに、彼は完全にあなたのものだから安心して。コールときたら、毎日学校であなたのこと食い入るように見つめているんだから。フロスティのことで何かヒントになるような情報を知ってたら、教えてもらおうと思ったの。昨日の夜から珍しくメールも電話も来ないからさ。いつもはストーカーみたいに連絡してくるのに」

「そういえば、フロスティは体調を崩してるってコールが言ってたっけ」私は、焦りを気づかれないようにそう取り繕った。「でももうよくなってるころだろうし、あとで連絡が来るんじゃないかな」

フロスティが無事なのはわかっていた。でなければコールが寝るはずないし、私にも連絡が来るはずだ。

「そうかもね。あいつ、一日に二回は会おうとするのよ」キャットは、それでも少し心配そうに言った。

「会うってつまり……」

「セックスも含まれているかってこと？」キャットははっきり言った。

「まあ……うん」私はうなずいた。

ドライブスルーに着くと、私たちの前には三台車が並んでいた。

「ならイエスよ。彼は私の初めての人なの」そう言ってから、キャットは言い足した。

「そして、ただ一人。あなたは？」

「えっと、ないわ。一度も……」なんだか恥ずかしくて、私は目を逸らした。

可愛らしいハシバミ色の目が大きくなった。「だったらいいなと思ってたの。それが悪いことだからじゃなくて、セックスすると変わってしまうこともあるからね。今じゃ、フロスティなんてそればっかなんだから。でも私の話はいいよ。コールとのセックスを考えたことはあるでしょ？」私を励ますようにうなずきながら、キャットは言った。

「うん。たぶん。でもわからないわ」私は動揺して、シートベルトを指でねじった。「ちゃんとつき合ってるかもはっきりしないし。自分のことをよく知ってほしいとは言っていたけど。で、私がまだよく知らないって答えたら、自分のことをマシンガンみたいに喋りだしたの」

「間違いない、コールの奴、あなたをフロステッド・フレークにまぶして朝ごはんに食べちゃいたいと思ってるわよ。あ、これはコールの好きなシリアルなんだけどね」

私は黙ったまま、本当にそうなんだろうかと考えていた。キャットは言葉を続けた。

「一つ言えることは、セックスはすごく大事なものだっていうことよ。フロスティと別れた私はこれからの人生、相手がどんな人であれ、誰かに裸を見せてしまったという事実と一緒に生きていかなくちゃいけないの」

ひと筋の太陽光が車の中に差し込んで、スポットライトのようにキャットを照らした。ハシバミ色の目が明るく輝く。よかった！　太陽が顔を出してくれたのだ。心配事が一つ減った。だが私の胸が安堵《あんど》と喜びに溢《あふ》れ返った刹那、もう太陽などなかったかのように、光はたちまち消《き》え失《う》せてしまっていた。

車列が少し前に進んだ。「もう有名だけど、コールとキスはしたのよね?」キャットが言った。「彼のキス、どうだった?」

「もう最高だった」思わず夢見心地の溜息が漏れた。私が言えたのはこれだけだった。

キャットは妖精のベルみたいに明るくきらきらとした笑い声をたてた。「ほんと、コールに夢中なんだね」

キャットはハンドルを指でリズミカルに叩いた。「私からのアドバイス。いよいよ決心がついたらね、コンドームを忘れずにつけさせて、ピルものみなさい。わかってるって。こんなの性教育の授業みたいだよね」

ピルを手に入れるには祖母と話をしなくてはならないが、そんな場面を想像しただけで私は恐ろしさに震え上がった。

「今自分がどんな顔をしてるか、あなたに見せてあげたいわ」首を振りながら、キャットが言った。「いい? マッド・ドッグ先生の授業はまだ終わりじゃないのよ。うちのパパが言ってたことをそのまま教えてあげる。車から飛び出して死にたくならないよう、ちゃんとシートベルト締めといてね。〝行動に移す前に、彼と話をしなさい。セックスの直前や最中じゃなく、何も始まらないうちに話しておくんだ。彼が自分にとってどんな存在なのか、よく考えなさい。でもできれば、自分にはまだ準備ができていないと、そう思いとどまってくれ〟っていうのが、パパの言葉」

「そうするわ……」すっかり怖気《おじけ》づいて私は答えた。まず祖母と、その次はコールと、セックスのことを話し合わなくちゃいけないだなんて。そんなことをするくらいなら、ゾンビと戦っていたほうがまだ気が楽だ。「それ、お父さんが言ってたの？ 勇気ある人だね」

「パパっていうのは冗談よ、ママから聞いたの」キャットはまた笑った。心なしか神経質に。「とにかく、コールと話をするためには、ちゃんとデートをしてみるのがいちばんね。自分がどう感じるか。彼が他の人とも会おうとするか。そういうことがはっきりしてから、もっと大きな質問をしてみるのよ。終わったあと、彼があなたを抱きしめてくれるか、これもすっごく重要よ。前に一度あったんだけど、フロスティの奴、イってほんの二秒後よ、シャツをかぶると私を置き去りにして窓から飛び出していったの。怒鳴ってやったけど、まあ当然返事はないわよね。だってもう出ていっちゃったあとなんだから！」

私が言葉を探しているうちに、車が注文用の窓口に辿《たど》り着《つ》いた。何も言うことが見つからなかった私は、ほっとしていた。

キャットはアイス・カフェを、私は熱々のホット・シナモン・クリームラテを注文した。

「それからもう一つ言っておくけど」キャットは代金を払おうと窓から身を乗り出すようにしながら言った。まだあるのか。私は漏れかけた溜息をなんとかのみ込んだ。「コールとこの話をするの、ちょっと緊張するなぁと思ってるでしょ。なら、こんなふうに考えてみて。彼と話ができないのなら、彼の前で裸になるべきじゃないって」

彼の前で緊張しなかったことなどあるだろうか。

「九ドル七十五セントです」店員が言った。

支払いをすませ、飲み物を受け取る。

「あなたのこれ、冷たい奴《フロスティ》よりずっといいわね」キャットは得意げにジョークを口にした。

モールに到着した私たちは、あれこれくだらないお喋りをしながら、服を試着したり、いくつか買ったりして過ごした。キャットの好みがフリルのついた可愛らしい服に変わってきたのに対し、私はといえばボーイッシュでタフな服を好むようになっていた。いわゆる女の子らしさとはほど遠いことは承知していたが、最近の私は、美貌ではなく剣の技術で世界を驚かせたいと思うようになっていたのだった。

店を出ようとしたときだ。偶然同じ店に入ってきたポピーとレンに出くわした。レンはふんと鼻を上げて髪を肩の後ろにやり、私たちが見えないふりをした。ポピーはおざなりに手を振った。

レンがその手をぴしゃりと叩く。「調子に乗せちゃだめ。仲間だと思われるじゃん」

私は彼女の態度に腹が立った。

「私、あんな子たちのどこがいいと思ってたんだろう」キャットがつぶやいた。

キャットは二人が離れていったことなどなんでもないという顔をしていたが、私には本当のことがわかっていた。ほんの一瞬その目に悲しみを覗《のぞ》かせると、キャットは髪を後ろにかき上げてずんずん歩き続けた。

帰り道で私は言った。「キャット、ほんとは寂しいんでしょう？　もしまたあの子たちと友達に戻りたいなら、私のことは気にしないで。そうなってもまた一緒に遊べるし、邪魔するつもりは……」

「馬鹿なこと言ってるとひっぱたくわよ」キャットは少しだけ乱暴にカーブを曲がった。

「あいつら、前にも同じことしたんだから。ジャスティンだって前はコールたちとつるんでたのに、レンは今彼とつき合ってるでしょ。偽善者のくせに、なんにでも善悪つけたがる子たちなのよ。でも私にとっていちばん大切なのは、善悪じゃなくて愛だからね」

「確かにそのとおりね」私はうなずいた。彼女の言葉が胸に響く。

ゆっくりとキャットは微笑《ほほえ》んだ。「それに、自分を取り繕ったり、こんな馬鹿げたゲームにつき合ったりするには、人生は短すぎるわ。一緒にいると自分を好きになれる、そんな人と過ごしたいの。私を楽しくさせてくれる人とね」

深い、心からの言葉だった。それは、私が家族を失って初めて学んだことでもあった。

「ありがとう」知らず知らず、私の口からその言葉がもれていた。

「どういたしまして」キャットがまたにっこり微笑んだ。「まあ、あなたのこと、世界一ラッキーな女の子にしてあげたんだもの、感謝してもらわなくちゃね」

あと少しで家に着くというところで、ついに激しい雨が降りだした。大きな雨粒が、フロントガラスを叩く。キャットが角に車を停めると、私は荷物をまとめた。

「寄っていって」私はまだ彼女と離れたくなかった。「このあと予定がなければだけど」

「予定はないわ。もっと私と一緒にいたいんでしょ。パパが言ってたわよ、キャットの過剰摂取は体によくないって」

「ちょっと、笑わせないでったら」私は笑いながら言った。

キャットも笑っている。

車を出た途端にずぶ濡《ぬ》れになり、走って玄関まで辿り着くころには骨まで水が染み込んでいそうなほどだった。私たちはおかしくなって笑い続けた。濡れるのも、たまには悪くない。

「アリ」祖母がキッチンから呼んだ。

私は一気に緊張した。朝、ちゃんと話をしておくべきだった。キャットの前でボクシング云々《うんぬん》の話を持ち出されたら、どうしたらいいかわからない。

雫《しずく》を垂らしながらキッチンに近づいていくと、ニンジンをこんがり焼くにおいが漂ってきた。カウンターに立ってサラダ用のレタスをちぎっていた祖母が私たちに極上の笑顔を見せたので、私はほっと胸を撫で下ろした。

「キャット、夕食を食べていってくれるでしょう？　今日はポットローストだよ。おじいちゃんの大好物」

「いいの？」キャットは私のほうを向いて尋ねた。

「もちろんよ」私は、当然といった口調で答えた。

キャットは顔を輝かせた。「私、夕食をご馳走《ちそう》になるのが大好きなんです」

「よかった」祖母はボウルにレタスを入れた。「十五分で支度できるから、その濡れた服をどうにかしておいで。二人とも、猫に引きずられてきた鼠《ねずみ》みたいじゃないか」

その言葉にみんなが大笑いした。私の部屋に行き、タオルで体を拭いたが、結局、まるごと着替えないことにはどうしようもなかった。私の貸したTシャツはキャットには大きすぎて、スウェットパンツときたら腰と裾を折らなければまともにはけない始末だった。

いつもの癖で、私たちは携帯電話をチェックした。キャットにはフロスティから、あとで出かけようという誘いが来ていた。思ったとおりだ。ちゃんと元気になると、私にはわかっていたのだ。私にはコールから、十一時に迎えに行くと連絡が来ていた。嬉《うれ》しさでつい頬が緩んだ。彼に会えると思うと嬉しくてたまらなかった。

何かがぶつかるような物音が響いたのは、そのときだ。

大きな音に驚いて私は振り向いた。血の気の引いた顔をして、キャットが震えていた。まるで私のほうへ歩み寄ろうとした途中で力尽きて、膝から崩れ落ちたような格好だった。

私は駆け寄って、抱き起こした。

「大丈夫？」

「あ……うん……」キャットは足を引きずるようにしてベッドの端に腰かけると、両手で顔をこすった。「心配しないで、ちょっと眩暈《めまい》がしただけだから」

なんの前触れもなく、急に彼女を襲った眩暈。キャットの腕にあった傷。これまでにも何度か、今みたいに青白い顔をして震えていたこと。たびたび学校を休んでいたこと。私は、何か嫌な予感がしていた。

「キャット、何か問題があるのなら教えてほしいの」私は隣に腰かけて脚を組んだ。「もう言い逃れはナシよ。全部話してくれない？　誰にも話したりしないわ」

「そうね……」溜息をつき、キャットは後ろに体を倒した。反動でマットレスが揺れる。「ママがあの病院で働いてて、ママからあなたのことを聞いたって話はしたよね」

「うん」私はうなずいた。

「あれ、嘘なの。ごめん」キャットは、口を挟みかけた私を遮って言葉を続けた。「本当のことを言いたくなかったから。誰にも言ってないの、フロスティにも」

「じゃあどうして？　あのときなぜ病院にいたの？」胸に当惑と憂慮が広がる。

キャットはまた手で顔を覆い、表情を隠した。

「私病気なんだ。腎臓が正常に機能しない病気。しょっちゅう人工透析を受けに行かないといけないの。それがあそこにいた本当の理由。看護師たちがあなたのことを話しているのを聞いて、会いに行こうと思ったんだ」

彼女を心配する気持ちに押しつぶされて、私は震えが止まらなくなった。たった一つの単語が、頭の中でこだましていた。病気。病気。病気。

「治るのよね?」私は、おずおずと尋ねた。

「ママも……腎臓の病気で死んじゃったの。すごく若いころ。私を産んですぐにね」

「キャット」私は彼女の手を取り、強く握りしめた。この手を離したくなかった。

頭上の明かりに照らされて、涙に濡れた彼女の茶色の目が、緑色を帯びて見えた。

「あなたに特別扱いされるのが嫌なの」キャットは、精一杯元気な顔を作ってそう言った。

「だって、私が私であることに変わりはないから」

そうだ。キャットが私の知る限り最高の女の子であることに変わりはない。私はなんとかして、どんな方法でもいいから彼女を救いたかった。家族とブレントを救うことができなかった私は、自分がキャットを失ったら生きていけないということがわかっていた。

人は皆、当たり前のように毎日時計の針は進むと思っている。だが、そんなことはない。心臓が一回の鼓動を打つほんのわずかなあいだに、終わりはやってくる。たった鼓動一つ。瞬《まばた》き一つ、呼吸一つの刹那に。一人、二人、三人……。

キャット。祖母。祖父。

コール……。

私は彼のことをあえて遠ざけてきた。自分にとって彼もまた死んでほしくない大切な人なのだと感じても、そんなはずはないと考え直したりしながら。

　興奮。不安。自分の中の何かが、いつも私を引きとめてきた。でもこれからは違う。私の人生は恐怖心に支配されてきたが、これからは絶対にそうはさせない。

「フロスティも知らないって言ったわね？」私は静かに尋ねた。

「うん。あいつは知らない」キャットは私に顔を向け、目を光らせた。「秘密にしておきたいの。自分でも馬鹿だと思うけど、まだあいつが好きなんだもの。もしばれちゃったら、あいつは私を捨てるか、残り時間が限られた私と過ごすために二倍頑張るか、どっちかだと思う。捨てられたくないけど、時間制限があるからという理由でなんか、そばにいてほしくない」

「フロスティはあなたが疲れているのとか、傷があることには気づかなかったの？」

「もちろん気づいたわよ。だけど疲れているときは、生理だって言えばそれで納得してくれた。あいつ、そういう女の子的な話が苦手だから」キャットは言葉を区切り、少しおかしそうに唇に笑みを浮かべた。「傷のことは、中学生のときにひどい喧嘩をして、むかつく女に引っかかれたからだって言ってある。その子の名前と住所を教えろって、週に一回は言われるわ。たぶん再戦が見たいのね」

　その言葉に思いきり笑いたかった。同時に泣きたくもあった。「絶対に秘密にしとく。約束する」

少しずつ、キャットから緊張がとけていった。「よかった。そうだ、ついにアリの噂の出どころを突き止めたよ。信じられないような人が犯人だったわ」彼女の表情が、がらりといつものものに変わる。

もう噂など気にしていなかったが、それでも好奇心には勝てなかった。「誰？」

「ジャスティンの妹、ジャクリーンよ」

「そうか。やっぱり」

その名前を聞いて、頭に電球が閃《ひらめ》いたような思いだった。なぜもっと早く彼女に思い至らなかったのだろう？　森で会って以来、ジャスティンとは話をしていなかった。彼と防護服の連中が私たちの倒したゾンビたちを連れ去っていった、あの夜以来。そしてジャクリーンはといえばあの日から、私と目が合うたびに逸らし続けていた。

「あの子、私のことが嫌いだから」私はしばらく考えてから言った。

「嫌いって言葉じゃちょっと穏やかすぎるよ。だけど、たぶん個人的にあなたが嫌いなんじゃないと思うんだよね。あの子はコールと繋がりのある人みんなが憎たらしいみたいだから。私もフロスティとつき合ってたころはすごく嫌われてたし。嫌う理由はどうしても教えてくれなかったけど」

私はその理由を知っているが、彼女に言うわけにはいかなかった。

「ジャクリーンに何か言うの？」キャットが心配そうに私の目を見つめた。

「ううん、言わない。終わったことだもの。もういいわ」私は溜息をついた。

こんな問題をまたほじくり返すようなリスクはおかしたくなかった。特に、失うものがたくさんある今はだめだ。それに、そんなことになったらコールが黙っていないに決まっている。しかし彼には対処しなければならない当面の問題が山ほどあるのだ。

いや、当面の問題を山ほど抱えているのは、誰もが同じだった。

16 善、悪、そして真に醜きもの

その夜十時五十九分、寝室の窓の外に明かりがちらつくのが見えた。コールからの合図だ。彼が来ているのだ。

嵐は去り、広がる空は磨き上げたオニキスのようにどこまでも吸い込まれるように暗く、地面はひどくぬかるんでいた。私はもう五分も――白状すると六十七分も――彼がいつ来るかと見張りながら、自分がすっかり彼に夢中なのだと思い知らされているところだった。泡のようにふつふつと湧き上がってくる罪悪感に苛《さいな》まれながら、私はベッドの上の枕で作った身代わりを再び確認した。そして、ちゃんと自分が寝ているように見えるのを確かめると、足音を忍ばせて階下に下り、裏口から外に出た。耳が悪い祖父たちを騙している姑息《こそく》さは十分に自覚していたが、私がそんな方法しか取れないのも、祖父たちが作った新しいルールのせいだった。

そっとドアを開けると耳障りな蝶番《ちょうつがい》の音が鳴り響き、私は縮み上がった。何秒か待って、なんの物音も聞こえないことを確認すると、鍵をかけ、鍵をズボンのポケットにしま

った。外は日中よりずっと涼しくなっており、長袖のシャツと分厚い靴下にブーツという格好で出てきてよかったと思った。

「来てくれたのね」私はコールに声をかけた。

二人の目が合った瞬間、まわりの世界が消え去った――。

――コールは私を寝室の壁に押しつけ、がっしりと腕で支えていた。私は彼の腰に両脚を巻きつけていた。彼が私の顔を両手で挟むようにして引き寄せ、逞《たくま》しい体で私の自由を奪いながら、息もできないようなキスをする。

「大丈夫かい、お姫さま」コールが言った。

お姫さま。まるで私がおとぎ話から抜け出たかのように、彼はまたその呼び方で私を呼んだ。私は彼の中に溶けてしまいそうだった。「私は大丈夫」

「もっと欲しい？」コールの目は、答えなど知ってるよと言っている。

「お願い」私は吐息で答える。

再びキスが始まる。さらに熱く、激しく。

初めて、誰にも邪魔されなかった。激しいキスに続いて暗闇の中に激しい息づかいが聞こえ、やがて、すっかり何も音がしなくなった。しかし、暗闇の中で私が味わっていたのは、別の感情だった。興奮、渇望、恐れ。このところかなり長いあいだ幻覚を見ていなかったが、見なくなったのはいい兆しなのだろうと思っていた。だが幻覚は再び起きた。たぶんそれは、私とコールに未来があるということなのだ。

「なぜ今なんだろう?」現実のコールが言った。彼の背後にはフェンスが、隣には木が立っていた。月明かりも懐中電灯もなかったが、私にはコールの顔がはっきり見えた。後ろに撫《な》でつけられた黒髪は濡《ぬ》れていて、バイオレットの瞳が暗闇で光っている。「何が変わったんだ?」

「たぶん私よ」私には確信があった。もう気づいていたように、私はある部分でずっとコールを押しのけ、拒んできた。だけど今日キャットと話して、彼女とフロスティの関係をうらやましく思ってしまったのだ。私も二人のような関係をコールとのあいだに築きたいと思った。そこで気がついたのだ。私が可能性に心を開きさえすれば、それは可能なんだということに。

「なあ、続きをしよう」彼がささやく。かすれたその声は、チョコレートのように深く、退廃的だった。「さっきみたいに、君が欲しいんだ」

「私も……」私はうなずいた。

「もう俺のこと、ちゃんと知ってるだろう?」

私は知っている。彼の強さ、意志の固さ、頼りがいがあること、自分以上に友達を気にかけることを知っている。自分のルールにしか従わないこと。西部劇の時代だったら、彼はきっとアウトローだったことだろう。彼と私は笑いのツボが同じだということも知っている。

「うん、知ってる」私はうなずくと、ささやき声でそう言った。「セックスはまだ知らないけれど。でも……」

「でも前よりはずっとよくわかっただろう」

「うん」私はまたうなずいた。

「何よりだ」暗闇とぬかるみの中、彼は私の手を取って歩きだした。このあたりにトラップが仕掛けられていることは知っていたが、見つけることはできなかった。ゾンビの兆しも、何も現れてはいないようだった。

「仲間の誰かが、一時間ごとに君の家に立ち寄って、異常がないか確認してくれることになってる」

「ありがとう」前と同じ角にコールのジープが停《と》まっていた。違うことは、運転席にブロンクスがいないことだけ。コールが運転席に乗り込んだ。

シートベルトを締めると、私はコールの顔を見た。

「みんな無事なの？」車が道路を走りだす。

「ああ。順調に回復している」

「巣はどこにあったの？」

「共同墓地の霊廟《れいびょう》だ」

「ゾンビたちは……何？　そこでただ寝ていただけ？」

コールはうなずいた。「扉を開けたら、奴《やつ》らが立っていて、こっちをじっと見つめていたんだ。攻撃しても反撃してこなかった」

「きっと何かの理由で調子を崩してたのね」たとえば……ゾンビにとって毒素となる魂の構成要素が、奴らの体内システムになんらかの不具合を与えたのかもしれない。

「もしかしたらそうかもな。あんなことは初めてだったよ」

「じゃあ、問題なく灰にできたのね」

「ああ」コールがうなずいた。

たぶんあとでみんなはお祝いをするのだろう。戦いに参加したかった私にとっては歯がゆいパーティーだ。私は彼から顔を背けると曇ったガラスをなぞり、指の跡を残した。

「どうやって巣を見つけたの？」

コールはアクセルを踏み込み、一台、そしてもう一台と車を追い抜いた。「パトロールしてた奴がにおいを辿《たど》って見つけてくれたんだ。いつもより強烈なにおいだったよ」

沈黙が流れ、私は考えにふけった。またたく間に、ゾンビのことからコールのことへと思考が切り替わる。彼が向かう先はわかっている。コールの家だ。私たちは彼の寝室に行くのだろう。それから？　コールとはまだセックスの話をしていない。どうにもならない状況に自分を追い込むしかない。でなければ、せっかく固めた覚悟が潰《つい》えてしまいそうだった。

目的地に着くと、コールは自分の家の車寄せに停車した。運転席を降り、私のほうへやってきて降りるのを手伝ってくれる。

「緊張しなくていい」彼は言った。「君が嫌がるようなことは何もしないよ」

私にとっては、それが問題だった。自分が何をしたいのかわからない。でも今を逃したら次はない、そう思った。「ねえ、私たちはちゃんとつき合ってるの？　つまり、いつも一緒にいて、お互いだけを見ているかってこと」

コールはポーチに立ち止まると、奇妙な表情を浮かべて私を見た。「君に連絡するときは確かに仕事上の用事が多かったと思うけど、こうして一緒にいるし、最近はお互いとしか会っていないだろう。俺たちのあいだには、何も問題なんて起きてない」

「そうだよね……」私は小刻みに震えるほど、大きな喜びに満たされた。

コールの目に怒りが閃《ひらめ》いた。「まさか他の奴と会ってたのか？」

「違うわ！」私は慌てて首を横に振った。

怒りが収まった彼の表情も、私を落ち着かせてはくれなかった。祖父がボクシングについて決めたことを思い出したのだ。

「それならよかったわ。確かめたかっただけなの」

「次はもっと早めに確認してくれよ」コールは溜息《ためいき》をついた。

中に入り、コールに連れられて廊下を歩きだしながら、勇気を出してリビングルームを盗み見た。納屋には何度も来たことがあるけれど、家の中に入るのは初めてだ。中は驚くほど閑散としていた。茶色のカウチに二人がけのソファー、コーヒーテーブル。それ以外に家具はなく、壁には写真の一枚もかけられていない。花瓶も花も、あらゆる装飾品がなかった。いや、他に何もないというのは間違いだ。ここには安全があり、さらに町を丸ごと蹂躙《じゅうりん》できるほどの武器が収められているはずなのだから。

「あなたのお父さんは……」私はおずおずと切り出した。

「ここにはいない」

「ブロンクスとマッケンジーは？」

「ブロンクスは自分の部屋で寝てる。ケンズは出かけている」

またケンズと呼んだ。あだ名で呼ぶのは愛情がある証拠だ。彼の私への気持ち（そして彼のマッケンジーへの気持ち）への疑惑が頭に忍び込んでもおかしくなかったが、私はそれを追い払った。何かを怖がるのはもううんざりだ。それに、コールを信用するか疑うかは二つに一つだ。両方同時に選ぶことはできないのだ。

彼の部屋に入ると、私は何も考えられなくなった。コールはそっとドアを閉めた。私は落ち着きなく部屋の中をきょろきょろ見回した。フルサイズのベッドには、シーツが敷かれ、黒いカバーがかかっている。本が置かれたナイトスタンド（本のタイトルは読めない)。ドレッサー。とてもきれいに片づいている。そしてとても、寂しい部屋だった。

何も言わず、コールは私を壁に押しつけた。はっとするほど冷たい漆喰《しっくい》の壁と、密着したコールの熱い体で、私の脳はついにショートしてしまった。

「本当にいいのか？」コールが私の目を覗《のぞ》き込んだ。

「……うん」私は目を逸《そ》らさずにうなずいた。

コールは長いことじっと私を見つめていたが、やがて唇を私の唇に押し当てて、舌を入れた。穏やかなキスから、激しく貪るようなキスへ……。私たちのキスはいつもこんなふうだと、ぼうっとした頭で私はぼんやり思った。

そのうち、緊張がどこかへ消え去り、私はコールのシャツの下に手を入れて、肌に爪を立てた。どれだけ触っても足りない。どれだけ近づいてもまだ足りない。

幻覚と同じように、私の両脚が彼の腰に巻きついた。彼は後ろに体を傾けて、私を受け止めた。もう背中を支えてくれる壁はない。私を支えてくれているのは、コールだけだった。

蔦《つた》のように彼に絡みついた私を抱えたまま、コールはベッドへと移動した。そしてゆっくりゆっくり体を傾け……柔らかなマットレスに私を押し倒した。彼が私の上に覆いかぶさり、いつ果てるともなく唇を求め続けた。

驚いたことに、コールはその先へ進もうとはしなかった。正確には、それほど先へは。

キスをして、手であちこちを触り合っただけだ。下半身ではなく、上半身を。やがて彼は低く声をもらして頭を上げた。広がった瞳が、バイオレットをのみ込んでしまっている。

「やめたほうがいい」コールがつぶやいた。

「え？……そうね」私はわけもわからず、ただ調子を合わせた。

「君がもっと先へ進む準備ができたとき、そのときが来たら二人ともわかるはずだ」

コールは私の隣で横になり、私の体を抱き寄せた。

「結婚するまで待ってって言ったらどうする？」私はいじわるく言った。

「それは結婚してくれってことかい？」コールは笑いながら訊《き》いた。

「違うわよ！」

「君がそう望むなら、その気持ちをしっかり持つんだ。誰に何を言われても、どんな説得をされても、その気持ちを変えてはいけない。そうなったら残念だけど、俺は頑張ってみるさ」

「あなたが頑張ってくれなかったら、私はきっとがっかりすると思う」私が脇腹に体を擦り寄せると、コールは私の頭に優しく手を触れ、髪の毛を持ち上げてさらさらと落としては、またてのひらにすくった。彼が私と同じくらい震えているのに気がついて、私は嬉《うれ》しくなった。

「別の人生が恋しいかい？」ささやくような声で、コールが言った。

急に変わった話題に驚き現実に引き戻されたのか、あまり考え込まずにふと答えが出た。

「うん。でも、すごく家族が恋しいだけ。できることなら……父さんに、父さんの頭はおかしくなんかないって言ってあげられたらいいのに。母さんに、どれだけ愛しているか伝えられたらいいのに。妹が元気で生きていたらいいのにって。妹は、私の人生を照らす光だった」

「あれから妹は君のところに現れた？」コールが尋ねた。

「いいえ」無慈悲な予言をしてくれたって構わないから、姿を見せてほしいと思った。

「妹に最後に言われた言葉は、〝彼がやってくるわ〟だった」

「彼って、誰？」コールが眉間に皺《しわ》を寄せた。

「わからないの」私は首を横に振った。

コールは身を起こして、真剣なまなざしで私を見た。

「事故のことを話してくれないか？　あのあと、君の両親に何が起きたのかを」

私は思いきって話してしまおうと心を決めた。今までずっと口を閉ざしてきたことを。

「気がつくと、父さんが車のヘッドライトに照らされていた。三匹のゾンビが父さんのほうに屈《かが》み込んで、体の中に入っていったの。そこで私は気を失ってしまった。気がついたときには、さっきと同じゾンビたちが、どう引きずっていったのかわからないけど、父さんの隣に倒れている母さんに同じことをしていたの」

「そのとき、お父さんには息があったのか？」

「なかったと思う。声をあげなかったから」

「お母さんは？」訊きづらそうに、コールが言う。

「たぶん……死んでいたと思う。車の中で見たとき、もう血塗《ちまみ》れだったから」

体が震えだし、歯の根が合わなくなってきた。

「お父さんを助けに、お母さんが自分でゾンビのほうへ歩いていったわけではないんだね」

「違うわ」本当だろうか？

「もう十分だ。話さなくていいよ」コールはまた私の隣に横になった。「震えてるね」

「私は大丈夫。でも、どうして事故のことなんか訊いたの？」よりによって、今この場所で。長く、重い沈黙が私たちを包み込んだ。

「君の妹が言っていた〝彼〟とは……」

「とは？」私は、言葉を待つようにコールの目を見つめた。

「いいか、落ち着いて俺の話を最後まで聞くんだ。生きたままゾンビに噛《か》まれたのなら、君のお父さんは奴らに感染させられたかもしれない。お父さんは――」

「違う！」私は叫ぶと、すぐ声をひそめて言葉を続けた。「そんなことあるはずない」

「アリ」コールが、なだめるように声をかけてくれた。

「そんなはずないわ」私は天井を睨《にら》んだが、目に溜《た》まった涙は頬にこぼれ落ちた。父さんが、あれほど恐れていた邪悪な存在になってしまったなんて、そんなことあるはずがない。もしも自分の父親と戦わなくてはならなくなったら……消滅させなくてはいけないときが来たら……。私にはとてもできない。やりたくない。

だけど誰かがやるだろう。もしかしたら、もう消滅させられているのかもしれない。

「こんなことを考えるのは辛《つら》いだろうと思う。でも、俺が可能性もないのにこんな話をしたりはしないのはわかっているだろう。俺は、わざと君を傷つけるようなことは絶対に言わない。ただ心の準備をしておいてほしいんだ。万が一のときのために。なぜなら……俺の母さんがそうだったんだ……」

衝撃が体を貫いた。「あなたのお母さんがゾンビに……？」

「そうだ。父さんが母さんを消滅させたとき、俺はその場にいた」

コールは淡々と語った。私は何も言えず、強く彼を抱きしめることしかできなかった。

「ゾンビになったあと、母さんは俺のもとへ来たんだ。戦おうとしたけど、力いっぱい戦えなかった。だって自分の母親なんだぜ。それで噛まれてしまったんだ。大声で父さんを呼んだ。俺の部屋に駆け込んできた父さんに、母さんは飛びかかった。父さんもやられそうだったんだけど、どうにか反撃して、光る手で母さんを葬ったんだ。父さんは泣いていたよ」

「コール。かわいそうに」私の胸に、言いようのない悲しみが込み上げた。

「最初のうちは、ゾンビにも心がある。自分の持っていたものを憶《おぼ》えていて、まだそれを手にしている俺たちが憎らしくて仕方ないのさ。だから奪いたがる。君があんなにも狙われているのは……」

そのとおりだ。認めたくないが、彼の言っていることは正しかった。父さんが私を追いかけている可能性は、十分にあるのだ。

溜息をついて、コールは言った。「おいで。家まで送る」

「うん」私は小さく答えた。考える時間が欲しかった。

車に乗り込んで数分後、車は角で停止した。私と森を歩きながら、携帯電話をチェックしたコールが、眉をひそめた。

「君の家で何かあったみたいだ」張りつめた声だ。

「何があったの？」ゾンビに対する警戒心が跳ね上がり、私は足を速めた。

「さあ。何かは書いてないな」途中まで来たとき、鼻をつくような腐敗臭がした。空気に充満するひどく濃い悪臭が膜のように肌にまとわりつく。

はっと顔を上げたが、空にウサギはいなかった。なぜエマは私に警告しないのだろう。

「どこかにゾンビがいるみたいね」ナイフに手をやって、私は言った。「見える？」

「いや、まだだ。でも近いな。信じられないくらい強いにおいだ」彼は片手でボウガンを取り出し、もう片方の手でフロスティに電話をかけた。

家に近づくほどに、自然と走る速度が上がった。襲ってくるゾンビはいない。うちのフェンスまで辿り着いても、ゾンビの姿は見えなかった。私は内心、胸を撫で下ろした。門を開け放った私の目に、慌てて走ってくるクルツの姿が見えた。祖父たちは無事なのだろうか？

「いったい何が――」クルツがそう言うのが聞こえた。

まず気がついたことは、家中の明かりが煌々《こうこう》と点《つ》いていることだった。さらに、至るところに警官がいる。

「武器を隠せ」コールが言った。

私はナイフを捨て、慌てて駆けだした。

「おばあちゃん！　おじいちゃん！」

裏口に立っていた警官が私をがっしりと捕まえると「君はアリか？」と訊いた。

ポーチのライトが私たちを照らしていた。小太りな体つきをした年配の警官で、顔いっぱいに心配そうな表情を浮かべていた。

「そうです。祖父母は？　無事なんですか？　何があったの？」

「君に怪我《けが》はないか？」なおも警官は尋ねた。

「大丈夫です。祖父たちは――」

警官は私を無視して叫んだ。「女の子を見つけたぞ!」警官の視線が、私の背後にいたコールに注がれた。「君は?」

「友達です」コールが答えた。すぐにやってきた別の警官数人にいろいろ訊かれ、また私自身も彼らに尋ね、徐々に事情がわかってきた。

発端は、何者かがうちに侵入したことだった。それに気づいた祖父は、祖母が身を隠したのを見届けると、次に私を捜した。だが私の姿はどこにも見当たらなかった。侵入者は祖父に気づき、襲いかかった。そのあいだに、祖母が警察を呼んだ。

ゾンビの仕業であるはずはない。うちのまわりには血の境界線が撒《ま》いてあるとコールは請け合ってくれた。だがそれなら、どうしてにおいがするのだろう?

「ジャスティンの野郎だ」コールがつぶやいた。

私は目を見開いた。ジャスティンがこんなことをするとは思えなかった。だが彼の仲間ならやるかもしれない。だが、もし彼らなのだとしたら、この腐敗臭はいったいなんだというのだろう?

私が自分の理論の欠陥に気づいたのは、手遅れになってからだった。祖父は病院に運ばれたが容体は安定しており、完全に回復する見込みだということだった。祖母は、私の誘拐犯から電話がかかってきた場合に備えて、家にいたのだった。ただ、私は誘拐されたのではなく、こっそり外出していただけだったのだが。

私はこの罪を一生背負っていくだろう。ゾンビとの戦いを、この家に持ち込んでしまった罪を。今夜は戦いのために家をあけていたわけではないが、それでも心はまったく静まらなかった。二人が苦しんでいるあいだに、私はのうのうとコールと会っていたのだから。

「祖母に会えますか？」私はかすれた声で言った。

「もちろんだ」最初に私を捕まえた警官が答えた。

祖母はリビングルームのソファーに座って静かに泣いていた。目は赤く腫れ、鼻水が垂れている。私が見つかったことは警察から聞いていただろうが、彼らが事件の真相を探っているあいだ、祖母はここにずっといたのだ。

私の姿を見つけるや、立ち上がって駆け寄り私に腕を回した。祖母を力いっぱい抱きしめ、私は泣いた。

「ごめんなさい」泣きじゃくりながら、私は言葉を絞り出した。

「話はあとで聞くよ。無事で本当によかった」祖母も泣いている。

二人は私にとてもよくしてくれたのに、私が二人にもたらしたのは悲哀だけだ。そして残酷なことに、これからもそれは続くだろうということが、私にはわかっていた。

数日後に祖父は退院し、家に戻ってきた。そのあまりに衰えた姿を目の当たりにし、私は祖父を退院させた担当医と、医療費の支払いを拒否した保険会社を恨んだ。

祖父を再度入院させるため、お金が必要なら私の学費口座から出してほしいと祖母に言ったのだが、断られてしまった。祖母は自分で祖父の世話をしたかったのだ。

祖父の目の下には隈《くま》ができ、頬はげっそりとこけていた。肌は灰色にくすみ、まるで紙のようにがさがさで、あらゆる関節が腫れ上がっていた。あんなにすてきだった祖父がこんなふうに傷つけられてしまうなんて、見ているだけで痛々しかった。

学校に戻った最初の日、コールと私は駐車場で、ジャスティンと彼の妹、ジャクリーンと対峙《たいじ》した。コールがバスから降りてきた二人を見つけて、車から飛び出していき、大声で呼んだのだ。

ジャスティンはコールと向き合っていた。そしてひと言も交わすことなく、二人はお互いに飛びかかって殴り合いを始めた。

私は車を降りて、ジャクリーンに近づいた。「邪魔しないほうが身のためよ。あんたもお兄さんみたいになるわよ」歯を食いしばって、私は言った。「あんたに話があるの」

ジャクリーンは髪を肩にかけると「あっそ」と吐き捨てるように言った。

「もう一度うちの祖父に近づいてみなさい」私は歯をむき出して怒鳴った。「あんたの顔で床を拭いてやる」

ジャクリーンは私を睨みつけた。吹いてきた風が、肩にかかっていた彼女の髪を元に戻した。「なんの話よ？　あなたの家族には何もしてないわ」

「あんたは罪のない人を平気で傷つける、モラルのかけらもない悪党だって言ってんのよ。あんたと仲間がうちに嫌がらせしに来たのはわかってるの。あわよくば私に乱暴しようとしたのかもしれない。だけど私がいなかったから、家族を標的にしたんでしょう」

「何もしてないって言ってるじゃない！」ジャクリーンが声を荒らげた。

「誰がやったかは知ってるんでしょう。言いなさいよ」私は彼女の返事を待たなかった。私が本気で怒っていることを、ジャクリーンは知るべきだった。彼女の顔面に一発入れると、たちまち血が噴き出した。彼女が膝を突き、悲鳴をあげる。

ライト博士が外に飛び出してきた。大きな音をたててドアが閉まる。「やめなさい！」校長が叫んだ。「二人ともやめなさい。アリも。今すぐに！」

警備員がコールとジャスティンを引き離した。私は両手を上げて「正当防衛です」と叫んだ。そして四人とも、自宅謹慎処分になった。

その夜キャットが訪ねてきてくれたが、私はどうしても苛々《いらいら》が収まらず、ついに口論になってしまった。

「私は病気のことを話したのに、あなたは何も打ち明けてくれないの？」キャットがヒステリックに私につめ寄った。「私が気づかないとでも思った？　前よりずっとコールと過ごす時間が増えてるし、いつも痣《あざ》だらけ。あなたがつき合っている人たちみんなに同じような痣がなければ、コールに殴られているんじゃないかと思ってた。フロスティがかかわっている何かに、あなたもかかわっているのね。それで私には何も教えてくれないのね」

「そのとおりよ」私は認めた。「でもこれ以上は何も言えないの」

はっきりとキャットの顔に傷ついたような表情が浮かんだ。「私が信用できないの？」

「信じているわ。でも、秘密はグループ全体にかかわることだから。みんなを裏切ることはできない」

「でも私は友達でしょう」悲痛な彼女の顔を見ていると、胸が痛んだ。

「ええ。そしてグループのみんなも友達なのよ」

「アリ――」

「ごめん。どうしても言えないの」私はそう繰り返すばかりだった。

キャットは腹を立てて帰っていった。

その夜、私は仮眠を取ると、武器を身につけて家中を歩き回り、扉や窓をチェックした。今私は、自分が長いあいだずっと理解せずにいた父さんがしていたのと、まったく同じことをしているのだった。

外に出る必要はなかった。家の外にはコールと仲間たちがいて、罠《わな》をチェックし、周囲をパトロールしてくれているからだ。ひと晩中起きている必要もなかったのだが、どうしても寝ることができなかった。

祖父と祖母は私に、コールと会うことを禁じた。今度ばかりは本気だ、と二人は言った。

つまり徹底的にやるということだ。祖母はリビングルームのソファーで寝るようになった。何か手立てを講じなくてはならない。

翌朝、私はコールに〝今夜うちに夕食を食べに来ない？〟とメールを送った。彼のことをもっとよく知れば、二人もコールのことが好きになるはずだ。

すぐに返事が来た。〝いいよ。君は大丈夫か？〟

〝ええ。ただあなたが必要なだけ〟

〝Xについてはまた連絡する〟

Xとは時間のことだった。私は微笑《ほほえ》んだ。携帯電話をしまう前に、キャットにメールを送ることにした。〝ごめんね〟彼女の気持ちを傷つけたことを後悔していた。

返事はすぐには来ないだろうと思っていたが、数分後に着信音が鳴った。〝ううん、私こそごめん。ちょっとでしゃ張りすぎた。でも私にしては珍しいでしょ？　大目に見て〟

私は思わず笑い声を漏らした。キャットは本当にすてきな友達だ。どんな状況でも、私を笑わせてくれる。〝友達だよね？〟

〝もちろんいちばんの友達よ〟

肩に重くのしかかっていたものが取れたような気持ちで、私は武器を外すと朝食を取りに階下へ下りていった。祖母が既に食事の支度を終えたテーブルに、祖父が座っていた。皺だらけの服で、背中を丸めている。髪に櫛《くし》を入れていないらしく、髪の毛が何本か額に落ちかかっていた。目の下の隈が、昨日より濃くなっている。テーブルに広げてのせたてのひらを、考え事をしているような顔をしてじっと見つめていた。病院にいるあいだに、何か病原菌をもらってきてしまったのかもしれない。

「おじいちゃん」私はそっと呼びかけた。

祖父は脅かされた人のようにびくんと揺れて、血走った目をはっと上げた。「あ?」聞いたことのないような、怒気を含んだ声。

「気分はどう? 何かしてほしいことはある?」

「大丈夫だ」祖父はそうつぶやいた。

祖母が、湯気を立てている目玉焼きののった大きなフライパンを持ってやってきた。ハムとチーズのにおいもする。私は祖父の隣に座った。祖母は私たちのために料理を取り分けると、自分も腰を下ろした。会話がないまま、私たちは静かに食事を続けた。だが祖父はフォークで皿の上の食べ物をつつくばかりでひと口も食べようとせず、何か声にならない唸《うな》り声のようなものを漏らしていた。

「あなた、何か食べないと」祖母が心配そうに言った。

祖父は唸るのをやめて、祖母を見た。釘《くぎ》づけになったようにじぃっと凝視している。

「何?」祖母が椅子を引きながら言った。「何か顔についてる?」

祖父は何も言わなかった。祖母は私を見て、視線で同じ疑問を投げかけた。私は首を横に振り、再び祖父に注意を戻した。指を曲げ、テーブルに爪を立てている。まるで必死に自分を抑えようとしているみたいだ。

抑えているのはまさか、攻撃衝動なのだろうか？

祖父の唇がめくれ上がって、歯がむき出しになった。低い唸り声をあげ、体中の筋肉がぴんと張りつめた。

祖父が突然席を立ったのと、私が立ち上がったのがほぼ同時だった。祖父は祖母に飛びかかり、私は祖父に飛びかかった。すんでのところで祖父を捕らえたが、私たちはひどく床に叩《たた》きつけられた。祖母が悲鳴をあげた。

「喰《く》わせろ」祖父は大声で怒鳴ると、私を振り払おうと、がむしゃらにもがいた。

喰わせろ？　それじゃあまるでゾンビ……そんな、違う、違う、違う。祖父は生きているじゃないか。そんなことあり得ない――。

祖父の腕を掴《つか》んで押さえようとしたが、できなかった。見た目よりずっと力が強い。冷静で優しかった祖父に頬を二度殴られたところで、私は諦めた。痛みが体中を駆け巡る。それでも正気を失わずにいられたのは、訓練のおかげだった。

「カール、何をしているの？　やめて！　アリが怪我をしてしまうじゃないの！」

やりたくなかったが、やむを得ず私は殴り返した。私を助けようと祖母が駆け寄ってきたが、これを見た祖父はさらに逆上した。祖母を捕まえたい一心で、さらに激しく抵抗したからだ。

「私の携帯を取ってきて」私は叫んだ。「部屋にあるから！　そしてコールに電話して。コールなら助けてくれるから。早く！」

恐怖で引きつった祖母は狼狽《うろた》えて、どうしたらいいか決めあぐねるように、ほんの数歩あとずさりした。祖父は何度も何度も、繰り返し私を殴った。放したらさらに事態が悪化することは目に見えていたので、私はしっかりと押さえ続けた。この手を放したところで、祖父とは戦えないし、祖母を守ることもできない。

「早くして！」私は甲高い声で叫んだ。「あと、ここには戻ってこないで。おじいちゃんは正気じゃない。おばあちゃんにも怪我させるかも」

「アリ――」祖母はまだ狼狽えている。

「いいから行って！」私は、声を張り上げて怒鳴りつけた。

ついに祖母は観念し、部屋を出ていった。祖母がいなくなり、祖父の怒りは余さず私に向けられた。もはや殴るだけでは気がすまなくなったらしい。私に爪を立て、噛みついてくる。もう押さえている必要もなくなったので、私は手を放して祖父から飛びのいた。

祖父は跳躍した――かに見えたが、うまくいかずに床に崩れ落ちてしまった。そして白目をむいて、そのまま動かなくなった。

その体から魂が抜け出ていくのを、私は恐怖に慄《おのの》きながら見ていた。

恐怖を感じたのは、あることがはっきりしたからだ。祖父はゾンビに噛まれていた。そして感染した。殺されたのだ。

魂の姿となった祖父は、部屋中をきょろきょろ見回していたが、その視線が私に注がれることはなかった。ふんふんとあたりを嗅ぎ、やがて舌舐《したな》めずりをすると、部屋に一つしかないドアのほうへと向かっていった。

「おじいちゃん」そう言って、私も自分の体を抜け出した。

その途端祖父は私をしっかりと見据えた。祖母のことは頭から消えてしまったようだ。命がけの逃走が始まった。

祖父が突進する。私は飛びのいて逃げる。私たちは延々とこれを繰り返した。ブーツには短剣を仕込んでいたが、祖父を刺すなんてできなかった。この手で祖父を行動不能にするなんて。灰にしなければならないのもわかっていたが、その勇気は私にはなかった。

険しい顔をしたコールのあとから、マッケンジー、ブロンクス、ホーランド氏が続いて入ってきた。ホーランド氏は祖母の居場所を尋ね、私の答えを聞くとすぐにいなくなった。

ブロンクスが足でドアを蹴って閉めた。

「殺さないで」思わず私は叫んだ。「お願い。他に方法があるはず」

祖父はふんふんとにおいを嗅ぎ、唇を舐めた。「喰わせろ」

全員、体を抜け出して魂の姿になり、祖父を取り囲んで胸を押さえつけた。手を後ろで固定し、光るロープで足首を拘束する。

「ねえ他に方法が……」私は言いかけたが、顔を上げたコールの瞳を見て、慌てて口を閉じた。私たちの目が合い、幻覚が始まったのだ――。

――コールが目の前に立って、私の肩に手を置いている。「気の毒だけど、こうするしかなかったんだ。君の愛したおじいちゃんは、こんなふうに君を傷つけたりはしないはずだ。いつかはわからないが、噛まれたことは確かだ」

「なら、どうして家の中に入ってくることができたのよ」頬を涙で濡らしながら、私は訊いた。「ここには血の境界線が撒いてあるはずでしょう?」

「血の境界線は絶対じゃない。ここは君のおじいちゃんの家だし、彼のルールがあったんだ」

胸の中で心臓が砕け散ったような気がした。噛み痕がないか、調べておくべきだったのだ。侵入があった夜、あんなに腐ったにおいがしていたというのに。「時間があれば、別の方法が見つかるかもしれないわ……」

「他に方法はないんだよ」コールが苛立ったように言った。「彼は死ぬしかない。俺の知る限りでは、こうなってから人間に戻れた例はないんだ」

コールの言うとおりなのだろう。自分の母親が同じようになって死んでいったのを見ていたのだから――。

「――喰わせろおおお！」

　祖父の怒声で幻覚が破られ、現実の世界が戻ってきた。コールが床に祖父を押さえつけた。

「あの人はどうしちゃったの？」閉じたドアの向こうから、祖母の声が聞こえた。「なぜアリにあんなことを？　あの人らしくない。本当にいい人なんだよ」

「先ほども言いましたが、この家は危険な状況にあるんです、ブラッドレイさん」必死に祖父を押さえながら、コールが言う。

　この重荷を誰かに押しつけることはできない。「私が……自分でやるわ」

　コールは私をじっと見て、硬くうなずいた。「できるか？」

　私は視線を下に落とした。問題は、私の手が完全に通常状態だということだった。手を光らせることはできるはずだったが、今この場で念じたとおり光ってくれるかどうかわからなかった。「おじいちゃんを傷つけたくない」

　頬がぴくぴくと痙攣《けいれん》した。もう一つの問題は、相手が愛する人だということ。

　いいや、もはや人ではないのだ。

「彼は痛みを感じない。信じてくれていい」コールが言った。

　自由を求めてもがく祖父の姿に、私の目から大粒の涙がこぼれ落ちた。祖母を襲うつもりなのだ。それだけは絶対に許せない。ついに二つの問題が私の頭から消え去った。私は目を閉じて意識の中に深く潜っていき、意志の力が宿る場所を見つけた。

「大丈夫」私は心からそう信じた。「私はできる」

私の中で何かが砕け散り、てのひらが熱を持った。その熱は腕を伝い、やがて肩を覆った。私は目を開けた。両腕が、指先から鎖骨まで完全に、申し分ない光を放っている。

コール、マッケンジー、ブロンクスが呆気《あっけ》に取られたような顔で私を見ている。

気持ちがくじけてしまう前に私はよろよろ歩いていき、祖父のそばにしゃがんだ。祖父は私に噛みつこうと歯を鳴らしている。震えながら、祖父と目を合わさないようにして、その胸に手を当てた。

ほんの心臓の鼓動一つ分のあいだに、祖父は灰となって宙に舞い上がった。私は困惑した思いで自分の手を見つめた。消滅には少し時間がかかると聞いていたのに。

「アリ」祖母の呼ぶ声が聞こえる。「無事なのかい？　返事をして！」

私は自分の体に触れずにいられなかった。戻らなくては。祖母に返事をしなくては。

魂の指が、肉体の指にさっと触れた。二つの半身が一つに戻る刹那、私は呼吸を失った。

腕の輝きは失われたが、その熱の名残と、ちかちかした光の残像が、瞼《まぶた》の裏にまだ消えずに残っていた。

「大丈夫か？」コールが尋ねた。

私は大声で答えた。「私は大丈夫よ、おばあちゃん」でも祖父はそうじゃない。新しい涙がまた頬を伝った。「私、さっきのどうやってやったの?」コールに向かって言った。

「わからない。あんな強烈な光は見たことがない。あのまま戻ったら、君の体が火傷《やけど》をしてしまうんじゃないかと肝を冷やしたよ」

「アリ?　顔を見せてちょうだい」祖母は声を震わせている。

私は黙ったまま、今起きたことを話す許可を求めて、目でコールに懇願した。祖母には知る権利がある。コールはうなずいた。

「真実を話していいのね?」私は念を押した。

マッケンジーが何か言いかけたが、コールは「ああ」と答え、うなずいた。

私がダイニングルームのドアを開けると、祖母が慌てて中に入ってきた。すぐあとから、ホーランド氏も。二人は部屋の様子をさっと見た。

「カール!」祖母は息をのんで、動かなくなった祖父の体に覆いかぶさった。まるで盾となってさらなる攻撃からその外殻を守ろうとするかのように。「起きて。ねえ起きて」

込み上げてくる涙を私はこらえた。「起きないのよ。おばあちゃん。おじいちゃんは……死んじゃったんだよ」

「そんなことない。起きるよ。絶対に」祖母がひたむきに答えた。

それでもようやく真実に気がついて、祖母はさらに激しく泣きだした。

コールが祖母を支え、倒れていた椅子を起こしてそこに座らせると「警察が来る前に、アリの口からお話ししておきたいことがあるんです」と優しく声をかけた。

私は祖母の隣に腰を下ろした。体が震え、呼吸が浅く、落ち着かなければ過呼吸になってしまいそうだった。

私もみんなも頭がおかしいのだと思われるかもしれないという恐れはあったが、私は祖母にゾンビのことを話した。父さんの、そして私の能力のこと。ゾンビを操ろうとしている集団がいること、家を襲撃したのはそいつらであること、あの夜祖父は噛まれて感染したのだということも。

ゾンビは祖父を変わり果てた姿にしてしまった。ゾンビが肉体を殺し——私が魂を破壊したのだ。

私が一つ説明するたびに、祖母は苦痛の声を漏らした。私は胸が張り裂けてしまいそうだった。気づけば夢中で話し続けていた。口を閉じてようやく、私は我に返った。

「じゃあこれは……今のは……」祖母はうまく言葉にできないようだった。

「信じられない気持ちはわかります」ホーランド氏が代弁した。「でも彼女が今言ったことは全て真実です。たびたび外出したのもそのせいなんです。いつも痣があったのも。夜間に家を抜け出していたのも」

コールが私たちのあいだにしゃがんで、真剣な顔つきで祖母を見た。「もう警察を呼びましょう。でないと不審に思われます。突然倒れたのだと説明してください」

彼がそう要求する理由は明らかだった。恐らく祖父は検死に回されて、その死因は〝奇病〟と決定づけられるはずだろうからだ。

祖母の震える頬を、涙が途切れることなく伝い、赤い跡を残した。祖母は、殴られて顔中腫れ上がった私を見た。

「あの人は自分を恥じていた。今朝になって、私に話してくれたんだよ。あの夜うちへ押し入った人たちに、外に引きずっていかれたことを。殺されるんだと思ってそれは恐ろしかったそうだよ。でもフェンスを越えたあたりまでやってくると地面に押さえつけられて、その人たちにこれからやろうとしている恐ろしいことについて聞かされたんだって。そして胸に針で刺したような痛みを感じた。心臓麻痺《まひ》だと思っていたみたい。そのあとパトカーのサイレンが聞こえてくるとようやく解放されて、家の中に逃げ帰ったんだそうだ」

激しく白熱した怒りが胸を渦巻いて、私をのみ込んだ。やはりジャスティンの仲間たちのせいだったのだ。祖父を血の境界線の外まで引きずっていき、恐怖の底に叩き落とした。そしてゾンビに変わる薬を打ち、その薬が祖父の身を食い尽くすのを見ていたのだ。

ジャスティンとジャクリーンは知らなかったんだろう。いや、知っていたのかもしれない。いずれにせよ、彼らのリーダーの狙いは、祖父を通して私を感染させ、ゾンビに変えることだったのだ。わからないのは、彼らの目的が私を実験台にすることだったのか、私を殺すことだったのか、という点だ。

「アリ。かわいそうに」コールがつぶやいたのを聞いて、彼も私と同じ結論に辿り着いたのだろうと思った。

私の人生は、再び恐ろしい曲がり角に差しかかっていた。物事はどんどん悪いほうへ進んでいく。私はたまらない気持ちだった。以前にも何度かこんな気分を経験していた……でも私に非があるのは、これが初めてだった。

17　ゾンビだらけの悪夢

半年足らずのあいだに三度目となる葬儀に、私は出席した。これまでの二回と違って、美しく晴れた朝だった。コートが必要なくらい寒く、強い風が吹いていた。こんな天気の日が、祖父は好きだった。

葬儀で私は祖母の隣に座り、震える手を握っていた。祖母は私の肩に顔をのせてすすり泣き、私も祖母の頭にもたれて泣いた。

反対側の隣にはコールが座って私の手を握り、岩のようにしっかりと私を支えてくれた。気が高ぶっているときに運転するのは危ないからと言って、家まで私たちを迎えに来てくれたのもコールだった。

さらに驚いたのは、コールはｉＰｏｄに私が好きそうな曲を入れて、私にプレゼントしてくれた。私がｉＰｏｄを持っていないことを知っていたのだ。私は号泣してしまい、お礼も言えなかった。彼は祖父を亡くした私を憐《あわ》れみ、慰めようとしてくれたのだ。

「アニマ・インダストリーズを調べてみるつもりだ」私が落ち着きを取り戻したあとで、

コールが言った。怪訝《けげん》そうな顔をすると、さらに説明してくれた。「ジャスティンが協力している会社だよ。これを最後に、奴《やつ》らを徹底的につぶす方法を考える」

「そう……いよいよ」私はつぶやいた。早ければ早いほうがいい。

人々が祖父の棺《ひつぎ》に別れを告げ、歩き去っていくのをじっと見ていたときだ。ただ一人、吹きつける風にも動じることなく、人々のあいだを歩いてくる人影が見えた。エマだ。他の誰にも、その姿は見えていないようだった。頬が涙に濡《ぬ》れている。エマは私の目の前で立ち止まると、華奢《きゃしゃ》なその手を私の肩にのせた。

ほんの少しだけ、温かさを感じた。

コールの体が強張《こわば》った。彼もエマの存在を感じているのだろうか。姿が見えているのだろうか。

「ごめんね」エマは言った。「私がゾンビの襲撃を警告しなくなれば、お姉ちゃんがゾンビ狩りに行くこともなくなるだろうと思ったの。代わりにおじいちゃんが犠牲になるなんて……まるであの人みたいに……」

「誰みたいに？」私が思わず声に出して言うと、幾人かの人がこちらを振り向いた。

エマは真っ青な顔になった。「アリ。私には……ここにはいない人よ」

「言って」私が言った。静かにさせようと、祖母が手をぎゅっと握った。

「お姉ちゃん。目撃者ってなんなのか考えたことある？　死んで天国に住んでいる、愛した人たちの人生を見守る役目を持った人のことなの。私がやっていることもそう。お姉ちゃんを見守り、励ますこと。お姉ちゃんが傷つけば私も傷つく。もうこのことは忘れて」

「無理よ」私は首を横に振った。

もう消えてしまうだろうと思っていたが、エマはかき消えたりしなかった。溜息《ためいき》をつき、エマが言う。「この話は聞かせたくないと思っていたけど、お姉ちゃんの気持ちは変わらないのね。その人というのは……パパのことよ」エマはささやいた。「パパはどこかにいて、お姉ちゃんを自分のほうに引き入れたいと思っているの。奴らはママのことも変えてしまおうとしていたけど、ママは邪悪と戦って勝ったの。今は私と一緒に天国にいて、お姉ちゃんの無事を願っているわ。アリス、このことはもう忘れて。私たちのために」悲しげに、優しく微笑《ほほえ》んで、エマは消えた。

私は激しく動揺した。以前エマが警告していたのはこのことだったのだ。今までにないくらい傷つくことになるだろうと。父さんはゾンビだった。そして父さんを助けるために私にできることは何一つない。

それに父さんがゾンビになったのなら、私の助けなど必要としていないはずだ。

私を狙ってきているのだから。この命を狙って。

コールが祖母と私を家まで送り届けてくれたときも、私はまだ動揺していた。親父《おやじ》の用事で呼ばれていなければ一緒にいるんだけど、とコールは言った。どんな用事だか私に説明したそうだったが、私は彼を帰らせた。祖母が部屋に戻り、私も自分の部屋に戻った。キャットから電話がかかってきたが、それには出ず、留守番電話に切り替わるに任せた。一時間後にコールからも電話があったが、同じように留守番電話に任せておいた。ベッドに横になり、生きていることを忘れるほどの悪夢に苛《さいな》まれた。

父さんはゾンビだった。

私のせいで一連の危険に巻き込まれてしまった父さん。

私が銀の大皿にのせてゾンビに差し出してしまった父さん。

父さんを救う術《すべ》はない。

この事態にどう対処すればいいのだろう？　震える手で日記帳を取り上げ、ページをめくった。答えはここにあるのだ。それはわかっている。そこに綴《つづ》られた暗号が、読める形になってさえいれば。

間もなく、いくつか新しく読めるようになっている箇所が見つかった。ヒエログリフのような暗号が、英語に変わっている。

〈ゾンビとの戦いの中で、たくさんの苦難に直面するだろう。頭がおかしいと後ろ指を差されるかもしれない。家族や友人が噛《か》まれることもある。家族や友人を亡くすこともあるだろう。

悪は悪だということを、決して忘れてはならない。それを変えることはできない。光あるほうへ導くことはできないのだ。だが、あなたがそれを許せば、悪はあなたを漆黒へと引きずり込んでしまう。

　私はいったい誰なのかと思っていることだろう。どうしてこんなことを知っているのかと。なぜ自分にはこの日記帳が読めるのだろうかと。これは魔法などではない。魂の姿になれる人のために、私はこれを書いたのだ〉

魂の姿。では、体を離れた状態でなら、書かれていること全てを読むことができるのだろうか。また、他の人も魂の姿になれば、読めるようになるのだろうか。だがそれを試してみるには、あまりに気持ちがふさぎすぎていた。

〈もし自然のままの状態でこの文章が読めているのなら、あなたも私と同じで、精神的なものに人一倍敏感なのだ。もしここに書かれている文がなかなか読めなくても、案ずることはない。残りの情報に対する心の準備ができたら、自然と読めるようになる。

　悪についてもっとよく知りたい？　だめだ、だめだ。あなたがより興味を抱いているのは、愛についてだろう。あなたが知りたいのは、愛する者を救うために何ができるか、ということだろう。私もそれが知りたくてたまらなかったからわかる。彼らに真実を伝えることだ。彼らに教えることだ。見たこともない、知りもしない敵は敵のままだ。だが真実に気づけば、彼らは戦うことができる。彼らがあなたの言うことを信じなかったら、もう仕方がない。あなたはベストを尽くしたのだ〉

どんどん溢《あふ》れ出る涙で視界がぼやけた。祖父に真実を伝えることができていたら。戦うことを教えることができたなら。だが、今となってはもう遅い。

泣きながらいつの間にか寝てしまっていたらしい。次に気がついたのは、窓を揺らす誰かのノックの音だった。

起き上がると肩のあたりで髪がもつれ、日記帳が床に落ちた。心臓が早鐘のように鳴り、私は目をこすった。窓枠を上げて部屋に入ってきたのはコールだった。だが、それでも鼓動はさらに激しくなるばかりだった。彼が戦闘のために武装していたからだ。全身に真っ黒な服をまとい、光を吸収するために目の下に黒い塗料を塗っている。両腕にはナイフを装備し、ブーツからは剣の柄が覗《のぞ》いていた。

「こんなときに悪い。しかもこんなふうに来てしまって。でも君が電話もメールも無視するから」彼は言った。「君が必要なんだ。ここから一・五キロほど先にある家の中に、巣が見つかった。奴らを殲滅《せんめつ》しに行くから、一緒に来て手伝ってほしい。君のように手を光らせて、あんなに素早くゾンビを灰にできる人は見たことがない。君ならゾンビを全部葬ることができる」

敵と戦うこと。どんなに最悪な気分のときでも、私にはそれができる。

「着替えないと」私はうなずいた。

「急いでくれ」

準備のためにバスルームに駆け込むと、部屋から躊躇《ためら》いがちなコールの声が聞こえた。

「今日、君の妹を見たよ」

着かけていたシャツが、耳のあたりで止まった。

「声も聞こえた」彼が続けて言う。「気の毒に。アリ」

コールも知っているのだ。父さんが新しい巣にいるかもしれないということを。私は震えながら着替えをすませて部屋に戻った。コールは壁にもたれて腕を組んでいた。

「できるか？」確認するように、彼がそう言って私の顔を見る。

私にできるのだろうか？　私は祖父をこの手で葬った。父さんは、隙があれば私を攻撃するだろう。祖父がそうしたように。生きていたときの父さんだったら絶対にそんなことはしない。そして今の父さんだったら、私の手で永久の死を与えてほしいと願うはずだ。

しかし、二度も父親を手にかけて、私はこの先正気を保って生きていけるだろうか。

「出かけるって伝えてくる」コールの質問には答えずに、私は言った。「それと、おばあちゃんを守ってくれる人に誰か来てもらわないと」

コールは私が話を変えたのに気づいても、それ以上追及しようとはしなかった。「それならもう手配ずみだ。親父がここに向かってる」

そういうことなら大丈夫だ。私たちは下の階へ下りた。ちょうどばったり出くわした祖母は、年よりもずっと老けて見えた。驚いたことに、祖母は私を止めようとはしなかった。代わりに私の頬にキスをして「気をつけるのよ」と声をかけてくれたのだ。

「うん」私はしっかりとうなずいた。

「この家の血の境界線は強化しておきました」コールは言った。「それに、父がもう間もなくここに来ます。夜のあいだずっと、あなたのそばにいますから」

「ああ……ありがとう」詳しいことを訊《き》こうともせずに、祖母は私たちから離れた。たぶん泣きだしてしまったからだろう。

駆け寄りたい気持ちをこらえ、どうにかその場に踏みとどまった。「もうこんなの嫌。全部嫌よ」思わず言葉がもれる。

「わかるよ。だけど少しでも状況をよくするには、今していることを続けていくしかないんだ」コールは私の頬に両手を当てて、目を覗き込んだ。その途端、世界が消えた――。

――私は仰向《あおむ》けに寝ていて、血の混じった咳《せき》をしていた。コールがそばにいる。彼の頬を涙が伝っている――。

――再び私は彼の前に立っていた。幻覚は始まったとき同様、突然消えた。

「あれは……」彼は首を振った。「君はここにいろ」

「怪我をするかもしれないから?」少しでも状況をよくするには、今していることを続けていくしかないとさっき言ったばかりなのに。私は激しく首を振った。「幻覚がいつ現実になるかはわからないじゃない。最初の幻覚が実際に起きたのは、すごくあとになってからだったわ。それにあの幻覚を避けるために一生家にいるなんて無理よ」

「君は死にかけてたんだぞ！」コールが語気を強めた。

「きっとあのあと治ったわよ」私も負けじと言い返す。

「俺にはわかったんだ。俺がこの手で抱いていたのは死だった」私を揺さぶって、彼は大声で言った。「君は死にかけていて、治る見込みはなかった。だから君はここにいろ。俺と他の奴らでなんとかする」

「嫌よ。私が必要だって言ったじゃない」

「アリ、頼む。君を失うなんて――」

「黙って」口の中がからからに乾いて、恐怖に押しつぶされそうだったが、少しも恐れてなどいないという顔を作った。「時間がもったいないわ」

私は彼を押しのけて、ドアに手をかけた。

「いたいならそこにいればいい。私は行く」

外に出た。陽《ひ》が沈みかけていて、空には青紫の靄《もや》がかかっていた。

そのとき、覆面の男たちが、私に群がってきた。

私は悲鳴をあげてあとずさりした。幻覚の続きを見ているのかと思ったが、誰かが鉄のように固い腕に私を抱え込んで、停《と》めてあったバンのほうへ運んでいった。そのあいだに別の男たちが中に押し入り、今度はコールを襲ったようだ。剣を抜く音と、コールの声が聞こえた。

抵抗したが、私を捕まえている腕から抜けることはできなかった。

突然、背後で大きな爆発音がした。私と、私を抱えていた男は、強い熱風で地面に叩《たた》きつけられ、車の横に転がった。頭を車体で強打し、目の前が霞《かす》んだ。木片が雨のようにばらばらと降ってくる中を、男が這《は》うように進んでいるのが見えた。

「アリス。可愛《かわい》いアリス」バンの中から、誰かが私を呼んだ。

その声ならば、間違いようがない。父さんがやってきたのだ。


目を覚ますと、私は椅子に縛りつけられていた。激しく動揺したが、霞んでいた目は徐々にはっきり見えるようになってきていた。頭がずきずきと痛んだ。体のあちこちが痛い。まるであの事故の直後へとタイムスリップしたかのようだ。私の世界が崩壊した、あの日へと……。

そうか。私の世界は再び崩壊したのだ。

次々に記憶が戻ってきた。コールが家に来たこと。死を予言する幻覚。家を出た――いや、出ようとしたこと。覆面の男たちの襲撃。捕まって運ばれたこと。爆発。車。父さん。コール。おばあちゃん。

せり上がってきた胆汁が喉を焼いた。二人はきっと生きている。

身をよじって拘束を解こうとした。二人を見つけて、助けを呼ばなければ。ロープで縛りつけられているこの場所は、研究所か何かのようだった。照明は薄暗かったが、白衣を着た人々がそこかしこに動き回っているのが見えた。空気には銅のにおいと、何かが腐ったような悪臭が混じっていて、私は思わず吐き気を催した。

「よかった。起きたのね」防護服を着た女性が私の視界に入ってきた。マスクを取って、両手を大きく広げる。「アニマ・インダストリーズへようこそ」

「ライト博士」私は喘《あえ》いだ。「あなたも捕まったんですか？」

「優しい子ね。あなたは私を信じすぎている。こんなに一目瞭然なのに、私も捕まったんだと思い込んでいるのね」

その己惚《うぬぼ》れたような言葉で、一瞬にして校長に対する信頼が破れ去り、真実が露《あら》わになった。信じたくなかったが、もう目を背けることはできなかった。彼女はスパイだったのだ。裏切り者だったのだ。

「説明するわ」うなずいて、ライト博士は言った。「そう、私は情報を得るためにあなたたちを利用していたの。それだけよ。ここの社員たちは、ゾンビを追いかけていたんじゃなく、みんなのブーツに仕込んだ発信機を追っていたの。そのほうが手っ取り早いから」

「信用してくれていいって言ったのに」私は歯ぎしりした。

「私はどんな嘘だってつくわ」彼女は声をたてて笑った。「ああ、これも嘘かもしれないわね。どれが本当か言い当てるのは不可能よ」

私は渾身《こんしん》の力でロープを引っ張った。「コールと祖母もここに連れてきたの?」

「いいえ。二人がどこにいるかは知らないわ。爆弾は私たちが仕掛けたものじゃないし、爆発のあとで残ったものを探しにあなたの家に戻ったときには、二人の姿は消えていたそうよ」

本当だろうか? それとも、嘘を並べているだけだろうか?

「どうしてこんなことをするの?」私は歯をくいしばって訊いた。

防護服を着ていてさえ崩れないあの威厳ある態度で、ライト博士は腰に手を当てた。

「コールの父親はゾンビを破壊したがっているけれど、私たちはゾンビを利用したいの」

まごうことなき悪を、利用する――。私には意味がわからなかった。「なぜ?」

「決まってるじゃない。お金のためよ。ゾンビは兵器なの。どんな軍隊もゾンビには勝てない。いちばん高値をつけた依頼者が望めば、誰に対してだってゾンビを使うわ。しかも私たちは自分で指一本動かす必要はないの」

「だけど奴らは私たちも殺すかもしれないのよ!」他人のことなど全部どうでもいいというのか。

「その心配はない。私たちはゾンビを制御する方法を見つけたの。見せてあげましょう」

ライト博士は私の背後を指さした。

一瞬ののち、ぱっと明かりが点《つ》いた。眩《まぶ》しさに目を細めて体をひねろうとしたが、どうしてもできない。誰かの足音が聞こえた。姿を現したのは、防護服を着たジャクリーンだった。あの忌まわしい顔が透明なマスクを通して露わに見えている。やはりジャクリーンも嘘をついていたのだ。彼女の手にはロープが握られている。

その先に繋《つな》がれていたのは、父さんだった。

私は凍りついた。息ができない。昔と同じように背が高かったが、記憶にある姿よりも髪が薄い。鼠《ねずみ》色の肌には、顔や首などあらゆる箇所に黒い斑点が浮いている。身につけているスーツの袖口や裾はすり切れて、ほつれた糸が飛び出していた。

ずっと父さんに会いたくてたまらなかった。ずっと恋しかった。不意に猛烈な歓喜が込み上げた。しかしその歓喜は、電灯の光に赤く輝くルビー色の視線に突き刺され、無残に萎《しぼ》んでいった。

「父さんを離せ」私は再び力いっぱいもがいた。父さんを救いたいのか消滅させたいのか、もう自分でもわからなかった。

自然と、魂が体から離れ始めていた。

「だめよ、戻りなさい」ライト博士が鋭い声で叫んだ。「魂の姿になったって縛られたままなのよ。そうなったらゾンビが一斉に騒ぎだす。それは私としても避けたいの。そんなことになってみなさい、お友達のキャットをここへ連れてきて、あなたに思い知ってもらわないといけなくなるわ」

私は奥歯をぎりぎり噛みしめて、仕方なく体に戻った。

「俺たちの……仲間になれ」父さんが耳障りな声で言った。

「彼の認知能力には私たちも驚いているの」ライト博士は誇りを滲《にじ》ませて言った。「この状態まで進むと、通常なら意識が失われ、ひどい飢えしか感じなくなるものなの。だけど彼の望みは、ただ一人生き残った娘と過ごすこと、それだけなのよ」

涙が込み上げた。あれはもはや父親などではない。今はどんな感情も押し殺しなさい。正常な精神状態を保てなくなるから。感傷に浸るのは、あとになってからでいい。

父さんの口から涎《よだれ》が垂れた。曲がった指を構えて、今にも飛びかかってきそうだった。

「また……一緒に」父さんが言葉を漏らす。

数日前の私なら、この瞬間を手に入れるためにどんな犠牲も厭《いと》わなかったろう。父さんと会い、話ができるチャンスを得るためなら。そして今、それが実現した。父さんは死に損ないの一人かもしれないが、私のことを認識し、一緒にいたいと望んでいる。私が恋しいのだ。

認めよう。私も父さんが恋しい。また一緒にいられたらどんなにいいかと思うし、父さんの申し出に心惹《ひ》かれている自分もいた。だが、そうするわけにはいかないのだ。

「父さん、ごめんね。できない」こらえきれず溢《あふ》れた涙が、頬を伝って流れた。

一瞬の間があって、耳を聾《ろう》するようなゾンビの呻《うめ》き声、唸《うな》り声が響き渡った。

「頼む」父さんの口からまた涎が伝った。

「答える必要はないわ」ライト博士が言った。「もういい。こいつにあなたを襲わせることにしたから」

全身を恐怖が駆け巡る。私は力の限りロープを引っ張った。皮膚が擦れ、破れて傷ができた。温かい液体が指を伝い、床に滴った。ゾンビたちが不意に狂ったように騒ぎだし、呻き声と唸り声は、もはや叫び声に変わりつつあった。

私の恐怖心を感じ取ったのだ。なんとか心を落ち着けようとした。

「私たちのほうにつくほうが賢い選択だって、気づいてほしかったわね」ライト博士は溜息をついた。「あなたの能力は興味深いのに」

「あんたたちに協力するくらいなら死んだほうがましよ」私は吐き捨てるように言った。

「言うと思ったわ」確信に満ちた冷たい笑み。「でも、ゾンビになってもまだ私に逆らうことができるかしら？　もうわかっているでしょうけど、そのロープには、コールが血の境界線に使っているのと同じ化学物質が編み込まれているのよ。ゾンビにこれを引きちぎることは不可能よ。このロープがあれば、私たちはゾンビを思いのままに操れる。それに、人間と対面させれば、ゾンビはもう衝動に抗《あらが》えないわ」

自分に向かって歯をむいた父さんを、博士はぎろりと睨《にら》みつけた。「やめなさい」父さんは自分を繋いでいるロープをぐっと引っ張った。ジャクリーンがよろめく。「ライト博士――」

「じっとしてなさい」博士は厳しい声で言い放った。ジャクリーンに向かって言ったのか、父さんに言ったのかはわからなかった。「アリを別のゾンビに食べさせたいの?」

どうやら父さんに向かって話していたようだ。父さんはさらに強くロープを引いた。ジャクリーンの手からロープが抜け、彼女が床に倒れる。

「やめなさいと――」博士が取り乱すのがわかった。

父さんはライト博士に飛びかかり、爪を立てて噛みついたが、防護服を破ることはできなかった。父さんの鼻を掴《つか》んだ博士が、地面に押さえつけようとしている。

「大人しくしなさい、ミスター・ベル。アリのお仕置きはもうすんだでしょう。自分の仕事をしなさい」

「喰《く》わせろ!」父さんが叫んだ。

そのとき、背後から、悲鳴と人の足音が聞こえた。

「博士、奴らが脱走しました」誰かが叫んでいる。

「命令に従いなさい!」ライト博士の声。

次に聞こえてきたのは、口々に何かを指示するような大勢の声だった。荒々しい足音。

人々の悲鳴。ゾンビの咆哮《ほうこう》。首と肩に針で刺されたような鋭い痛みが走り、血管に酸のようなものが直接流れ込んできた。私は叫び声をあげて激しく体をよじったが、その拍子に椅子が前に倒れた。拘束から抜け出し、身を守るために戦おうとしたが、流れ込んだ酸が私の体力を奪っていった。ついにロープが緩み、腕が自由に動くようになった。

体をひねり、集まってきたゾンビを殴ろうとした――しかしその手はゾンビに触れることなくすり抜けてしまった。奴らは魂であり、私は人間なのだ。私を噛んだゾンビは離れたところで苦しげに喘ぎ、喉をつまらせていたが、状況はまったくよくなってはいなかった。私の前にぞろぞろ列を作ったゾンビたちの、二列目が向かってくるところだった。

「父さん！」私は叫んだ。

傷つけろ……。

殺せ……。

破壊しろ……。

ゾンビに噛まれるたび、その言葉が私の思考を蝕《むしば》んでいった。やがて、誰かに皮膚をむかれ、筋肉をむき出しにされたような感覚に襲われた。

二列目が去っていくと、今度は三列目のゾンビたちがご馳走《ちそう》にありつこうと近づいてきた。自分たちを煌々《こうこう》と照らし出す照明を気にもとめずに、奴らが鮫《さめ》のように私の肉体に深く突き立てた歯が、皮膚を喰い破り、筋肉を引き裂き、骨を砕いていく。

傷つけろ……殺せ……破壊しろ……。

嫌だ。私は思った。嫌だ！　邪悪に心を任せるわけにはいかない。人は悪の誘惑と闘うことができるとコールは言った。私は闘う。この闘いに勝つことができれば、私は感染病にも打ち勝つことができるだろう。

傷つけ殺し破壊しろ……。

嫌だ！

「やめろ……」私は声を絞り出した。「やめなさい！」

私は魂ではない生身の姿だったが、その言葉の力に抗えずに、一匹、また一匹、やがて全てのゾンビがあとずさりを始めた。まわりにゾンビが一匹もいなくなってからも、私は起き上がることができなかった。体中が燃えるように熱い。

「下がり……なさい」ひと言ひと言を、必死に言葉にする。

私の居場所から、部屋全体を見渡すことができた。防護服の連中が幾人か床に倒れていて、逃げようともがいていた。数えきれぬほどのゾンビがそれに群がって防護服を破ろうと爪を立てていた。ゾンビたちは床を這い回り、壁をよじ登り、機器の上から飛び下りてきた。私を襲ったゾンビたちが左側で壁のようになって、再び襲いかかりたくてたまらない様子で震えていた。

私の信念を込めた言葉の力が破られゾンビが自由に動けるようになるのも、時間の問題だろう。そのとき、目を疑うようなことが起こった。父さんが私の前に立ちはだかり、大きな体で奴らをブロックしてくれたのだ。赤い目を光らせ、唇を舐《な》め、頭を低くして……。

「一緒に戦え」父ざんの声がした。

その言葉には、私の言葉と同じくらいの力があった。気がつくと私は身を起こし、父さんのほうへ手を伸ばしていた。「パパ、愛しているわ。お願い、私を助けて」

そのとき、誰かの咆哮が空気を震わせ、次々と鬨《とき》の声があがった。今まさに私に向かってこようとしていたゾンビたちの壁が、次々と痙攣《けいれん》しながら倒れていく。

「アリ！」部屋の向こうから私を呼ぶ声がした。

コールだ！　コールが来てくれたのだ！

傷つけろ……。

嫌だ！　私はまた念じた。絶対に従うものか。

父さんは姿勢をまっすぐに伸ばし、新たな脅威と向き合った。

「アリ！」またコールの声がする。

「コール！　ここよ」私は必死に叫び返した。

再び咆哮が響き渡る。今度は苦痛に喘ぐ呻き声がそれに続いた。

ゾンビと戦士たちの戦いが始まった。

父さんは私のそばを離れず、仲間のゾンビを壁に投げつけて、私から遠ざけてくれた。

アドレナリンが体中を駆け巡る。私がこのままじっとしていたら、コールもみんなも、父さんを殺してしまうだろう。私を助けてくれている父さんを、死なせるわけにはいかない。父さんも悪と闘っているのだ。

私は目を閉じて、一切の痛みを忘れようとした。簡単なことではなかったが、何にも屈するものかという強い決意を胸に抱いた。次第に、私の魂が体から離れていく。私にはできる……次の瞬間、私は完全に自由になり、体中に力が漲《みなぎ》り始めた。熱を持った体が凍るような冷気で冷やされる。コールが二本の短剣をこちらへ投げてよこした。

父さんの左側からゾンビが襲いかかろうとしているのが見えたが、父さんは右手にいるゾンビと戦っていて身動きが取れない。私はすぐさま飛び出すと、腕を交差させて頸動《けいどう》脈《みやく》に短剣を突き立て、再び開いてそのまま剣を払うともうひと突きを食らわせた。体を前後に揺するようにしながら、ゾンビの群れの中を動き続ける。私の剣の腕がもっと稚拙だったとしても、きっと勝てていただろう。ここにいるゾンビたちは、これまで戦ってきたゾンビほど強くは感じられなかった。

いつの間にか、父さんの姿を見失っていた。私と同じように奮戦するコールが視界の端にちらりと見えた。ねばねばした黒いものに全身を覆われ、傷だらけになりながらも、コールは戦い続けていた。私のために。私を救うために。人類を破壊し得る者を殺すために。コールの後ろにはホーンがいたが、彼はもう自分の足で立ってはおらず、仰向けに横たわったままじっと動かなかった。父さんが彼の体の中に消え（ああ、お願い、やめて）、再び姿を現してはまた消えた。ホーンの顎には黒い粘液のようなものが付着していた。目の前で戦っていたトリナが彼を助けようと躍起になっていたが、さらにゾンビが押し寄せてくると彼の脚に噛みついた。

助けようとして、私は駆けだした。だが後ろから誰かに殴られて、私はその場に倒れてしまった。額が何かに――誰かの体にぶつかる。だが、幸いそれがクッションになり、私を守ってくれた。次の瞬間、脚に噛みつかれるのを感じ、私は逆上した。もう片足で思いきり蹴りつけて、噛みついているゾンビを引き剥がした。

すぐにコールも駆けつけてきた。激しい戦いで、剣が刃こぼれしている。

「上達したな」別の敵に向かいながら、彼は言った。

「どういたしまして」私が答えた。身を低くして、コールと戦っていたゾンビのアキレス腱《けん》を切り裂いて、膝を突かせる。

次のターゲットに向かおうとすると、また父さんの姿が見えた。歯をむき出して、コールめがけて走ってくる。二人が向き合った。父さんが何度も何度もコールに噛みつこうとするのを見て、私は恐ろしくなった。

「やめて！」私は叫んだが、二人が戦いをやめてくれるとはどうしても思えなかった。

コールが父さんの歯をかいくぐり、剣で強打する。私は思わず手にした剣を落とした。

父さんは私を助けようとしてくれたが、他の人に対してはコントロールが効かないようだ。きっと最後には祖父と同じように、完全に誰が誰かもわからなくなってしまうのだろう。私を攻撃し、傷つけようとするのだろう。私の愛する人たちをみんな殺してしまうかもしれない。

そんなのは嫌だ。

残された時間は一秒にも満たなかったが、私は決断した。自分の手を見る。

「光れ」声に出して、そう言った。

私の手はすぐに光を放ち始めた。指先から肩まで、煌々と光に包まれている。頬に流れる涙を感じながら、私は震える手を伸ばした。神様。どうか私に強さをください。

「パパ」私は呼んだ。

父さんが、私のほうを振り向いた。

「ごめんね」こうするしかないの。

「アリス」父さんが私の名を呼んだ。

私の手が父さんに触れる。

一瞬で、父さんは灰となって消えた。最期に、父さんが笑ったような気がした。

こうして、父さんは死んだ。

永遠に。

私のせいで。

コールは、ちょうど剣を振り下ろすところだった。その刃《やいば》で父さんを切り裂くところだった。だが父さんはもういない。そこにいたのは私だった。

金属の刃が私の腹を切り裂いた。

最初のうちは、何も感じなかった。だがすぐに、今まで経験したことのあるどんな痛みよりもひどい激痛が私を襲った。

コールの顔が恐怖に歪《ゆが》み、拒絶の叫びがもれた。クルツとフロスティが駆け寄ってきて私を地面にそっと横たえた。目の前に黒い斑点がちかちか躍っている。

「アリ！」誰かが私の名を呼んだ。

返事をしようとしたが、出てくるのは咳ばかりだった。血が胸に広がっていき、口の中に溢れる。

「ごめん、本当にごめん」その声で、コールがそばにいるのがわかった。

ああ、これは幻覚で見た光景だ。こんなに早く、そのときが訪れるとは。

コールは私を胸に抱いた。「頼む、死なないでくれ。俺の声が聞こえるか？」

様々なことを耐え忍んだ結果が、こんな結末とは。「夢じゃ……ないの……」

残りの言葉は咳で遮られた。何かが私を上へ、上へと……果てしなく広がる白い世界へと引き上げていく。

18 幸せな始まり

ここはどこなのだろう。雲。たくさんの白い雲がまわりを取り囲み、視界がぼんやりしている。

柔らかな雲の中、エマがこちらに歩いてくる。もうピンクのチュチュは着ていない。今は足元まで隠れるまばゆく白いローブにゆったりと包まれていた。艶やかで長い黒髪が柔らかに伸びている。黄金の瞳はいつもどおりの輝きを湛《たた》えていたが、そこに複雑な感情が混じり合い、浮かんでいるように見えた。

「私は死んだの？」そう考えても心は乱れなかった。

「すぐに戻れるわ」エマが答えた。「お姉ちゃん、パパを殺したのよ。憶《おぼ》えてる？」

記憶がどっと蘇《よみがえ》った。私の父さん。ゾンビになってしまった父さんが、コールを傷つけた。私のせいで死んだ父さん。

「ごめんなさい……」私はかすれた声で言った。「ごめんなさい」

「わかってるわ」エマは悲しげに言った。「あれでゾンビとの戦いは終わったんだって言えたらよかった。でも、違うのよ。あなたとコールのことは全部うまくいくって言ってあげたいのに、それもできないの」

それでも私はくよくよ考えたりしなかった。私には強い信念がある。それさえあれば、何も心配することはないのだ。「全ては今よりよくなるわ。きっと」

「お姉ちゃんの体には毒素が入りすぎてしまっているの。薬で全部中和できるなんて本当に思っているの？　人間たちはすごく怒っているわ。彼らの望みは――」

「アリ」私を呼ぶ声がした。コールの声だ。

エマの姿がぼやけ始めた。

「行かないで！」そう叫び、妹に触れようと手を伸ばした。「お願いよ！」

「行ってしまうのは私じゃないわ。お姉ちゃんのほうよ」なんて悲しそうな微笑《ほほえ》みだろう。やがて、雲に包まれて、エマの姿は跡形もなく消えてしまった。

「アリ！」また聞こえる。コールの声。

どこからか、断続的な機械音が聞こえてきた。「エマ、さよなら」私はつぶやいた。「しばらくのあいだはね」妹にはきっとまた会えるだろう。私にはわかっていた。

「アリ。聞こえてるんだろ。指が動いているよ」

妹の言葉を頭の隅に追いやって、私を死の淵《ふち》から引き戻そうとしてくれている少年の声に意識を集中させた。思い悩むのをやめても苦難から救われるわけではないが、少なくとも時間を無駄にせずにすむ。新しい一日を迎え、目の前に立ちはだかった障害には、それがなんであろうと対処していくつもりだった。しかし、一つだけわかったことがある。毒素は完全に中和されたのだ。生きてこの世に戻ることができ、思考が悪に汚されていないのがその証《あかし》だった。

「起きてくれ、眠り姫」コールの声が聞こえた。「君はもう何日も眠っているんだよ。いい加減俺を苦しめるのはやめて、目を覚ましてくれないか」

瞼《まぶた》を開いたり閉じたりしていると、瞬《まばた》きをするごとに視界の曇りが晴れていった。ベッドの隣に置かれた椅子に座り、コールが手すりに肘をかけている。彼の肩が、安堵《あんど》したように大きく下がった。恐らく薬が効いているのだろう、痛みはまるで感じない。私は彼のことをいつまでも見つめていられそうだった。彼は美しい顔をしていた。かさぶたができて、包帯を巻いてはいたが、清らかな戦士の姿だった。

刹那、これは幻覚だろうかと疑った。しかし違った。そう感じた瞬間、今度は本当に幻覚が訪れた——。

——私たちはポーチで手を繋《つな》ぎ、穏やかに笑いながらお喋《しゃべ》りをしていた。私は彼の肩に頭をのせている。昇りゆく朝日に照らされた空は、金色とピンクに美しく彩られていた。

「今日は質問はないのか?」コールがからかうように、私に声をかけた。

「もちろんあるわ。千個ぐらいあるわよ」

「なんでも訊《き》いてくれ」

「じゃあ最初の質問よ。どうして私にキスをするの……？」

どれくらい幻覚を見ていただろう。目の前が暗くなったときには、頬にこぼれた涙がすっかり乾いていた。なんて幸せな結末なんだろう。いや、幸せな始まり、と言ったほうがいいだろうか。

最後には、全てがうまくいくだろう。

アニマ・インダストリーズ。彼らはもう最強のカードを出してしまった。私の父親という切り札を。そしてそのカードはもう失われたのだ。彼らはもはや私への対抗手段として父さんを使うことはできない。

まだ痛みは消えない。父さんは最後まで私のために戦おうとしてくれた。私を愛してくれていたからだ。それなのに私は父さんを殺してしまった。二度までも。他の誰でもない、私自身のこの手で……。

私はそのことを背負って生きていかなければならない。

だがそれは必要なことだった。その事実が、胸の痛みを僅かに和らげてくれた。父さんは悪と戦って敗れた。私が命を奪わなければ、何度でも私の友達を傷つけていただろう。

「今の幻覚は気に入ったよ」コールが指先で私の手にそっと触れた。

「私も」喉がひりひりと痛み、かすれた声しか出てこなかった。

コールは私の手を取り、キスをした。「俺はまた、君を失うところだった。君は心停止状態だったんだよ。だけど戻ってきてくれた」

「簡単には死なないわ」精一杯の笑顔を、彼に作ってみせる。

「神に感謝するんだね」彼が言った。私たちは穏やかに微笑み合った。

「どれくらいやっつけたの？」私は尋ねた。

コールはふと真面目な顔になった。「アニマのほとんどは逃げちまった。でもあそこにいたゾンビは全部死んだよ。俺たちが戦う必要もなかった。一匹ずつ勝手に倒れていったんだ。みんな動かなくなってしまって、光で葬り去るのになんの問題もなかった」

恐らくは私の魂のせいでゾンビたちに毒が回ったのだ。この仮説をコールにも話してみたかった。もっとあとになってから。今は答えが欲しかった。それに、自分があとどれだけ意識を保っていられるのかもわからなかった。「どうやって私を見つけたの？　あのときどうやって家から抜け出すことができたの？」

そうだ、あの爆発。どうして祖母のことを忘れていたのだろう。私は起き上がろうとした。「おばあちゃんは――」

「無事だ。父さんと一緒に、君に会えるのを待っているよ」コールは優しく私をベッドに押し戻した。「あの爆破事件のあと、うちの父さんと君のおばあちゃんが瓦礫《がれき》の中を探し回って、君のものを拾ってきてくれたよ」

「どんなものを？」家族の写真……それにあの日記帳がなくなっていたら……。

「俺は知らないんだ。ずっと君のそばにいたからね」コールが首を横に振った。

「優しいのね」心の奥が、ほのかに温まった気がした。

「そうでもないよ。もし君が死ぬと決めたら、そのときは断固反対するつもりだったさ」

笑うと脇腹が痛みそうだったので、残りの質問に意識を集中させた。

「何が起きたの？」

「君の家に？」彼がそう訊いたので、私はうなずいた。

「あの日、君のおばあちゃんは部屋に戻っていた。アニマの奴《やつ》らが一人、そこに手榴弾を投げ込んだんだ。俺はとっさに床に伏せた。気がついたときには父さんがいて、防護服の奴らはいなくなっていた。それから君のおばあちゃんを見つけたんだ。あちこち打っていたけれど、幸いどれも軽傷だった。そうしたらジャスティンがやってきたんだよ。あいつが俺に、今何が起きているのか、どこへ行けばいいか教えてくれたんだ」

ライト博士は爆弾のことについても嘘をついたのだ。それに、ジャスティンが助けてくれたなんて。どうしてだろう。私の知る彼がそんなことをするはずはないし、辻褄《つじつま》が合わない。

「他のみんなは無事だったの？」

コールは足元に目を落とした。「いや。ホーンが……」

死んだのだ。体が震えた。ばらばらになりそうな意識をどうにか繋ぎ止めようと、私は視線を彷徨《さまよ》わせた。私たちがいるのは豪華なベッドルームだった。天蓋にはベルベットのドレープが垂れ下がっている。壁紙はパステルカラーの花柄。雫形《しずくがた》のクリスタルが何千粒もぶら下がったシャンデリア……。

ホーンの死は、私たち全員が耐えなければならないものだった。狩りと戦いをやめない限り、この先何度も私たちはこの痛みと苦しみを経験することになる。そうするしかないのだ。私たちは愛する者を守らなくてはならないのだから。

そうしなければこれまで私たちがしてきたことが全て無駄になり、未来は光なき闇に包まれてしまうだろう。

私は喉に込み上げた感情をぐっとのみ下した。

「ここはどこなの？」

「アンクの家だ」

ノックの音がして、ホーランド氏が顔を出した。「声が聞こえたから、目を覚ましたんじゃないかと思って来てみた。君に会いたがっている人がたくさんいるよ」

私は髪だけでも整えようとして手を伸ばしたが、もつれた髪は言うことを聞いてくれず、しまいにうんざりして諦めた。見た目はどうにもならなそうだった。

「君はきれいだよ」コールが優しくそう言った。真剣な顔をしたままだったので、もしかしたら本当にそう思ってくれているのかもしれなかった。

「入ってもらってください」夢見心地の溜息《ためいき》が漏れないように、私は言った。

最初に入ってきたのは祖母だった。

コールは立ち上がって、一つだけある窓のほうへ移動した。駆け寄ってきた祖母は私のお腹《なか》の傷に注意しながら私を抱きしめると、私を元気にしてくれるいつものお世辞を口にして、コールが座っていた椅子に腰を落ち着けた。額に痣《あざ》はあるものの、見たところ怪我《けが》はないようだった。

続いてルーカス、デレク、コリンズ、クルツ、フロスティ、ブロンクスが入ってくると、部屋はあっという間にいっぱいになった。

「元気そうでよかった」とフロスティ。

「小さなアリのビッグ・パンチだな」とルーカス。

「一緒に戦う準備はできてるよ」とデレク。

「コールに飽きたら俺にもチャンスをくれよな」コリンズはそう言って、コールに睨《にら》まれていた。

「悪くない。初心者にしては」ブロンクスが言った。

初めてブロンクスが私にかけてくれたその言葉は、とても嬉《うれ》しい言葉でもあった。私はそれを大切に胸にしまっておくことにした。彼からの、最高の褒め言葉だったからだ。

「ありがとう、みんな」私は言った。

祖母は嬉しそうにうなずいていた。

みんなが出ていくと、マッケンジーとトリナが入ってきた。

「認めたくないけど、あなた本当にすごかったわ」マッケンジーが言った。

「そうだよ、本当にすごかった」トリナがにっこり笑って言った。「私の得意技をいくつか使ったでしょう、気づいたよ」

「馬鹿言わないでよ。あれは私の技よ！」マッケンジーがむっとして言い返した。

そして二人は言い合いを続け、部屋を出ていくときになっても、まだ言い争っていた。

次に飛び込んできたのはキャットだった。「やっと私の番が来たわよ」そう言って、私のそばに駆け寄ってきた。まるでベッドが溺れかけた自分を救ってくれる救命ボートででもあるかのように、私の手を取り、力強く握りしめた。

「いちばんの友達なんだから、私を最初にしてくれたっていいのに」彼女に会えて言葉では言い表せないくらい嬉しかったが、私はコールをちらっと見た。

「キャットはもう知ってる」コールが言った。「君と連絡がつかなくなって、俺とフロスティに千回くらい電話をかけてきたんだ。君が誘拐されたって世界中に言いふらしかねない勢いだったんだよ。それでついに父さんが折れて、キャットに話してもいいって許可をくれたんだ」

「もっと前に教えてくれたらよかったのに！」キャットは憤慨していた。「ゾンビなんてものが存在してるなんて急に言われたって、頭がついていかないわ」

「フロスティとはよりを戻したの？」私は尋ねた。

「そうだよ」廊下からフロスティの声がしたのと、キャットが答えたのが同時だった。

「まあ、あのあともうちょっと苦しんでもらったんだけどね、罰として」キャットが小声で私に言った。

病気のこと、彼は知ってるの？　声に出さず口の形だけで、私は訊いた。

キャットは首を横に振った。

ならば私も黙っていよう。けれど、もしかしたら彼は既に知っているんじゃないだろうかと私は思った。最初にフロスティがキャットとつき合い始めたとき、間違いなくアンクさんとホーランド氏は、彼女の素性についても調べたはずだ。だがこれも、いつかまた別の機会に打ち明けられるのだろう。

「俺が君にとってどれだけ大事かなんて、みんな知ってるさ」フロスティが戸口に入ってきて、ドアの枠に寄りかかって腕を組んだ。

「じゃあみんなに男の捨て方のお手本でも見せてあげましょうか？　もうあっち行っててよ！　今は女同士の話をしているんだから」

「はあい」フロスティはにかっと笑って歩き去った。

私の瞼が重たくなるまで、キャットと私は取りとめのないお喋りをして笑い、お互いの報告をし合った。キャットが私の手にキスをして、心配そうな顔をした。

「ねえアリ。初めて病院のベッドで会ったときのあなたの傷は、全然大したことなかったよね。蚊に刺されたより軽いくらいの、ほんのかすり傷だったもの。でも今回はこんなベッドに寝たきりになるくらいの重症。だからそうね、完治するまで二日間あげる」

私は本当にキャットが大好きだと思った。「無理って言ったら？」

「フロスティとの関係を終わらせるわ。今ここで、永遠に」キャットは大声で言った。

「おい」廊下で盗み聞きをしていたことを隠そうともせず、フロスティが叫んだ。

「どっちにしても別れるかもよ」キャットはさらに言った。

憤慨したフロスティが部屋に戻ってきた。キャットはくすくす笑っている。

「はいはい。もうお終《しま》い」祖母がコール以外のみんなに部屋から出ていくように言った。

「アリも、もう休みなさい」そう言って、祖母は私の額にキスをしてくれると、部屋を出ていった。

「これからどうなるの？」あくびをしながら私はコールに尋ねた。

「ひとまず君とおばあちゃんには、アンクの家に住んでもらうことになる」

コールは私の唇にそっとキスをした。

「おやすみ。君が目覚めたときもそばにいるよ」

もう私の瞼は今にも閉じそうだった。彼のおかげで、私はこの新しい世界を生き抜く術《すべ》を身につけることができた。それどころか、克服する術さえも。

心の奥深くではわかっていた。満たされ、生の実感を得るためにはゾンビと戦い続けるしかないのだと。やがて戦いが終わるそのときが来たら、自分の力で全てを成し遂げたことを実感し、平穏に包まれながら、私は光の中を歩んでいけるようになるのだろう。コールと一緒に、肩を並べて。私たちはこれからも一緒だ。

私はどんなことにだって立ち向かっていける。

あとがき

本書は、オクラホマ出身で、ロマンス、ヤングアダルトを得意とするベストセラー作家、ジーナ・ショウォルターの〈The White Rabbit Chronicles〉シリーズの第一作目として二〇一二年に出版された『Alice in Zombieland』の翻訳である。本国アメリカでは、アマゾンの選ぶ〝人生で読むべきヤングアダルト作品百冊〟にも選ばれるほどの好評を博している。

ショウォルターは二十七歳のときに『The Stone Prince』でデビューして以来、実に二十五冊もの作品を世に送り出してきた多産な作家である。代表作の〈オリンポスの咎人〉シリーズ、〈The White Rabbit Chronicles〉シリーズ、〈the Angels of the Dark〉シリーズ、〈the Otherworld Assassins〉シリーズは刊行されるたびにNYタイムズや、USAトゥデイのベストセラーリストを賑《にぎ》わせている。

ショウォルターは本作についてのインタビューで、まずはタイトルを思いついたのだと語っている。アイデアを作家仲間のクレスリー・コールに話したところ、「ぜひ書くべきよ」と言われ、小説全体の大まかな筋を書いてみたのだという。すると情景や会話が次々溢《あふ》れてきて、キャラクターが命を持ち始め、本作が出来上がったそうだ。作品には家族との会話が無意識に反映されることもあるらしい。著者の妹は本作を読み、作中のある会話が、数年前の母と自分の会話とまったく同じだったことを知って大笑いしたそうだ。

また、本作が特別である点、設定については、同じインタビューで次のように語っている。

〝作品の中のゾンビは、腐乱した死体ではなく、体から抜け出す、感染した魂として描きました。ゾンビの姿は特定の人たちにしか見えず、さらに彼らも魂の姿にならなければ、ゾンビと戦えないのです。設定については、誰にゾンビが見えるのか、どうして見えるのか、どのようにして感染は起きるのか、感染はどうやって始まったのか、人間は魂の姿でどう戦うのか、その他たくさんの疑問をクリアにしていきながら考えました〟

本シリーズは、本作と、続編の『Through the Zombie Glass』、『The Queen of Zombie Hearts』でいったんは完結するが、二〇一五年九月に最新刊『A Mad Zombie Party』が刊行された。本作では語られなかった、初代リーダーのこと、親友キャットの病気、逃げたアニマ・インダストリーズの行方など、未解決の謎や未回収の伏線が、今後、続編でどのように語られるのかとても楽しみだ。ちなみに著者ショウォルターは、次回作について訊《き》かれ、「怒りに燃えるアニマ・インダストリーズがさらなる奸計《かんけい》を巡らせ、キャットの腎臓病が変化し、魅力的な戦士が町に帰還し、アリとコールが再び恐ろしい出来事に巻き込まれるでしょう」と答えている。

次回作以降、戦士として覚醒したアリスが、コールたちと共にアニマ・インダストリーズやゾンビたちとどう戦っていくのか、その活躍に期待したい。

なお、本作にはかなりしっかりしたオフィシャルサイト（http://wrchronicles.com/）が存在し、キャラクターのイメージ画像なども見ることができる。想像の中のコールやアリスと合っているかどうか、確認してみるのも面白いだろう。

二〇一六年四月

大美賀　馨

訳者紹介　大美賀 馨

栃木県生まれ。東京農工大学卒業。主な訳書にケーラ他『君なら勝者になれる』（フォレスト出版）がある他、共訳書にスウィート『神様のホテル――「奇跡の病院」で過ごした20年間』（毎日新聞）がある。

ハーパーBOOKS

死霊の国のアリス

2016年4月25日発行　第1刷

著　者　ジーナ・ショウォルター

訳　者　大《おお》美《み》賀《か》 馨《かおる》

翻訳協力　147トランスレーション

発行人　立山昭彦

発行所　株式会社ハーパーコリンズ・ジャパン
東京都千代田区外神田3-16-8
03-5295-8091（営業）
0570-008091（読者サービス係）

印刷・製本　大日本印刷株式会社

ISBN978-4-596-55022-4